# LES MYSTÈRES DE
# POMPEY HOLLOW

Fiction Historique d'Après-Guerre

**JEROME MARK ANTIL**

LITTLE YORK
BOOKS
New York · NY · Dallas · TX

LIEU: L'AMÉRIQUE RURALE
ÉPOQUE: APRÈS-GUERRE 1948-1949

Références historiques proposées par :
Judy Clancy Conway; Marty Bays; Dale Barber; Don Chubb;
New Woodstock Historical Society; Charles Shea;
Cincinnatus NY Historical Society; Pompey NY Historical
Society; Cortland NY Historical Society; Cazenovia Public
Library; Carthage NY Historical Society; Binghamton NY
Historical Society.

Inspiré par ma femme et muse, Pamela. Certains personnages
sont des amis d'enfance. D'autres sont des variantes de mes
frères et sœurs : James Joseph, Paul Robert, Richard Francis,
Frederick Holman, Michael Charles Jr, Dorothy Louise et Mary
Margaret. Mon père et ma mère sont réels.

JMA

# TABLE DES MATIÈRES

À MA FILLE

# PRÉFACE

Si, en lisant ce livre, vous vous demandez qui est Tante Kate, alors vous apprécierez certainement la légende qui va suivre. Celle-ci me fut révélée après la guerre, l'année suivant notre déménagement à Delphi Falls, après que mon père m'eut pris à part en secret et m'eut révélé le secret de famille lié au nom de tante Kate.

J'avais sept ans, peut-être plus près de huit, lorsqu'un de mes amis proches, un vieil homme fort sympathique, décéda. Les larmes que j'avais versées suite à la perte de ce vieil ami bouleversèrent mon père. Je pense qu'à ce moment-là, il se rendit compte que les enfants nés juste avant l'attaque de Pearl Harbor, comme son fils Jerry, autrement dit moi, avaient déjà vécu une enfance marquée par la perte d'un trop grand nombre de personnes, à cause de la guerre dans laquelle nous avions grandi. Mon père réalisa que nos jeunes yeux avaient été les témoins d'un monde effrayant et cruel, qui avait duré plus de cinq ans. Une guerre qui avait tué quatre-vingts millions de personnes.

— Les garçons et les filles de sept, huit et neuf ans d'aujourd'hui, affirmait-il, ont traversé une guerre horrible et sont malheureusement beaucoup plus matures et plus sages qu'ils ne devraient l'être pour leur âge.

Je me souviens que mon père s'était agenouillé et m'avait regardé droit dans les yeux.

— Tu as gagné le droit de savoir la vérité, mon fils. Tante Kate n'est pas ta tante.

— Comment ça, elle n'est pas ma tante, papa ?

— Elle ne l'a jamais été.

— Je ne comprends pas.

— C'est ta grand-mère, mon fils.

— Tante Kate est ma grand-mère ?

— Elle s'appelle en réalité Catherine Bell.

— Ma tante, tante Kate, est ma grand-mère ? Je ne comprends pas.

— C'est bientôt Noël, mon fils. J'ai pensé que tu aimerais connaître la vérité.

L'histoire raconte qu'en 1902, ma vraie grand-mère donna naissance à une fille, qui deviendra plus tard ma mère en 1941. En 1906, alors que ma mère n'était qu'une petite fille de quatre ans, le mari de sa mère (Tante Kate), c'est-à-dire mon vrai grand-père, s'enfuit comme le salaud pourri qu'il était, les abandonnant toutes les deux, ma mère et sa mère, donc ma grand-mère, à leur propre sort (ces mots viennent de moi - mon père n'a jamais prononcé un seul juron de sa vie).

Finalement, la sœur de « tante Kate » et son mari aimaient tellement la petite fille qui allait devenir ma mère, qu'ils l'adoptèrent légalement (la vraie mère de la petite fille devenant légalement ma grand-tante, mais elle restait tout de même ma vraie grand-mère). C'était ce qui se passait à l'époque, en 1906, pour éviter que l'on ne dise du mal d'une mère célibataire avec un enfant. Une telle situation était alors mal vue. En grandissant dans les années 1940, nous fûmes amenés à croire que la dame qui était la vraie mère de ma mère était ma tante, Tante Kate. Après que papa m'eut révélé le secret, chaque fois que tante Kate venait à la maison pour me faire la lecture et me border par un baiser, je ne manquais pas de tendre la main vers sa joue ridée et douce comme du velours, et de lui chuchoter :

— Bonne nuit, grand-mère, je t'aime.

Cela l'aidait à dormir plus paisiblement en ces longues soirées d'hiver, j'en étais certain.

Le fait d'apprendre la vérité sur ma grand-mère avait changé ma vie. Sans aucun doute. Cela m'avait appris qu'il n'était jamais trop tôt pour dire bonjour à quelqu'un. Tout comme il était peut-être trop tard pour dire au revoir, comme nous l'avait enseigné la guerre, à moi et mes amis. Aussi, n'ayez jamais peur de dire ce que vous avez sur le cœur.

Cette histoire parle donc, avec mes propres mots, de mon enfance, l'année où j'ai appris ce fameux secret de famille.

JMA

Merci, Papa

Mon papa, Big Mike, aux chutes d'eau.

# DELPHI FALLS PARK, N.Y.

## CHAPITRE UN
## FÊTE DU TRAVAIL, 1949

Avec son mètre quatre-vingt-dix, mon père était l'homme le plus grand que nous connaissions, et il l'était encore plus coiffé de son chapeau. Beaucoup l'appelaient « Big Mike ». Quel que soit le moment où on le voyait, il portait toujours des bretelles, une belle cravate et un sourire assurément joyeux, et il était prêt, en un clin d'œil, à s'asseoir pour écouter les récits de nos grandes aventures. Et plus elles étaient prestigieuses, mieux c'était.

Il m'avait trouvé assis sur le bord de mon lit, transi, le regard rivé sur la fenêtre. Il portait dans ses bras deux grandes boîtes à pain qu'il avait empruntées à la boulangerie de Cortland et que maman avait remplies de vêtements. Sa tête manqua de peu le haut du cadre de la porte.

— Qu'est-ce que tu fais de beau, Jerry, mon garçon ?

Il posa les deux boîtes sur le lit, en face de moi. Mon nom était griffonné en grosses lettres sur celle qui dominait la pile et qu'il plaça juste à côté de moi. Il releva les rabats pour m'indiquer que mes vêtements s'y trouvaient.

— Pourquoi est-ce qu'on a déménagé ici, papa ?

— La guerre est finie, mon fils, maintenant nous allons être en mesure de trouver tous les matériaux dont nous avons besoin, et réparer cet endroit pour en faire une belle maison.

— Mais on est en pleine forêt, papa.

— Réfléchis, Jerry mon garçon. Nous sommes à présent propriétaire de près de quatre-vingt-quatre hectares, ainsi que deux chutes d'eau. Ta mère et moi avions l'habitude de pique-niquer ici lors de nos promenades du dimanche. Tu n'étais même pas encore né. J'ai acheté cette parcelle avant la guerre, fiston, pendant la

Grande Dépression.

— Papa, ça fait exactement vingt-deux minutes que je suis assis ici, à scruter la route qui longe le portail, et pas une seule voiture n'est passée. C'est assez déprimant. Où sommes-nous, en Afrique ?

Papa s'assit sur l'autre lit.

— Fiston, tu vas te plaire ici, à la campagne, encore plus qu'à Cortland. Ici, tu peux sortir de la maison, explorer les environs sans demander la permission. Ce n'est pas comme à la ville.

— Mais nous sommes au beau milieu des bois.

— Tu vivras un tas d'aventures ici, fiston.

— Tu as vu la hauteur des falaises, papa ? Elles sont gigantesques.

— Tu rencontreras aussi de nouveaux amis, je te le promets.

— Mais...

— Sois patient, mon fils. Donne-toi du temps.

Je l'interrompis en pointant la route du doigt.

— Vingt-trois minutes et dix-sept secondes, là, un vieux camion déglingué.

— Jerry, essaye de te dire que demain, pour ton premier jour de classe dans une nouvelle école, tu vas vivre une véritable aventure. Fais en sorte que chaque jour t'apporte ton lot de nouvelles aventures. Ce sera amusant, tu verras. Nous devons tous écrire nos propres histoires dans cette vie, fiston. Personne ne les écrira à ta place.

— Les seules personnes que j'ai rencontrées cette semaine étaient des charpentiers de Cortland. Nous sommes littéralement perdus au beau milieu de nulle part.

Papa réfléchit un instant et remarqua mon air méfiant.

— Tu as rencontré Charlie Pitts.

— Oui.

— Enfin, Monsieur Pitts pour toi.

— Je sais.

— Tu l'aimes bien ?

— Oui.

— M. Pitts possède une petite ferme à environ un kilomètre et demi, avec un cheval et une calèche. C'est juste au coin de la route et à droite, à peu près à mi-hauteur sur la colline.

— Il a un vrai cheval et une vraie calèche ?

— Oui, et il va s'occuper de poules pour nous, pour que nous puissions avoir des œufs.

— Des vraies poules, tu veux dire des poules vivantes, papa ?

— Des vraies poules, mon fils, et je pense que ce serait une expérience intéressante pour toi de te rendre à sa ferme chaque semaine pour ramasser les œufs. Ça te plairait ? De voir son cheval et sa calèche ?

— Bien sûr.

— Bien ! Ce sera ta mission à accomplir à partir de cette semaine. Tu ramasseras nos œufs. Tu demanderas à ta mère quel jour est le mieux.

Je détournai mon regard de la fenêtre et le posai sur ma boîte, dans laquelle je reconnus mes baskets P.F. Flyer au sommet de la pile de vêtements. Papa remit sa manche de chemise en place et regarda sa montre-bracelet. En réalisant l'heure qu'il était, il se leva et regarda à son tour par la fenêtre.

— Fiston, c'est Mr. Parker là, de l'autre côté de la route.

Je me redressai pour mieux voir.

— Où ?

**La maison du fermier Parker de l'autre côté de la route**

11

Papa pointa du doigt la vitre.

— Le fermier Parker et sa femme vivent dans cette maison, de l'autre côté de la route, et il se dirige maintenant en bordure de celle-ci.

— Où va-t-il, papa ?

— Il va rappeler ses vaches.

— Comment ça, rappeler ses vaches ?

— Pour la traite de nuit. Les vaches doivent être traites deux fois par jour.

— Il les appelle et elles viennent ?

— Tu n'as jamais vu ça de ta vie, Jerry. Pourquoi ne cours-tu pas là-bas, aussi vite que tu le peux, et n'observes-tu pas comment il fait ?

Je me rassis sur le lit et examinai à nouveau mes boîtes.

— Maintenant ?

— Tu pourras ranger tes affaires plus tard.

— Vraiment ?

— N'oublie pas de te présenter comme je te l'ai appris. Tends ta main. Serre-lui la sienne.

— Je le ferai.

— Maintenant, vas-y ! Cours !

Je me levai d'un bond.

— Papa, peux-tu remettre mon réveil à l'heure ?

— Donne-le-moi, fiston. Il s'est déréglé ?

— Je n'ai pas de chronomètre, alors j'ai mis toutes les aiguilles sur douze quand j'ai commencé à regarder la route pour pouvoir compter les minutes et les secondes plus facilement.

Un large sourire se dessina sur le visage de papa.

— File !

Je sortis de la maison en courant, dévalai les quatre-vingts ou quatre-vingt-dix mètres qui me séparaient du portail d'entrée pour la première fois, tournai à gauche et me lançai à l'assaut de la petite colline escarpée et sinueuse qui longeait Cardner Road, jusqu'à l'endroit où se tenait M. Parker.

Je me présentai et lui serrai la main.

Le fermier Parker, vêtu d'une salopette, d'une chemise de travail bleue et d'un chapeau de cheminot, me sourit et me tendit sa houe, comme s'il avait besoin de mon aide, tandis qu'il encadrait sa bouche de ses deux mains ouvertes, comme un mégaphone, et qu'il jodlait jusqu'à la colline de pâturages escarpés située de l'autre côté de la route, bien loin de sa maison et de sa grange. En le regardant appeler ses vaches, je commençai à voir d'un autre œil le monde différent dans lequel je me trouvais. Il n'était pas du tout honteux de s'exprimer ainsi.

— Al'zon les filles ! Al'zon les filles !

Ce qui signifiait : « À la maison, les filles ! ».

J'avais l'impression de faire partie du public d'une pièce de théâtre, et qu'il était sur scène, à jouer son rôle d'acteur dans un film du samedi matin au cinéma. Il se tenait là et jodlait comme si personne ne le regardait, jusqu'à ce que les têtes des vaches se mettent à bouger et qu'elles commencent à descendre le sentier de la colline. Je me plaçai prudemment derrière lui, car je n'avais jamais vu une vache de près auparavant. Du moins, je n'en avais jamais vu une qui n'était pas derrière une clôture en fil de fer barbelé. Je n'allais pas prendre de tels risques. Vingt vaches descendirent de la colline et franchirent le portail, avant de traverser lentement la route, de passer paisiblement devant l'allée et de se diriger à l'arrière de l'étable.

Le fermier Parker se tourna vers moi, me prit la houe des mains et me serra à nouveau la main.

— Enchanté Jerry, tu peux revenir quand tu veux. Mais pour l'instant, j'ai des vaches à nourrir et à traire.

Il ajusta son chapeau de cheminot, tourna les talons et se mit à marcher vers la grange en empruntant une allée de gravier.

Mme Parker fit irruption par une porte vitrée qui donnait sur un porche gris à l'arrière de la maison, elle vida un bol en porcelaine blanche d'eau de vaisselle sur son rosier et me salua juste au moment où elle retournait dans la maison. Je la saluai en retour et je rentrai à mon tour chez moi.

**« Tu reviens quand tu veux. »**

Lorsque je franchis la porte de ma chambre, je remarquai un livre posé sur mon oreiller. Mon exemplaire du *Secret du Vieux Moulin* des Hardy Boys que j'avais dû laisser dans la voiture. J'ouvris les tiroirs de mon côté de l'armoire, j'y rangeai mes vêtements, avant de les refermer et de ressortir dans le couloir. La chambre de papa et maman disposait d'une porte de chaque côté. Je pris le raccourci qui traversait leur chambre et qui menait à la salle à manger et à la cuisine. Les placards étaient déjà grands ouverts, ceux du haut ainsi que ceux du bas près du sol. Maman et papa étaient en train de vider et ranger les cartons contenant la vaisselle, le grille-pain, le gaufrier, des casseroles, des bols, des boîtes de soupe et des boîtes de céréales.

Mon frère aîné, Mike, se tenait dans la salle à manger, un crayon sur l'oreille. Il portait un nouveau tablier de chef blanc qu'il avait réclamé comme cadeau de fin d'études. Papa l'avait acheté à la boulangerie.

— Qu'est-ce que tu fabriques ? lui demandai-je.

— Je fais l'inventaire, répondit Mike.

— Qu'est-ce que ça veut dire, l'inventaire ?

— Ne me dérange pas bon sang, je suis occupé.

Sur la table devant lui se trouvaient deux boîtes à chaussures remplies d'un fatras d'aliments étranges et qui sentaient mauvais, des épices, des condiments, différentes moutardes et des olives écrasées. Tous ces produits étaient conservés dans des petites boîtes en fer-blanc imprimées et dans des petits bocaux en verre pourvus d'un couvercle et d'une étiquette. Mon frère récupérait de la nourriture infecte que personne d'ordinaire n'envisageait même de manger. Des choses si mauvaises qu'elles ne seraient, en premier lieu, jamais placées dans de grandes boîtes de conserve ou des bocaux. Il avait travaillé tout l'été pour économiser et acheter tout cela, ainsi qu'une vieille Chevrolet qu'il avait payée trente dollars. Il emballait les conserves et les bocaux dans des boîtes à chaussures pour les emmener avec lui à l'université dans quelques semaines. Une nouvelle plaque chauffante électrique était posée sur la table, au-dessus de sa boîte. Probablement un autre cadeau de fin d'études, je me dis, comme ça il pourrait empester son dortoir avec ces aliments douteux. Je m'approchai pour vérifier. Il pointa un bouquet d'ail vers moi.

— N'y pense même pas !

— Hein ! ?

— Ne touche à rien !

Je ne supportais pas ces odeurs. Et il se comportait comme si j'allais m'approcher de ces choses.

Je devais être patient. Mike n'était plus le même depuis que son visage s'était éclairci, c'était certain, et maintenant qu'il avait son permis de conduire. Il avait toujours été snob. Il trouvait les hot-dogs dégoûtants et la plupart des aliments que nous mangions étaient, à ses yeux, des détritus destinés au commun des mortels, à

15

l'exception peut-être du maïs en épi et de la pastèque. Le reste n'était plus pour lui. Il répétait sans arrêt que lui, au moins, avait bon goût. Il avait obtenu son diplôme de fin d'études secondaires en juin avec ce que maman appelait des « honneurs ». Papa appelait ça des « illusions ».

Quelque chose en lui n'était plus normal. Même maman n'arrivait pas à mettre le doigt sur ce qui se passait, elle disait :

— C'est une étape.

Papa répondait :

— J'espère qu'il montera dans une diligence et s'en ira vite et loin avant de nous rendre tous cinglés.

Je n'étais qu'un enfant, qu'est-ce que je connaissais de la vie, mais j'avais lu suffisamment de romans policiers des Hardy Boys pour comprendre la notion d'indice, et je soupçonnais Mike de devenir un *gourmet*, ce qui, pour ce que j'en savais, pouvait être une maladie étrange avec des penchants extrêmes.

Je restais là à observer mon propre frère faire son inventaire. Il tenait les bocaux et les petites boîtes de conserve comme un chimiste dans un laboratoire de film d'horreur, à lire les étiquettes. Ses lèvres prononçaient des mots en français ou en italien. Mike répétait constamment qu'il voulait devenir chirurgien après l'université, afin de découvrir des remèdes, de mener une vie noble et élégante, loin de la vie que nous menions, nous, simples roturiers. C'était du moins ce qu'il avait dit la fois où il avait surpris Dick en train de boire du lait directement à la bouteille.

— On n'est pas obligé de se comporter en porc répugnant, si tant est que l'on choisisse de ne pas en être un, l'avait-il réprimandé.

Dick l'avait regardé dans les yeux, avait relevé la bouteille à moitié vide, en avait bu une dernière gorgée et l'avait tendue à Mike en déclarant : « Être ou ne pas être, telle est la question ». Puis il avait roté, avant de tourner les talons et de s'en aller.

Même s'il était devenu aussi grand que papa et qu'ils portaient tous les deux le même prénom, Mike, il était hors de question qu'il parte à l'université, seul, avec une plaque chauffante. J'avais mes raisons de croire cela. Dimanche, depuis la voiture, j'avais entendu maman parler au Père Lynch sur le trottoir devant notre nouvelle église à Manlius. Ils parlaient de Mike et de son départ pour le Lemoyne College. Je pourrais jurer que le mot

« gourmet » a été prononcé, si bien que je m'étais redressé sur mon siège et que j'avais collé mon oreille à l'ouverture de la fenêtre de la voiture. Le Père Lynch s'était penché tout près de Maman et lui avait demandé :

— Vous ne croyez tout de même pas que Mike a des câpres, n'est-ce pas, Mary ?

Je le savais, avais-je pensé. Je savais que Mike avait quelque chose de grave. J'avais baissé un peu plus la vitre pour ne pas attirer l'attention et surtout, pour ne pas manquer un seul mot.

— Je suis presque certaine que c'est le cas, mon père, avoua maman. Il en a depuis un certain temps déjà.

— Oh ciel, répondit le père Lynch. Les câpres sont si rares, si rares en effet, depuis la guerre. Tellement difficiles à avoir. Souhaitez-lui bonne chance à l'université de ma part, Mary. Mes prières l'accompagnent.

Je n'avais aucune idée de ce qu'était une câpre, mais c'était la seule preuve dont j'avais besoin. Je savais que c'était suffisant pour suspecter que cette histoire de gourmet était sérieuse, peut-être même rare et « incurable », comme ces maladies dont j'avais entendu parler à la radio de l'armée pendant toute la durée de la guerre.

Je n'excluais pas que Mike mange des fourmis ou des sauterelles, peut-être même des grenouilles et des lézards, comme sur les photos du magazine National Geographic qu'il gardait dans sa chambre. Mais le mal qui le rongeait était une véritable addiction. Il pouvait ouvrir le couvercle d'un de ces petits pots en verre remplis des choses ragoûtantes et en prendre une grosse poignée aussi facilement qu'il pouvait s'échauffer pour son match de base-ball du dimanche à la carrière de pierres. Ce n'était pas normal.

Papa m'avait vu fixer le bazar de Mike sur la table et ne voulait probablement pas que je sois infecté.

— Fiston, la radio a été livrée aujourd'hui. Va la brancher et écoute tes émissions.

— Où est Dick ? demandai-je.

— M. Rowe est retourné à Cortland avec le camion du boulanger pour apporter le dernier chargement de cartons, répondit papa. Dick l'a accompagné pour dire au revoir à ses amis de notre ancien quartier. Ils seront tous les deux de retour d'une minute à l'autre. Ils arrivent.

— Tu as rangé tes vêtements ? interrogea maman.

— Oui, maman.

— J'ai entendu dire que la NBC rediffusait les programmes radio de Superman et du sergent Preston pour la Fête du Travail, parce que l'école ne commence que demain, expliqua papa.

— Ah bon ?

— Tu as loupé celles d'hier soir. Va donc écouter ces émissions, fiston.

— D'accord.

Je plaquai mon dos au mur de la salle à manger et j'avançai en crabe, en contournant Mike le plus loin possible, et en m'assurant que rien de ce qu'il touchait ne m'atteignait. Je réussis à rejoindre le salon de cette manière. En m'approchant de la radio, je pus voir par la fenêtre de devant le camion du boulanger qui passait le portail, un peu plus bas sur la route. Dick allait arriver d'une minute à l'autre. Je branchai la radio. Puis, je m'assis par terre devant la Zenith et je tournai le vieux bouton habituel sur « marche ».

En attendant que la radio chauffe, je repensai à tous les points communs que Superman et moi partagions. Superman venait de la planète Krypton. Il s'était écrasé dans un champ à la campagne lorsqu'il était enfant, et il avait grandi dans une ferme. Je venais de Cortland, une ville où, l'année dernière encore, je pouvais aller à l'école à pied. Maintenant, je me retrouvais à la campagne, au beau milieu de nulle part. J'étais entouré de bois et de cascades et il y avait une ferme avec beaucoup de vaches de l'autre côté de la route. Superman se rendait à l'école en bus scolaire et maintenant, moi aussi je devais prendre un bus pour y aller.

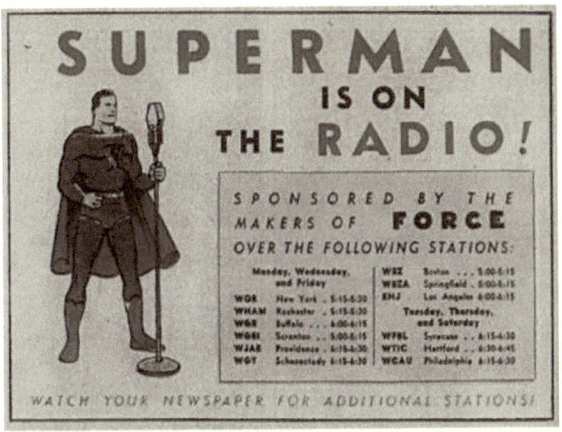

## « Va la brancher, mon fils. »

Tout fan de Superman de mon âge savait que, comme lui, nous étions tous deux *plus rapides qu'une balle et plus puissants qu'une locomotive*. Mais lui était capable de sauter par-dessus des immeubles. *Regarde ! dans le ciel. C'est un oiseau, c'est un avion, c'est Superman !*

Je m'assis et attendis en regardant le cadran réconfortant et lumineux de la Zenith qui m'avait été fidèle tout au long de la guerre. Ses aiguilles dorées pointaient vers les numéros de stations qui avaient la forme d'éclairs. Pendant la guerre, nous nous asseyions par terre le soir et écoutions les nouvelles de la guerre en provenance de Londres, d'Afrique ou du Pacifique Sud. Nous entendions parler des bombardements et des massacres, des avions abattus et des navires torpillés et coulés. Nous pouvions entendre les messages en morse entre les navires et la côte.

Pendant toute la guerre, la seule chose qui soulageait les enfants était de s'asseoir sur le sol et d'écouter Superman, ou toute autre émission qui leur faisait oublier, pendant quelques instants, l'atrocité de la situation. Si leurs parents pouvaient se le permettre, certains enfants recevaient la nouvelle bande dessinée, Captain America. Cette bande dessinée était sortie un mois avant ma naissance, en 1941. Ma vie fut certes bouleversée en l'espace d'un été, je ne savais même pas que nous allions déménager en pleine nature, aux chutes Delphi, mais au moins, j'avais toujours ma radio Zenith préférée et j'avais mon ami Superman qui égayait mes dimanches et mercredis soir.

Je pourrais peut-être survivre.

**Les tubes de la radio devaient se réchauffer.**

Au fur et à mesure que les tubes chauffaient et s'illuminaient, leur douce lueur se reflétait sur le mur du fond. Les sifflements grinçants qui sortaient des haut-parleurs se transformaient en signaux sonores, puis la voix claire d'un présentateur de radio émergea.

À ce moment-là, Dick apparut. Il passa d'abord la tête, puis entra prudemment par l'embrasure de la porte. Il jeta un coup d'œil autour de lui pour voir qui était dans le salon avec moi et si la voie était libre. Lorsqu'il réalisa que j'étais seul, il s'approcha de moi et, par une rapide glissade sur le tapis, il s'assit à mes côtés sur le sol. Quand Dick faisait une telle entrée, je sentais toujours que quelque chose se tramait. J'avais généralement raison.

— Où étais-tu ? demandai-je.

— A Cortland, avec M. Rowe.

— Vous êtes allés chez nous ?

— Ce n'est plus chez nous, mais oui, on y a récupéré des cartons.

— Tu veux dire que papa a vendu notre maison ?

— Quelqu'un a déjà emménagé.

— Je suis foutu.

— Comment ça ?

— On est coincés ici, dans les bois, pour toujours. Maintenant, ma vie entière est gâchée.

Dick ne répondit rien.

— Tu as vu quelqu'un du quartier ?

Dick se redressa, leva la tête et m'adressa un sourire penaud. Il arborait un œil au beurre noir tout neuf, couleur confiture de framboise, bleu violacé.

— Oui, j'ai vu Patty Kelly laver son chien.

— Sacré Cobako ! je laissai échapper.

Je n'avais vu qu'un seul autre œil au beurre noir comme celui-là, dans un film un samedi matin. J'étais impressionné. Son cocard ne devait pas avoir plus de deux heures, il était encore gonflé autour de la paupière. Le blanc de son globe oculaire était rouge comme une betterave. Il me fixait comme s'il essayait de voir sur mon visage de quoi il avait l'air - ou à quel point il risquait d'avoir des ennuis à cause de son œil au beurre noir.

— Qu'est-ce qui t'est arrivé ? lui demandai-je.

Le son de ma voix le fit sursauter.

— Hein ?

Il tourna son œil valide et le fixa sur le cadran de la radio Zenith. Il cherchait à gagner du temps, peut-être pour trouver une réponse plausible que maman accepterait. Les mensonges crédibles n'étaient pas faciles à trouver. Mais il fallait qu'il en trouve un rapidement. Il se tourna vers moi, me dévisagea et tenta quelque chose à voix basse. Une menace qu'il chuchota en utilisant sa meilleure voix de gangster, tel un Jimmy Cagney, dans un film policier au suspense haletant.

— Ok, écoute bien, mon pote. Tu as intérêt à bien faire attention ou t'es foutu. Tu m'as lancé une balle de baseball quand je ne regardais pas, compris ? Ouais, c'est ça, tu as lancé une balle de baseball, et cette balle est devenue hors de contrôle et m'a frappé d'un coup sec dans l'œil. Ouais, c'est ça, c'est ce qui s'est passé. Elle m'a heurté quand je ne regardais pas, t'as compris, mon gars ? C'est comme ça que ça s'est passé, petite poule mouillée. Si tu te fous de moi, je te pulvérise.

Dick savait que je l'aiderais, mais il savait aussi qu'il ne me pulvériserait jamais si je ne coopérais pas. Il avait juste une réputation à tenir.

— Qu'est-ce qui s'est réellement passé ?

— J'ai embrassé Patty Kelly et je me suis fait tabasser.

Ça, j'y croyais. Dick avait la réputation d'aimer un peu trop les filles et de penser qu'elles l'aimaient en retour. J'imaginais les frères de Patty, ses cousins, ou même son père et sa mère surprendre Dick en train d'embrasser Patty, et l'emmener derrière notre garage à Cortland pour le frapper. Maman aurait été d'accord pour que Mme Kelly le frappe - Patty avait l'âge de Dick, mais ne faisait que la moitié de sa taille et était vraiment timide.

— Le petit ami de Patty t'a chopé, c'est ça ?

Dick ne pipa pas mot.

— Alors, c'est Bobby Grumman qui t'a vu l'embrasser ?

Pas de réponse.

— Il l'a répété à d'autres, n'est-ce pas ?

Pas de réponse.

— C'était le père de Patty, alors ?

Toujours pas de réponse.

— Allez, qu'est-ce qui s'est passé ? je le suppliai.

Dick serra les lèvres et forma un rictus diabolique sur le côté de son visage, celui de son œil valide.

— Patty m'a frappé.

Ma respiration se coupa net. Mon imagination se mit à tourbillonner. Je m'affalai sur le côté comme un arbre qui s'écrasait sur le sol avec un bruit sourd, et j'éclatai de rire en me tenant les côtés et en tentant de retrouver mon souffle.

Dick avait douze ans, c'était l'enfant le plus intelligent de toute la famille, avec un QI digne d'un génie. Ses problèmes avaient commencé lorsque quelqu'un lui avait fait remarquer à quel point il était intelligent quand il était petit. Depuis, il s'était toujours débrouillé pour faire les pires bêtises, ou pour se mettre constamment dans le pétrin. On aurait dit que depuis qu'il connaissait son vrai QI, et ce que cela signifiait, soit il pensait que tout ce qu'il faisait était bien parce qu'il était si intelligent (son cerveau ne pouvait jamais se tromper), soit il ne pouvait pas s'en empêcher parce que son cerveau était plus rapide que lui et que son corps n'arrivait pas à suivre. Voilà, c'était mon premier jour dans la nature, et je devais déjà mentir pour lui, une fois de plus. J'avais passé plus de temps dans le confessionnal de l'église à confesser mes mensonges pour protéger les péchés de Dick qu'à confesser les miens.

La musique de Superman démarra, et nous nous assîmes tous les deux pour ne pas en perdre une miette.

— Pourquoi avons-nous déménagé de Cortland à Delphi Falls ? demandai-je pendant une publicité.

— Je suppose que c'est parce que notre famille est trop nombreuse pour le nombre de chambres qu'il y avait dans la maison de Cortland, répondit Dick.

— Cela n'a pas de sens, constatai-je.

— Maman et papa voulaient que nous grandissions à la campagne. Je ne sais pas moi, il y a des tas de raisons.

Il marmonna quelque chose d'intelligent à propos de la fin de la guerre, du rideau de fer en Russie, de la bombe atomique et des raids aériens.

Pourquoi, me demandai-je.

— Nous sommes-nous installés juste en face de deux chutes d'eau de vingt ou trente mètres, j'insistai.

— Dix-huit mètres, corrigea Dick.

— C'est comme si nous étions dans les bois, dis-je.

Les chutes me dérangeaient légèrement parce que je n'avais jamais imaginé que l'eau pouvait faire autant de bruit.

— Je crois que je vais détester la campagne, marmonnai-je dans mon souffle.

— Ferme-la un peu, coupa Dick.

— Mes amis me manquent.

— C'est pire pour moi que pour toi.

— Pourquoi ?

— J'ai douze ans, et toi, combien ? Sept ans ? Huit ans ? Neuf ?

— Et alors ?

— Je suis plus âgé.

— Qu'est-ce que tu veux dire par-là ?

— Comme je suis plus vieux, je connais mes amis depuis plus longtemps que tu ne connais les tiens.

Dick disait n'importe quoi, une fois de plus.

— Tais-toi, je finis par dire.

À ce moment-là, un présentateur de radio se mit à parler d'un train à la dérive qui dévalait le flanc de la montagne, et de Superman qui, voyant cela à deux cents kilomètres de distance, avait volé jusqu'à une voiture coincée sur un passage à niveau et l'avais hissée au-dessus de sa tête. Il l'avait dégagée de la voie ferrée juste à temps et était parvenu à sauver in extremis la famille, ainsi que leur chien. Écouter Superman était toujours mon moment favori de la semaine.

Plus tard dans la nuit, j'étais couché en regardant par la fenêtre de ma nouvelle chambre, dont le cadre cliquetait et où il n'y avait pas de rideaux. Je contemplais les étoiles au loin, au-delà de la lumière éblouissante du porche, et je pensais au jodel du fermier Parker et aux vaches, qui semblaient si gentilles lorsqu'elles traversaient la route et passaient tout près de moi. Le cadre de ma fenêtre tremblait à cause du bruit des chutes qui s'écrasaient dans le jardin.

— Quelqu'un peut fermer la porte, s'il vous plaît ? je criai dans l'obscurité.

— Cela fait deux heures qu'elle est fermée. Ferme-la et dors, grogna Dick depuis sa chambre.

— Ne dis pas *ferme-la*, mon chéri, lança maman depuis leur chambre.

Le lendemain matin, il me fallut monter dans un bus scolaire, ce que je n'avais jamais fait auparavant, pour me rendre dans une école que je n'avais jamais vue et rencontrer un professeur que je ne connaissais même pas. Voilà tout ce à quoi mon cerveau avait pensé avant de s'endormir.

Je descendais notre longue allée en terre derrière Dick et je me répétais à chaque pas que je faisais vers le portail...

*C'est l'aventure. C'est l'aventure. C'est l'aventure.*

M. Skelton, le chauffeur du grand bus jaune n°21, portait une large casquette, un peu comme celle arborée par Babe Ruth dans le livre sur le Grand Bambino qui trônait dans notre

24

bibliothèque. Elle ressemblait aussi beaucoup à celle que je portais à Cortland, lorsque nous devions nous rendre à l'école en culotte courte, en chaussettes hautes et en casquette d'écolier.

M. Skelton lança un « bonjour » sonore quand la porte du bus s'ouvrit. Il semblait assez gentil mais donnait l'impression qu'une partie de son travail consistait à ne pas sourire, surtout après qu'il ait vu le coquard de Dick. Il plissait les yeux, courbait le front, fronçait ses sourcils broussailleux en regardant les enfants dans le rétroviseur pour s'assurer que personne ne causait d'ennuis dans son bus. Ses yeux suivaient Dick dans le rétroviseur jusqu'à l'arrière, comme s'il voulait se souvenir exactement de l'endroit où il s'était assis.

Je pris place sur le premier siège libre derrière M. Skelton.

Je regardai attentivement par la fenêtre les curiosités qui défilaient. Presque tout ce que je voyais me paraissait nouveau. Les granges rouges avec de grands silos, les vaches qui broutaient sur les collines et dans les verts pâturages. Certaines étaient brunes, mais la plupart étaient parsemées de taches noires et blanches, comme celles du fermier Parker. À un certain arrêt, Dale Barber monta, et fit immédiatement de moi son ami en me souriant de toutes ses dents. Il s'assit à côté de moi. Dale Barber avait des cheveux bruns ondulés qui avaient besoin d'être coupés, mais qui étaient propres et bien peignés. Il avait des taches de rousseur sur le nez et des yeux rieurs. Il aimait parler et raconter des blagues. J'appris très vite qu'il était dans ma classe. Dale pointait du doigts chaque maison et me racontait qui y vivait, s'il y avait des enfants, dans quelle classe ils étaient, combien de vaches il y avait dans chaque étable, combien de génisses ils possédaient, si leur taureau avait un anneau dans le nez ou non.

— Tu devrais rencontrer les Parker. Ils habitent juste en face de ta maison, dit Dale. C'est un homme bien.

— Je les ai déjà rencontrés.

— Vraiment ? Quand ?

— Hier soir, dis-je.

— Son chien s'appelle Buddy et il ne mord pas, ajouta Dale.

— Je sais, j'ai caressé Buddy.

— Eh bien voilà, dit Dale, enthousiasmé par mon esprit d'aventure.

Une file d'enfants s'engouffra dans le bus dans le centre du hameau de Delphi. Dale me donnait le nom de chacun à mesure qu'ils passaient devant notre siège. Un garçon monta avec un gant de baseball à la main. Dale précisa qu'il s'agissait de Bases et qu'il était dans la même classe que nous. Il l'invita à s'asseoir avec nous tout le long du trajet jusqu'à l'école, et je me retrouvai collé à la fenêtre, ce qui était parfait pour avoir une meilleure vue d'ensemble.

Les explications de Dale se poursuivirent. Il pointait du doigt certaines choses lorsque nous passions devant.

— C'est là que vivent les Cook, derrière ces arbres, près de cette grange. Il y en a beaucoup des Cook, et ils sont tous bons en sport.

Le bus commença lentement à monter une colline abrupte.

— Cette colline serait idéale pour faire de la luge en hiver, si seulement nous avions le droit d'en faire, déclara Dale.

— Mais on peut pas, répondit Bases.

— Je n'ai jamais fait de luge, dis-je..

— Tu n'as jamais fait de luge ? Dale aboya, incrédule.

— Non.

— Arrête ! grogna Bases.

— D'où tu viens, d'ailleurs, de Mars ? demanda Dale.

— De Cortland.

— Tu es américain ? interrogea Bases.

— Oui.

— Comment tu t'appelles ?

— Jerry, mais ma mère m'appelle Jerome devant les gens.

— C'est américain, en effet, dit Dale.

— Tu es pauvre ? T'as pas de luge, tu dois être pauvre, remarqua Bases.

— Il n'y a pas de collines sur Helen Avenue à Cortland. Nous n'avons tout simplement pas de luge, répondis-je.

— Nous avons un toboggan et une luge, précisa Dale.

Le bus franchit le sommet de la longue colline et se stabilisa pour reprendre de la vitesse.

— Je parie qu'on peut aller super vite en luge sur cette colline , dis-je.

— Il y a trop de camions à lait et de camions agricoles qui l'empruntent, répondit Dale.

— Le meilleur endroit pour faire de la luge, c'est chez les Pidgeon. L'un d'eux, Bobby Pidgeon, est dans notre classe.

Dale pointa son doigt dehors.

— Tu vois la grange là-bas, au milieu ?

— Oui.

— C'est la ferme des Dwyer.

— D'accord.

— Ce sont de grands fermiers, ils sont venus avec les pèlerins, je crois.

— Ce sont des pèlerins ? demandai-je.

— Tu vois le garçon derrière nous avec la casquette de base-ball rouge ? dit Bases.

Je me retournai pour regarder.

— C'est Ray Randall. C'est un excellent lanceur, expliqua Bases. Je le regarde jouer à la carrière de pierre de temps en temps.

— C'est quoi cette carrière de pierre ? m'enquis-je.

— Tout le monde connaît la carrière de pierres, rétorqua Bases.

— Pas tout le monde, précisa Dale.

— Eh bien si, tout le monde, je... Bases commença.

— Il est là depuis un jour, comment peut-il savoir ce qu'est la carrière de pierre ? coupa Dale.

27

— Oh, c'est vrai, Bases consentit.

Nous ne dîmes rien pendant près de cinq cent mètres.

— Le dimanche, les gars plus âgés me paient dix cents chacun pour aller chercher les balles perdues dans le ruisseau, expliqua Bases. Le ruisseau derrière la carrière.

— La ferme au coin de la rue où nous allons tourner, c'est là que vit Conway. Beaucoup de terres, beaucoup de vaches et de maïs. Une ferme immense.

Dale n'en finissait pas.

Il avait une façon bien à lui de voir les choses. Il trouvait ce qu'il y avait de mieux en chacun, et partout. Il m'expliqua que son surnom à la maison était « Bub », mais que je pouvais l'appeler Barber. À partir de ce moment-là, je l'avais toujours appelé Barber.

Je ne pus m'empêcher de contempler Linda Oats, avec ses cheveux roux bouclés, ses taches de rousseur et ses yeux bleus. Elle était assise sur le siège de l'autre côté de l'allée, et était très jolie. Elle était plus âgée et avec un peu de chance, peut-être presbytérienne. Les autres enfants qui montaient dans le bus semblaient plus grands, des lycéens probablement, et ils s'assirent à l'arrière.

Lorsque nous passâmes devant le magasin de Shea, près de l'école, Barber m'avait convaincu qu'il savait à peu près tout ce qu'il y avait d'important à savoir sur le pays. Et lorsque nous arrivâmes à l'école, j'ignorais totalement où aller, alors je suivis Barber.

Au détour d'un couloir, Barber s'arrêta net, si bien que je lui fonçai dedans.

— Oh, mince, lança Barber.

— Qu'est-ce qu'il y a ? demandai-je.

— J'ai oublié où on doit aller.

Nous finîmes par nous rendre dans le bureau du principal pour lui demander notre chemin. M. Mobley avait des cheveux dorés et nous adressa un sourire lorsque nous entrâmes dans son bureau. La première pensée qui me vint à l'esprit était qu'il était étrange de voir un homme occuper un poste de directeur d'école.

Dans mon ancienne école St. Mary's Catholic, à Cortland, d'où je venais de déménager, tous les enseignants et les personnes âgées qui se promenaient dans les couloirs avec un air important étaient des religieuses. Nous les appelions *Sœurs*. Ces religieuses priaient beaucoup et ne se mariaient jamais. Elles portaient de longs voiles noirs sur la tête, des capuchons blancs amidonnés autour du visage, des robes noires qui descendaient jusqu'au sol et des chapelets surdimensionnés noués autour de la taille.

— Quel est ton nom, mon garçon ? demanda M. Mobley.

— Jerome Mark Antil, répondis-je par-dessus le brouhaha.

— Venez les garçons, allons chercher votre salle de classe.

M. Mobley nous conduisit à travers les couloirs très animés de ce premier jour d'école jusqu'à notre salle de classe, située à quelques portes de son bureau. Lorsqu'il ouvrit la porte au fond de la salle, je réalisai soudainement que tout allait se jouer maintenant, soit ça passait, soit ça cassait. Nous étions en retard et tous les élèves présents allaient passer la majeure partie de la prochaine décennie avec moi.

— Mme Heffernan, annonça-t-il en tenant la porte ouverte. Voici une livraison spéciale en ce premier jour de classe.

Trente-neuf enfants se retournèrent sur leur siège et nous dévisagèrent.

— Je crois que vous connaissez ce garçon, M. Barber. Je voudrais vous présenter M. Antil. Le jeune Jeremiah Mark est notre nouvel élève. Sa famille a déménagé de Cortland à Delphi Falls.

— Quoi ? ! grommelai-je en entendant la prononciation erronée de mon nom.

Mme Heffernan portait des lunettes à monture métallique. Ses cheveux s'enroulaient sur le sommet de sa tête comme les serpents que l'on fabriquait avec de l'argile que l'on recevait à Noël. Deux crayons dépassaient sur le côté de ses cheveux, un peu comme des ongles de sorcière.

— Tout le monde dit bonjour à Jeremiah Mark, claironna Mme Heffernan.

Les enfants crièrent en cœur

— Bonjour, Jeremiah Mark.

Je ne dis rien.

Elle releva sa tête vers l'arrière et se rapprocha de moi, le regard plongé sous ses lunettes, avant de poser sa main sur ma nuque et de m'orienter gentiment vers un bureau vide.

— Ce sera ton bureau jusqu'à ce que tout soit réglé, Jeremiah.

Je perdis Barber de vue quelque part dans la salle bondée.

Je n'étais pas assis près de lui. Ma main purent sentir les initiales gravées sur mon bureau au moment où je m'assis derrière un garçon qui se retourna et me lança un large sourire malgré ses deux dents manquantes. C'était comme s'il était certain qu'il deviendrait maire plus tard et qu'il comptait sur mon vote. Il avait suffisamment de cheveux bouclés pour plusieurs personnes, mais il avait tout de même l'air d'un type agréable.

À la maison, nous appelions toujours les toilettes *toilettes*. Parfois, Gourmet Mike les appelait *les chiottes*, et mes tantes, Mary et Dorothy, les appelaient *le pot*, mais dans l'ensemble, il s'agissait bien de toilettes. Voilà qui était clair. Mais pour une raison étrange, probablement connue uniquement du conseil d'éducation et des personnes ayant assisté à un trop grand nombre de réunions, différentes écoles du nord de l'État de New York choisirent, dans les années 1940, d'appeler leurs toilettes par des noms différents.

A Mary's Catholic à Cortland, les toilettes s'appelaient *des sanitaires*. Et lorsque j'avais eu un accident et que j'avais fait pipi dans le bac à sable de la maternelle, on les appelait *le bac à sable*, et non plus des sanitaires.

C'était peut-être un truc d'écoles catholiques. Les toilettes n'avaient pas de lavabo pour la toilette, alors n'était-ce pas une erreur de les appeler ainsi ?

Vous n'allez pas le croire. J'étais resté à peine deux minutes dans la classe de Mme Heffernan que je devais déjà en sortir. N'étant pas certain de la procédure à suivre dans ce nouvel environnement, j'avais levé prudemment mon bras et je l'avais tenu en l'air, comme je l'aurais fait à Sainte-Marie, pour voir si cela allait fonctionner.

— Oui, Jeremiah ?

A l'exception de la mauvaise prononciation de mon nom, jusqu'à présent, tout allait bien.

— Ma Sœur, puis-je me rendre aux sanitaires, s'il vous plaît ?

Mon apparente insolence, la résurgence d'une vieille habitude scolaire, le mot *Sœur*, et la sonorité de cet autre mot, *sanitaires*, provoquèrent l'arrêt de tous mouvements et de tous bruits dans la pièce. Tous les enfants tournèrent la tête dans ma direction, figés, la bouche ouverte, à se demander quelle langue je parlais. Le délégué de classe, qui occupait le bureau en face de moi, leva le bras et, sans attendre qu'on lui donne la parole, cria :

— Puis-je changer de bureau, Mme Heffernan ?

J'entendis Bases murmurer :

— Je ne pense pas qu'il soit américain.

Après la stupéfaction provoquée par la langue d'un extraterrestre venu d'une autre planète et mon audace d'avoir appelé Mme Heffernan une *Sœur*, tout le monde se mit à rire en chuchotant entre eux divers messages secrets, comme : « Va vite à la cafétéria à l'heure du déjeuner, réserve une table pour qu'il ne puisse pas s'asseoir avec nous. »

Le même groupe qui, quelques minutes auparavant, avait scandé « Bonjour, Jeremiah » en le pensant sincèrement, commençait à s'agiter comme s'ils voulaient me voir crucifié sur le Chemin de Croix. Je sentais la foule se retourner contre moi.

Mme Heffernan m'adressa un sourire compréhensif.

— Tu es tout pardonné, Jeremiah.

— Pour quoi ? demandai-je.

— Tu peux sortir.

— Oh, merci, professeur, répondis-je.

— Tu peux aller à la cave, dit-elle.

— Quoi ? Où ça ?

— Jeremiah, va à la cave.

Je me levai de mon bureau, sortis dans le couloir loin de tous ces ricanements et me lançai à la recherche de ces fameux escaliers qui menaient à la cave. Pendant que je cherchais, je me souvins que ma grand-mère, dans le Minnesota, avait des toilettes à l'extérieur, derrière leur maison, et ils appelaient cela des latrines. Même Barber avait eu la gentillesse de me montrer quelques latrines pendant le trajet en bus vers l'école, mais je n'avais jamais entendu parler de toilettes dans une cave. Je descendis le seul escalier que j'avais trouvé et je remarquai trois grandes portes dans le fond. L'une d'entre elles s'ouvrait sur un gymnase sombre et vide, je savais donc que ce n'était pas là. La suivante donnait sur une salle remplie d'instruments de musique, ce n'était pas ça non plus, mais j'aimais bien le grand cor au fond de la salle, dont j'avais appris plus tard qu'il s'agissait d'un tuba. J'ouvris la dernière porte et jetai un coup d'œil à l'intérieur : un grand fourneau trônait au fond. Je pouvais voir la lumière chaude qui brillait sur le côté, alors je supposai que du charbon y brûlait. Les enfants de la ville savaient ce genre de choses. J'étais certain que c'était la cave, car les fourneaux se trouvaient généralement dans les caves.

Un homme en bleu de travail, un balai à la main, se tourna vers moi.

— Mon garçon, pourquoi n'es-tu pas en classe ?

— Monsieur, je cherche les sanitaires de la cave parce que je dois aller aux toilettes et que Mme Heffernan m'a dit qu'ils se trouvaient à la cave.

Un autre homme l'accompagnait. Je n'avais aucune idée de ce qu'ils se disaient, mais l'homme en bleu de travail hocha la tête et j'eus l'impression, un instant, qu'il se moquait de moi ou du mot *sanitaires*. Ma patience avait atteint ses limites.

— Fiston, ici, on appelle les toilettes *la cave*.

— Ah bon ?

— Les gens qui ont des latrines...

— Qu'est-ce qu'une latrine ?

— Tu n'as jamais entendu parler de latrines, fiston ?

— Non.

— C'est l'endroit où vont les gens quand il n'y a pas de plomberie dans la maison.

— Pourquoi ils vont là ? demandai-je.

— Pour s'occuper de leurs affaires, tout comme tu dois le faire maintenant.

— Oh, répondis-je. Lorsqu'ils vont aux toilettes ?

— Oui.

— Alors pourquoi appelle-t-on ces latrines une cave ? demandai-je une fois de plus.

## Des latrines en hiver

— Les gens qui ont des latrines gardent des pots dans leur cellier ou leur cave, fiston.

— Pourquoi ?

— Pour pouvoir les utiliser en cas d'orage ou de blizzard, quand ils ne peuvent pas mettre les pieds dehors.

— Oh.

— Enfin, je suppose que c'est pour ça qu'on appelle nos toilettes des *caves* par ici.

Mon envie de faire pipi n'était toujours pas passée.

— Qui est ton professeur, fiston ?

Je me demandai vraiment où j'étais, *en Pologne ?*

C'était le seul pays étranger qui me venait à l'esprit.

— Mme Heffernan, je répétai.

Puis, en s'arrêtant au milieu de sa phrase, en se tournant vers son collègue et en prenant ironiquement un accent digne du Roi d'Angleterre, il me lança :

— Oh ouiii très chêêr, il y a des twaaallettes à côté du

bureau de M. Mobley.

Puis il me demanda si je savais où c'était.

Je remontai les escaliers, parcouru le long couloir vide et atteignit la *cave* juste à temps. Avant de retourner en classe, je marquai une pause devant la porte et réfléchi à la distance qu'il me faudrait parcourir si je m'enfuyais maintenant et que je rentrais à pied, et je me demandai si je pourrais jamais retrouver ma maison dans les bois, si je venais à le faire. Je poussai la porte. Comme je m'y attendais, les têtes pivotèrent vers moi et me suivirent jusqu'à mon bureau, où je pris place. Le délégué était toujours devant moi, mais il était recroquevillé sur son bureau.

Mme Heffernan arrêta sa lecture.

— Jeremiah, viens ici un instant, s'il te plaît.

Pour une raison étrange, j'eus l'impression d'être comme mon frère Dick, toujours en difficulté, persuadé qu'on allait me juger et que je serais envoyé au coin, ou pire, expulsé de l'école. Mon esprit s'emballa - peut-être allais-je avoir des ennuis parce que j'avais pris trop de temps pour aller aux toilettes. Je me levai lentement, marchai jusqu'à l'avant de la classe et me plaçai près du bureau de Mme Heffernan.

J'aurais pu survivre à tout cela - un procès, le coin, une expulsion de l'école - mais ce qui allait suivre s'avéra pire que tout. Ma nouvelle institutrice, Mme Heffernan, avait remarqué, sous ses lunettes, que la braguette de mon pantalon était déboutonnée. Pendant toute la durée de la guerre, les pantalons ne disposaient pas de fermetures éclair, mais des braguettes boutonnées. L'Amérique avait besoin du métal des fermetures éclair pour construire des chars, des jeeps, des avions et des balles. Du moins, c'était ce que maman m'avait expliqué. Et il semblait que j'oubliais régulièrement de boutonner ma braguette. Après avoir remis le crayon dans son nid de cheveux et détourné le regard, elle pointa du doigt ma braguette déboutonnée.

— Je crois que tu as oublié quelque chose, Jeremiah.

— Je m'appelle Jerome, Mme Heffernan, pas Jeremiah.

— Je vois, mon petit.

— C'est Jerome, marmonnai-je en tâtant chaque bouton à tour de rôle.

— Alors ce sera Jerome, conclua-t-elle.

Le regard toujours tourné vers le plafond, le doigt pointé

sur moi, elle attendait que j'attache chaque bouton. Quant à moi, je restais le dos tourné à la classe. Tous les garçons étaient plus que ravis de voir que ce n'était pas eux qui se trouvaient là, exposés à cette humiliation. Les filles mettaient leurs mains sur leurs bouches en gloussant.

— Laissez-le tranquille, les gars ! jappa l'une d'entre elle au premier rang.

Ses mots semblèrent briser la glace et me donnèrent l'air presque humain.

En retournant à ma place, je reçus quelques invitations pour m'asseoir à plusieurs tables à l'heure du déjeuner. En passant, je jetai un coup d'œil à la fille du premier rang qui m'avait défendu. Elle était assise à son bureau, les mains jointes. Remarquant mon regard, elle retroussa sa lèvre inférieure et souffla sur une de ses boucles qui pendait sur son œil, puis elle esquissa un joli sourire.

**Notre salle de classe à l'heure du déjeuner**

Lorsque la cloche du déjeuner sonna, la classe fut libérée et nous nous dirigeâmes vers la cafétéria. Je me retrouvai à avancer dans le couloir avec un enfant qui était assis à un des bureaux juste derrière moi. Il portait de grosses lunettes épaisses et un petit peigne de poche dépassait de sa poche arrière. C'était Bobby Holbrook. Je ne pus m'empêcher de regarder ses yeux lorsqu'il souleva son sac en papier près de son visage, l'ouvrit et lorgna à l'intérieur. Il le referma ensuite en tordant la partie supérieure.

— Comment tu t'appelles ? demandai-je.

— Holbrook, répondit-il.

— Je m'appelle Jerry.

— Je croyais que tu avais dit à Mme Heffernan que c'était Jerome ?

— Tu peux m'appeler Jerry.

Le sac que Holbrook portait semblait fripé, usé, taché d'huile, sans doute dû aux nombreux allers-retours entre la maison et l'école. Il avait l'air affamé et je pouvais sentir sa déception après avoir jeté un coup d'œil dans le sac.

— Combien d'enfants il y a chez toi ? demanda Holbrook

— Des tas de tantes, d'oncles et de cousins pendant les vacances, répondis-je. Mais sinon, moi et mon frère Dick.

— Trois seulement, hein ? demanda-t-il.

— Mon frère Mike part à l'université la semaine prochaine, alors je suppose qu'il ne compte pas.

— Nous sommes onze en tout, dit Holbrook.

— Onze ? Ouah ! m'écriai-je.

— En plus, il y a maman et papa, et deux cousins qui vivent avec nous et qui ont perdu leurs parents à la guerre. En France, je crois.

— C'est ta mère qui te prépare ton déjeuner tous les jours ? je lui demandai.

— Oui.

— Qu'est-ce qu'elle t'a préparé aujourd'hui ?

— Qu'est-ce que tu veux dire ? demanda Holbrook.

— Qu'est-ce qu'il y a dans ton sac ?

Holbrook ne répondit pas et continua de marcher.

— Qu'est-ce qu'elle t'a préparé pour le déjeuner ? je répétai.

— Oh, un sandwich et une pomme.

— Un sandwich et une pomme ?

— Je n'ai jamais très faim au déjeuner.

J'étais bien placé pour comprendre ce qu'il se passait. N'importe quel enfant ayant vécu la guerre, n'importe où dans le monde, le saurait. Le sac fripé, le fait qu'il ait dû y jeter un coup d'œil ainsi que sa grande famille étaient autant d'indices qui ne trompaient pas. À mon avis, Holbrook n'avait même pas pris de petit-déjeuner. Ou bien les quelque onze enfants qui vivaient chez lui se relayaient pour en prendre un bon. Les enfants américains nés à la fin des années trente et au début des années quarante étaient capables de deviner quand d'autres enfants réfléchissaient plus que de raison à ce qu'ils allaient dire pour éviter d'être embarrassés ou tristes. Nous étions très sensibles à ce genre de situations. Les enfants qui n'avaient pas suffisamment à manger par exemple, ou ceux qui avaient perdu un frère ou un parent à la guerre. Nous avions tous une chose en commun : nous savions ce que c'était que de vivre la majeure partie de notre vie dans un monde en guerre. Nous savions comment nous occuper les uns des autres lorsque les adultes ne pouvaient pas toujours être là. Le sens des responsabilités, ajouté à cinq années de privations et de sacrifices, de rationnement de nourriture et de partage avec les autres, nous connaissions tout cela.

— Un sandwich ? Quel genre de sandwich ? demandai-je. Les sandwichs, c'est ce que j'aime le plus.

Holbrook balaya le couloir du regard, dans l'espoir que personne ne l'entende.

— Au Ketchup, confessa-t-il à voix basse.

Je savais que les sandwichs au ketchup ne constituaient pas un vrai déjeuner. Les enfants issus de familles en difficulté mangeaient parfois des sandwichs au ketchup, au miel ou au sucre, juste pour pouvoir tenir un sandwich entre les mains, pour se sentir comme les autres. Papa m'avait un jour raconté que les enfants pauvres du Sud mangeaient parfois des sandwichs à la mélasse avant d'aller à l'école.

— Les sandwichs au Ketchup, ce sont mes préférés, marmonnai-je.

Pendant que nous marchions, je fouillai dans ma poche droite, en sortis ma pièce de vingt-cinq cents, la passai sous mon bras gauche et la pointai vers ses côtes.

— Tu veux échanger ?

Holbrook fixa la petite pièce quelques instants, puis leva les yeux vers moi.

— Comment tu t'appelles encore ?

— Je te l'ai déjà dit, Jerry.

Holbrook observa à nouveau la pièce de monnaie.

— Pour de vrai, précisai-je en le fixant droit dans les yeux.

— Marché conclu.

Il me dévisagea pendant que nous marchions.

— J'adore le ketchup, répétai-je, une fois de plus.

Il me lança un regard qui me fit comprendre qu'il était prêt à me ferait confiance . Nous fîmes cet échange - et nous continuâmes à le faire pendant toutes nos années d'études ensemble. Il aurait fait la même chose à ma place.

Ce fut à ce moment-là que Holbrook et moi nous rapprochâmes et commençâmes à rire et à discuter comme si nous étions de vieux amis. Il m'expliqua que son père était serre-frein à temps partiel pour les chemins de fer et qu'ils vivaient sur Berry Road. Son père avait acheté la maison à un fermier pour sept cents dollars et ils n'avaient pas d'eau chaude, mais ils avaient trois petites chutes d'eau et un ruisseau derrière leur maison, en bordure de leur terrain. Nous nous retrouvâmes derrière Barber dans le couloir de la cafétéria.

— Qui est la fille qui a parlé en classe ? je lui demandai. Celle qui est au premier rang.

— Mary Crane. Elle habite près de chez moi.

Il pointa en direction du couloir.

— C'est elle qui se trouve près de la porte de la cafétéria et qui scrute le tableau d'affichage. On peut peut-être s'asseoir avec elle.

Mary attira l'attention de Holbrook et nous attendit.

— Bonjour Jerome, dit Mary.

— Appelle-le Jerry, précisa Holbrook.

— Je sais Holbrook, dit Mary. Nous prenons le même bus. Vous voulez qu'on s'assoie ensemble ?

Barber se joignit à nous, fit signe à Bases et nous trouvâmes une table où nous discutâmes pendant tout le déjeuner. Holbrook savourait son repas chaud avec tant de plaisir que j'eus la confirmation qu'il n'avait pas pris de petit-déjeuner. Alors que j'étais en train d'ouvrir le sac en papier contre lequel j'avais échangé ma pièce de monnaie, Mary arriva par derrière, me contourna et glissa une petite bouteille de lait près de mon sac pour que je la boive. Elle plaça ensuite sa main devant sa bouche et me chuchota à l'oreille :

— J'ai vu ce que tu as fait.

Mary n'habitait pas très loin des Holbrook, et elle savait combien d'enfants ils avaient et combien leur père travaillait dur pour pouvoir leur offrir de quoi manger.

Elle fit le tour de la table, se rassit et me sourit à travers ses cheveux dénoués.

Nous discutâmes comme si nous nous connaissions tous depuis longtemps, tandis que la plupart des autres enfants étaient déjà ressortis dans la cour de récréation une fois leur déjeuner englouti. Mes nouveaux amis m'assurèrent qu'avec le temps, je finirais par aimer la campagne.

Mary était d'accord.

— Nous avons déménagé de Manlius cet été, expliqua-t-elle.

— Et ça te plait maintenant ? lui demandai-je.

— Tu t'y habitueras bien assez tôt, répondit Mary.

— Où as-tu vécu pendant la guerre ? j'interrogeai.

— J'ai dû vivre avec ma grand-mère, à Syracuse, après que mon père ait été enrôlé quand j'ai eu trois ans.

— C'est bien Syracuse ? demandai-je.

— La ville était effrayante.

— Ah bon ?

— Quand mon père est revenu à la maison en uniforme après la guerre, j'ai pleuré toutes les larmes de mon corps et je me suis cachée sous le lit.

— Pourquoi as-tu pleuré ?

— Je ne l'avais même pas reconnu. Il était parti depuis trois ans.

— Oh.

— Maintenant, je livre des journaux tôt le matin pour gagner de l'argent.

— Où ça ?

— Sur ma route.

— Tu n'as plus peur ?

— Plus du tout. Mon père me conduit sur toute ma tournée avant d'aller travailler. Il adore conduire sa nouvelle Ford. Il m'emmène partout où j'ai besoin d'aller.

— C'est de l'argent pour l'université ? je demandai.

— Juste de l'argent, rétorqua Mary. Pour les choses dont nous pourrions avoir besoin. Peut-être aussi pour l'université.

— Que fait ton père ? demandai-je.

— Il est forgeron.

— C'est chouette, forgeron pour les chevaux ?

— Il travaille surtout sur des voitures. Il a travaillé sur des chars d'assaut pendant la guerre.

— Les gros chars de l'armée, comme ceux du général Patton ?

— Sans doute. Il peut réparer presque tout ce qui a besoin d'être réparé.

— Et ton père, qu'est-ce qu'il fait ? demanda-t-elle.

— Il travaille dans une boulangerie.

Barber ajouta :

— Jerry, il y a un garçon, Randy. Son père ne peut pas lui dire ce qu'il a fait pendant la guerre à cause des secrets...

— Pour de vrai ? le coupai-je.

— Tu peux faire un tour avec lui dans son camion à lait, si tu veux.

— Son camion à lait ? Il est quoi, laitier ?

— Non, c'est un énorme camion à lait. Son père transporte les bidons de lait des fermes à la laiterie. Randy l'accompagne le samedi et le dimanche, si jamais tu veux y aller, dis-le moi.

Ce déjeuner à la cafétéria rendit ma journée bien plus agréable qu'elle n'avait commencé.

Fabius Central School    Nov.17,1947

**Moi, troisième en partant de la droite, rangée du bas.
Mary, troisième en partant de la gauche, rangée du haut.
Mme Heffernan au milieu.**

Enfin, la cloche retentit et notre première journée d'école prit fin. Pendant toute la première semaine, les élèves de notre classe durent se mettre en rang et marcher ensemble jusqu'au bus. M. Skelton était toujours aux commandes du véhicule. Tout cela était si nouveau pour moi. Je me demandais s'il restait là toute la journée à nous attendre, ou s'il pouvait rentrer chez lui, ou même se promener pendant la journée.

Le trajet du retour fut amusant car je pus m'asseoir à nouveau avec Barber et apprendre, cette fois-ci, tout ce qui se passait de l'autre côté de la route. J'aperçus la grande ferme dans laquelle il vivait, avec ses granges, ses silos et toutes ces choses formidables qui en faisaient partie, comme des animaux, des tracteurs, des camions et des machines. Linda Oats descendit du bus à l'angle de notre route. Que pouvait-il y avoir de mieux que de découvrir que la plus jolie fille du bus vivait sur la même route que moi ?

**Vue de notre maison et des chutes depuis le rocher blanc.**

Le bus s'arrêta devant notre maison et Dick et moi en descendîmes. Nous restâmes une minute là, à regarder autour de nous, et nous prîmes conscience de tout ce qui nous entourait. C'était la première fois que nous marchions depuis le bus scolaire jusqu'à la maison, sur notre longue allée en terre. Nous examinâmes notre nouvel environnement, à la fois avec crainte et émerveillement.

— Regarde ce qu'il y a là-haut, dit Dick.

— Où ça ? demandai-je.

— Ce gros rocher qui dépasse de la falaise, là-haut, près du sommet. Il est énorme pour un rocher.

— Il est tout blanc, remarquai-je.

— Je n'ai jamais vu de rocher blanc avant, dit Dick en marchant vers la maison.

Tout nous paraissait nouveau. Les grands arbres qui dominaient les bois au sommet des falaises de schiste et de roche, le ruisseau qui coulait le long de la falaise derrière la petite grange, ainsi que le garage qui se dressait à proximité, la propriété qui était autrefois un parc public, Delphi Falls Park, ainsi que notre maison qui servait de pavillon de square dance. Et tout cela nous semblait toujours aussi intimidant.

— Je vais aller voir dans la grange si ce vieux chariot à glace vaut la peine d'être réparé, lança Dick.

Il avait vu un chariot tricycle à glace dans un magasin de vélos d'occasion à Cortland. Celui-ci avait été heurté de plein fouet par un camion qui livrait du lait et s'était écrasé contre un mur de briques. Dick avait échangé sa boîte de monnaie Log Cabin Syrup remplie de pennies Indian Head et avait demandé à M. Rowe de le transporter avec les cartons de déménagement.

— Un chariot à glace ? Tu veux dire que tu as un chariot à pédales qui sert à vendre des esquimaux ?

— Oui, mais il est très abîmé.

Alors que je le voyais perdu dans ses pensées, à se demander si le chariot était réparable, j'eus soudain une idée, mais je la gardai pour moi. La fille de l'école, Mary, son père était forgeron. Je réfléchissais à un moyen de confier le véhicule de Dick à Mary pour que son père le répare et qu'elle puisse gagner un peu plus d'argent en vendant des glaces. Je repensais aussi à la gentillesse dont elle avait fait preuve en m'achetant du lait avec son propre argent pour le déjeuner. Je savais qu'elle deviendrait une bonne amie. De toute façon, Dick me devait une faveur pour avoir menti au sujet de son œil au beurre noir. Il ne me restait plus qu'à trouver le moyen de faire disparaître son chariot à esquimaux, et de le faire atterrir chez Mary sans que Dick ne fasse une hémorragie cérébrale, mais je n'avais même pas le temps d'y penser. J'étais encore trop absorbé par l'épisode de Superman diffusé à la radio hier soir, où il avait parcouru en volant près de trois cents kilomètres en deux secondes, et sauvé une famille des griffes d'un train qui fonçait droit sur eux à toute allure et qui allait sans aucun doute leur broyer les os. Aujourd'hui, après mon premier jour dans une nouvelle école, je voulais aller, déguisé en Superman, me baigner sous les chutes monstrueuses, là où mon père m'avait indiqué un bon point de baignade. J'étais en train de me déshabiller quand j'aperçus Dick par la fenêtre, qui marchait depuis les balançoires jusqu'au garage de la grange. Je savais que papa était au travail et que maman n'était pas à la maison, alors je me dis : pourquoi pas ?

Avant toute action, je m'efforçais toujours de réfléchir, même si j'avais toujours tendance à m'attirer des ennuis. Les garçons réfléchissent toujours par précaution, au cas où quelqu'un leur demanderait : « Mais à quoi pensais-tu ? ».

Mais là, j'avais des choses plus importantes en tête. Superman, déguisé en Jerry, allait voir les chutes d'eau pour la première fois. Je m'étais dit que si j'allais aux chutes dans la peau de Superman, je serais plus rapide qu'une balle, et si j'étais plus rapide qu'une balle, personne ne pourrait me voir, et si personne ne pouvait me voir et qu'il n'y avait personne à la maison, je n'avais pas besoin de porter quoi que ce soit. Pas de maillot de bain. Nada. Rien du tout. Je serais nu comme un ver.

Tout cela me paraissait parfaitement logique.

Je sortis par la porte arrière du salon et me mit à courir à la vitesse de l'éclair, bien plus vite qu'une balle qui filait à toute allure. De ma chambre à la cascade, en passant par la maison, je me déplaçais aussi vite qu'un missile supersonique. C'était tellement cool - ma vitesse de Superman - mes pieds touchant à peine le sol.

Une fois sous les chutes d'eau, je pouvais à peine m'entendre penser tant l'eau s'écrasait avec fracas sur plus de vingt mètres de haut dans un petit bassin situé en contrebas. Tout près de la haute falaise de schiste, à quelques pas du ruisseau, je découvris des fossiles de pierre datant de la préhistoire. Dans le ruisseau, je pouvais distinguer des vairons et de minuscules écrevisses se glisser sous les rochers. Je regardais l'eau jaillir en haut des chutes et je suivais sa trajectoire, jusqu'au bassin en contrebas, où elle se brisait en des milliers de petites gouttes blanches.

Lorsqu'il fut temps de retourner à la maison, je traversai le ruisseau très prudemment, pour ne pas glisser ou me cogner les orteils sur les rochers, et lorsque j'arrivais de l'autre côté, je savais que mes pouvoirs de Superman reprendraient le dessus, et que je pourrais ainsi retourner dans ma chambre sans être vu.

Je partis comme une fusée vers la maison qui se rapprochait de plus en plus, et je vis avec ma vision à rayons X que la porte arrière du salon était grande ouverte.

Bizarre, je ne me souvenais pas d'avoir laissé cette porte ouverte.

Pas de quoi s'inquiéter. J'étais une balle qui filait dans les airs. Je me rapprochais et plus je me rapprochais, plus je me persuadais que je pouvais atteindre le salon d'un seul grand bond, sans aucun autre pas, et je bondis, vers le haut, vers le haut, et loin !

Je volai dans les airs, traversai la porte ouverte et atterris parfaitement sur mes deux pieds nus, avant de m'arrêter brusquement, en équilibre, à quelques mètres de la porte, sur le tapis du salon.

— Bonjour, Jerome, dit Mme Heffernan, en regardant cette fois par-dessus ses lunettes.

— Bonjour ?!

— Ta mère a eu la gentillesse de m'inviter pour une petite visite et une tasse de thé.

Je restai figé, les fesses nues, l'air idiot.

— Tu n'as pas froid, mon chéri ? demanda maman.

Son thé déborda de sa tasse et se répandit sur la table basse. Mme Heffernan lui tendit une serviette.

Je ne dis pas un mot. En fait, je crois que j'étais même devenu aveugle un instant. Je fis demi-tour, traversai salon, puis le couloir et ma chambre, où je m'effondrai sur mon lit.

Ce n'était que mon premier jour d'école, à la campagne.

Je recouvris ma tête de mon oreiller, l'esprit complètement vide, encore une fois.

Leçon numéro un - on dit *la cave*, pas les toilettes. Leçon numéro deux – il est interdit d'oublier de boutonner sa braguette. Leçon numéro trois - Madame Heffernan est une *Madame*, pas une

*Sœur*. Leçon numéro quatre - Superman porte un slip de bain, et personne ne me l'avait dit.

Comment un garçon pouvait-il le savoir en écoutant seulement à la radio ?

**Le jardin de Jerry et son point de baignade - Chutes de Delphi**

## CHAPITRE DEUX
## NE CRAINS RIEN, L'AVENTURE APPROCHE

Je parlai à mon père du sandwich au ketchup de Holbrook, de sa grande famille si pauvre et du fait que cela me rappelait la guerre, comme si elle était toujours d'actualité. Je lui racontai comment Mary Crane avait pleuré et s'était cachée sous son lit lorsque son père était rentré de la guerre en uniforme, et comment il la conduisait désormais tôt le matin avant qu'il n'aille travailler pour qu'elle puisse livrer des journaux dans leur rue et ainsi, gagner un peu d'argent. Je lui parlai également du garçon, Randy, dont le père ne pouvait pas parler de la guerre à cause des projets top secrets sur lesquels il avait travaillé. À la lumière du tableau de bord qui se reflétait dans ses yeux, je pouvais voir que papa comprenait tout ce que je ressentais.

Ce soir-là, alors que je m'agenouillais sur le nouveau linoléum et que je m'appuyais sur mon nouveau lit (à mes yeux), il me sembla bon de formuler mes réflexions de la seule manière que je connaissais : à travers mes prières du soir. Ma famille semblait s'être installée dans une nouvelle routine, une nouvelle culture, mais mes souvenirs de Cortland ne cessaient de remonter à la surface, inexplicablement. Le plus douloureux, c'était que je ne savais pas trop pourquoi.

— Maintenant que je me couche pour dormir, je prie le Seigneur de garder mon âme. Si je devais mourir avant de me réveiller, je prie le Seigneur de la recueillir.

Je m'étais habitué à la guerre, dont j'avais vécu les cinq dernières années. Mais je n'étais pas encore accoutumé à ce « pays » que je connaissais peu ; les abords de la colline escarpée à côté de la maison que je n'avais jamais explorés avant la fin de l'été ; les bois sombres et leurs arbres de vingt mètres de haut au bas de la colline, qui semblaient mesurer presque cent mètres en haut de cette même colline ; la cascade de plusieurs dizaines de mètres derrière notre maison qui tonnait constamment, comme si elle était vivante et voulait se libérer des rochers sur lesquels elle dégringolait jour et nuit, et la crique près de la falaise située de l'autre côté du pavillon de danse à un étage qui avait été transformé en maison et dans lequel je pouvais encore me perdre.

J'appréciais les enfants que je rencontrais, Holbrook et les autres,

Jerome Mark Antil

Barber, Mary et Bases. J'aimais la ferme de M. Pitts, où j'allais chercher des œufs chaque semaine, et celle du fermier Parker, où j'allais voir les vaches rentrer à la maison, mais mes pensées étaient assombries par un « mal du pays » qui me prenait de temps en temps et qui me donnait l'impression qu'il me manquait une partie de moi depuis notre déménagement. Il me manquait cette partie de moi, celle de Cortland, qui avait assisté au début, au milieu et à la fin de cette guerre qui avait affecté toutes les familles, tous les voisins, et qui nous avait tous unis. Je faisais encore des cauchemars - j'étais dans le jardin et le ciel s'assombrissait de bombardiers volant à basse altitude, en route vers l'Angleterre pour bombarder Hitler. Je me rappelais avoir vu maman pleurer pendant que nous écoutions les funérailles du président Roosevelt à la radio Zenith. J'étais troublé par ce nouveau sentiment de vide et de détachement que j'éprouvais de temps à autre.

Soudain, dans l'obscurité, une main se posa sur mon épaule.

— Psssst-Jerry-psssst !

— Quoi ?

— Tu veux aller pêcher, fiston ?

C'était mon père qui me réveillait pour que j'aille pêcher avec lui. Il ne m'avait jamais emmené à la pêche seul lorsque nous vivions en ville. Le dimanche, toute la famille se rendait à Little York Lake pour pique-niquer et pêcher, et nous écoutions l'émission de radio de Walter Winchell, ou même *Stop the Music* sur le chemin du retour. Aucune lumière n'était allumée dans la maison et personne n'était réveillé. Je comprenais donc que j'allais pouvoir accompagner mon père dans la voiture, chose formidable, parce qu'il savait comment enchaîner les grandes aventures. Il portait son costume de travail et sa cravate, ce qui était étrange. Je me levai, m'habillai et avançai dans l'obscurité jusqu'à la voiture. Pour ne réveiller personne, il démarra la voiture avec les feux éteints, fit demi-tour et descendit l'allée jusqu'à la grille. Il ralluma les phares une fois sur la route.

Vous voyez ce que je veux dire ? Combien de personnes auraient pu faire cela sans foncer dans les balançoires, sans heurter le côté du garage ou sans précipiter la voiture dans le ruisseau ? Seulement mon père ! Rien que ça, c'était une aventure, et nous n'étions même pas encore sortis de notre allée.

— Où allons-nous, papa ?

Je ne savais pas si c'était le soir ou le matin, mais c'était amusant d'être debout si tard ou si tôt - peu importait - avec mon père, et de savoir qu'à l'intérieur de chaque maison devant laquelle nous passions, tout le monde dormait et manquait tout.

— Comment ça se passe à l'école, fiston ?

— Ça va.

— Comment se sont passés tes premiers jours ?

— M. Mobley pense que je m'appelle Jeremiah Mark.

Papa sourit.

— Je suis impressionné. En même pas une semaine, tu as déjà deux noms, un peu comme Superman et Clark Kent.

Je me redressai légèrement.

— Nous allons au lac Little York pour attraper des poissons-lunes ou des perches, mais d'abord, on fera une pause au Bucky's Diner à Cortland pour prendre le petit déjeuner. Ensuite, on s'arrêtera dans plusieurs épiceries à Auburn, Seneca Falls et Fayetteville avant de rentrer à la maison. J'ai pensé que ça te plairait de faire un tour.

Nom d'un chien ! J'adorais le Bucky's Diner parce qu'il était ouvert toute la nuit et que papa et Bucky étaient de bons amis. Bucky portait toujours un grand tablier blanc autour de lui, qui descendait presque jusqu'au sol, comme une robe, et une ficelle blanche nouée autour de sa taille pour le maintenir. Il portait une coiffe en papier qui ressemblait à un chapeau militaire et sur lequel était écrit « New York State Fair ».

Papa travaillait dans sa boulangerie, ainsi que celle de M. Durkee à Homer, juste à côté de Cortland où nous vivions, et il s'arrêtait toujours dans les épiceries pour vérifier que le pain était parfaitement exposé sur les étagères, histoire que les clients le remarquent comme il faut - et attendez juste une minute -

— Cortland ? m'exclamai-je.

Je réalisai enfin ce qu'il venait de dire. Je n'étais pas allé à Cortland depuis notre déménagement à la campagne, et j'avais déjà oublié la distance que nous avions parcourue jusqu'à Delphi Falls avant cette Fête du Travail. Le trajet m'avait semblé durer des heures.

— Cortland, c'est loin ?

— Trente-cinq, peut-être quarante minutes, fiston.

— C'est tout, papa ? Pour de vrai ?

— A peu près le temps que dure ton émission radio sur Superman, Jerry mon garçon. Je me disais que tu aimerais revoir Cortland.

— Je croyais qu'on avait déménagé en Chine, à un million de kilomètres, et en fait, ça a toujours été juste à côté ?

En peu de temps, nous passâmes devant l'épicerie de Shea, devant l'école, et nous traversâmes le village.

— Où va cette route, papa ?

— Elle va jusqu'à Tully, puis nous irons au sud jusqu'à Homer sur la route 11. Imagine que tu es sur un cargo à vapeur, Jerry mon garçon, et qu'on navigue d'un port à l'autre, d'une aventure à l'autre. Tu explores le monde, tu le protèges des malfaiteurs et des ennemis de l'humanité.

— Comme Hitler et Mussolini, marmonnai-je.

Papa ne put retenir un sourire.

Il était génial. Alors qu'il m'encourageait à devenir le Superman que nous soupçonnions que j'étais, je vis au loin un panneau de signalisation incliné vers la gauche. Je ne le quittai pas des yeux, et tentai tant bien que mal de le déchiffrer

Quand je parvins à le lire, je criai :

— Berry Road. Papa, c'est Berry Road. C'est là que vit Holbrook.

— Eh bien, allons jeter un coup d'œil, dit papa en ralentissant la voiture.

— Pour de vrai, papa ?

— La route ne doit pas être si longue que ça. Nous ferons l'aller-retour.

— Quels éléments as-tu sur sa maison, Jerry ?

Je n'en revenais pas. Papa bifurqua sur Berry Road aussi facilement qu'il contournait les balançoires et la grange à la maison. Il n'avait même pas besoin de penser. Il était génial !

— Sa maison se situe près d'un ruisseau. C'est tout ce que je sais.

— C'est un bon indice, mon fils, peut-être tout ce dont nous avons besoin. Là où il y a un ruisseau, il devrait y avoir un pont. Cherche un petit pont, comme celui qui se trouve près de notre maison.

Quelques kilomètres plus loin, nous franchîmes une colline où la route décrivait un virage.

— Il y a un pont, papa. Il y a un pont, là.

C'était un petit pont en béton, haut de soixante ou soixante-dix centimètres, de la largeur du ruisseau.

— La maison blanche près de l'érable pourrait être celle de Holbrook, dit papa. Nous allons faire demi-tour ici et nous diriger vers Cortland, mais maintenant, tu sais peut-être ce qu'il en est. Demande-lui lundi. Demande-lui s'il habite une maison blanche à deux étages avec des bardeaux bleus.

Nous aperçûmes une voiture devant nous, avec ses feux intérieurs allumés, roulant lentement, près du bord de la route, comme si elle avait un pneu crevé. Je pouvais distinguer quelqu'un sur la banquette arrière. Puis je vis un bras jaillir de la vitre arrière et un journal enroulé voler très haut avant d'atterrir sur une pelouse.

— Devant moi, c'est une Ford ? demandai-je.

— C'est bien une Ford, pourquoi ?

— On peut s'approcher ? Je veux voir qui c'est. Ils livrent des journaux. C'est peut-être Mary et son père.

Un autre journal enroulé fusa par la vitre arrière ouverte, plus haut que le précédent, et il atterrit au milieu d'une autre pelouse.

— Si c'est Mary, elle a un bras solide, dit papa. Elle serait une excellente joueuse de baseball.

Papa marqua une pause lorsque la Ford arriva à son niveau. Je baissai ma vitre.

— C'est elle. C'est Mary. C'est elle, c'est sûr, sur le siège arrière, en train de livrer des journaux.

Papa donna un petit coup de klaxon amical et salua M. Crane, qui sourit et le salua à son tour. Je fis un signe de la main à Mary. Elle croisa mon regard et en fit de même en souriant. Puis, papa ralentit fortement, se gara dans une allée et fit marche arrière pour que nous puissions reprendre notre route.

— Son père la conduit tous les matins.

— Je me souviens que tu me l'avais dit. C'est une gentille fille.

Quelle aventure nous étions en train de vivre, et il ne faisait même pas encore jour.

À Cortland, nous nous garâmes à côté du Bucky's Diner. J'avais l'impression d'avoir fait le tour du monde. Je n'aurais jamais imaginé revoir ce restaurant après notre déménagement.

Une fois à l'intérieur, je m'assis au comptoir, sur mon tabouret préféré, comme je l'avais toujours fait lorsque nous y venions auparavant. Planté sur mon tabouret, je fis mes deux ou trois tours habituels, en m'écartant du comptoir pour chaque tour. Bucky était en tablier et en coiffe légère, comme dans mon souvenir. Puis, comme à chaque fois que nous allions chez Bucky, papa sortit une pièce brillante de sa poche et, avec son pouce, il la fit tourner en l'air, si bien qu'elle devint toute floue tant elle virevoltait rapidement dans les airs, assez haut pour presque toucher le plafond.

— Vas-y, Bucky ! il s'exclama sans quitter des yeux la pièce de vingt-cinq cents en pleine descente.

**Bucky's Diner**

Le jeu auquel ils jouaient consistait à dire « pile » ou « face », et si la pièce tombait comme Bucky l'avait prédit, papa lui donnait une pièce pour son café. Qu'il gagne ou qu'il perde, Bucky posait ses deux mains sur le comptoir, lançait ses jambes sur le côté et faisait claquer ses talons l'un contre l'autre. Si Bucky ne répondait pas correctement, le café de papa était gratuit.

C'était amusant, et tout le monde dans le restaurant se rassemblait pour assister au spectacle. Je savais que le café coûtait dix cents et, une fois, j'avais demandé à papa s'il se sentait mal de perdre une pièce de vingt-cinq cents si Bucky répondait correctement. Il m'avait répondu que non, qu'il le faisait pour qu'avec ces vingt-cinq cents, Bucky puisse compenser le café gratuit la fois suivante. Papa était gentil à ce point-là.

— Nous avons besoin de deux sandwichs aux œufs et au bacon, emballés dans du papier sulfurisé, si tu peux, Bucky, dit papa.

— On dirait que vous allez pêcher, répondit Bucky.

— Jerry et moi avons l'intention d'aller vider le poisson-lune et la perche du lac Little York avant le lever du soleil. Nous voulons les attraper pendant leur sommeil.

— Et si je lui emballais un morceau de tarte aux pommes fraîche pour qu'il reste éveillé, le garçon ? proposa Bucky.

Papa lui adressa un clin d'œil du genre « ce serait gentil », et après avoir bu la dernière gorgée de son café, Bucky lui tendit un sac en papier et nous retournâmes à la voiture. Il faisait encore nuit dehors.

Je commençais à savoir correctement mettre un ver en place sur un hameçon, à la lumière du jour, mais il faisait bien trop sombre et il était bien trop tôt pour que je puisse voir ce que je faisais. Je sortis un ver de la boîte à café et je le tendis à papa pour qu'il l'accroche à ma place. Nous nous assîmes au bout du ponton en bois, les jambes ballantes, pendant près d'une heure. Je parvins à attraper trois poissons-lunes. Papa, lui, avait attrapé une barbotte.

Puis, il sortit de l'eau la ligne sur laquelle quatre poissons se balançaient.

— Que dirais-tu de remettre ces poissons dans le lac pour qu'ils grandissent un peu plus ? Nous savons où ils vivent et nous les attraperons à nouveau lorsqu'ils seront plus gros et qu'ils nous feront un bon repas.

Pour moi, c'était tout à fait logique et, après tout, le simple fait d'aller pêcher seul avec mon père était formidable ! Avant de manger nos sandwichs, il me tint par les jambes et l'arrière de ma ceinture pour que je puisse plonger mes mains dans le lac et les rincer de l'odeur des vers. Il rinça également les siennes, pour enlever les tripes et la puanteur des vers.

Au moment où le soleil commençait à pointer le bout de son nez, nous ramenâmes les perches et tout le reste à la voiture. Papa entra dans Homer et contourna l'arrière de la boulangerie, où tout le monde travaillait et se dépêchait, où l'on montait et descendait à toute hâte les escaliers, et où les camions de livraison de la boulangerie, garés un peu partout, étaient chargés de cartons de pain chaud avant que les chauffeurs ne les emportent. C'était à ce moment-là que je compris pourquoi papa portait son costume et sa cravate en permanence - parce que les boulangers devaient livrer du pain partout, et comme ils voulaient le livrer frais aux magasins, la boulangerie devait fonctionner vingt-quatre heures sur vingt-quatre. Tous les employés de la boulangerie me demandaient lequel des garçons j'étais (ils n'arrivaient jamais à nous différencier), me tapotaient la tête et me disaient à quel point j'avais grandi. C'était agréable de voir que personne ne nous avait oubliés simplement parce que nous avions déménagé. Papa pénétra dans le bureau de la boulangerie, se servit une tasse de café et prépara un chocolat chaud pour accompagner ma part de tarte aux pommes.

— Je vais faire quelques courses, indiqua-t-il, et puis on s'en va.

J'avais besoin de temps pour manger ma tarte, cela ne me dérangeait donc pas - et en plus, le soleil venait à peine d'apparaître et j'avais déjà vécu trois aventures en compagnie de mon père.

Après qu'il ait fait ses emplettes, nous descendîmes les escaliers de derrière jusqu'à la voiture. Il me conseilla de m'asseoir sur le siège arrière et de dormir un peu parce qu'il allait conduire jusqu'à Auburn, puis jusqu'à Seneca Falls pour inspecter des épiceries, avant de rentrer à la maison. Je m'allongeai donc sur la banquette arrière et j'étais parfaitement à l'aise. Papa mit sa radio en route et je somnolais au son des musiques ou des discussions qu'il tentait de capter au mieux d'une ville à l'autre en tournant le cadran central.

Lorsque je me réveillai, le soleil était brillant et la voiture immobile. Je me redressai et frottai mes yeux en essayant de me rappeler ce que je faisais sur le siège arrière de la voiture. Puis, je vis que nous étions garés devant une épicerie quelque part dans la campagne. Il n'y avait ni maison ni ferme aux alentours. J'ouvris la portière, je descendis du véhicule et entrai à l'intérieur de l'épicerie. Je contournai allée, près des légumes, mais je ne vis aucune trace de mon père. Je tournai au coin du magasin, près d'une pile de courges, et ne vis toujours pas mon père. Un présentoir de bandes dessinées et une bande dessinée en particulier, celle de Superman, attirèrent mon attention. Je ne l'avais jamais vue avant, alors je feuilletai quelques pages.

Quand j'eus fini, je reposai la bande dessinée sur le support, j'arpentai à nouveau le magasin à la recherche de papa, et comme je ne le trouvais pas, je décidai de retourner à la voiture et de l'y attendre. Il était probablement en train de régler quelques affaires. Je repérai la porte d'entrée et je m'éclipsai.

La voiture avait disparu.

Ça n'est pas bon signe, me dis-je. Je pensais de plus en plus à ce qui m'entourait depuis notre déménagement à la campagne.

Je me précipitai dans le magasin et m'approchai du comptoir. L'homme derrière la console était en train de ranger des cartouches de cigarettes sur une étagère derrière lui, ses lunettes enfoncées sur son front, pile sur le sommet de sa tête.

— Où est mon père ?

— Qui es-tu, mon garçon ?

— Je m'appelle Jerry. Où est mon papa, Mike ?

L'homme sourit, m'indiqua tout de suite qu'il connaissait Big Mike et commença à discuter avec moi. Je lui racontai que je m'étais endormi sur le siège arrière et que j'étais entré dans le magasin pour le retrouver, mais qu'au moment où j'étais sorti, il n'était plus là.

— Ne t'inquiète pas, petit gars, dit l'homme en riant. Ton père verra qu'il a perdu son fils dès qu'il regardera sur la banquette arrière, et il fera demi-tour en un clin d'œil, et reviendra tout de suite, très vite, je te le promets.

Je me sentis de suite mieux, mais mes larmes menaçaient tout de même de s'écouler.

Et s'il avait oublié qu'il m'avait amené ce matin au milieu de nulle part, et qu'il était parti en voiture vers tous les endroits qu'il avait mentionnés, sans jamais se souvenir de moi, et que je resterais ici pour toujours ?

Il arrivait régulièrement qu'autour de la table du dîner, maman ou papa s'arrêtait au beau milieu d'une phrase, fixait l'un d'entre nous dans les yeux, et devait rassembler leurs esprits pour se souvenir de nos prénoms. Une fois, papa m'avait regardé comme s'il pensait : « Je connais ton nom. Je me souviens t'avoir ramené de l'hôpital ». Je faisais des cauchemars où je me retrouvais dans un magasin et où mes parents ne se souvenaient pas de mon nom, et ce jusqu'à ce qu'une lettre du comité de recrutement de l'armée me parvienne, en mon nom.

L'homme sortit avec moi, me tendit une glace à l'orange, s'assis sur le perron et baissa ses lunettes pour m'aider à enlever l'emballage glacé.

— Je vais attendre ici avec toi, Jerry, parce que je sais que ton père va arriver d'une minute à l'autre.

Il me fallut beaucoup d'efforts pour m'empêcher de pleurer, mais la glace m'aida, et l'homme assis à mes côtés me soutint également. Je ne m'étais jamais senti seul.

J'aurais pu survivre si on m'avait abandonné à Cortland, où je connaissais beaucoup plus de choses, mais ici, nous étions en pleine nature.

Au loin, nous pouvions commencer à voir la poussière qui s'élevait de la route.

— Eh bien, regardez ce que nous avons là, dit l'homme en souriant. On dirait bien que Big Mike se dirige droit sur nous.

Je distinguais une petite voiture vert pâle qui arrivait du bas de la route.

— La Oldsmobile de papa est vert clair, dis-je.

« S'il vous plaît, mon Dieu, faites que ce soit mon père, priai-je. Je nettoierai ma chambre et ferai tout ce que mes parents attendent de moi. »

La voiture vert clair grossissait à vue d'œil et bientôt, un long bras sortit de la vitre, bien droit en l'air, et nous salua, tandis que la voiture se rapprochait, ralentissait et bifurquait sur le parking du magasin. C'était bien mon père, et c'était là que je me mis à pleurer. Non pas parce que j'étais triste ou effrayée, mais parce que j'étais heureux. Heureux de voir que mon père ne m'avait pas oublié.

Il descendit de la voiture, en fit le tour et me tapota la tête en riant à gorge déployée.

— Remercie M. Morgan de t'avoir surveillé, Jerry mon garçon. J'ai constaté que tu n'étais pas sur le siège arrière au moment où je voulais que tu te réveilles et que tu chantes une chanson avec moi. *Put another nickel in ... in the nickelodeon ... all I want is loving you and music-music-music-*

C'était une des chansons préférées de mon père -Theresa Brewer la chantait à la radio. Nous la chantions généralement ensemble, à tue-tête pour pouvoir l'entendre au-dessus du vent qui s'engouffrait dans par les vitres ouvertes. Cette fois, j'étais assis sur le siège avant, et je me demandais quelle prochaine aventure attendait Jeremiah Mark.

## CHAPITRE TROIS
## UN PASSEPORT POUR L'AVENTURE !

Ce samedi, ma soif d'aventure s'éveilla avec le lever du soleil. Je me faufilai dans la chambre de Gourmet Mike et je négociai avec mon frère à moitié endormi les avantages qu'il aurait à sortir du lit et à me conduire à la séance de cinéma du samedi matin, cinéma que j'avais découvert à Cazenovia. Il partait à l'université le lendemain.

John Wayne jouait dans un des films à l'affiche. Non seulement ils diffusaient régulièrement la série Superman, ainsi que des dessins animés le matin, mais à midi, ils projetaient le film *La Charge Héroïque*, dont j'avais entendu dire à la radio qu'il mettait en scène de nombreux Indiens, des chevaux et des cavaliers, et qu'il était tout à fait spectaculaire en Technicolor.

Pour moi, ce qui me passionnait, c'était de contempler le cheval de cet Éclaireur Indien de 1870 galoper avec une telle rapidité que pas un seul de ses sabots ne semblait toucher le sol, alors qu'il esquivait les flèches les unes après les autres, le bord de son chapeau de cavalerie s'aplatissant sur sa tête sous l'effet du vent. Ce qui me passionnait également, c'était ce lieutenant de cavalerie qui avait osé ordonner à l'autre lieutenant d'enlever sa blouse d'uniforme (portée par-dessus la chemise) pour qu'ils puissent se disputer une fille qu'ils aimaient tous les deux, celle qui avait un ruban jaune dans les cheveux, et qui était si jolie qu'on lui avait écrit une chanson.

Personne n'avait encore de télévision - elle venait à peine d'être inventée et personne ne pouvait s'en offrir une. Alors, si nous disposions des quinze cents nécessaires pour entrer, nous allions au cinéma le samedi matin et nous y restions toute la journée, jusqu'à ce que quelqu'un vienne nous tirer de là.

Je négociais avec Gourmet Mike, qui n'était pas encore tout à fait réveillé.

— Gourmet Mike, si tu me conduis, ça te donnera une excuse pour aller voir une de ces filles maniérées de Cazenovia avant que tu ne partes à l'université.

— Quoi ? répondit-il en grommelant.

Je le titillais souvent avec des filles. Et cette fois, je voulais l'appâter avec autre chose que le pop-corn qu'ils vendaient au cinéma. Tout en se grattant la tête, il se mit à bailler, se retourna et se redressa. Il se souvint justement d'une fille de Cazenovia qu'il pourrait peut-être joindre et qui n'était pas encore partie à l'université.

— Je vais te dire, répondit-il en cédant à la tentation. Je te déposerai au cinéma. J'irai à l'hôtel Lincklaen House et j'utiliserai leur cabine téléphonique pour appeler une fille que je connais là-bas. Ensuite, nous pourrons nous retrouver dans leur restaurant.

— Parfait, dis-je.

— Je pense que je vais prendre un milkshake à la crème glacée, avec du malt et un œuf dedans. Et peut-être que je mangerai aussi un danois aux raisins.

— Ah bon ? je grommelai.

— On verra bien.

— Un œuf ?

— J'attendrai avec elle là-bas jusqu'à la fin de ton film, finit-il par dire.

Je m'éloignai du lit de Gourmet Mike et restai bouche bée, stupéfié.

— Un œuf ? insistai-je.

— Quoi un œuf ? demanda Mike.

— Tu as bien dit œuf ?

— Oui.

— Un œuf cru ?

— Bien sûr.

— Tu mets un œuf cru dans la crème glacée ?

— Peut-être même deux.

— Tu mets deux œufs crus gluants dans un milkshake à la crème glacée, et tu le bois ?

— N'oublie pas les deux cuillères à soupe de malt, aussi.

Ce concept me retourna soudainement l'estomac. Je savais qu'en continuant à parler d'œufs crus et de malt mélangé à de la crème glacée, je risquais de compromettre plus que mon trajet jusqu'à Cazenovia.

— Un milkshake malté accompagné d'un œuf est un délice inégalable pour le palais - c'est aussi bon pour la santé, admit fièrement Gourmet Mike en se redressant. Monte dans la voiture. Allons-y.

— Pouah ! pensai-je.

Il n'y avait décidément plus aucun espoir pour lui. Mais j'avais désespérément besoin d'un chauffeur pour aller voir le film de John Wayne. Je sortis de sa chambre, pris une grande inspiration d'air pur dans le couloir, avant de disparaitre en courant, de monter dans sa voiture et d'attendre.

Le film était exactement à la hauteur de ce que l'homme à la radio avait annoncé. La musique du film était géniale. Je pouvais chanter la chanson par cœur. *Round her neck, she wore a yellow ribbon* ... Je me souvenais de chaque scène, en particulier lorsque le capitaine Brittles parlait au chef indien du fait qu'ils étaient trop vieux pour la guerre, qu'ils devraient plutôt boire du whisky et être tous amis, que la guerre n'était pas une bonne chose. Je me souvenais aussi du moment où les hommes du capitaine Brittle lui avaient offert une montre à gousset parce qu'ils l'appréciaient, et qu'il s'était mis à pleurer en cherchant ses lunettes pour lire ce qu'ils avaient gravé sur la montre . Et enfin le moment où le médecin et la femme du commandant avaient dû opérer un homme dans un chariot pour extraire une balle, directement sur le sentier, afin qu'il ne meure pas, les chariots avançant au ralenti pour qu'ils ne rebondissent pas trop.

J'avais mémorisé tout le film de John Wayne - ce qui était normal, puisque Gourmet Mike m'avait oublié. Sans m'en rendre compte, j'avais passé la majeure partie de la journée à regarder le même film en boucle.

Puis quelqu'un me tapota l'épaule. Je levai la tête. C'était mon père.

— Prêt à rentrer à la maison, fiston ?

Je me retournai sur mon siège et je l'observai d'un air ahuri, tout en me demandant ce qu'il faisait là. Je me levai de mon siège et l'accompagnai. Mes yeux se voilèrent pendant qu'ils s'adaptaient à la lumière du jour, qui tirait maintenant sa révérence. Je me disais que j'étais peut-être en train de rêver. Je marchais prudemment en plissant les yeux juste assez pour voir si j'étais toujours sur le trottoir.

— Où est Gourmet Mike ? demandai-je.

— Mike est rentré à la maison il y a des heures. Quand je suis rentré moi aussi, je lui ai demandé où tu étais et où était Dick. Il m'a dit que Dick était avec ta mère, et c'est là qu'il s'est souvenu qu'il avait oublié que tu étais avec lui, et qu'il t'avait laissé à Cazenovia.

Je cessai de marcher, ouvris les yeux et les dirigèrent vers papa.

Il s'arrêta de marcher lui aussi et me dévisagea.

— Il m'a oublié ? demandai-je.

— On dirait bien, fiston.

— Il m'a laissé seul à Cazenovia.

— Oui.

— Je ne suis qu'un enfant ! Comment a-t-il pu m'oublier à Cazenovia ?

Je me disais que cet oubli commençait à faire beaucoup. Quand papa ouvrit la portière de la voiture pour que je puisse m'asseoir, je me tournai vers lui et lui demandai:

— Pourquoi est-ce que tout le monde m'oublie partout ?

Papa sourit et m'expliqua que les plus belles aventures du monde se passaient souvent lorsque nous les vivions seuls, et que c'était là que le sentiment d'accomplissement était le plus fort. Il me fit comprendre qu'être seul, ce n'était pas une mauvaise chose.

Les enfants qui avaient grandi pendant la guerre avaient des croyances dont ils ne parlaient jamais et qui perduraient pendant des années. Et ces superstitions s'amplifiaient à mesure que nous vieillissions. Lorsque nous vivions à Cortland, il arrivait que je me retrouve seul au salon de cirage lorsque papa m'oubliait et commençait à marcher sur le trottoir en lisant le journal du matin. Une autre fois, il m'avait oublié au café Leonard's jusqu'à ce qu'il se souvienne de moi au moment où il prenait sa voiture pour rentrer à la maison. Quand Dick était petit, on l'oubliait si souvent qu'il avait appris à battre les cartes et à jouer une partie de bridge en double, pendant les longues heures où il était gardé par les amis de maman qui le retrouvaient. Il n'avait même pas six ans. Moi, je me contentais de pleurer.

— Jerry, est-ce que John Wayne a parfois agi seul dans le

film ?

Je lui fis signe que oui, vers la fin du film. Captain Brittles (c'était son personnage) avait commencé à chevaucher seul vers la Californie, mais il était tout de même accompagné de son cheval.

— Et Superman, est-ce qu'il fait parfois des choses seul, fiston ?

— Bien sûr, tout le temps ; personne ne peut le suivre.

— Tu aimes regarder le fermier Parker appeler ses vaches.

— Oui.

— Quand tu n'es pas avec lui, il appelle ses vaches pour la traite, tout seul. Il n'a personne pour l'aider.

— Je sais.

— Ton amie Mary, elle a sa propre tournée de journaux, fiston. Je sais que c'est son père qui la conduit, mais c'est sa tournée ; c'est elle qui s'occupe de rouler les journaux, de les lancer et de collecter l'argent.

Papa gara la voiture sur le côté de la route, l'immobilisa et la gara. Puis, il posa son regard sur moi.

— Fiston, ça te dirait de partir pour la plus belle aventure qu'un garçon de ton âge puisse vivre ?

— Bien sûr.

Il esquissa un sourire, se tourna vers l'avant, mit le moteur en marche et démarra.

— Demain, Jerry mon garçon, tu vas vivre l'aventure de ta vie.

— Moi ?

— Je vais te montrer qu'être seul n'est qu'un état d'esprit. Quand tu en auras besoin, tes amis seront toujours là pour toi.

Je n'avais aucune idée de ce qu'il avait prévu, et je posai même pas la question, parce que je savais que lorsque papa parlait d'aventure, je lui faisais confiance plus qu'à n'importe qui d'autre.

Quand nous rentrâmes à la maison, je partis de suite à la recherche de Gourmet Mike. Celui-ci était dans le salon où étaient rangés tous les livres, et était en train de faire ses valises pour partir à l'université. Je m'approchai de l'endroit où il empilait ses livres d'université et lui flanquai un bon coup de pied dans le tibia.

— C'est pour m'avoir oublié à Cazenovia, dis-je.

Je m'éloigna aussitôt.

Il ne pipa pas mot. Il savait qu'il méritait amplement cette punition. Je partis alors à la cuisine pour me préparer un sandwich au beurre de cacahuètes.

Le lendemain matin, c'était dimanche, et papa me réveilla tôt. Il avait prévenu maman que lui et moi allions passer la matinée ensemble et que nous n'irions pas à l'église à Manlius avec eux. À la place, nous roulâmes jusqu'à St. Mary's à Cortland, où j'avais été baptisé, où j'étais allé à l'école et où j'avais fait ma première communion. Nous assistâmes à la messe. Après la messe, nous nous rendîmes au Bucky's Diner. Papa lança de nouveau la pièce en l'air, Bucky tenta son pari et gagna, il fit claquer ses talons et tout le monde l'applaudit. En attendant le petit-déjeuner, je sirotai un chocolat chaud et papa introduisit une pièce dans le téléphone à pièces et commença à parler à quelqu'un.

— À quelle heure l'avion décolle-t-il ? demanda-t-il. À quelle heure atterrit-il ?

Puis il dit « merci » et raccrocha le téléphone.

Il adressa un clin d'œil à Bucky et lui raconta que j'allais vivre une formidable aventure ce matin. Nous devions être à l'aérodrome Thompkins dans trente minutes, mais avions suffisamment de temps pour que je puisse finir mon petit déjeuner. Je n'avais pas la moindre idée de ce qu'était un aérodrome, mais je m'en fichais, j'allais partir à l'aventure.

Quand papa pénétra dans l'aérodrome, je compris tout de suite. Il y avait quatre avions. Trois petits, et un avion argenté plus grand, dont le flan était orné de l'inscription *Flagship*. Papa m'expliqua que le plus gros était un DC-3, un avion de ligne. J'avais entendu parler des avions de l'armée, les bombardiers, comme ceux qui volaient en rase-mottes au-dessus de notre maison de Cortland pendant la guerre, et j'avais entendu parler des avions de chasse, mais je n'avais jamais vu un gros avion qui ne transportait que des passagers. Papa m'accompagna à l'intérieur de l'aérodrome et donna l'argent nécessaire au guichetier pour acheter un billet. Puis, nous nous dirigeâmes vers le DC-3 et il me tendis le billet.

Je l'observai longuement.

— Fiston, c'est ta grande aventure...

— Tu ne viens pas avec moi ?

— Tu y vas tout seul, mon fils.

— Quoi ?

— Tu vas monter dans cet avion – c'est ta toute première fois dans un avion d'ailleurs - et tu vas voler tout seul jusqu'à l'aéroport de Syracuse. Quand tu atterriras, quelqu'un sera là pour t'accueillir et il sera impatient d'entendre parler de ton aventure.

— Mais papa...

— L'avion décolle dans dix-huit minutes, fiston. Amuse-toi bien.

Je plongeai mes yeux dans les siens.

— Tu es sûr, papa ?

— Je te le promets, fiston. Tu as pratiquement dix ans.

— Qu'est-ce que ça veut dire ?

— Qu'à presque dix ans, il est temps que tu vives ta première aventure, en solitaire.

J'avais plutôt sept ou huit ans, mais mon père avait raison. Parfois, j'avais l'impression qu'il fallait que je m'enfuie, que je saute dans un cargo à vapeur ou que je parte à l'aventure, parce que j'en avais assez de regarder les autres accomplir toutes ces belles choses dans les films. C'était frustrant de se retrouver assis dans une salle de classe et de penser que la seule échappatoire était de se lever pour utiliser le taille-crayon.

Papa me tendit la main pour que je la serre, comme un adulte, puis il me fit signe de monter dans l'avion et de profiter pleinement de cette aventure.

— Fais attention à ce qu'on te dit, prévint-il, avant de s'éloigner, de monter dans sa voiture, de m'adresser un signe de la main et de partir.

Je grimpai les marches de l'avion. Lorsque je pénétrai dans l'appareil, l'allée était si inclinée que j'eus l'impression de gravir une colline, et ce jusqu'à mon siège. J'étais seul à l'intérieur, à l'exception du pilote et de l'hôtesse de l'air d'American Airlines.

Une hôtesse de l'air était une dame en uniforme et en chapeau qui s'assurait que j'étais à l'aise et que j'avais assez de lait à boire, du moins c'est ce qu'elle m'avait dit.

Le pilote me laissa entrer dans sa cabine, admirer tous les instruments et toucher le volant de l'avion. Après quoi, l'hôtesse m'encouragea à m'asseoir sur le siège avant et boucler une ceinture de sécurité, ce que je n'avais jamais vu auparavant, alors elle la boucla à ma place. Je jetai un coup d'œil au billet que j'avais en main. Il y avait écrit « $12 » et « Syracuse Hancock Field ». Je ne savais pas où c'était, et je m'en fichais pas mal.

Je n'oublierai jamais le rugissement puissant du moteur à hélice que je pouvais voir par la fenêtre lorsqu'il commença à tourner lentement, puis l'énorme bouffée de fumée qui s'en échappait lorsque l'hélice tournait si vite qu'elle en devenait floue. Je sentais que l'avion commençait à bouger. Je sentis l'avion faire un tour complet avant de commencer à progresser en cahotant sur l'herbe, en direction d'une longue piste cimentée. Puis l'avion se mit à rouler de plus en plus vite, et plus il avançait, plus mon dos s'enfonçait dans le dossier du siège - et voici que nous étions lancés à toute vitesse. Je m'agrippai aux accoudoirs du siège et regardai par le hublot le paysage qui défilait à toute allure. Soudain, mon cœur fit un bond dans ma gorge. Je vis le sol se dérober sous nos pieds tandis que l'avion s'élevait. Je me sentais plus léger, comme si j'étais sur un manège à la foire du comté. Au bout d'un certain temps, nous commençâmes à planer et l'allée de l'avion n'était plus inclinée. Le sol était devenu plat, comme dans une maison. Nous étions dans les airs, et les arbres, les granges et les bâtiments au-dessous de nous rapetissaient à vue d'œil. Les voitures que je pouvais apercevoir en contrebas ressemblaient à des fourmis. C'était incroyable.

**Le DC3 d'American Airlines décolle de l'aéroport de Thompkins.**

Je savais maintenant ce que ça faisait que d'être un oiseau, ou mieux encore, Superman. Au bout d'un moment, l'hôtesse de l'air m'indiqua que nous étions prêts à atterrir à Syracuse. J'avais hâte de raconter à tout le monde mon aventure en avion. On se sentait comme sur un tapis volant, on passait près d'un nuage, et les maisons et les fermes en dessous redevenaient de plus en plus grandes au fur et à mesure que l'on descendait. J'avais l'impression d'être plus grand qu'un arbre. Je voyais le sol se rapprocher de plus en plus, puis je sentis l'avion atterrir sur le sol dans un choc, les hélices tournant toujours à plein régime jusqu'à ce que nous nous arrêtions. Le sol de l'appareil s'inclina à nouveau. Lorsque la porte s'ouvrit et que l'hôtesse me donna le feu vert pour pouvoir descendre de l'appareil, j'avançai jusqu'à elle et sortis.

Là, juste à côté de la piste, se trouvait mon père qui me faisait un signe de la main ! Je n'en revenais pas ! Il avait devancé l'avion et était là - comme il l'avait promis. Quand j'aurais besoin d'aide ; mes amis seraient toujours là. Quelle aventure ! Je m'en souviendrais toute ma vie. En un week-end, j'avais pu voir mon film préféré et mémoriser la chanson *Round her neck she wore a yellow ribbon - she wore it for her lover who was far, far away - far away - she wore it for her lover who was far, far away* - et j'avais eu l'occasion de partir à l'aventure, tout seul. Je n'aurais plus jamais peur ni de la solitude, ni d'aucune aventure !

**Sarge et Sally en train de tirer l'épandeur.**

## CHAPITRE QUATRE
## SECRETS DE CIMETIÈRE

La porte moustiquaire claqua derrière moi.

— Dick ? criai-je.

Pas de réponse.

— Dick !

Pas de réponse.

— Où est Dick, maman ?

Toujours pas de réponse.

— Maman ?

La voix de maman, étouffée, provenait de sa chambre et celle de papa.

— Je passe l'aspirateur !

— Où est Dick, maman ?

— Prends la serpillière, mon chéri. Passe-la dans ta chambre, surtout sous ton lit. Ramasse tes vêtements et plie-les. Ton père a appelé et il a invité tante Kate pour le dîner et pour la nuit. Je veux que ta chambre soit bien rangée.

— Où est Dick ?

— Aussi, prends un en-cas. Il y a du beurre de cacahuètes dans l'armoire à céréales et des raisins dans un bol près de l'évier. Et bois un jus de fruit.

— Tu sais où est Dick ?

— Ton père a déposé Dick chez David Duba ce matin. Il passera le chercher quand il rentrera de la boulangerie.

Duba vivait à l'autre bout du village, au coin de la rue de chez Shea. Son père possédait un poulailler avec des centaines de poulets qu'il vendait, ainsi que des œufs. Dick et Duba étaient désormais de bons amis. Tous deux portaient des lunettes, mais celles de Dick étaient plus épaisses. On ne pouvait pas savoir si Dick avait le QI le plus élevé ; mais ils se fourraient tous les deux dans les mêmes embrouilles. David avait tout de même de bien meilleures notes à l'école, mais Dick pouvait probablement prédire le contenu d'une encyclopédie avant même d'y avoir jeté un œil. Il était rare de voir Dick avec un livre entre les mains, mais lorsque c'était le cas, il le lisait d'un bout à l'autre, d'une seule traite, et donnait ensuite du fil à retordre à ses professeurs pendant toute l'année.

Il connaissait tous les cours sans jamais avoir à rouvrir son livre. Duba et lui avaient treize ans, ils étaient toujours ensemble et parlaient surtout de filles ou de la façon dont ils comptaient faire des courses de dragsters lorsqu'ils auraient leur propre voiture. Dick essayait d'impressionner les filles en disant qu'il pouvait conduire l'Oldsmobile de son père dès qu'il le voulait, ce qui n'était pas le cas. Duba faisait de même - il racontait à celles qui voulaient l'entendre qu'il pouvait prendre la Lincoln de son père à sa guise, ce qui était tout aussi faux. Parfois, papa et M. Duba les emmenaient sur des routes secondaires pour qu'ils s'exercent à la conduite. Si bien que pour leur âge, ils avaient tous les deux une excellente maîtrise du volant. Il semblait que beaucoup d'enfants de la campagne savaient conduire dès l'âge de douze ou treize ans. Les enfants de fermiers en avaient besoin, et beaucoup disposaient d'un permis de conduire spécial qui leur permettait de conduire sur la route avec des tracteurs, des machines agricoles ou des camions de ferme, afin de transporter des marchandises ou faire des livraisons. À neuf ans, Barber conduisait la Packard de son père autour de la ferme, réhaussé de deux oreillers.

Maman entra dans la salle à manger en enroulant le cordon de l'aspirateur.

— J'avais demandé à Dick de porter ces cartons dans le garage de la grange et de les mettre sur une étagère. Je ne sais pas ce que je vais faire de ce gosse. J'ai une réunion de parents d'élèves à laquelle je dois me rendre et je serai absente une heure ou deux.

— Je les mettrai, maman.

— Tu vas chez les Parker ? demanda-t-elle.

— Oui, M'dame.

La journée prit des allures d'après-midi printanière ensoleillée. Après avoir transporté les cartons dans le garage de la grange, je me rendis chez le fermier Parker pour faire ce que j'aimais : le regarder appeler ses vaches et les faire sortir du grand pâturage de la colline pour leur traite de fin d'après-midi.

— Al'zon les filles ! Al'zon les filles ! Al'zon les filles !

Le fermier Parker jodlait d'une voix grave et puissante, et il l'élevait dans les aigus lorsqu'il prononçait le mot « filles », un peu comme s'il chantait.

Il portait sa salopette un peu partout, comme M. Pitts et d'autres fermiers que j'avais rencontrés, mais contrairement aux chapeaux de paille ou aux casquettes de baseball John Deere classiques qu'arboraient ces mêmes fermiers, lui, portait un chapeau digne d'un ingénieur des chemins de fer. Le fermier Parker ne chiquait pas le tabac. Mike Shea, du magasin situé au coin de la rue du même nom, m'avait expliqué que les gens mâchaient parfois du tabac pour calmer la douleur des maux de dents. Mais si le fermier Parker portait de belles chaussures achetées en ville, il n'avait certainement pas mal aux dents.

Dès que Buddy, son border collie, l'entendait chanter, le chien savait qu'il était temps de se mettre au travail. Il se levait d'un profond sommeil et, sans même s'étirer ou bâiller, bondissait du porche, traversait la cour, la route, le portail barbelé du pâturage latéral et grimpait la colline escarpée pour faire ce qu'il faisait tous les après-midi : descendre les vaches pour la traite.

— Al'zon les filles ! criait le fermier Parker. Al'zon les filles ! Al'zon les filles !

Du haut de la colline, nous pouvions voir les têtes des vaches se balancer dans de doux mouvements de haut en bas et d'un côté à l'autre. Elles assuraient ainsi leur foulée et leur équilibre et descendaient paisiblement la colline, l'une derrière l'autre. Il s'agissait de vaches Holstein, celles qui arboraient de grandes pièces de puzzle noires et blanches sur leur robe.

Buddy allait et venait entre les vaches, sans faire de bruit, et se contentait simplement de les faire avancer, de leur indiquer la bonne direction le long de leur sentier bien balisé, sans se presser.

— Pourquoi les vaches ne fuient-elles pas Buddy, fermier Parker ? je demandai.

— Ce sont des vaches laitières, mon garçon. Pas des bovins de boucherie déchaînés. Ce sont des dames et on ne peut pas les presser.

Au printemps et en été, presque tous les jours, les vaches empruntaient deux fois le sentier unique, poussiéreux et mille fois piétiné, qui serpentait doucement le long de la colline. L'une derrière l'autre, elles contournaient les buissons et les arbres, puis descendaient et sortaient par la barrière ouverte.

Lorsque les vaches s'avançaient sur la route, elles étaient assez proches de nous pour nous toucher et le fermier Parker baissait la voix et leur parlait directement, comme s'il leur disait : « Bonjour, mesdames, avez-vous passé une bonne journée aujourd'hui ? »

— Al'zon les filles, disait-il, Al'zon les filles.

Elles descendaient l'allée en pente jusqu'à l'arrière de la grange et entraient par les doubles portes coulissantes, en longeant la charrette verte parquée devant la porte. Le sol de la grange était en béton. Des stabulations en bois blanchies à la chaux étaient alignées de part et d'autre du local ; il y en avait dix de chaque côté. En observant ce rituel, j'avais appris qu'une fois à l'intérieur de l'étable, chaque vache semblait savoir exactement où aller. Elles marchaient toutes les vingt jusqu'à leur propre stabulation, montaient avec précaution sur la plate-forme, enjambaient la gouttière et passaient leur tête dans les encolures où était déposée leur nourriture. Le fermier Parker passait devant chacune d'entre elles en empruntant un passage étroit entre le mur intérieur de l'étable et la rangée de stabulations. Il fermait chaque stabulation et faisait pivoter un boulon pour les bloquer, de sorte qu'aucune vache ne pouvait ressortir sa tête et quitter l'étable avant d'avoir été traite.

**Les vaches, prêtes à être traites.**

Il versait une pleine mesure de nourriture sucrée dans chaque mangeoire et passait à la suivante. Puis, une par une, le fermier Parker apportait sa machine à traire et commençait la traite. Chaque fois qu'il transférait la machine à une autre vache, il « dépouillait » la vache précédente à la main, en s'asseyant sur un tabouret à trois pieds et en utilisant un seau brillant, s'assurant ainsi qu'il avait bien récupéré chaque goutte de lait. Le fait de laisser du lait dans les pis d'une vache pouvait s'avérer douloureux pour celle-ci à la longue. Une radio poussiéreuse avec des toiles d'araignée trônait sur une étagère, et était allumée pour que ses « dames » puissent écouter de la musique. Les vaches étaient des créatures intelligentes, et c'est grâce à elles que nous avions du lait à boire, du beurre, de la glace et du fromage.

De chaque côté de la grange, juste derrière les vaches et une marche plus bas, il y avait une longue gouttière construite dans le sol, d'environ trente centimètres de large et de vingt centimètres de profondeur. Elle passait derrière les vaches, sur toute la longueur de la plate-forme de traite. Si l'une de ces dames devait faire la première commission ou la seconde, les excréments tombaient dans l'auge, derrière elles.

Plus tard, lorsque les vaches sortaient de l'étable après leur traite, le fermier Parker pelletait tout ce que les éleveurs appelaient généralement fumier, il le plaçait dans son chariot à fumier vert et l'emportait dans les champs pour servir d'engrais.

**Un épandeur agricole.**

Comme toujours, je remerciai le fermier Parker de m'avoir laissé l'aider à rentrer les vaches, mais cette fois-ci, je demandai si je pouvais monter avec lui dans son chariot à fumier.

— Sur l'épandeur ? demanda le fermier Parker.

— C'est comme ça que ça s'appelle ?

— Oui, c'est un épandeur, mon garçon.

— C'est un peu comme quand Huckleberry Finn répand ses histoires ?

— C'est le même principe, dit-il en riant. Tout est bien propagé, c'est certain. Si tu arrives à être là tôt le matin - et je dis bien tôt - je t'emmènerai avec moi.

— Bien sûr que j'y arriverai, répondis-je.

Je fis un signe de main et repartis vers la maison.

En chemin, j'aperçus la Chevrolet de Gourmet Mike qui remontait la route. Il revenait de l'université de Syracuse, ce qui était étrange. En général, il ne rentrait pas à la maison, sauf parfois le week-end s'il avait besoin d'argent ou s'il allait jouer au base-ball à la carrière de pierre sur Oran Delphi Road. Peut-être que cette fois-ci, ses colocataires n'avaient pas supporté l'odeur de ses bocaux et de ses bouteilles, et qu'ils l'avaient tout bonnement mis à la porte. Sa Chevrolet ralentit en tournant dans notre allée. Une fois à sa hauteur, je passai la tête par la vitre côté passager.

— Tu es venu chercher de la vraie nourriture ?

Mike sourit.

— J'ai oublié deux livres dont j'ai besoin. Je repars tout de suite après.

Un grand carton était posé sur le siège avant, côté passager.

— Qu'y a-t-il dans ce carton ? demandai-je.

Il s'approcha, souleva le couvercle et me dévoila un lapin cotonneux blanc et gris aux oreilles tombantes.

— Mon professeur m'a demandé d'en prendre soin pour que sa fille ne le découvre pas.

— Ne le découvre pas ?

— Il a dû se rendre à une conférence à Albany pendant une semaine. Il veut qu'on s'en occupe pendant son absence.

— Ça te plait l'université ? demandai-je.

— Les expériences en labo sont difficiles, répondit Gourmet Mike.

— C'est quoi un labo ?

— Nous étudions la matière vivante, les êtres vivants.

Soudain, je fus pris d'un éclair de compréhension. J'avais entendu dire que lorsqu'on parlait d'« expériences » et de laboratoire, cela signifiait que les animaux qu'on étudiait seraient bientôt enterrés. Je savais que les enfants plus âgés de notre école étudiaient des grenouilles mortes et des choses de ce genre. Je les avais vues dans le bus scolaire, dans des bocaux à cornichons - les grenouilles, pas les enfants.

Les grenouilles au vinaigre, c'était une chose. Au moins, elles semblaient toujours avoir le sourire, et de toute façon, elles étaient déjà marinées dans leur bocal. Là, il s'agissait d'un lapin vivant, un vrai, qui aimait qu'on lui gratte le cou lorsque je passais la main par la fenêtre de la voiture. Je devais découvrir ce que mon frère voulait dire par « s'en occuper pour que sa fille ne l'apprenne pas ».

Je devais faire tourner mes méninges, et vite !

Avec les meilleures techniques d'interrogatoire dont je disposais, je devais découvrir les expériences sur lesquelles Mike travaillait et la date exacte du retour du professeur. C'était ainsi que les Hardy Boys auraient fait.

— Quelle expérience faites-vous en ce moment ?

— On travaille sur la reproduction, dit Mike.

— Sur quoi ?

— Je dois étudier un mammifère mâle et disséquer un spécimen. J'ai le choix de l'animal.

— Ce lapin est un mâle ?

— Oui.

Gourmet Mike sauta de la voiture et se précipita dans la maison.

Je gratouillais le cou du lapin et réfléchissais en même temps. Tout d'abord, je ne savais pas ce que signifiait « mammifère », et deuxièmement, je ne savais pas ce qu'était un spécimen, donc j'étais totalement dans le noir, comme à mon habitude. Personne ne me disait jamais rien. Mais je savais ce que disséquer voulait dire.

Lorsque Mike sortit de la maison avec ses deux livres et remonta en voiture, je lui demandai quel était le lien avec le mot « mâle », car je savais que cela signifiait soit M. Johnson, notre facteur, soit quelque chose à propos du fait d'être un garçon.

— Nous étudions le système reproductif masculin.

— Quoi ? m'exclamai-je d'une voix interloquée, confuse, perdue par ce qu'il venait de dire.

La voiture se mit à rouler lorsqu'il releva doucement le pied de l'embrayage.

Je ne savais pas si je devais courir chez maman et la prévenir que Gourmet Mike était devenu complètement fou, ou si je devais simplement réfléchir. Il était clair pour moi que Mike devenait de plus en plus bizarre depuis qu'il était loin de la maison. Je me disais que cette fièvre gourmande qui l'habitait allait le pousser au meurtre. Peut-être que sa maladie, les câpres comme on l'appelait, s'aggravait. J'avais besoin d'un indice supplémentaire. Pour l'arrêter, je devais savoir quand le professeur reviendrait.

— Pendant combien de temps tu garderas le lapin ?

— Toute la semaine. Sa fille ne doit pas le découvrir.

Je secouai la tête en signe de pitié pour mon frère devenu fou.

— Je l'apporterai ici samedi prochain quand je viendrai chercher le livre que maman a commandé pour moi, comme ça tu pourras le voir et lui donner une carotte, pour la dernière fois, si tu veux, avant que le professeur ne revienne dimanche. D'accord ?

— Oui, d'accord, acceptai-je.

— Parce qu'après, il sera trop tard.

Enterré ! pensai-je.

Ma mâchoire se décrocha, tant j'étais stupéfait de voir à quel point Gourmet Mike était devenu insensible.

— Recule ! m'ordonna-t-il, puis il partit.

Je courus dans la maison jusqu'à la bibliothèque et en sortis le gros dictionnaire afin d'y chercher le mot « reproductif ». Par-dessus l'étagère, je pouvais voir maman dans le salon en train de parler avec Mme Westwood, l'institutrice des cinquièmes années.

— Comment s'écrit le mot « reproductif » ? je lui criai, mon sentiment d'urgence interrompant leur conversation.

Il y eut quelques secondes de silence.

— Fais-moi savoir quand tu auras un crayon, répondit maman en criant.

Elle ne refusait jamais d'aider un jeune à apprendre, quel que soit le savoir.

— J'en ai un.

— R-E-P-R-O-D-U-C-T-I-F, épela maman.

Maman et Mme Westwood se regardèrent, haussèrent les épaules et continuèrent à boire leur thé et à papoter. J'entendis l'une d'elles dire : « Dieu seul le sait ».

Le dictionnaire n'était d'aucune aide. Il disait juste que la reproduction était un truc qui permettait de faire des bébés. Vraiment, aucune aide là-dedans. Le cerveau de Gourmet Mike était tellement détraqué qu'il ne savait manifestement pas de quoi il parlait. Un mâle ne pouvait pas avoir de bébé, même moi je le savais.

Je me précipitai dans la chambre de papa et maman, décrochai le téléphone et attendis l'opératrice.

— Opératrice.

— Opératrice, je dois appeler Bobby Holbrook.

— Je vais vous le passer. Quel est son numéro ?

— Je ne sais pas.

— Oh là là, j'aurais besoin d'un numéro.

— Je ne le connais pas.

— Vous êtes un Antil, c'est ça ?

— Oui.

— Lequel ?

— Je suis Jerry.

— Bonjour, Jerry. Je suis Myrtie. Ravie de te rencontrer.

— Bonjour, madame.

— Appelle-moi Myrtie, d'accord ?

— D'accord.

— Sais-tu sur quelle route ils vivent, mon petit ?   Les Holbrooks ?

— Berry Road. C'est sur la route de Tully, je crois.

— Ce n'est pas mon secteur...

— Oh.

— Mais si tu me donnes une minute, je peux appeler un ami opérateur dans cette région et me renseigner.

— Je peux attendre, merci.

— Je suis à toi très bientôt, mon petit.

Je ne pensais qu'aux oreilles tombantes du lapin que Gourmet Mike allait disséquer et assassiner. Myrtie revint au bout du fil.

— Jerry, la maison des Holbrook ne semble pas avoir de téléphone. Tu penses que c'est une urgence, mon petit ?

— Oh oui, c'est sûr, c'est une question de vie ou de mort.

— Mon Dieu.

— Que dois-je faire ?

— Je vais te lire quelques noms qui habitent sur Berry Road. Peut-être que tu reconnaîtras l'un d'entre eux et que je pourrai te mettre en contact avec pour qu'ils transmettent le message à ton ami. Tu veux essayer ?

— Ce serait formidable.

— Essayons ça.

— Merci, Myrtie.

— Les Smith, tu connais les Smith ?

— Non.

— Tu reconnais le nom Doxtator ?

— Non.

— Et le nom Paddock ?

— Je suis pas sûr.

— Kellish, que dis-tu de Kellish ?

— Je connais un Tommy Kellish. Il est dans ma classe.

— Je vais les appeler, alors. Avec un peu de chance, c'est sa maison et ils vivent près de ton ami Holbrook. Bonne chance, Jerry. J'écouterai pour voir si tu arrives à les joindre. Si ce n'est pas son numéro, rappelle à nouveau et nous essaierons autre chose.

— Merci, Myrtie.

— De rien, mon petit. Ne sois pas timide.

— Allô ? répondit une voix de petit garçon.

— Tommy ?

— Oui, c'est Tommy.

— C'est Jerry.

— Oh, salut.

— Est-ce que tu habites près de Bobby Holbrook ?

— Oui, dans la maison d'à côté.

— Tommy, tu peux demander à Holbrook s'il peut me rejoindre, très vite, pour un truc important ? S'il accepte, peux-tu me rappeler et me prévenir ? Il n'a pas de téléphone.

— Je sais, dit Tommy.

Je réfléchis un court instant.

— Non, corrigeai-je, j'ai mieux que ça. Si Holbrook accepte de me voir, peux-tu appeler Barber et lui demander qu'il vienne lui aussi à notre rencontre ? Ensuite, tu diras à Barber de m'appeler et de me préciser où et quand nous nous rencontrerons. Ce sera plus facile ainsi.

— Bien sûr, mais je ferai ça un peu plus tard. Là, je dois conduire le tracteur chez un voisin de l'autre côté de la route. Il doit l'utiliser demain pour arracher des souches d'arbres.

— Ce n'est pas grave. Ça me donnera le temps de feuilleter

mon roman des Hardy Boys, histoire de voir si j'y trouve des idées qui pourraient m'aider.

— Ça a l'air sérieux, dit Tommy.

— C'est mon frère, Gourmet Mike. Il a la fièvre du gourmet. On dirait qu'il est de nouveau atteint par les câpres, je crois.

— Le pauvre.

— Je sais. Là, c'est une histoire de truc reproductif dont il pense avoir besoin pour l'université. Il va l'obtenir d'un lapin qui file droit vers la mort.

— Un meurtre ? C'est du sérieux alors, dit Tommy.

Aucun de nous n'avait la moindre idée de ce dont nous parlions.

C'était pourtant incroyable de voir tout ce que je pouvais apprendre d'une personne grâce à mes techniques d'interrogatoire inspirées des Hardy Boys, les jeunes détectives.

Papa ramena Dick et tante Kate à la maison et entra juste au moment où maman nous appelait pour le dîner. Tante Kate restait parfois en semaine. Dick et moi prirent place d'un côté de la table, tante Kate de l'autre côté, sa canne appuyée sur le bras de sa chaise. Maman était dans la cuisine, en train de préparer des plats. Papa apporta un plateau et s'assit à son tour sur sa chaise habituelle, en bout de table. Maman finit par nous rejoindre et s'installa à l'autre bout de la table.

Tante Kate n'en finissait pas de prononcer ses grâces, de prier tous les saints du ciel qui veillaient sur tout le monde et de demander au Seigneur de bénir papa d'avoir fait le voyage depuis Cortland en toute sécurité, puis elle se mit à prier pour son propre père, qui n'avait pas eu le temps de venir, enfin elle demanda au Seigneur de veiller sur Dick. Elle était amie avec les religieuses de Cortland qui enseignaient à Dick, c'était la raison pour laquelle elle connaissait ce dernier.

Nous étions éduqués à nous comporter en vrais gentlemen à table, et un gentleman ne commençait jamais à manger avant que l'hôtesse (c'est-à-dire ma maman) ne soulève un couvert. Une fois qu'elle eut soulevé ce couvert, tout le monde commença à manger. Lorsque tante Kate eut fini de prier et prononça un dernier « Amen », maman se bénit elle-même et leva sa fourchette à salade.

— J'ai vu Mike, lançai-je à brûle-pourpoint. Il a expliqué qu'il étudiait des trucs reproductifs dans le cadre d'un projet de biologie, alors il va massacrer un lapin dans son laboratoire pour en obtenir un - vous savez, un machin !

Les doigts de maman se dérobèrent. Sa fourchette à salade tomba de sa main et s'écrasa dans son assiette avec un bruit sourd.

Papa se pinçait les lèvres pour se retenir de sourire. Il en savait assez pour rester assis et se taire. Il observa simplement la scène et savourait l'évolution des choses.

Tante Kate se tortillait sur sa chaise, elle pensait sûrement que le choc de la fourchette avait projeté des éclaboussures de nourriture chaude.

Dick tourna lentement la tête sur le côté, la pencha légèrement, avant de se tourner totalement vers moi et de me fixer avec de grands yeux, un peu comme s'il m'observait à travers un microscope dans un cours de sciences naturelles.

— Mais qu'est-ce que tu racontes, Jerry ? demanda maman.

Dick remonta ses lunettes sur son front et les plaça sur le sommet de sa tête, à la manière d'un as de l'aviation de la Première Guerre mondiale, tout en continuant à me fixer. Je le regardai moi aussi droit dans les yeux, puis je relevai la tête, comme pour dire : « Et alors, tu es peut-être plus vieux, plus grand et plus intelligent, mais tu ne me fais pas peur ». Mon regard toujours rivé sur Dick, je dis à maman :

— Mike m'a dit qu'il avait besoin d'un machin reproductif, donc il devra assassiné le lapin avant que son professeur ne revienne. Ainsi la fille de ce professeur ne découvrira jamais ce qu'il s'est passé et n'essayera pas de l'en empêcher. Il veut que je donne au lapin sa dernière carotte, avant qu'il... tu sais.

Les yeux de maman s'embuèrent en lorgnant sur papa, un peu comme si elle se demandait s'il n'y avait pas eu une confusion de bébés à l'hôpital, et si j'étais réellement son enfant. Ne sachant pas quoi dire, elle ferma les yeux et secoua la tête d'avant en arrière plusieurs fois, afin peut-être de se réveiller de son cauchemar. Même si j'étais conscient qu'il ne pouvait probablement pas me voir sans ses lunettes, Dick me dévisageait toujours.

— Quoi ? je criai dans sa direction.

— Tu es aussi bête qu'un manche à balais, tu le sais ça ?

rétorqua Dick.

Je n'allais pas discuter avec lui parce que j'avais eu une journée épuisante, et pour être tout à fait franc, j'étais confus avec tout ce bazar. Mais il n'avait peut-être pas tout à fait tort.

Maman se fâcha et reposa sa fourchette.

— Richard, viens ici, tout de suite.

Après avoir retiré ses lunettes de son front, Dick repoussa son siège, se mit debout et se dirigea vers maman, sans me quitter des yeux, comme s'il attendait que quelque chose sorte de mes oreilles.

Maman se retourna et appuya son visage contre le sien.

— Qu'est-ce que je t'ai appris sur l'impertinence ?

— Tu m'as juste dit de me renseigner, répondit-il.

— Apparemment, tu ne l'as pas fait. Je te suggère d'aller dans ta chambre et d'en chercher la définition - et ensuite tu dîneras, seul, dans la cuisine, quand tu auras appris cette leçon. En avant !

Maman souleva délicatement sa fourchette à salade préférée avec deux doigts. Sa fourchette à salade était l'un des rares vestiges et souvenirs de sa vie citadine passée à Cortland, avec ses thés de l'après-midi, ses clubs de bridge, ses soirées tranquilles - cette vie citadine qu'elle avait tant appréciée avant que nous ne déménagions face à une cascade dans les bois.

— Jerry, dit-elle, quand tu seras plus grand, nous t'apprendrons ce qu'est la reproduction animale. Mais pour l'instant, je suis certaine que tu as mal compris ton frère.

— Oh, j'ai bien entendu, très bien même, maman, dis-je.

— Mange tes légumes, mon chéri.

— Mais il va tuer un lapin, maman, plaidai-je.

— Parfois, la science doit consentir à certains sacrifices pour la médecine, pour que des vies humaines puissent être sauvées, se défendit-elle.

Tout cela n'avait aucun sens pour moi. Le téléphone sonna, ce qui annonçait une bonne nouvelle.

C'était Barber.

— Rendez-vous demain matin au cimetière de Delphi, indiqua-t-il.

— Je ne sais pas où c'est, répondis-je.

— Prends un bout de papier pour te faire un plan.

Je posai le téléphone, me précipitai dans la cuisine où je repérai un grand morceau de papier de boucherie qui traînait sur le plan de travail et qui enveloppait une saucisse de foie. Je l'attrapai et courus jusqu'au téléphone situé dans la chambre de papa et maman.

— Je suis prêt, dis-je.

— Tu passes par la maison du fermier Parker.

— D'accord.

— Sors derrière sa grange, descends dans son pâturage avant de franchir le ruisseau et de grimper la colline jusqu'au sommet.

— D'accord.

— Ensuite, tu traverses le grand champ de foin, puis tu descends au coin nord-ouest du champ.

— Je descends de l'autre côté de la colline ?

— Oui. C'est là que se trouve le cimetière.

— J'ai compris.

— Holbrook et moi, on sera déjà sur place. Dessine une carte fiable pour ne pas te perdre.

— D'accord.

— Le nord-ouest, c'est le coin le plus à droite.

— J'ai compris. Nord-ouest.

— Et viens de bonne heure, ajouta-t-il.

— Je serai là, c'est promis, répondis-je.

— J'aurai des tâches à faire une fois de retour à la maison, dit Barber.

— Et moi, je monte sur l'épandeur à fumier du fermier Parker dans la matinée, et je suis à peu près sûr que ce sera au sommet de ce champ de foin, derrière le cimetière, dis-je.

Je posai le papier de boucherie sur mon lit, puis je retournai dans la salle à manger, terminai mon repas, et demandai à être excusé. Après quoi, je poussai ma chaise jusque sous la table, je portai mon assiette dans la cuisine et je me dirigea vers ma chambre pour régler mon réveil et finir de dessiner ma carte.

Je marquai une pause dans la chambre de Dick et l'implorai de me parler de la reproduction. Il me jeta un regard interloqué en tentant de se rappeler l'âge que j'avais, puis il me répondit que maman le frapperait s'il me racontait ça, et que je devais donc aller me coucher.

Il faisait encore nuit quand le réveil sonna. Je me redressai sur le matelas et découvris par la fenêtre que les lumières de la maison du fermier Parker étaient déjà allumées de l'autre côté de la rue. Après m'être habillé en un rien de temps, je pliai la carte et la rangeai dans ma poche arrière. Une fois dans la cuisine, je dévorai une bonne portion de blé râpé dans l'obscurité. Je détestais le goût, mais j'adorais lire les histoires qui se trouvaient sur des fiches dans la boîte, celles qui parlaient des Indiens. Des histoires qui expliquaient ce qu'il fallait faire sur un chemin ou près d'un feu de camp, pour ne pas se faire mordre par des serpents à sonnette pendant son sommeil.

Je quittai la maison et franchis le portail pour me rendre chez le fermier Parker. Les lumières de la grange étaient allumées, aussi je décidai d'y aller. Je pouvais observer mon souffle dans l'air du matin. À l'intérieur de la grange, Buddy était recroquevillé sur un banc de travail, endormi. La radio diffusait de la musique et des informations matinales concernant le monde agricole. Le fermier Parker était occupé à traire. Il levait la tête pour dire bonjour. Chaque fois qu'il « dépouillait » une vache et remplissait, à la main, un seau brillant avec le reste du lait, il le versait dans de grands bidons à lait, à l'aide d'un filtre en tissu. Le filtre servait à retenir les mouches ou tout ce qui aurait pu se retrouver dans le seau par accident. Lorsque les bidons étaient pleins, il posait un couvercle sur le dessus et les plaçait à l'extérieur, sur une étagère, en attendant que M. Vaas passe avec son camion et les transporte jusqu'à la laiterie.

Les couvercles étaient incurvés sur les côtés et plus larges que les goulots des gros bidons de lait. Ils faisaient ainsi office de parapluie et empêchaient la pluie de s'infiltrer dans le liquide.

Tandis qu'il était affairé à la traite, je franchis les deux grandes portes coulissantes qui menaient à l'endroit où nous attendait l'épandeur. C'était la première fois que je le voyais de près.

**Un épandeur de fumier, en hiver**

C'était une espèce de chariot vert, en bois, avec des bords courts, un peu comme une longue boîte. Il était monté sur quatre hauts châssis en métal. À l'arrière du chariot, il y avait une roue tournoyante qui ressemblait à un batteur d'œuf et à laquelle étaient attachées de longues fourches. J'imaginais la roue tournoyer en rond sur elle-même, et les fourches métalliques attraper le fumier qui glissait sur la courroie à chaîne que je distinguais au fond de la boîte. La courroie s'activait certainement lorsque les roues tournaient. Ensuite, les roues tournoyantes piquaient le fumier, le lançaient par l'arrière et le faisaient tomber du chariot sur le champ à fertiliser. Deux grands chevaux de trait, Sarge et Sally, étaient déjà attelés au chariot et attendaient. Je massai leur nez doux et moelleux et leur dis bonjour, l'un après l'autre. Je pouvais percevoir leur souffle dans l'air froid du matin. Le fermier Parker m'avait dit un jour qu'il garderait ses chevaux aussi longtemps qu'ils seraient capables de faire le travail, après quoi il s'achèterait un tracteur Ford. Il avait dit que Sarge et Sally pouvaient pratiquement faire tourner la ferme sans lui. Je n'étais pas sûr de ce qui allait se passer ensuite, alors je décidai de simplement observer et d'apprendre, comme mon père me le disait. Je retournai à l'intérieur de la grange, où il faisait plus chaud, et je fis glisser les portes derrière moi.

Le fermier Parker nettoyait l'équipement de traite et le rangeait.

Il me demanda si je voulais l'aider.

— Bien sûr, lui répondis-je.

— Monte l'allée, traverse la route, ouvre grand le portail donnant sur la colline. Le même que celui d'hier soir. Assure-toi de le tirer jusqu'au bout pour que les dames n'empiètent pas sur les barbelés et ne prennent pas peur. Je les laisserai sortir quand tu seras prêt.

Je sortis en courant, remontai l'allée, traversai la route jusqu'à la barrière et je fis exactement ce qu'il m'avait dit. J'entendis les portes de l'étable s'ouvrir, puis une lumière jaune vive éclaira le sol sombre derrière l'étable, là où se trouvaient les chevaux et l'épandeur à fumier. Les vingt vaches, ainsi que la génisse qui les suivait, commencèrent à sortir lentement, puis elles contournèrent l'étable et l'épandeur, avant de remonter l'allée dans ma direction. Leurs têtes rebondissaient de haut en bas, de bas en haut, d'un côté à l'autre, de haut en bas.

Elles traversèrent la route, juste devant moi, et je leur parlai.

— Allez les filles, allez les filles, allez les filles, criai-je, comme j'avais entendu le fermier Parker le dire un million de fois.

Elles avaient l'air plutôt sages. Au moment où elle me dépassait, je pouvais presque les voir me dévisager, et j'imaginais qu'elles se parlaient entre elles.

— *Je ne me souviens pas vous avoir déjà près de cette clôture, jeune homme.*

— *C'est le jeune Antil, qui habite de l'autre côté de la rue, mon Dieu, comme il a grandi.*

Elles ne firent aucun arrêt, elles ne ralentirent même pas. Tout ce qui les intéressait, c'était de se dégourdir les jambes, de gravir la colline et de brouter toute la journée dans un beau pâturage vert et ensoleillé.

— Allez les filles, allez les filles, répétai-je.

J'aimais bien cette expression.

— Elles sont toutes là ? je criai au fermier Parker.

— Enferme-les , me répondit-il.

Je refermai la clôture, en m'assurant que je l'avais bien fait. Buddy m'attendait là, à remuer la queue, et nous redescendîmes ensemble à l'étable. Le fermier Parker avait déjà fait reculer l'épandeur jusqu'à l'intérieur de l'étable et y chargeait le fumier avec une pelle. Il le lançait dans le wagon depuis la gouttière située des deux côtés et qui s'étirait sur toute la longueur de l'épandeur. Puis il lança « Allez Sergent, tire ! » et les chevaux commencèrent à bouger, jusqu'à ce qu'il crie : « Holà, Sergent ! » et qu'ils s'arrêtèrent. Il pelletait à nouveau des deux côtés et répétait le processus.

Lorsqu'il finit de charger le fumier dans le chariot, il était déjà dehors. Le fumier fumait dans l'air froid du matin. Les gouttières derrière les stabulations étaient à présent vides. Il suspendit la pelle à deux chevilles sur le mur et me dit de sauter sur le chariot et de m'asseoir sur le repose-pieds. Il n'y avait qu'un seul siège, au milieu de la partie avant du chariot, et ce fut là qu'il s'assit. Le repose-pieds situé sous le siège avant faisait la largeur du chariot, tel un banc, et je pus donc m'y installer en laissant pendre mes jambes. Il referma les portes de la grange, monta sur le siège du conducteur, détacha les rênes en cuir de la poignée située à l'avant de la charrette et s'écria :

— Hue, sergent, allons-y !

Le cuir, les boucles et les chaînes des licols, des colliers et de l'équipement des chevaux grinçaient et tintaient tandis que les chevaux tiraient vers l'avant pour faire rouler les roues. Sur ordre du fermier Parker, ils se mirent à marcher au pas, et ils nous entraînèrent derrière la grange, à travers l'allée et jusqu'à la porte du pâturage arrière. Les vaches étaient maintenant proches du sommet du champs et seraient totalement libres jusqu'à l'heure de la traite, ce soir. Le fermier Parker me fit descendre et ouvrir le portail arrière pour laisser passer le chariot.

Rouler sur les chemins de terre du champs du fermier Parker, c'était comme se retrouver dans un film de cow-boy sur une carriole. Le renâclement occasionnel des chevaux, le mouvement de leurs oreilles à chaque pas, le bruit des sabots, des harnais de cuir et des chaînes semblaient donner vie à ce simple chariot. Nous traversâmes le petit ruisseau sur un petit pont en bois.

Toc, toc, toc, toc, toc.

Au rythme de leurs fortes respirations et de leurs efforts, Sarge et Sally nous tirèent vers le haut de la longue et haute colline, encore et encore, jusqu'à ce que nous atteignîmes le sommet. Un champ de foin plat s'étendait devant nous. Je regardais autour de moi le fumier sur le chariot ; de la fumée s'en échappait dans l'air vif du matin. Nous étions maintenant au sommet de la plus haute colline de la région de Pompey Hollow. Derrière nous, au loin, je pouvais discerner la maison et la grange du fermier Parker. De l'autre côté de la route, il y avait ma maison, les chutes d'eau avec les falaises et les bois des deux côtés.

Lorsque nous franchîmes le portail, les chevaux semblaient savoir d'eux-mêmes où aller. Ils tractaient la charrette à travers le champ de foin vers l'endroit où le fermier voulait commencer à épandre le fumier. Je pouvais dire quelle partie du champ avait déjà été fertilisée et quelle partie ne l'avait pas été. Chaque jour, le fermier Parker commençait là où il s'était arrêté la veille. Au bout du compte, tout le champ serait fertilisé.

Je me souvins que je devais l'interroger sur une chose bien précise.

Je sortis de ma poche le grand morceau de papier de boucherie plié, je le dépliai jusqu'à ce qu'il couvre mes genoux et même au-delà. C'était la carte que j'avais dessinée au crayon noir la veille, lorsque Barber m'avait dit où se trouvait le cimetière de Delphi où nous avions rendez-vous. Je l'étalai sur mes genoux pour en faire disparaître les plis du mieux que je pus. Puis je la brandis fièrement avant de demander au fermier Parker où, sur la carte, je devais me rendre pour retrouver les garçons, une fois que nous aurions fini l'épandage. Il tira sur les rênes et indiqua à Sarge et à Sally de tourner. Le chariot commença à s'aligner sur la zone qu'il voulait fertiliser. Lorsque nous parvînmes à l'endroit exact, il actionna le levier métallique sur lequel il appuyait son bras gauche. La courroie à chaîne placée sur le plancher du chariot se mit à tourner à toute vitesse et à faire du bruit. Le convoi se déplaça lentement vers l'arrière. Les roues à pointes tournoyantes à l'arrière de la charrette commencèrent à tourner comme des hélices à pointes et projetaient en l'air et tout autour de nous le fumier pris dans les fourches.

Il montra du doigt l'autre côté du champ.

— Tu vois l'érable à sucre, là-bas, le grand ?

— L'immense arbre tout gros, là-bas ? demandai-je.

— Exactement, juste à côté de cet orme de quatre ans ?

— Oui, dis-je. Je le vois.

— Passe entre les deux, puis descends jusqu'au bas de la colline. Tu arriveras dans le cimetière, là où tu as rendez-vous.

J'étais sur le point de lui dire merci, quand une rafale de vent souffla depuis le sol et m'arracha la carte des mains. Elle s'envola dans les airs en décrivant de grands cercles, comme un cerf-volant hors de contrôle, ou alors comme une tornade, chose que j'avais découverte dans un livre de bibliothèque à l'école. Elle virevolta très haut dans les airs, puis derrière nous.

Tout à coup, cette carte qui contenait les indications pour ce qui deviendrait sûrement une première rencontre légendaire au cimetière de Delphi - une carte qui, hier encore, enveloppait de la saucisse de foie pour les sandwichs du samedi midi - devenait plus précieuse à mes yeux que la seule carte restante conduisant aux Trésors Perdus des Incas.

Je sautai du wagon et commençai à le contourner pour aller la ramasser.

— Je ne ferais pas ça à ta place, prévint le fermier Parker, mais je ne l'écoutai pas.

Je courus à l'aveuglette jusqu'à l'arrière de l'épandeur de fumier, en faisant parfois des bonds dans l'espoir d'attraper ma carte au trésor, je brandis la main et...

*Splat-split-plat-slap-splat-splat-split-plat-slap-splat-splat-split- plat-slap- splat-splat-split-plat-slap-splat-*

Des morceaux de fumier nauséabond et détrempé, de toutes tailles, formes et couleurs, me frappèrent la tête et le corps comme s'ils sortaient d'une mitrailleuse d'un film de gangsters du samedi matin.

Chaque centimètre de la partie avant de mon corps, de mon visage, de mes bras et de ma tête était criblé de bouse de vache, et j'en recevais encore plus à chaque seconde où je restais debout.

Je ne pouvais pas bouger. Mes bras étaient tendus comme ceux d'un épouvantail gelé. J'étais couvert de la tête aux pieds d'éclaboussures de bouse – de bouse de vache chaude, humide, puante et fumante. De la vapeur s'échappait de mon tee-shirt. Le fermier Parker se pencha sur le côté pour me jeter un coup d'œil et il secoua la tête, comme s'il essayait de me mettre en garde, mais le chariot avançait toujours. Il était presque vide maintenant, et tant que personne n'était blessé, un fermier ne s'arrêtait jamais tant que le chargement n'était pas vide - ou plein, selon la nature de la tâche. Les chariots étaient faits pour être chargés ou déchargés. Dans une ferme, il était hors de question s'amuser. Tout était question de travail. Il fallait faire ce qu'il y avait à faire, avant de passer à la tâche suivante, tant que la lumière du jour et le temps le permettaient. Ma bêtise n'allait certainement pas freiner l'épandage en cours. Je n'étais pas blessé et l'épandeur continuait tout simplement à tourner.

J'essuyai ce que je pus sur mon visage avec ma carte, sur mes cheveux avec mes mains et sur le devant de mon t-shirt. Le chariot à fumier était maintenant vide. Le fermier Parker s'arrêta, poussa le levier vers l'avant, y attacha les rênes, puis sauta et me tendit son mouchoir pour que je m'essuie le visage.

— Tu as besoin d'un bon bain, me dit-il.

Avec son gant, il brossa du mieux qu'il put les grosses taches de bouse sur mon t-shirt et mon jean.

Sans bouger les lèvres ni ouvrir la bouche plus que nécessaire, je le remerciai pour la balade et je traversai le champ en direction de l'érable et de l'orme qu'il m'avait indiqués, en secouant une jambe de temps en temps comme un chat ayant la patte mouillée. J'allais retrouver Holbrook et Barber pour la première fois au cimetière de Delphi. Le fermier Parker me regardait m'éloigner.

Je franchis la clôture et descendis la colline. Holbrook, Barber et Mary attendaient près des pierres tombales. J'étais surpris de voir Mary.

— Holbrook n'avait pas de moyen de transport, précisa Mary.

— Ah non ? marmonnai-je, sans ouvrir la bouche.

— Tommy Kellish a téléphoné et a demandé si mon père

pouvait le conduire, alors je suis venue moi aussi.

— Merci, répondis-je.

— Alors, c'est d'accord que je vienne ?

J'acquiesçai.

Holbrook apparut de derrière un arbre. En me voyant tout barbouillé, ses yeux s'écarquillèrent et il cria :

— Qu'est-ce qui t'est arrivé ?

Je ne voulus pas ouvrir la bouche et choisis plutôt parler entre les dents.

— Ne t'approche pas de moi ! Holbrook se mit à hurler. Tu ressembles à des latrines !

Puis il se mit à rire en se tenant les côtes.

— Je sais exactement ce qui s'est passé, coupa Barber. Il s'est fait piéger par le mauvais côté, le côté fonctionnel d'un « chariot à miel », et ça ne l'a pas épargné.

J'essayais de ne pas parler, pas avant que je ne puisse m'asperger le visage d'eau.

J'avais entendu des gens parler de chariots à miel, et maintenant, je savais avec certitude ce que ça voulait dire.

— J'ai besoin d'un tuyau d'eau, dis-je en serrant les dents.

— Allons à Delphi, dit Barber. Nous trouverons un robinet et un endroit où nous pourrons parler.

En entrant dans le hameau, Holbrook veillait à ne pas se laisser contaminer par les taches de fumier. Il marchait de l'autre côté de la route ou plusieurs mètres devant nous, en reculant pour que nous puissions parler.

— Ne t'inquiète pas, ça m'est arrivé une fois. J'ai retenu la leçon, expliqua Barber.

— Quelle leçon ? demandai-je.

— Reste sur le wagon jusqu'à ce que tu sois sûr qu'il est vide.

— D'accord, admis-je.

Jerome Mark Antil

En traversant le hameau, nous croisâmes Bases, le gamin des Mawson.

**Tout le monde l'appelait Bases. A cause de son gant.**

Tout le monde l'appelait « Bases » parce qu'on ne le voyait jamais sans un gant de baseball à la main. Il portait même un gant lorsqu'il mangeait. Bases était assis, penché en arrière, sur une chaise de porche, et attendait qu'on l'emmène à un match de base-ball auquel il participait. Il portait ses crampons et étendait ses courtes jambes par-dessus la balustrade, sa chaise se balançant en équilibre. Il lançait sa balle dans sa main gantée avec des claquements bruyants, comme s'il essayait de s'occuper avant le départ ou de casser son gant, sauf que le gant était plus vieux que lui et que tout le monde savait que, même si l'on était très occupé, la notion de temps était plutôt spéciale, ici à Delphi.

Lorsqu'il remarqua le bourbier dans lequel je me trouvais,

il me lança un deuxième regard furtif, et son lancer suivant manqua son gant. La balle vola par-dessus la balustrade du porche, puis rebondit dans l'herbe. Les pieds de la chaise se dérobèrent sous lui comme des échasses sur de la glace. En se tordant de rire si fort qu'il se tenait l'estomac et haletait, il pointa du doigt le tuyau d'arrosage près de la véranda et m'indiqua que je pouvais m'en servir. Il cessa finalement de rire assez longtemps pour s'asseoir sur le perron et observer Barber me laver au tuyau d'arrosage. J'enlevai mon T-shirt, je l'essorai puis je le remis. Mes dents claquaient. Je me tenais là, grelottant, mais au moins je ne sentais plus l'odeur typique d'un chariot de miel. Mary se dirigea vers le trottoir, ramassa la balle de base-ball, revint et la tendit à Bases. Nous nous assîmes tous sur les marches du porche. Je leur parlai de Gourmet Mike et du lapin, et de ce qu'il allait lui faire. Je leur expliquai qu'il fallait sauver le lapin pour que Mike ne soit pas arrêté, qu'il n'aille pas dans un asile d'aliénés ou quelque chose de ce genre.

Ils étaient tous d'accord, nous ne pouvions pas laisser cela se produire.

— Vous avez besoin d'un plan, dit Bases.

— C'est pour ça qu'on se réunit, dit Barber.

— Que feraient Dick Tracy, le Fantôme ou n'importe quel détective des comics du dimanche dans un cas comme celui-ci ? demanda Bases.

— Les Hardy Boys cacheraient le lapin et feraient tout pour gagner du temps et réfléchir, dis-je.

Mary posa son regard sur le sol du porche, pensive.

— Un lapin a besoin de nourriture et d'eau, souligna-t-elle.

— On ne peut pas cacher un lapin aussi facilement, rétorqua Barber.

— Ils peuvent ronger une boîte en carton, dit Holbrook.

— Où peut-on le cacher ? demanda Bases.

Je me levai d'un bond.

— Je sais !

— Quoi ? demanda Barber.

— Dick vient de construire une cabane sur le flanc de la colline, dans un grand arbre que Gourmet Mike ne connaît pas. Personne n'y pensera jamais.

En me pointant du doigt avec sa balle, Bases ajouta :

— Elle est où cette cabane ?

Je levai les yeux vers lui et rassemblai mes idées.

— Si on ne veut pas être vu, il suffit de redescendre la colline par le champs sud du fermier Parker et de suivre le chemin qui part de la clôture à l'angle et qui descend dans nos bois. On ne peut pas le manquer. Il n'est pas loin de notre maison, mais il est si escarpé que personne ne peut le voir de la maison.

Bases déposa son gant et sa balle de baseball sur le porche et s'exclama :

— Attendez une seconde. J'ai une idée, je reviens tout de suite.

Il s'engouffra dans la maison tandis que la porte moustiquaire claquait.

Holbrook se leva rapidement et pinça son t-shirt avec son doigt et son pouce comme s'il tenait une tasse de thé. Il retira la chemise de coton de son ventre.

— BEURK, j'en ai sur moi ! Enlevez-moi ça ! Enlève-moi ça !

Barbier et Mary le dévisagèrent en se demandant : *était-ce bien le même garçon qui s'était moqué de Jerry pendant une demi-heure et qui n'avait pas voulu s'en approcher parce qu'il en était couvert ?*

Bases sortit en trombe de la maison, ramassa sa balle de baseball et son gant, et laissa la porte moustiquaire claquer à nouveau, juste une fraction de seconde après que sa mère lui ait hurlé de ne pas claquer la porte.

— D'accord, dit-il. J'ai résolu ton problème, mais tu dois te débrouiller tout seul. Je dois aller à un match.

— Qu'est-ce que tu as trouvé comme solution ? demandai-je.

Il pointa du doigt une voiture qui tournait dans la rue principale.

— C'est ma voiture qui arrive.

Nous devînmes sérieux, nous nous penchâmes vers lui en tendant l'oreille. Nous ne dîmes. Nous écoutions, tout simplement.

— Je viens de téléphoner à Paul Shaffer, déclara Bases. Il est dans la classe de ton frère Dick, Jerry. Il habite sur votre route, près de chez Don Chubb.

— Je connais Paul, répondis-je.

— Paul élève des lapins de concours pour les présenter à la foire de l'État. Je lui ai dit comment se rendre à la cabane en passant par la colline. Il a dit qu'il s'y rendrait maintenant et qu'il laisserait une cage de transport dans la cabane de Dick pour quand nous aurions fini.

— Et comment je fais pour récupérer le lapin ? demandai-je

— Quand ton frère Gourmet Mike reviendra, tu devras trouver un moyen de lui dérober le lapin. Emmène-le dans la cabane, mets-le dans la cage et appelle Paul Shaffer pour qu'il vienne le chercher.

— Tu devras trouver un moyen de distraire ton frère, dit Mary.

— Personne ne devra savoir où ce lapin est allé ni ce qu'il est devenu, indiqua Bases. Son téléphone est le New Woodstock 37. Mais si tu l'oublies, Myrtie, la standardiste, le saura.

C'était parfait. Nous avions l'impression d'avoir accompli quelque chose de grand, peut-être même d'avoir sauvé un lapin d'un meurtre. Mary annonça à Holbrook que son père pouvait les ramener à la maison. Elle demanda à Bases si elle pouvait utiliser le téléphone. Puis nous nous dispersâmes. Barber commença à marcher le kilomètre qui le séparait de sa maison, sur Oran Delphi Road. Quant à moi, j'empruntai le chemin qui me ramènerait à ma maison, par la route de Delphi Falls. Holbrook enleva son tee-shirt et nettoya les taches sur le devant, en attendant le père de Mary.

Il n'y avait rien de mieux que des amis.

Jerome Mark Antil

## CHAPITRE CINQ
## LE MAGNAT DES LAPINS

Le jour où Gourmet Mike rentra, j'étais caché dans le garage de la grange, à l'abri des regards. Je le vis se diriger vers la maison, se garer et tirer le frein à main de la voiture. Mes genoux commencèrent à trembler, mais je restai silencieux. Il sortis de sa voiture pour rejoindre la maison. Remarquant qu'il n'avait rien dans les mains, je courus aussi vite que je pus jusqu'à la voiture, attrapai le lapin dans la boîte qui se trouvait sur le siège avant, refermai le couvercle et je me mis à grimper la colline vers les bois. Comme promis, il y avait une cage à lapin dans la cabane de Dick. Paul Shaffer avait dû en trouver une facilement. J'y déposai le lapin avant de refermer le loquet de la porte. Puis je redescendis à toute vitesse jusqu'à la maison et je me rassis sur le porche d'entrée, tout en essayant de reprendre ma respiration, et en attendant que l'enfer se déchaîne quand Gourmet Mike sortirait de la maison pour me permettre de voir ce pauvre lapin pour la dernière fois.

Il revint en arrachant la tige verte d'un radis rouge qu'il avait trouvé dans la glacière. Il jeta le brin par terre, engouffra le radis entier dans sa bouche et le mâcha la bouche ouverte en émettant des bruits croquants. Il m'adressa un « salut » de la main, se dirigea vers sa voiture et commença à ouvrir la portière côté passager pour récupérer le lapin.

— Tu veux caresser le lapin une dernière fois ? Ou lui donner une carotte ?

— Je lui en ai déjà donné une, mentis-je.

C'était tout ce que je pouvais imaginer pour ne pas éveiller les soupçons de Gourmet Mike, mais je me fiais au calme du détective des Hardy Boys face au danger.

— Oh ?

Sur ce, Gourmet Mike ouvrit en grand la portière de la voiture en mâchant son radis.

Je me souvins de ce que Mary m'avait dit : j'avais besoin d'une diversion. Mais il fallait que je réfléchisse vite. Je tremblais comme une feuille parce que Gourmet Mike était costaud, il mesurait presque deux mètres et était capable de me pulvériser à la moindre contrariété. Il fallait que je l'empêche à tout prix de récupérer le lapin dans sa boîte.

— Tu veux une omelette ? bégayai-je.

Je ne savais même pas ce qu'était une omelette, mais j'avais entendu dire ce mot un jour qu'il cuisinait des omelettes. Et il les assassinait probablement aussi. Pour faire diversion, je répétai.

— J'ai déjà donné une carotte au lapin.

Il avala le radis, savoura le goût en rotant et sourit.

— Il y a des œufs dans la maison ? Allons faire des omelettes.

Je l'accompagnai, d'une part pour célébrer ma victoire d'avoir réussi à cacher le lapin, et en partie parce que j'avais faim. Je ne savais pas ce qu'était une omelette, mais je savais ce qu'étaient des œufs, et ce n'était certainement pas du lapin, du fromage puant ou une grenouille, alors je dis « d'accord ». Il fallait toujours garder un œil sur les gourmets, les surveiller de très près. J'étais nerveux tout le temps que nous étions assis et je mangeai toute l'omelette qui, à l'exception du poivron vert, n'était pas si mauvaise que ça. Mike me signala qu'il devait passer un coup de fil. J'attendis que son appel se finisse et qu'il s'en aille. Une fois qu'il avait franchi le seuil de la porte, je repris le téléphone et je réclamai à Myrtie le 37 New Woodstock, puis je prévins Paul Shaffer qu'il pouvait venir récupérer le lapin.

Je sortis par la porte de derrière et gravis la colline jusqu'à la cabane de Dick. Il l'avait construite dans un arbre, en hauteur, sans échelle, ni même de barreaux d'escalade cloués dans l'arbre. Il fallait sauter et s'accrocher à une planche. Dick disait que cela rendrait l'accès à la maison plus difficile pour les ennemis. Je pensais plutôt qu'il s'était retrouvé à court de bois ou de clous, qu'il avait rencontré une fille ou qu'il avait trouvé une toute autre distraction. Cela arrivait aux gens très intelligents. L'intérêt de la cabane, c'était qu'il l'avait construite dans l'un des rares arbres qui dépassait du flanc de la colline, à une quarantaine de mètres au-dessus du sol. Si on y montait, on pouvait surveiller la maison, la grange, le garage, l'allée et tout le reste. J'observai Gourmet Mike faire demi-tour avec sa voiture et sortir par le portail pour rejoindre Cardner Road.

Cette fois, je donnai vraiment au lapin une carotte et les deux morceaux de laitue que j'avais fourrés dans ma poche, puis nous attendîmes Paul Shaffer.

Il ne fallut pas longtemps pour que je l'entende passer la crête, descendre la colline et entrer dans les bois. Il soufflait dans son harmonica. Il n'en jouait pas assez fort pour qu'on puisse l'identifier, mais juste assez pour passer le temps en traversant dans les bois. Tous les garçons avaient leurs propres superstitions sur les forêts, sur la façon d'en traverser une, seul. Je commençais à peine à m'habituer à la forêt. Ma mère me disait toujours qu'il n'y avait pas de dinosaures par là, mais je trouvais beaucoup de fossiles au pied des chutes. Quand il arriva devant la cabane, il plaça l'harmonica dans sa poche, dont, s'agrippa à la planche et se hissa à l'intérieur.

— Hé, dis-je.

— Hé, répondit-il.

— Gourmet Mike est parti, mais il oublie toujours des livres ou je ne sais quoi, alors rien ne dit qu'il ne va pas bientôt faire demi-tour et revenir, expliquai-je.

— Je vais le faire passer par les bois, alors, dit Paul, plutôt que par Cardner Road.

— Je peux venir avec toi ?

— Viens.

Paul redescendit de la cabane. Je lui tendis la cage, puis je me laissai moi-même tomber au sol. Nous commençâmes la longue montée, à travers les bois, vers l'alpage du fermier Parker, jusqu'à la crête. Lorsque nous arrivâmes à une clôture de barbelés, j'empoignai fermement la cage, mis mon pied sur le fil le plus bas et je le maintins en place pendant que je tirais sur le fil supérieur. Cela laissait un espace assez grand pour que Paul puisse s'y glisser. Paul l'enjamba en se hissant. Je lui passai la cage par-dessus la clôture et il me tint à son tour les fils. Les enfants de la campagne apprenaient à faire ce genre de choses les uns pour les autres. Une clôture de barbelés ne nous ralentissait en aucune façon. Nous savions qu'une chemise déchirée ou une jambe de pantalon trouée par un fil de fer barbelé nous valait une bonne leçon de morale sur le coût des vêtements et sur le non-respect des droits de propriété.

Tandis que nous marchions, Paul me racontait comment il préparait ses lapines pour le Concours aux Bestiaux de la Foire de l'État en septembre. Il avait consacré tout le printemps et l'été à leur faire atteindre le bon poids et le bon pelage. Pâques n'était qu'à un mois environ.

Paul adorait ses lapins et le mur intérieur de son garage était couvert de rubans bleus.

Toutes ces discussions sur les lapins n'avaient aucun sens à mes yeux.

Je me dis simplement qu'il aimait se faire de la maille - de l'argent, pas du tricot.

Nous ne tardâmes pas à rejoindre le sommet de la crête, où paissaient toutes les vaches. En regardant vers le bas, je distinguais la maison de Doc Webb. Doc Webb était dentiste. Pendant que nous marchions, Paul jouait "Oh Susannah" sur son harmonica. Nous contournâmes l'arrière de la maison de Don Chubb et nous arrivâmes sur la crête derrière la maison de Paul. Nous la dévalèrent et traversèrent son jardin jusqu'au garage. Fixés au mur extérieur du garage, à environ un mètre cinquante du sol, se trouvaient trois clapiers à lapins entourés de grillage à poules sur les côtés et d'un treillis métallique sur le sol. L'une des grandes cages contenait quatre magnifiques lapins gris aux oreilles tombantes qui se ressemblaient. Il les appelait ses lapines de concours. Deux autres cages étaient plus petites. L'une d'elles abritait un lapin qui ressemblait aux quatre autres de la grande cage. Une autre cage était vide. Lorsque je désignai le lapin solitaire, Paul dit qu'il s'agissait de son « bouquin ».

Je n'étais pas sûr de ce que cela signifiait : avait-il envie de lire ? Je ne savais pas qu'on pouvait autant aimé lire, au point d'en nommer un lapin. En l'écoutant jouer de l'harmonica, on ne pouvait pas s'imaginer une telle chose, et il n'en avait jamais parlé à mon frère Dick. Parfois, il était impossible de comprendre les gars plus âgés. Qui aurait jamais pensé que mon propre frère, Gourmet Mike, serait capable d'assassiner un animal tout en étant gourmet - alors qu'il allait à l'université, sous le nez de tout le monde, et prétendait vouloir devenir médecin ?

J'étais un simple invité chez lui, et Paul me faisait une grande faveur, alors je n'allais pas être impoli et lui demander pourquoi le « bouquin » était tout seul alors que tous les lapins « Femelles » étaient dans l'autre cage, à jouer ensemble et à s'amuser comme des petites folles.

— Tu veux voir la photo de mon ruban dans le journal de l'année dernière ? demanda Paul.

— Bien sûr.

Il bondit sur le porche et courut à l'intérieur de la maison pour le dénicher.

Juste à ce moment-là, mon père arriva en voiture et donna un coup de klaxon rapide. Il baissa sa vitre.

— Monte, mon fils, je vais te ramener à la maison.

Je traversai le porche et aperçus Mme Shaffer à travers la moustiquaire.

— Mme Shaffer, pourriez-vous dire à Paul que mon père est ici ? Je dois y aller.

— Mais bien sûr mon petit. Tu passeras le bonjour à ta mère de ma part.

— Oui, m'dame.

Je descendis le porche et montai dans la voiture de papa. Au moment où j'allais fermer la porte, je criai.

— Attends !

Je venais de me souvenir que nous avions oublié de mettre le lapin du professeur que Gourmet Mike voulait assassiner dans sa cage. Il était encore dans sa boîte de transport, sur le sol, là où d'autres animaux, des renards par exemple, pouvaient l'atteindre. Je me précipitai vers lui, l'attrapai et je sortis le lapin de la boîte. Je jetai un coup d'œil à la cage vide à côté du « bouquin », puis à la cage où toutes les lapines jouaient. Je décidai que leur cage serait plus amusante pour le lapin du professeur. Il n'avait pas de problèmes lui, comme Bouquin, et il avait besoin de rencontrer de nouveaux amis maintenant qu'il avait été sauvé. Il avait traversé assez d'épreuves. J'ouvris la cage, le confiai à ses quatre nouveaux amis, refermai la porte et verrouillai le loquet. Au moment où mon lapin leva les yeux vers moi, je me sentis bien, comme s'il me remerciait de lui avoir sauvé la vie.

Je lui dis :

— Au revoir et sois sage.

Je retournai sur mes pas en courant, sautai dans la voiture de papa et nous démarrâmes.

— Comment m'as-tu trouvé ? je demandai.

— Myrtie, dit-il.

— Comment une opératrice téléphonique pourrait-elle savoir où je suis ?

— C'est simple. J'ai décroché le téléphone, je lui ai demandé si elle savait où se trouvait mes fistons, et elle m'a répondu. Elle m'a dit que Mike était probablement en route pour aller voir Nancy, sa petite amie, à Syracuse. Dick était sans doute avec Duba dans le quartier de l'école, et toi tu étais très probablement chez Paul Shaffer.

— Comment Myrtie pourrait-elle savoir tout cela ?

— Mike est-il rentré à la maison ?

— Oui.

— A-t-il utilisé le téléphone ?

— Oui. Il a fait des omelettes et a ensuite utilisé le téléphone.

— As-tu appelé le téléphone de Paul Shaffer aujourd'hui ?

— Oui.

— Voilà, Dick a probablement parlé à Duba ce matin. Maintenant, sors et va voir s'il y a du courrier dans la boîte aux lettres, fiston.

J'étais étonné de voir à quel point mon père était intelligent et, maintenant, à quel point Myrtie en savait beaucoup sur les gens. Puis, je me souvins qu'elle avait trouvé un moyen de faire parvenir un message à la maison de Holbrook à ma place. Je me demandai alors si elle pourrait peut-être aider, de temps en temps, les Hardy Boys dans leurs enquêtes.

Je récupérai le courrier, puis papa s'engagea dans l'allée avant de contourner les balançoires, là où il se garait toujours.

À l'intérieur de la maison, Dick, Duba et leurs deux amis Jimmy Conway et Jimmy Dwyer jouaient à Pitch, un jeu avec des cartes hautes, des cartes basses et des valets. Duba semblait gagner. C'était lui qui avait le plus de pennies devant lui.

— Dick ou Jerry, est-ce que l'un de vous veut se lever tôt pour m'aider à vérifier Brewerton avant que le soleil ne se lève, dit papa.

Il se dirigea dans le couloir vers sa chambre et celle de maman.

De temps en temps, papa partait en voiture et rejoignait le camion du boulanger dans une ville, puis il accrochait une miche de pain à la porte de chaque habitant pour que tous puissent se rendre compte à quel point le pain était bon. Parfois, Dick ou Gourmet Mike l'accompagnaient. Je n'y étais jamais allé.

— C'est quoi l'atout ? demanda Dick.

— Cœur , répondit Duba.

— Nous allons au Suburban Park à Manlius où Mr Duba viendra nous chercher, expliqua Dick. Toi, va avec papa.

Quand papa revins, je lui signalai que je partais avec lui.

— Super, me lança-t-il. On s'arrêtera sur le chemin du retour pour pêcher au lac DeRuyter.

Après le dîner, papa me conseilla d'aller me coucher parce que les trois heures du matin allaient approcher à grands pas.

Et effectivement, elles arrivèrent très vite

— Psssssst ! Pssssssssst ! dit papa en chuchotant.

— Je suis réveillé, je suis réveillé, dis-je.

J'avais dormi dans mes vêtements, donc je me levai, enfila mes baskets en toute hâte et me dirigeai vers la voiture de papa. Il était en train de charger des cannes à pêche dans le coffre.

— Monte sur le siège arrière et dors un peu, fiston. Je te réveillerai quand nous arriverons à Brewerton.

Je lui demandai ce que nous allions faire.

— Parfois, c'est intéressant de faire la publicité d'un produit en donnant un échantillon gratuit aux familles.

— Tu les donnes gratuitement, papa ?

— Ça leur permet de goûter, de voir s'ils aiment le produit.

— Alors, c'est ça la publicité ? demandai-je.

— Oui, parfois, répondit-il. La publicité consiste à faire connaître son produit au plus grand nombre. Plus il y a de gens qui le connaissent, plus on vendra de produits, même si seulement un petit pourcentage de ces gens l'achètent. Tout est dans les chiffres. Parfois, les publicités à la radio permettent à chacun de découvrir un produit. Parfois, ce sont les annonces dans les journaux qui les diffusent. Parfois, il suffit d'offrir des échantillons, comme aujourd'hui. Aujourd'hui, nous allons accrocher un pain frais et chaud à plus d'une centaine de portes à Brewerton, juste avant que les gens ne se lèvent pour prendre leur petit-déjeuner, et avant que les gens n'ouvrent leur porte d'entrée pour récupérer le journal du matin sous leur porche ou sur leur pelouse. Ils trouveront alors notre pain. Peut-être le goûteront-ils au petit-déjeuner. Si seulement vingt pour cent d'entre eux apprécient ce pain bien chaud, on pourrait compter vingt nouveaux clients. Peut-être plus. C'est une question de chiffres, fiston.

— Comment on accroche le pain à la porte, papa ?

Papa ralentit la voiture avant de quitter la route, de se parquer et de sortir du véhicule. Papa adorait parler d'affaires à tous ceux que cela intéressait. Il disait toujours que toute bonne question méritait une bonne réponse. C'est comme ça qu'on apprend, disait-il. Il ouvrit le coffre, en sortit quelque chose et le referma. Il remonta dans la voiture, se pencha sur le siège et me tendit une coiffe d'Indien en papier cartonné, avec des plumes colorées imprimées tout autour.

— Mets ça, dit-il.

Il remit la voiture sur la route et démarra. Je rampai sur le siège jusqu'à l'avant en tenant la coiffe indienne. Puis, je l'essayai. Elle entourait parfaitement ma tête, et les plumes en carton s'élevaient tout autour. Elle avait presque l'air réelle.

— Les enfants vont adorer ça, lui dis-je.

**Une coiffe d'Indien, à prendre aux portes**

La coiffe arborait le nom de la boulangerie sur le devant. Elle tenait en place sur la tête en emboîtant les extrémités de la coiffe dans deux trous, comme un cadenas.

— Nous mettrons le pain au milieu de la coiffe et les deux trous qui la maintiennent sur la tête s'adapteront également à une poignée de porte et accueilleront la miche de pain.

— Comment ? demandai-je.

Papa leva la main comme un chef indien en signe de paix.

— Comment ça comment ? interrogea-t-il, et nous rîmes tous les deux. Nous utiliserons trois coiffes par maison pour que ce soit plus stable, une fois accrochée à la porte. S'ils ont plusieurs enfants, chacun en aura une. C'est une question de chiffres, fiston.

Papa était si gentil.

Le camion du boulanger nous attendait, et il nous suivit dans toute la ville. Je courais à chaque porte pour y accrocher les coiffes et la miche de pain. Lorsque je revenais à la voiture, papa me tendait trois autres coiffes ainsi qu'une miche de pain, toutes prêtes à être suspendues. Si je percevais le moindre indice montrant que plus de trois enfants vivaient dans la maison, je laissais cinq ou six coiffes autour de la miche de pain.

Lorsque nous eûmes terminés, papa fit demi-tour pour rentrer à la maison. En traversant la ville, à l'aube, nous pouvions déjà voir des enfants avec leurs coiffes d'Indiens.

— De nouveaux clients ? demandai-je à mon père en lui montrant les enfants.

— Leurs mamans sont des nouvelles clientes comblées, répondit-il

Mon père était brillant. Je venais d'apprendre à faire de la publicité. Nous nous dirigeâmes vers le lac DeRuyter.

Mon père m'épatait. Pendant que nous pêchions des poissons-lunes et des perches, je n'arrêtais pas de lui poser des questions sur la publicité. Il me répondait toujours la même chose :

— C'est une question de chiffres, fiston. Plus il y a de gens à qui tu peux parler de ton produit ou de ton service, plus il y en a qui achètent.

Nous rangeâmes le matériel de pêche et rentrâmes à la maison. En franchissant le portail, nous aperçûmes la Chevrolet de Gourmet Mike.

— Qu'est-ce qu'il fait ici ? demandai-je.

Papa ne répondit rien. Mike était assis sur une des balançoires. Il avait l'air contrarié. Nous apprîmes que ma mère l'avait appelé et l'avait fait revenir de l'université pour une réunion de famille d'urgence. Quand nous arrivâmes, Dick sortait de la maison en portant une encyclopédie. Papa contourna les balançoires et se gara.

— C'est toi qui a fait ça, aboya Dick.

— Fait quoi ? répondis-je.

— Je ne sais pas.

— Tu es fou, rétorquai-je.

— Maman est au téléphone avec Mme Shaffer, dit Dick.

— Et alors ? je grognai.

— Je crois que tu as compris.

Nous entrâmes dans la maison, puis dans la cuisine. Mon cœur battait la chamade parce que j'allais probablement me faire passer un savon pour avoir volé le lapin de Gourmet Mike. Nous attendîmes que maman raccroche le téléphone. Mike s'assit sur le plan de travail de la cuisine, prit des raisins dans un bol et patienta. Maman sortit de la chambre, traversa la salle à manger et entra dans la cuisine en se passant la main sur le visage, comme le faisaient les gens lorsqu'ils avaient mal aux dents.

Elle s'arrêta, croisa le regard de Gourmet Mike, prit quelques instants de réflexion, se retourna vers moi et m'adressa un regard noir, comme si ma place était en prison ou en maison de redressement.

— Jeune homme, où as-tu trouvé le lapin que tu as emmené chez les Shaffer ?

Je compris qu'elle était au courant.

— Je ne pouvais pas le laisser se faire tuer, maman.

Maman fit demi-tour et regarda Mike à nouveau. Cette confession surgit bien plus rapidement qu'ils ne l'avaient prévu tous les deux. Puis maman et papa échangèrent un regard, comme pour déterminer ma sanction.

Je m'en moquais, commettre un meurtre était une erreur, et ils le savaient tous les deux - même le président l'avait dit.

— Jerry, le lapin que tu as volé à Mike était le cadeau de Pâques que le professeur de Mike comptait offrir à sa fille.

— Quoi ?

— Ton frère le gardait pendant qu'il était en voyage pour qu'elle ne le découvre pas et ne gâche pas la surprise.

— Hein ?

— Ce lapin était censé être une surprise de Pâques.

— Je suis désolé. Je vais aller le récupérer, dis-je.

— Jeune homme, insista maman, il semble que tu aies placé un lapin mâle avec les femelles reproductrices de Shaffer, et maintenant il y a un petit problème.

Ma mâchoire se décrocha.

— Quel problème ?

J'observai à tour de rôle maman, Mike et papa. Puis, je me tournai vers Dick, qui n'arrêtait pas de secouer la tête vers la porte arrière, et me faisait signe de partir aussi vite que possible pendant qu'il en était encore temps.

Planté sur ses pieds, l'encyclopédie ouverte dans sa main, Dick interrompit la conversation, tel un Benjamin Franklin ou tout autre illustre personnage.

— Les lapins ont une période de gestation de quatre semaines et peuvent avoir des portées de huit à douze lapins lorsqu'ils mettent bas, lut-il fièrement avant de me fixer en secouant à nouveau la tête, comme pour me dire que c'était maintenant ou jamais que je devais m'enfuir de la maison et qu'il couvrirait la porte pour moi, que c'était le moment idéal.

— Ce n'était pas un lapin mâle, déclarai-je avec assurance. Il n'a jamais causé de problèmes.

Papa lâcha un petit rire, puis esquissa une sorte de sourire en coin, mais maman fronça les sourcils et lui jeta un regard sévère, pour lui rappeler de rester sérieux.

— Jerry, quand un lapin est un garçon, on dit que c'est un mâle, et quand un lapin est une fille, on l'appelle une lapine, ou une hase.

— Euh... euh... Non, pas du tout. La hase, c'est la femelle du cerf, non ? insistai-je.

— Non, du lapin ! jappa Dick en pointant du doigt une section de l'encyclopédie.

— Jerry, demanda maman, as-tu la moindre idée de la façon dont on fait les bébés ?

Dick brandit sa main dans les airs, se mit à sautiller comme s'il était à l'école et qu'il mourrait d'envie qu'on lui donne la parole. Papa serra le poing et, avec sa phalange centrale, il frappa doucement le sommet de la tête de Dick, à plusieurs reprises, pour lui signifier qu'il devait se taire, à moins qu'on ne lui adresse la parole. Gourmet Mike se contenta de me dévisager.

— Oui, dis-je avec assurance, les gens se marient.

— Eh bien, le lapin que tu as volé s'est marié quatre fois, et quatre fois huit, cela fait trente-deux bébés lapins. Ou, multiplié par douze, cela fait quarante-huit bébés lapins en quatre semaines, expliqua Dick dans un long soupir.

— C'est vrai, maman ? demandai-je. Oui, mon chéri, j'en ai bien peur.

Mes épaules s'affaissèrent.

— Ce qu'il faut savoir, c'est que les lapins sont des animaux d'élevage.

— Est-ce qu'ils vont les tuer, maman ?

— Jerry, les Shaffer les vendront probablement en tant que petit bétail.

— Alors quelqu'un d'autre les tuera, ajouta Dick.

— Fiston, si tu veux éviter que ces lapins soient vendus, pour la viande ou la fourrure, tu devras leurs trouver des foyers où ils pourront servir d'animaux de compagnie.

— Tu veux que je me charge de ces animaux ? proposa Dick.

Papa lui administra un autre petit coup sur le dessus de la tête.

— Combien de temps a-t-il dit ? je demandai en regardant ma mère.

— Quatre semaines ! répondit Dick en faisant claquer son encyclopédie avec un bruit sec.

Tout le monde resta planté là, sans rien dire, à me regarder. Puis Dick ajouta :

— Ah oui, les bébés lapins s'appellent des lapereaux.

Papa lui retira l'encyclopédie des mains.

Maman se pencha vers moi, le regard sévère, pour me faire comprendre sa déception.

— Jeune homme, tu dois des excuses à ton frère Mike. À moins que tu ne puisses le récupérer, tu devras à son professeur le prix du lapin destiné à sa fille. Tu payeras à Mme Shaffer les soins et l'alimentation, et tu dois lui promettre de la débarrasser des portées quand elles se présenteront, si tu ne veux pas que tous ces lapereaux se transforment en animaux d'élevage. Est-ce que tu comprends ?

Mon esprit s'embrouilla et perdit tout repère.

Des lapins, parfois des hases et maintenant des lapereaux ! J'étais dans un état lamentable. Toute ma journée défilait dans ma tête. Je m'étais levé à trois heures du matin. J'avais déposé des coiffes en carton et des pains sur toutes les portes de Brewerton et j'avais attrapé quatre poissons-lunes avant même que quiconque ici présent dans la cuisine ne soit réveillé. Comment avais-je pu m'attirer autant d'ennuis en si peu de temps ?

Je fermai les yeux, je me tapai la paume de la main sur le front et... *paf*! L'idée de Dick de m'enfuir était probablement la seule façon de me sortir de ce pétrin. Alors je tournai les talons, hébété, sans même sentir la claque sur mon front, je quittai la cuisine, traversai la buanderie, sortis par la porte de derrière et je me mis à gravir la colline escarpée qui menait aux bois pour m'enfuir. Dick avait peut-être raison.

Gourmet Mike descendit immédiatement du plan de travail et me suivit. Je le voyais du coin de l'œil quand j'avais commencé à gravir la colline.

— Attends, cria-t-il.

Il voulait probablement me casser la figure parce que j'avais perdu le lapin de son professeur, le cadeau de Pâques pour sa fille. Je fis semblant de ne pas le voir ni l'entendre.

— Attends, hurla-t-il une fois de plus.

Je n'avais aucune idée de l'endroit où j'allais, mais le fait de savoir qu'il me suivait me donnait un peu plus de courage. Je m'enfonçai de plus en plus profondément dans les bois, je dépassai les premières chutes, puis les deuxièmes où je n'étais jamais allé auparavant. Je parvins à une clairière où se dressait la clôture d'un pâturage. Je franchis la clôture, en tentant d'empêcher les fils barbelés de déchirer ma chemise. Puis je me retournai et plongeai mes yeux dans ceux de Mike avant de lui tenir les fils et de lui avouer ainsi que je savais qu'il me suivait. Il ne dit rien, mais il se contenta de ramper au travers.

Nous traversâmes le champ en direction d'un grand pommier au centre. Nous fûmes tous deux été surpris de voir deux énormes chevaux de trait belges debout sous le pommier. Nous nous arrêtâmes, nous assîmes par terre et nous contemplâmes les chevaux. Ils étaient deux fois plus grands que Sarge et Sally, les chevaux du fermier Parker. Les feuilles du pommier commencèrent à frémir dans le vent, qui soufflait en rafales. Les crinières des chevaux s'envolaient dans le vent, quant aux nuages, ils s'assombrissaient et défilaient de plus en plus vite. Le ciel se couvrit et le vent se mit à souffler fort sur les arbres.

— C'est là que vivent les Pettacabbage, expliqua Mike. La famille Pettacabbage est venue ici d'Europe, ils ont perdu leur ferme à cause des bombes pendant la guerre. Ce sont de très bons agriculteurs. Ça, ce sont leurs chevaux de trait belges. Ils sont énormes, mais ils ne nous feront aucun mal.

— Peu importe, grommelai-je. Ma vie est fichue, de toute façon. J'ai été bête, je voulais sauver un seul lapin de tes griffes, et maintenant trente-deux ou plus risquent la mort, à cause de ma stupide cervelle.

# CRRRRRAAAAAAACCCCCCC !

Un éclair transperça les nuages, tel une hache géante, et déchiqueta d'un seul coup la branche supérieure du pommier. Les chevaux se cabrèrent et s'emballèrent jusqu'à un hangar couvert à l'autre bout du pâturage.

Mike me poussa au sol et se blottit à côté de moi.

— Reste au sol, hurla-t-il, La foudre frappe les éléments les plus hauts sur un terrain. Nous serons en sécurité au sol, jusqu'à ce qu'elle se calme.

Je levai les yeux et observai la grosse branche de l'arbre, toujours accrochée par un mince morceau d'écorce, qui claquait et rebondissait sous l'effet du vent. Je me forçais à croire que Mike savait ce qu'il fallait faire. J'avais l'impression d'être dans un de ces films sur les actualités de la guerre, à attendre que les bombes pleuvent sur nous depuis un bombardier.

La tête inclinée vers le sol, Mike confia :

— Quand j'avais ton âge, j'ai fait des choses que je croyais justes, mais qui se sont révélées stupides et honteuses. Ne t'inquiète pas pour ça.

— Ah bon ?

— J'en ai fait beaucoup de ces choses, dit Mike.

— Comme quoi ?

— Il faut que je réfléchisse. Je suis sûr que j'ai fait des choses vraiment stupides. Tu as fait ce que tu pensais être juste. Tu es toujours mon frère, tu le seras toujours. Ne t'inquiète pas pour ça. S'enfuir n'est jamais une solution.

Juste avant que la pluie ne commence, j'étais tellement fatigué de m'être levé si tôt le matin et d'avoir monté la colline que, allongé à côté de Mike, je m'endormis.

Quand je me réveillai, Mike était déjà en position assise. Nous étions tous deux trempés. L'orage était passé, mais il était tard. Le ciel s'assombrissait. Le sol était gorgé d'eau. Il avait dû beaucoup pleuvoir pendant que nous dormions. Nous étions tous les deux conscients que, pour rentrer à la maison, nous devrions redescendre la colline et contourner deux chutes d'eau de vingt mètres de haut.

— Sacrée tempête, hein ? Tu te sens mieux ? demanda Mike.

— Oui.

— Rentrons à la maison, d'accord ?

— D'accord.

Nous nous levâmes donc et nous mîmes en route vers la clôture à travers laquelle nous devions ramper pour rentrer chez nous. J'écartai les fils pour Mike, puis il fit de même pour moi. Alors que nous nous engageâmes dans la forêt, au-dessus de la deuxième cascade, Mike s'arrêta et se retourna. Son visage était sérieux, comme si nous étions en danger. Il me dit de faire attention, car le sol était humide, très boueux et extrêmement glissant.

Nous continuâmes à progresser un peu.

Puis il marqua une nouvelle pause et se retourna vers moi. Là, je commençais à avoir sérieusement peur !

— Bon, voilà ce qu'on va faire, dit-il. On doit descendre, et on le fera en bordure des deux chutes d'eau. Ce sont des falaises hautes et dangereuses, des tonnes d'eau y déferlent après un orage. Je vais devoir te porter sur mon dos. Mais avant, il faut que tu comprennes que j'aurai besoin de mes deux mains libres pour m'agripper aux arbres et aux branches, pour nous empêcher de tomber et de glisser sur les falaises. Ce sera à toi de t'accrocher, de rester sur mon dos sans aucune aide de ma part. Tu peux y arriver ?

— Oui.

— Tu es sûr ?

— Certain.

Je n'avais plus aussi peur, car j'avais confiance en Mike.

— D'accord, alors, monte sur mon dos et ne me lâche pas, jusqu'à ce que nous soyons de retour près de la porte arrière de la maison, d'accord ?

— Oui.

Mike se pencha sur un genou. Je grimpai sur lui et enroulai mes bras autour de son cou en serrant bien fort mes mains l'une contre l'autre. Lorsqu'il se releva, je l'entourai de mes jambes et bloquai mes pieds devant lui. Mike s'inclina en avant pour garder l'équilibre et il marcha prudemment, comme Œil-de-Faucon dans Le dernier des Mohicans. Il s'agrippait à un petit arbre juste devant lui, et le tenait fermement dans sa main droite comme un bâton de ski, pour garder l'équilibre. Prudemment, il tendit la main et empoigna un autre petit arbre dans sa main gauche pour poursuivre sa progression. Je m'accrochais de toutes mes forces et fermais les yeux lorsque nous nous approchions trop près des falaises. Lentement, consciemment, nous avançâmes dans les bois. Plus nous nous rapprochions de la cascade du haut et de ses falaises, plus l'eau s'écrasait bruyamment, à la manière du tonnerre, en faisant gronder le sol autour de nous, et plus je m'accrochais solidement. Si j'ouvrais les yeux, je pouvais voir le pied de la falaise. Je savais que si nous glissions ou tombions, nous risquions de mourir tous les deux. Je gardai donc mes yeux fermés autant que possible. Je sentais qu'à chaque pas, Mike choisissait avec soin l'arbre ou la branche qui lui convenait le mieux, et qui lui permettrait d'atteindre la prochaine en toute sécurité. Au bout d'un moment, alors que le bruit de la cascade du haut était derrière nous, je pouvais apercevoir les falaises de la première cascade. En contrebas, le bruit s'intensifiait à nouveau. Cette cascade était plus grande, encore plus dangereuse. Mike enjamba soigneusement le rebord supérieur de la première chute d'eau, sur la rive, tout en s'accrochant à un pin autour duquel il pouvait passer la main.

J'avais trop peur pour pleurer, mais je savais que Mike ferait de son mieux pour nous sauver. Je resserrai mon étreinte.

Cette colline était beaucoup plus raide. Elle plongeait directement dans la falaise.

Au loin, je pouvais distinguer la cabane de Dick, et je savais que nous allions être en sécurité. Mike me conseilla de m'accrocher bien fort, car, bien que nous soyons à présent en sécurité loin des chutes et de la falaise, nous arrivions sur une colline herbeuse, raide et glissante. Comme il n'y avait plus d'arbres auxquels s'accrocher, ses pieds risquaient de glisser et de se dérober. Puis il tournait son corps sur le côté, glissait encore un peu, se penchait vers le bas, agrippait des brins d'herbe et des mauvaises pousses sur le flanc de la colline de ses doigts pour garder l'équilibre, jusqu'à ce que nous atteignions le bas de la colline.

— Tu peux descendre, invita-t-il.

Je glissai de son dos. Nous nous regardâmes l'un l'autre. Mike me fixait littéralement.

— Papa m'a appris quelque chose, Jerry, et tu devrais également être au courant. N'aie jamais peur de faire ce que tu penses être juste. Tu as fait ce que tu pensais être juste. Nous faisons tous des choses stupides. Maintenant, tu es dans le pétrin.

— Je sais.

— Mais tu es intelligent.

— Vraiment ?

— Tu es assez intelligent pour comprendre ce qui t'arrive, la situation dans laquelle tu te trouves. C'est juste que tu ne le réalises pas encore. Trouve un sens à tout ça. N'aie jamais peur de faire des erreurs en cours de route. C'est la meilleure façon d'apprendre.

Il me regarda droit dans les yeux.

— Je suis désolé d'avoir chipé ton lapin, m'excusai-je.

Mike me tendit la main pour que je la serre.

— Maintenant, tu peux me le rapporter pour que je puisse le remettre au professeur, n'est-ce pas ?

— Je vais aller le chercher de suite, dis-je.

— Tu iras le chercher demain. Il pourrait encore pleuvoir.

— D'accord.

— Bon, tout est bien qui finit bien alors. On a un marché ? demanda Mike.

— Marché conclu.

J'acceptai sa main et je la serrai.

Nous contemplâmes tous les deux l'eau qui se jetait de la cascade du bas en rugissant, nous fîmes demi-tour, puis rebroussâmes chemin jusqu'à la maison. Je n'ai plus jamais pensé que Mike était bizarre après ça.

À la maison, personne ne posa de questions. Tous virent que nous étions en sécurité et on nous laissa tranquilles. Aucun de nous ne parla non plus à qui que ce soit de ce que nous venions de vivre ensemble - *nous n'aurions jamais pu espérer décrire cette expérience*, et personne n'y aurait cru de toute façon. Nous savions que nous venions de vivre un événement qui lierait deux frères à jamais.

Maman s'approcha de nous.

— Mike, emmène Jerry chez Mary Crane. Il t'indiquera la route. Les Cranes l'ont invité à dîner.

— Ils m'ont invité, vraiment ? je demandai.

— Va mettre des vêtements secs et prépare-toi à partir, ajouta maman. Je viendrai te chercher à huit heures et je te ramènerai à la maison.

Mike et moi n'échangeâmes pas un mot durant tout le trajet jusqu'à la maison de Mary. Nous sentions que les choses avaient changé entre nous. Quand je descendis de la voiture, il me dit :

— Bonne chance. Tu peux y arriver.

Pour la première fois, je me sentais capable de quelque chose.

— Je suis désolé de t'avoir appelé « Gourmet Mike », dis-je.

— C'est juste un surnom, rien de grave.

— Alors tu n'es pas fâché ?

— Pas du tout. Tu as Bases, Mayor, et maintenant tu as Gourmet Mike.

Il tendit le bras et me pressa la main. Puis il s'en alla.

Mary était assise sur une chaise à bascule qui trônait sur son porche d'entrée. Lorsque je m'approchai, elle se retourna et chassa une boucle de cheveux qui tombait devant son œil.

— J'ai entendu parler des lapins, commença Mary. Tu es déjà au courant ?

— Et aussi du merdier dans lequel tu te trouves, ajouta-t-elle.

— Je suis vraiment dans le pétrin.

— Ne t'inquiète pas, on peut les vendre pour Pâques.

— On ne peut pas vendre trente-deux lapins, rétorquai-je.

— Et pourquoi pas ?

— On ne connaît pas trente-deux personnes qui seraient prêtes à en acheter. Si personne n'en achète, je serai coincé à vie avec eux et toujours dans le même pétrin que maintenant.

— Qu'est-ce que tu vas faire alors ? demanda Mary.

— Je vais réfléchir, dis-je.

La mère de Mary s'accouda à la porte moustiquaire.

— Jerry, ton frère Dick est au téléphone, il te demande.

— Vraiment ?

— Tu peux décrocher dans la cuisine.

— Allô ?

— Tu connais la station-service GASCO à Manlius, celle où maman va toujours après l'église ? interrogea Dick.

— Oui.

— Eh bien, elle a pris feu et a brûlé.

— Ah bon ?

— Il a dû y avoir une explosion aussi.

— Pourquoi tu me dis ça ?

— Le shérif offre une récompense pour toute information qui permettrait d'attraper celui qui a mis le feu.

— Quel est le montant de la récompense ? je demandai.

— Cinquante dollars, répondit Dick. Ils ne la donneront jamais à un gamin, à moins qu'il ait plus de dix-huit ans.

— Alors, pourquoi tu me racontes ça ?

— Trouve qui a fait ça et comment ils s'y sont pris, et tu pourras utiliser l'argent pour te tirer d'affaire avec les lapins.

— Il n'y a aucune chance que je puisse... commençai-je.

Puis Dick ajouta une phrase avant de raccrocher, une phrase que seul un passionné des Hardy Boys aurait pu comprendre, et que je compris moi-même, bien évidemment.

— Ce que je n'arrive pas à comprendre, déclara Dick. C'est pourquoi le lit de Sonny se trouvait dans la pièce avant de la station-service, et non à l'arrière, là où il dort normalement.

Sur ces mots, Dick raccrocha et je retournai sous le porche où se trouvait Mary.

— Combien cela coûterait-il d'acheter trente-deux ou quarante-huit paniers de Pâques ? je demandai.

— Des paniers de Pâques ? répondit Mary.

— Oui, des paniers, comme ceux qu'apporte le lapin de Pâques. On pourrait les remplir de sucreries, non ?

— Tu as des problèmes bien plus sérieux que les bonbons, s'offusqua Mary.

— Un lapin de Pâques ferait ça, n'est-ce pas, rapporter des bonbons ? Combien ça coûterait ?

— Probablement beaucoup d'argent, répondit Mary. A quoi tu penses ?

— C'est combien, beaucoup ? Et est-ce que tu sais au moins où on peut trouver des paniers, et assez de bonbons pour les remplir, et surtout, suffisamment de place pour y mettre un petit lapin ?

— M. Moore vend des petits paniers sur la route de Pompey Hollow, près de chez toi. Il les remplit de pommes qu'il vend dans sa ferme. Un jour, je l'ai vu décharger un camion plein de ces paniers. Je peux toujours lui demander combien en coûteraient cinquante. Mon père me conduira. Je peux aussi m'occuper des bonbons, précisa Mary.

— Comment peux-tu t'occuper d'autant de bonbons ?

demandai-je.

Mary se leva et me fit signe de la suivre. Une fois dans sa chambre, elle se mit à genoux et ouvrit le tiroir central de son bureau, comme s'il s'agissait d'un coffre-fort au sein de la banque de Tully. Il était rempli - à ras bord - de bonbons de toutes sortes. Des bonbons qu'elle collectionnait depuis des années à Pâques et à Halloween. Elle ouvrit la boîte du bas, qui était également remplie de bonbons de toutes les couleurs !

— Si tu peux obtenir l'argent nécessaire, je peux te procurer les paniers de Pâques, dit-elle en refermant les tiroirs.

— Mais nous ne savons pas combien d'argent il nous faut, dis-je.

— Je te dirai combien, après avoir parlé à M. Moore.

J'étais stupéfait.

— Demain, ajouta Mary.

Maman passa me chercher après le dîner.

De retour à la maison, je partis me promener un peu. J'avais besoin de réfléchir.

Je marchai jusqu'à la porte d'entrée dans l'obscurité, puis, je descendis Cardner Road jusqu'au pont, un peu avant le champ de luzerne. Je m'accoudai sur le muret du pont et contemplai l'eau qui cascadait encore en trombe à cause de la tempête.

Soudain, j'eus une idée. Celle-ci m'apparaissait clairement à l'esprit, et elle ne dépendait que d'une seule chose. Je fis un pas en arrière, me redressai et je pris une seconde pour rassembler toute mes idées, afin de ne pas les oublier. Puis je remontai rapidement Cardner Road. Il fallait que ça marche.

Une fois dans la maison, je me dirigeai vers la chambre de papa et maman. Elle était vide.

Je pris soin de fermer les deux portes avant de décrocher le téléphone.

— Opératrice.

— Myrtie ? C'est Jerry.

— Je sais, répondit-elle. Sacrée tempête hein mon chou ?

Je racontai à Myrtie les ennuis que j'avais et ce que je devais faire pour que trente-deux ou quarante-huit lapins ne se transforment pas en vulgaire bêtes d'élevage et ne soient pas assassinés. De temps en temps, Myrtie s'excusait et transférait l'appel de quelqu'un ou en connectait un autre, mais elle écoutait tout ce que j'avais à dire.

Je lui parlai de la récompense pour l'incendie de la station-service et de ce que les indices me suggéraient, à moi, jeune détective.

— Je pense que l'homme qui travaille à la station-service a soit déclenché l'incendie par accident, avec une cigarette ou autre, soit il l'a fait exprès. Peut-être que c'était un de ses amis qui était resté là et n'a pas fait attention. Je pense qu'il a placé son lit de camp dans la pièce de devant, parce qu'il savait qu'il risquait de brûler s'il restait à l'arrière.

— Intéressant, déclara Myrtie.

— Mais Dick dit que je suis trop jeune pour toucher une récompense. J'ai besoin d'argent pour aider à sauver ces lapins.

Myrtie me proposa de lui laisser le temps de réfléchir. Elle m'appellerait quand elle aurait une idée ou si elle avait besoin de moi pour effectuer certaines tâches. Je ne lui demandai pas comment elle savait où je me trouvais, car j'étais maintenant convaincu qu'elle le savait. Je raccrochai le téléphone et allai dans ma chambre. Personne ne m'adressa la parole. Quand une personne avait des problèmes, tout le monde savait qu'il valait mieux la laisser se débrouiller seule, à moins qu'elle ne demande de l'aide.

Le lendemain matin, M. Crane déposa Mary à la maison et repartit. Lorsqu'elle frappa à la porte, je la rejoignis sur le perron.

— Dis-moi que je peux avoir les paniers, dis-moi que tu peux avoir l'argent, dit-elle. Comment vas-tu faire pour que trente-deux ou quarante-huit enfants en veuillent d'abord, et ensuite comment allons-nous les livrer, si et quand ils les voudront ?

— Je vais faire de la publicité. Tout est dans les chiffres, Mary.

— Que sais-tu de la publicité, Jerry ?

— Laisse-moi m'occuper de la publicité, dis-je.

— Alors, si on réussit à les vendre, qu'est-ce qu'on fait après ? demanda Mary. Qui va les livrer ?

— Toi et moi, Mary.

— Quoi ?

— Tu vas nous conduire avec le pick-up Dodge 38 que nous stockons dans le champ de luzerne.

— Quoi ?

— Il est dans le champ de luzerne, à côté du pont.

— Tu es fou ?

— On peut tous les livrer avec ce vieux pick-up. C'est toi qui nous conduis.

— Moi ? répéta-t-elle. J'ai dix ans.

— Tu sais conduire avec une manette ?

— Oui, mon père m'a montré.

— Tu sais faire marche arrière ?

— Oui.

— La faire avancer ?

— Oui.

— Quand tu veux ?

— Oui.

— Alors voilà, concluai-je.

— Alors voilà ? Mary grogna.

— De quoi as-tu peur ?

— J'ai dix ans ! C'est de ça que j'ai peur.

— Je n'ai que huit ans. C'est toi qui dois conduire.

— C'est tout ? Tu n'as que huit ans ?

— Tu conduis, Mary.

— Comment se fait-il qu'on soit dans la même classe alors ?

— Mon père a dit que je serai grand, comme lui - il a voulu que je sois avec des enfants plus âgés. Quelque chose comme ça.

— D'accord, je conduis alors, conclut Mary.

— On ne doit pas dire un mot à qui que ce soit, sinon on va se faire cogner ou arrêter, ou même pire, indiquai-je.

— Et si j'ai du mal à voir par-dessus le volant ? demanda Mary.

— Alors assieds-toi sur un coussin, lui dis-je.

— Nous devrons aller chercher les paniers chez M. Moore. Papa m'y a emmenée avant que nous venions ici. M. Moore m'a dit qu'il les payait six cents pièce et qu'il nous ferait un bon prix. Tu pourras même le payer plus tard, promit-elle. Je lui ai dit que toi et moi, nous irions à pied.

— Je me demande s'il y a de l'essence dans la 38 ?

— Pourquoi ?

— Allons-y.

Nous rejoignîmes le portail d'entrée et passâmes devant le

pont. Dans le champ de luzerne se trouvait le vieux pick-up 38 qu'un homme avait confié à papa pour transporter des pierres et qu'il n'avait pas encore récupéré. J'essuyai le pare-brise du mieux que je pus, toujours en me demandant s'il y avait de l'essence dedans, et je présentai la clé à Mary.

— Tu es sûr ? demanda-t-elle, effrayée.

— J'ai débarrassé la cabine et le volant des toiles d'araignée.

— Tu conduis, je dois réfléchir, résumai-je la situation.

— Tu es fou, tu le sais ?

— Mary, ça fait deux jours qu'on n'a vu aucune voiture ni aucun camion passer, c'est sans danger.

— Tu es fou, point final.

— Ce n'est qu'à un kilomètre, sur la route de Pompey Hollow. Tu connais déjà le chemin, tu y étais ce matin et il n'y a pas de circulation, alors conduis.

Elle me regarda comme si j'étais dingue, mais elle monta dans la voiture et démarra. Pour pouvoir conduire le véhicule, elle devait se placer tout à l'avant du siège et se tenir fermement au volant pour atteindre les pédales. Nous dévalâmes les monticules d'herbe du champ de luzerne et nous arrivâmes sur la route. Mary étirait son cou pour voir à travers le centre du volant.

Lorsque nous fûmes proches près de la ferme de pommes des Moore, Mary quitta la route pour entrer dans un champs, elle freina et éteignit le moteur. Elle ne voulait pas prendre le risque de se faire prendre en train de conduire. Elle ne voulait pas non plus effrayer M. Moore en lui faisant croire qu'il était là pour aider un couple de délinquants, quelle que soit la qualité de notre mission. Une fois garés, nous dûmes marcher encore environ cent cinquante mètres jusqu'à sa maison.

M. Moore nous vit traverser sa pelouse. Il ouvrit la porte et souleva un volumineux sac en toile de jute plein à craquer et attaché par une ficelle au sommet. Il poussa la porte moustiquaire.

— Bonjour, Jerry et Mary, dit-il.

— Bonjour, M. Moore, répondis-je.

— Je sais que vous n'en avez pas demandé autant, mais voici soixante paniers d'un quart de litre, histoire de faire bonne mesure. C'est un cadeau de ma part et de celle de ma femme. Vous faites une bonne chose, tous les deux. Que Dieu vous bénisse.

Je pris le sac - il n'était pas lourd - et je le remerciai chaleureusement. L'homme se retira derrière sa porte moustiquaire et nous regardâmes nous éloigner et remonter le chemin de Pompey Hollow.

Mary conduisit pendant que j'inspectais les paniers.

— Regarde, dis-je. Certains sont roses, d'autres sont bleus. Ils seront parfaits pour Pâques.

Je ne pensai pas que Mary m'avait écouté. Un camion descendait la route de Pompey Hollow dans l'autre sens. Mary marmonnait entre ses dents : « S'il te plaît, ne me vois pas, s'il te plaît, ne me vois pas, s'il te plaît, ne me vois pas. »

L'homme dans le camion était le père de Randy, M. Vaas, et il conduisait son camion rempli de bidons de lait. Il riait, frappait sa main tendue vers l'extérieur la portière de son camion et montrait du doigt la petite Mary au volant de la 38. Il sifflait et saluait en passant. M. Vaas était en train de livrer du lait fermier à la laiterie.

— Il ne dira rien, dis-je. C'est le père de Randy, le garçon qui est derrière moi à l'école.

— Je sais qui est Randy et je connais son père, grogna Mary.

— C'est lui qui conduit notre bus scolaire.

Mary s'engagea dans notre allée et gara la 38 à côté du garage de la grange.

Elle repoussa sa lèvre inférieure et souffla sur une boucle de cheveux qui titillait son œil.

— Tu ferais mieux de nettoyer cette voiture si nous comptons encore l'utiliser. Je déteste les toiles d'araignées et j'en vois plein dans ce truc. Et assure-toi qu'il y a de l'essence.

Je lui souris et je sortis du véhicule.

— Et débarrasse-toi de ces maudites araignées, ajouta Mary.

J'apportai le sac en toile de jute dans le garage de la grange et je le posai sur une table. Mary utilisa notre téléphone pour appeler son père afin qu'il vienne la chercher.

Au dîner, maman, tante Kate, Dick et moi nous délectâmes de spaghettis avec des boulettes de viande et des saucisses. Les spaghettis étaient une véritable célébration à notre table, car tout le monde adorait ça. Maman dit que papa serait là à tout moment, mais que nous ne devions pas attendre. Elle me demanda si je voulais bien prononcer une prière, sans doute parce qu'elle savait que j'étais le plus en difficulté de tous les convives et que j'avais besoin de toute aide possible.

— Bénis-nous, Seigneur, ainsi que ces dons qui sont tiens et que nous recevons de ta bonté, nous te le demandons par le Christ notre Seigneur. Amen, récitai-je.

J'étais affamé. C'était mon repas préféré. Peut-être que le homard que Gourmet Mike avait ramené à la maison pour l'anniversaire de papa était meilleur, mais nous n'en avions mangé qu'une seule fois.

On entendit la porte d'entrée s'ouvrir et le placard du couloir faire de même. Papa traversa la salle à manger avec un grand sourire. Il desserra sa cravate et enleva sa veste de costume pour la mettre dans sa chambre et celle de maman, à côté de la salle à manger. Il revint en retroussant ses manches. Il s'assit en bout de table, prêt à manger. Puis il posa son regard sur moi.

— Jerry mon garçon, commença-t-il. Je tiens à te féliciter personnellement et te dire à quel point je suis fier de toi.

Tout le monde tourna la tête.

Je m'arrêtai de sucer un brin de spaghetti et je l'observai un moment, sans parvenir à savoir s'il était sérieux ou s'il plaisantait.

— Je ne vais pas tout gâcher en révélant ton ingéniosité, tes plans ou tes secrets... déclara-t-il.

Je me faisais malmener, pensai-je, car je ne savais pas vraiment ce que signifiait le mot « ingéniosité ».

— Mais tiens mon fils, voici ta récompense, pour avoir aidé à trouver le coupable qui a mis le feu à la station-service de Manlius.

— Ah bon ? bafouillai-je.

— Que tout le monde écoute, Jerry, notre jeune inspecteur, a trouvé l'indice nécessaire qui manquait au shérif. Un homme, qui a déplacé le lit de camp, a été interrogé et il a avoué avoir accidentellement laissé tomber une cigarette allumée, ce qui a déclenché l'incendie.

— Ah bon ? demandai-je encore.

— Maintenant, Jerry mon garçon, je sais que tu as des projets louables avec cet argent, alors le voici - en totalité. Je ne vais même pas te demander comment tu comptes l'utiliser. Je veux que tu saches que nous sommes tous convaincus que tu agiras comme il se doit.

Sur ce, papa sortit quelques billets de la poche de sa chemise, compta dix billets de cinq dollars et les posa devant mon assiette, au milieu de la table. J'avais encore un bout de spaghetti qui pendait de ma bouche tandis que j'étais affalé sur mon assiette. Tous les yeux de la table suivirent l'argent qui passait de ses mains jusqu'à la pile où il posait les billets, un à un, après les avoir comptés. Nous avions tous les yeux rivés sur cette pile, qui contenait plus d'argent que Dick et moi n'en avions encore jamais vu, au même endroit, au même moment.

Je croquai mes spaghettis et me tournai vers maman, qui me souriait. Puis, balayai mon entourage du regard. Tante Kate et papa étaient souriants. Dick affichait un air confus. Je savais qu'il essayait de se demander comment j'avais pu trouver le bon indice avec les informations qu'il m'avait données ou comment je l'avais dit à la police. Je pris un billet de cinq dollars devant mon assiette et je le tendis à Dick.

— Merci de m'avoir parlé du lit de camp. Cela m'a donné l'indice exact dont j'avais besoin, dis-je.

Dick esquissa un grand sourire, saisit le billet et le plaça devant la lumière, comme il avait vu quelqu'un le faire dans les films, pour s'assurer qu'il ne s'agissait pas d'un faux.

— Heureux d'avoir pu aider.

Il le plia fièrement et l'enfouit dans sa poche.

Puis il m'adressa un clin d'œil, indiquant qu'il serait là pour son petit frère si jamais j'avais besoin de lui, empoigna sa fourchette et la planta dans une boulette de viande.

Les larmes me montèrent aux yeux pendant une seconde. C'était juste que parfois, il se passait des miracles, mais mieux encore, toute la famille m'encourageait, surtout pour les lapins. J'étais heureux. Je me sentais bien.

Je laissai le reste de l'argent devant mon assiette pendant tout le dîner. Nous célébrâmes ma bonne fortune, sans en parler plus. Tout le monde savait que je pourrais peut-être empêcher les lapins de devenir du petit bétail et d'être tués.

Après le repas, je m'approchai de papa et je lui chuchotai à l'oreille :

— Myrtie ?

— Myrtie répondit-il avec un sourire étincelant avant que je m'éloigne.

Je m'approchai de maman et je lui tendis deux billets de cinq dollars.

— Maman, s'il te plaît, ne me demande rien, mais est-ce que tu peux acheter quelque chose de gentil pour Myrtie ? Quelque chose qu'elle aimera vraiment et dont elle a réellement besoin ? Et lui dire que c'est de ma part ?

Maman me regarda dans les yeux et sourit.

— Oui, bien sûr, mon chéri.

Le lendemain, vers midi, j'attendis sur la route pour demander au facteur s'il existait des cartes postales déjà timbrées. Il m'indiqua que oui. Elles coûtaient trois cents chacune. Je devais me débarrasser d'une quarantaine de lapins. Je savais donc, d'après les chiffres de papa, que je devais faire de la publicité auprès de deux cents enfants. Je lui demandai combien deux cents cartes allaient me coûter.

— Six dollars, me répondit-il.

Je sortis les six dollars de la pile d'argent.

— Je les déposerai demain dans la boîte aux lettres, promit-il. Je dois aller les chercher à la poste à mon retour de tournée.

Lorsque celles-ci arrivèrent dans la boîte aux lettres, Dick et moi nous assîmes et écrivîmes mon nom et mon adresse au recto de chacune d'entre elles. De cette façon, si quelqu'un les mettait à la poste, c'est à moi que parviendrait le courrier.

Excellent !

Il ne me restait plus qu'à parler des lapins et des paniers aux deux cents enfants concernés pour en convaincre une quarantaine d'entre eux.

Nous avions besoin de chiffres !

## CHAPITRE SIX
## TOUT EST DANS LES CHIFFRES

Tous les jours à la récréation, pendant près d'une semaine, mes amis qui avaient assisté à notre petit rassemblement au cimetière de Delphi, Mary, Barber et Holbrook, et même le garçon qui était assis derrière moi en classe, Randy Vaas, se portèrent volontaires pour m'aider à annoncer aux autres écoliers qu'ils devaient nous rejoindre près de la clôture de la cour de récréation pour une réunion secrète. Durant une semaine, presque tous les enfants répondirent présent.

Ils s'agglutinaient autour de moi au moment de l'annonce.

— Levez la main si vous pensez que vos parents vous laisseraient avoir un lapin de Pâques vivant en cadeau.

— Quand ? une voix s'éleva.

— Le dimanche de Pâques, répondit Mary.

— Combien ? cria une autre voix.

— C'est gratuit, dis-je.

— Gratuit ?

— Réfléchissez avant de répondre, car si vous pensez que vos parents ne vous autoriseront pas à avoir un lapin de compagnie, ne levez pas la main.

Puis, après mon annonce et le vote à main levée des enfants, Mary se lança dans une deuxième annonce.

— Maintenant, voici le serment secret, dit Mary. Si vos parents acceptent et renvoient ces cartes, promettez-nous de régler votre réveil à cinq heures le matin de Pâques et d'être devant votre porte, pour que nous puissions déposer rapidement le panier et le lapin. Levez la main si vous vous y engagez.

En cinq jours, quatre-vingt-dix enfants levaient la main. Nous donnâmes à chacun d'eux une carte postale et leur indiquâmes que leurs parents devaient y inscrire leur nom et leur adresse, avant de la renvoyer par la poste.

Barber était toujours là, attentif à toute la présentation. Il attendait que quelqu'un lui demande ce que nous ferions s'il n'y avait plus de lapins à Pâques - mais alors que personne ne posait la question, il la scandait, comme s'il faisait partie de la foule.

— Et si vous n'avez pas assez de lapins ?

— Bonne question, répondit Mary. Les lapins iront aux premiers enfants qui auront renvoyé les cartes postales. Mais même s'il n'y a plus de lapins, les autres pourront quand même se consoler avec un joli panier de Pâques plein de bonbons.

Tout le monde applaudit.

Sur les quatre-vingt-dix cartes postales que nous distribuâmes, cinquante-sept me revinrent, chacune portant le nom de l'enfant et son adresse. Tous se trouvaient soit à Delphi, soit dans le village près du quartier de Shea et de l'école, soit à Pompey, à Apulia Station, à Lafayette ou à Tully. Mary et moi demandâmes à Barber et Holbrook d'écrire toutes les adresses par nom de route et de village, pour que nous sachions où vivait chaque enfant.

Barber, Holbrook, Mary, Mayor et Randy Vaas promirent qu'ils donneraient tous un coup de main le matin de Pâques.

Un soir, juste après le dîner, Paul Shaffer m'appela et me demanda de venir. Lorsque je fus là, il me montra quatre boîtes en carton dans son garage. Elles étaient remplies de lapins.

— Quarante-quatre, m'indiqua-t-il. Tous en bonne santé.

Je n'avais jamais vu autant de lapins de toute ma vie - certains blancs, d'autres blancs et gris, et d'autres gris.

Tout ce que je pus dire, c'était... Gloup !

— Pâques, c'est dimanche, dit Paul. Ils seront tous sevrés d'ici mercredi.

Je ne savais pas ce que cela voulait dire, mais je lançai :

— Super, est-ce qu'on peut venir les chercher à quatre heures dimanche matin ?

— Quoi ? Paul bougonna.

— Je te donne un dollar maintenant et un dollar dimanche, si on peut venir à quatre heures du matin.

Les yeux de Paul se mirent à briller à l'odeur de l'argent, un peu comme les yeux de Gourmet Mike lorsqu'il sentait un fromage puant. Mais il savait qu'il avait l'avantage.

— Deux dollars maintenant, deux de plus dimanche, négocia-t-il.

— C'est de l'escroquerie, Shaffer, m'offusquai-je. Tout ce que tu as à faire, c'est de régler ton alarme.

— Deux dollars maintenant, deux de plus dimanche, répéta-t-il. Ou je dors tard dimanche.

— D'accord.

— Juré ? demanda-t-il en levant trois doigts comme un scout.

— Juré ! dis-je en levant moi aussi trois doigts.

Aucun de nous n'était scout, mais nous dîmes que cela valait n'importe quel autre signe.

— Deux dollars, dit Paul en tendant la main.

— Marché conclu.

Je rassemblai deux dollars et les lui tendis. Ensuite, je récupérai le lapin de Gourmet Mike que je plaçai dans une boîte en carton avant de rentrer chez moi.

## Le lapin de Mike et sa nouvelle famille

Le matin de Pâques, à trois heures du matin, mon réveil sonna si fort que je me levai d'un bond.

Je sautai du lit dans l'obscurité, renversai ma lampe de chevet en essayant de stopper l'appareil. Je le fourrai sous mon oreiller d'un seul geste et je parvins à trouver le bouton d'arrêt, histoire de ne pas réveiller toute la maison. Je m'habillai dans le noir et me faufilai dans le couloir tout en bouclant ma ceinture. Dehors, Mary était déjà dans le garage de la grange. Son père l'avait déposée après l'avoir conduite pour sa tournée de journaux. Elle était vêtue d'un short bleu de gymnastique, d'un pull jaune en laine et de baskets. Elle avait garé le pick-up 38 dans le garage de la grange et chargeait les paniers de Pâques dans la remorque du véhicule, en les plaçant en rangs bien ordonnés. Elle déposa ensuite des bonbons au fond de chacun d'eux à l'aide d'une cuillère à fourrage, pour les alourdir et éviter que le vent ne les emporte. Quarante-quatre paniers seront remplis de bonbons et livrés avec des lapins. Treize paniers contiendraient des bonbons supplémentaires, mais pas de lapins. Mary était douée pour les mathématiques et elle avait prévu suffisamment de bonbons.

J'avais mon bloc-notes à spirale avec les noms et les adresses de tous les enfants, répartis par ville, village ou hameau. Nous étions prêts.

— Tu es sûr qu'on ne va pas se faire prendre ? demanda Mary en se frottant les yeux pour enlever les dernières traces de sommeil.

J'étais du matin. Je n'avais pas les yeux endormis.

— C'est dimanche, Mary...

— Je le sais !

— C'est Pâques, Mary...

— Quoi ?

— Il est trois heures et demie du matin, Mary.

Mary ne pensait qu'à son affaire.

— Arrête, dit-elle d'un ton brusque. Tu me donnes le tournis.

Puis, d'un ton irrité :

— Tu me dois neuf dollars et quatre-vingt-cinq cents pour les bonbons.

Je fouillai dans ma poche, en sortis des billets froissés et lui tendis dix dollars.

— Montons dans le camion et partons, dis-je.

Les phares éteints, elle démarra le 38 et sortit lentement du garage de la grange pour s'engager dans l'allée.

— Surveilles l'arrière pour t'assurer que les paniers ne s'envolent pas, m'ordonna Mary.

Nous nous engageâmes sur Cardner Road et tournâmes à gauche pour monter la colline. En passant devant la maison du fermier Parker, la lumière de sa cuisine s'alluma, ce qui fit sursauter Mary. Elle avait peur que l'on nous voie ou que l'on nous attrape, mais c'était simplement une coïncidence. Le fermier Parker se réveillait à peine.

— C'est l'heure de la traite du matin, indiquai-je.

Mary semblait se calmer au fur et à mesure qu'elle avançait. Nous passâmes devant la maison de Doc Webb, puis devant celle des Butler et celle de Don Chubb.

Elle ralentit et s'engagea dans l'allée de Paul Shaffer. Elle appuya sur le bouton et éteignit les lumières, puis tourna la clé et coupa le moteur du pick-up. Paul jaillit du garage dans l'obscurité, une lampe de poche à la main, et s'approcha de mon côté de la 38.

— Tu as mon argent ?

Je sortis du véhicule et lui donnai deux dollars.

Dans le garage, avec trois lampes de poche, nous essayions de déterminer si le mieux était de mettre les lapins dans les paniers directement ou de les garder tous dans un seul carton et de les mettre dans les paniers au fur et à mesure que nous les livrions.

Le garage était sombre et la nuit très calme lorsque, venant de nulle part, l'éclat de la lune projeta un reflet argenté vif et brillant sur le flanc d'une grosse et longue voiture noire comme la nuit qui s'approchait avec ses feux éteints.

— Ils nous ont coffrés, murmura Mary.

— Qui est-ce ? Paul bégaya en se tournant vers moi.

— Peut-être que c'est le président et qu'on va tous se faire arrêter, dis-je.

La mystérieuse voiture tourna lentement dans l'allée en

raclant les graviers, puis elle s'arrêta juste derrière le pick-up 38.

Nous nous figeâmes tous.

On aurait vraiment dit que le président des États-Unis venait nous arrêter. Il était certain que nous faillîmes tous avoir une crise cardiaque. Mary recula pour se cacher derrière l'une des cages à lapins situées à côté du garage, au cas où elle devrait s'enfuir en courant sur la colline. Mais nous constatâmes que c'était Duba, l'ami de Dick, qui sortait de la voiture de son père. La belle et longue Lincoln. Les meilleurs amis de Duba et de Dick, Conway et Dwyer, en sortirent également. Ils nous expliquèrent qu'ils étaient là pour nous conduire, et que c'était Dick qui les avait convié à le faire. Dick était encore au lit à la maison, mais il leur avait demandé de nous aider à nous sortir du bourbier dans lequel nous étions plongés. Ils avaient tous treize ans. Pas de permis, mais ils avaient treize ans et étaient de bons conducteurs. Ils s'étaient dit qu'ils pourraient s'en tirer en faisant sortir la Lincoln en douce, à condition de faire vite et de la ramener avant le lever du jour, avant que le père de Duba ne se réveille. Je connaissais des enfants qui avaient treize ans et qui avaient des permis agricoles pour conduire sur la route. Dwyer et Conway en avaient probablement, mais pas Duba. Dick m'avait cinfié qu'il n'en avait pas.

Je n'en revenais pas. Les amis de Dick, conscients que nous avions moins de dix ans, s'étaient portés volontaires pour nous conduire afin que nous n'ayons pas d'ennuis. Dick avait gardé le secret pendant tout ce temps, il était même resté à la maison pour que personne ne se doute de rien.

Les plus âgés nous venaient en aide !

Au même moment, Barber fit irruption dans la Packard de son père. Il était très heureux de voir que Duba, Conway et Dwyer étaient là pour conduire - était-ce un sourire qu'on voyait à travers les phares ?

— C'est un sacré miracle, murmura Barber.

Barber savait que si son père découvrait qu'il avait sorti la Packard de leur propriété, il se ferait broyer. Et deviendrait pire que de la viande hachée s'il la conduisait dans toute la campagne. Juste après l'arrivée de Barber, le père de Randy Vaas arriva avec son camion à lait. Randy en sortit, et le camion repartit en direction de la laiterie.

Ça commençait à devenir intéressant.

Randy avait dix ans et voulait être là pour nous aussi. C'était son père qui avait vu Mary au volant du 38.

— Où est Holbrook ? demanda Randy.

— Il n'est pas là, répondis-je.

— Nous l'aurions pris en route, déclara Randy.

— J'arrive tout droit de ma tournée de journaux, expliqua Mary. Je l'ai oublié.

Dès que Randy et Mary eurent prononcé ces mots, Duba sauta dans la Packard de M. Barber.

— Je vais chercher Holbrook, j'en ai pour dix minutes.

— Pourquoi tu montes dans la Packard de mon père ? demanda Barber.

— Je vais devoir passer devant notre maison. Je ne veux pas être pris en train de conduire la Lincoln, se justifia Duba.

Tout le monde savait qu'il avait raison. Il fit reculer la Packard lentement. Puis il démarra le moteur en gardant ses feux éteints, jusqu'à se trouver un peu plus loin sur la route. Enfin les feux se rallumèrent et la voiture fit une embardée dans un crissement sonore.

— Oh, bon sang, lança Barber, les yeux rivés sur la Packard de son père qui disparaissait sur la route, le moteur en pleine ébullition.

Nous savions tous que les villes, les villages et les hameaux où nous devions livrer ne comportaient qu'une ou deux rues chacun, et que nous pouvions donc le faire en toute sécurité. De toute façon, personne ne circulait en voiture à cette heure matinale. Ce fut à ce moment-là que nous fûmes surpris par l'arrivée de mon frère, Gourmet Mike. Il expliqua qu'il était là pour nous aider à conduire et qu'il rentrerait directement à Syracuse une fois que nous aurions terminé. C'était trop beau pour être vrai.

En un rien de temps, la Packard revint et Holbrook en sortit avec Duba. Holbrook était pieds nus et il portait un jeans et un haut de pyjama. Duba avait dû entrer dans sa maison dans le noir, monter les escaliers, le trouver dans une chambre obscure où se trouvaient également ses frères, et le réveiller sans réveiller toute la maison. Holbrook n'avait eu le temps d'attraper que son jean et ses lunettes.

Nous répartîmes les cartes postales en fonction des villages et nous divisâmes les paniers par voiture. Nous comptâmes les lapins et mîmes la bonne quantité dans chaque boîte en carton. Mary transporta les boîtes et les plaça dans les bonnes voitures.

— Emmenez les lapins et les paniers séparément, sinon ils risquent de faire pipi sur les bonbons, annonça Mary.

Gourmet Mike conduirait Randy dans sa voiture jusqu'au quartier de l'école. Duba emmènerait Barber jusqu'à Pompey, en faisant un détour par Tully dans la Lincoln. Dwyer et Holbrook s'occuperaient d'Apulia Station dans la Packard. Ils se retrouveraient tous au magasin de Shea, dans le quartier de l'école, pour changer de voiture et rentrer chez eux. Mary et moi serions en charge du hameau de Delphi dans la 38. C'était juste au bout de la route.

Nous devions tous rentrer chez nous après nos livraisons, faire comme si nous n'avions jamais quitté notre maison, et nous rendre à l'église. Avec l'aide de Gourmet Mike et des plus âgés, nous aurions fini en un rien de temps. Nous convînmes de nous retrouver au cimetière de Delphi, cet après-midi-là à 13 heures, pour discuter de ce qui s'était passé.

Enfin, pas tout à fait.

Les enfants étaient d'accord, mais quand nous demandâmes à Duba, Conway et Dwyer s'ils voulaient nous rejoindre, ils nous dirent de ne même pas y penser. Nous aider était une chose. Être vu avec nous - des enfants - en plein jour en était une autre. Gourmet Mike devait de toute façon retourner à Syracuse.

Nous, les enfants, comprenions ces choses-là.

— Soyez prudents, les gars, dit Mary.

— Allez mush, en avant les huskies ! lançai-je, exactement comme le sergent Preston de la Royal Mounties le disait à son fidèle chien de traîneau, King, à la radio.

— En avant, King ! criait-il.

— Wagons-ho ! cria Barber, dans un chuchotement rauque et fort, comme si nous étions dans un de ces films du samedi matin avec John Wayne.

— Ne vous faites pas pincer, grogna Duba en refermant la portière de sa voiture.

Nous fîmes reculer les voitures et la 38, et nous nous mîmes tous en route, les phares éteints, avant de nous élancer chacun dans la bonne direction et de rallumer nos phares un peu plus loin.

Mary, qui transpirait à grosses gouttes, mais qui était un peu plus confiante de savoir que personne n'avait de permis, regagna le hameau de Delphi. A chaque fois que nous nous arrêtions devant une maison, je sortais, traversais la pelouse à grandes enjambées et livrais le panier et le lapin, tandis qu'elle s'affalait sur le siège pour ne pas être vue. Un enfant me demanda qui conduisait le camion et je lui répondis que c'était le lapin de Pâques et que personne ne devait le voir ! Cela avait l'air de marcher.

— S'il vous plaît, que personne ne me voie, s'il vous plaît, que personne ne me voie, s'il vous plaît, que personne ne me voie, s'il vous plaît.

Mary marmonnait ces mots chaque fois qu'une voiture ou un camion passait sur la route.

Nous livrâmes tout sans le moindre problème - tous les enfants étaient à la porte, comme ils l'avaient promis, et tous adoraient leurs lapins.

Nous remplîmes nos missions en un rien de temps et nous rentrâmes à la maison alors qu'il faisait encore nuit, fiers comme des Superman. Le père de Mary était garé près de la porte d'entrée, le coude appuyé sur la vitre, et dormait à poings fermés dans la voiture lorsque nous passâmes. Il était au courant qu'elle participait à la livraison des bonbons de Pâques et attendait de la raccompagner chez elle. Mary le dépassa, entra dans l'allée et gara la 38 près de la grange, à l'endroit exact où elle se trouvait auparavant.

— À plus tard, dit-elle.

Elle sortit de la 38 et commença à marcher pour rejoindre son père sur la route.

— Attends, je vais te raccompagner, dis-je.

— Merci, répondit-elle.

— D'abord, donne-moi un coup de main, veux-tu ? lui demandai-je.

— De quoi as-tu besoin ?

J'allai à l'arrière du garage de la grange et je fis rouler le chariot de glace cassé de Dick jusqu'à l'arrière du pick-up. Mary esquissa un sourire et m'aida à le charger. Je la conduisis, ainsi que le chariot, dans l'allée en terre puis nous le soulevâmes pour le déposer dans le coffre de M. Crane. Il fixa le couvercle à l'aide d'une corde.

— M. Crane, si vous pouvez réparer cela, Mary pourra l'utiliser. Cela devrait lui rapporter de l'argent. Il peut contenir beaucoup de glaces à l'eau et d'esquimaux si vous y mettez de la glace sèche. Je crois que c'est comme ça que ça marche.

Mary me gratifia d'un large sourire et appuya sa tête sur mon épaule.

— Merci, Jerry, dit-elle.

Je remontai dans la 38 et conduisis jusqu'au garage de la grange. Puis, je me garai, me faufilai dans la maison et retournai au lit.

Je m'écroulai sur le matelas, mais ne trouvai pas tout de suite le sommeil tant je repensais à notre grande aventure.

Plus tard dans la matinée, maman nous appela pour nous réveiller pour la messe de Pâques.

J'ouvris les yeux et contemplai la fenêtre par-dessus ma tête, en repensant au cauchemar que je venais de vivre. Je pensai également à Gourmet Mike qui avait débarqué à l'improviste et qui nous avait aidés.

À l'église Sainte-Anne de Manlius, j'étais assis entre papa et maman pendant que le père Lynch se préparait à servir la communion. Lorsque l'on fit circuler le panier de la quête, je sortis la liasse de billets qu'il me restait et comptai combien il me restait : quinze dollars. Je dépliai et tendis dix dollars à maman et lui demandai si elle voulait bien acheter un bon d'épargne pour Mary, puis je déposai le billet de cinq dollars dans le panier.

Au moment où je levai les yeux vers maman, je remarquai qu'elle souriait.

Papa, lui, me lança un clin d'œil et approcha sa main pour que je la serre.

Tout le monde savait que j'avais fait tout mon possible pour aider les lapins, c'était certain, mais c'était sans compter sur l'aide de toute ma famille et de mes amis, Le plus important était qu'ils avaient confiance en moi et en mes amis et qu'ils ne posaient pas de questions.

Sur le siège arrière de la voiture, au retour de la messe, je me penchai vers Dick le remerciai d'avoir dépêché les plus âgés pour nous aider. Je lui fis aussi savoir que j'avais confié le chariot à glace au père de Mary pour qu'il essaie de le réparer - et je lui précisai que Mary pouvait l'utiliser et essayer de se faire un peu d'argent avec.

— Elle pourra se faire plaisir avec un peu d'argent supplémentaire, dis-je.

— Et Holbrook ? demanda Dick. Il a pas besoin d'argent lui ?

— Holbrook a besoin d'un vrai travail à temps partiel ou quelque chose comme ça. Il a besoin de plus d'argent que celui que rapporterait la vente de sucettes glacées.

— Qui s'est pointé ? murmura Dick.

Je me penchai et chuchotai :

— Mike est arrivé de Syracuse. Duba est venu dans la Lincoln de son père et nous a fait bien peur. Dwyer et Conway étaient avec lui. Ils nous ont tiré d'affaire. Vraiment.

Dick sourit et tourna son regard vers la fenêtre de la voiture, heureux que notre frère Gourmet Mike se soit pointé et que ses amis de l'école aient réussi à m'aider, à l'aider lui aussi. Il avait l'air satisfait de savoir que lui et ses amis, qui semblaient toujours s'attirer des ennuis, avaient réussi à faire quelque chose de bien pour une fois. Il se pencha vers moi et me murmura à l'oreille :

— Si vous les mômes, vous avez encore des problèmes, envoyez-moi un SOS.

— Qu'est-ce que tu veux dire par là ?

— Tu sais ce qu'est un SOS, n'est-ce pas ?

— Bien sûr que oui. C'est point, point, point, tiret, tiret, tiret, point, point, point - Sauvez notre navire.

— D'accord.

— Tu veux dire que si on a des problèmes, on peut vous envoyer un SOS, à vous les plus vieux, et vous viendrez nous aider ?

Dick étira ses lèvres en un sourire complice, tourna la tête puis se remit à contempler les fermes par la fenêtre de la voiture qui passait, un air de satisfaction collé au visage. Il se sentait bien dans sa peau et appréciait son groupe d'amis.

Je commençais à réaliser à quel point il était intelligent. En rentrant de l'église ce matin de Pâques, je me rendis compte que mon frère Dick avait compris depuis longtemps comment m'aider avec les lapins - en faisant peut-être venir Gourmet Mike, en me donnant des conseils et des indices sur la façon de gagner l'argent de la récompense pour la station-service incendiée, et en faisant venir les autres conducteurs - sans jamais en parler ou s'en vanter.

Grâce à l'intelligence de Dick et au lapin « bouquin » de Gourmet Mike, tout le monde allait passer de joyeuses fêtes de Pâques, en particulier de nombreux enfants de Pompey, Shea, Apulia Station, Tully, Lafayette, Gooseville Corner et de ce bon vieux Delphi.

Plus tard dans la journée, au cimetière, M. Crane déposa Holbrook et Mary à l'heure pour notre réunion de treize heures. Holbrook portait cette fois un T-shirt propre. Mary, elle, arborait sa nouvelle robe jaune de Pâques. Barber et Randy étaient déjà là, et jouaient avec leurs couteaux de poche.

— Tu sais, nous devrions remercier Dick, ses amis et ton frère Mike, déclara Mary.

— J'ai déjà dit merci à Dick, après l'église, indiquai-je.

— Oh, c'est super, répondit-elle.

— Il a ajouté que si nous avions des ennuis, nous pourrions lui envoyer un SOS.

Entendre le mot SOS nous donna des frissons.

Nous savions tous, pour nous être assis par terre et avoir écouté les signaux radio à ondes courtes télégraphiés navire-terre pendant la guerre, que SOS était le signal le plus grave que l'on puisse jamais entendre en code morse. Ce signal était synonyme de graves problèmes. Il signifiait qu'un navire avait été torpillé ou bombardé et qu'il était peut-être en train de couler. Chaque année, pendant la guerre, près d'un millier de navires coulait, rien que dans l'océan Atlantique.

— J'écrirai une lettre à Gourmet Mike à l'université pour le remercier, dis-je.

Tout le monde échangea des regards. Cette idée de SOS laissait présager d'autres aventures. Pour la première fois, nous

nous en rendions compte. Notre imagination se mit à flotter sous le soleil de cet après-midi, qui nous évoquait le scintillement de la lumière et le bruit d'un projecteur de cinéma dans l'obscurité des séances du samedi matin. Notre imagination nous permit de nous demander, chacun à notre manière, quelles autres aventures nous attendaient. Que pourrions-nous encore résoudre ensemble, surtout avec l'aide des plus grands ? Qui aurait pu imaginer qu'un petit lapin puisse donner lieu à une si grande aventure ?

À ce moment-là, Bases arriva en marchant dans l'allée du cimetière. Il avait deviné que nous serions là en voyant le père de Mary traverser le hameau. Il voulait montrer la nouvelle balle de baseball qu'il avait reçue pour Pâques. Après l'avoir fait circuler, il la fourra à l'arrière de son gant de baseball usé et demanda à Mary de bien vouloir l'accrocher à un passant de ceinture situé au dos de son jean, pour qu'elle soit en sécurité.

Je remerciai tout le monde d'avoir été là pour les lapins. Nous étions tous fiers d'avoir rendu tant d'enfants heureux, surtout aujourd'hui.

Barber déclara que même Dieu serait fier de nous en ce jour de Pâques.

Randy suggéra de créer un club de meilleurs amis et expliqua qu'il serait ravi que nous l'incluions.

Nous nous mîmes en cercle, nous empilâmes nos mains au centre et nous dîmes :

— Amis pour la vie.

— Comment on va l'appeler ? demanda Holbrook.

— Il nous faut un nom de club qui sonne bien, répondit Mary.

Nous réfléchîmes tous. Barber se sentait inspiré. Il se tenait droit et s'avançait sur une pierre tombale. Il leva le bras comme un prédicateur.

— Le Club de Lecture de Pompey Hollow ! annonça-t-il.

— Le Club de Lecture ? s'interrogea Randy.

— Le Club de Lecture !? renchérit Bases.

— Devrons-nous lire des livres ? demanda Holbrook.

— Aucun problème si vous ne voulez pas, rassura Barber. Mais emportez un livre chaque fois que vous quittez la maison pour une autre mission. Y'a pas une mère dans le comté qui nous empêcherait d'aller à un club de lecture avec un livre à la main, même un soir d'école.

Barber était éloquent.

— On devrait alors cesser de dire *y'a pas*, suggéra Mary.

D'un commun accord, nous nous crachâmes dans les mains et nous nous serrâmes la main.

— Les filles peuvent-elles faire partie du club ? demanda Bases, dont le regard s'attardait sur la nouvelle robe de Pâques jaune de Mary.

Ce qui se passa ensuite débuta par un silence très lourd et glacial.

Holbrook recula d'un bond, se rappelant que, sans Mary, il n'aurait jamais pu se rendre nulle part. Randy fit aussi un pas en arrière en songeant à Mary qui avait compté tous les lapins et qui avait toujours été là.

— Oh, bon Dieu, dit Barber, car il venait de se souvenir de tous les jours où Mary était présente à la clôture de la cour de récréation, où elle parlait aux enfants.

Pour ma part, je repensai à la façon dont Mary nous avait conduit partout, nous avait trouvé les paniers et nous avait aidés de toutes les manières possibles.

Le silence régnait comme si Bases était sur le point de se faire arroser.

Lentement, le cou de Mary se dressa comme le périscope d'un sous-marin. Elle s'écarta du cercle d'amis et, d'un mouvement robotique, elle passa derrière Barber pour se positionner derrière Bases et enfonça sa main dans son gant de base-ball accroché à son passant de ceinture. Elle saisit la balle de baseball de Pâques toute neuve et la sortit. Elle coinça la balle sous son menton tout en s'éloignant du groupe. En se retournant, elle souleva les deux extrémités de sa robe jaune de Pâques avec ses mains et les engouffra comme des rideaux dans la ceinture du short bleu de gymnastique qu'elle portait en-dessous.

Puis, elle planta son regard dans celui de Bases, avec une intensité que l'on ne pouvait trouver que dans un roman d'Edgar Allen Poe, et prit la balle de baseball sous son menton, avant de la frotter avec son pouce pour mieux l'agripper. Elle fit tourner son bras vers l'arrière et décrit trois cercles complets en forme de moulin à vent, puis elle leva sa jambe gauche au-dessus de sa tête et propulsa le cadeau de Pâques flambant neuf de Bases au-dessus du plus grand pin qu'elle avait pu déceler dans le cimetière (son coup ressemblait à une balle papillon), manquant de près un nid de corbeau . En réalité, la balle de baseball avait facilement rasé trois autres arbres dans le cimetière. Elle atterrit sur la route en contrebas avec un bruit sourd de batte cassée, à une distance que la plupart d'entre nous, y compris Bases, n'auraient pas pu atteindre, même en la faisant rouler le long d'une colline asphaltée. Au même moment, la plume noire d'une maman corneille effrayée tomba en virevoltant et en décrivant des cercles, et se posa au milieu des amis. Bases bégayait, balbutiait, cherchait dans son cerveau les mots justes qui lui permettraient de s'excuser et surtout d'expliquer à sa mère - une femme - comment il avait perdu sa nouvelle balle de base-ball. Il devrait aussi trouver une excuse à son équipe, qui comptait sur lui pour lancer cette balle lors du match d'aujourd'hui, et ainsi, éviter de se prendre une raclée monumentale. Il se racla la gorge et élabora soigneusement sa nouvelle position.

— Et si tous ceux qui sont présents aujourd'hui pouvaient faire partie du club ?

Mary ressortit sa nouvelle robe de Pâques jaune de l'élastique de son short de gymnastique, la lissa comme la petite dame qu'elle était et brossa ses cheveux qui encadraient son visage pour les ramener sur le dessus de sa tête, en les rentrant dans un bandeau. Une fois ses yeux dégagés, elle se retourna et sourit comme si de rien n'était, avant de cracher à nouveau dans sa paume. Nous nous penchâmes tous en avant, secouâmes la main avant d'y cracher dedans, une fois de plus, établissant ainsi la naissance d'une loi immuable.

Non seulement le Club de Lecture de Pompey Hollow était officiel et éternel, mais il était mixte.

Mary fut nommée présidente.

## CHAPITRE SEPT
## LES MAINS OISIVES DE L'ETE

— Holbrook et moi nous sommes dit que si nous passions le reste de l'été à naviguer sur des bateaux à vapeur, peut-être pour aller à Casablanca ou à Pago Pago ou ailleurs, nous pourrions parcourir une partie du monde, dis-je.

— Casablanca est au Maroc, précisa Dick.

— Je pense qu'Holbrook pourrait gagner de l'argent en travaillant dans les trous de cargaison, ce qui lui permettrait d'acheter un chauffe-eau à sa mère et peut-être un téléphone à ses sœurs, et je pourrais explorer le monde avec lui, pour lui tenir compagnie et devenir un écrivain célèbre.

— C'est bien, mon chéri, dit maman. Passe les pommes de terre à ton frère, tu veux.

— Tu auras besoin de boucles d'oreilles, dit Dick.

— Des boucles d'oreilles ? demandai-je.

— Assure-toi qu'elles sont en or.

— Des boucles d'oreilles en or ?

— Oui, en or pur. Ne te fais pas avoir par des merdes en plaqué or.

— Ne dis pas *merde*, mon chéri, le gronda maman.

— Comme ça, si tu es jetté en prison, tu auras de l'argent pour la caution. Tu pourrais faire fondre l'or, peut-être avec une bougie.

— Aaargh ! *Jeté*, dit maman. On ne dit pas *jetté*.

— Ils ne peuvent pas tout simplement mordre dedans et déterminer si c'est de l'or ou non ? je demandai.

— Je suppose, répondit Dick.

— Une fois, j'ai vu un pirate mordre de l'or à Hong Kong, ou peut-être à Bali ou quelque part comme ça, au cinéma. Je crois que c'était Bob Hope. Je n'aurais pas besoin de le faire fondre, je ne pense pas.

Papa entra dans la conversation.

— Jerry, Holbrook et toi avez beaucoup campé.

— Oh oui. C'était amusant.

— Avez-vous retrouvé d'autres amis cet été ?

— Pas beaucoup.

— Vous n'avez pas un club comme les autres enfants ?

— Le Club de Lecture de Pompey Hollow, répondis-je.
Maman sourit.

— Vous n'organisez pas régulièrement des réunions ?
demanda papa.

— Qu'est-ce que tu lis en ce moment ? interrogea maman.

Dick me fixait. Il connaissait la vérité sur notre club de
lecture et savait que ce dernier n'avait rien à voir avec les livres. Il
attendait de savoir comment j'allais présenter le Club de Lecture de
Pompey Hollow.

— Eh bien, jusqu'à présent, nous nous sommes réunis une
seule fois, chez Barber. Nous l'avons aidé à empiler des bottes de
foin pour son père. Oh, et nous avons fait de Mary la présidente.

— C'est bien, mon chéri, dit maman.

— Mme Barber nous a offert en déjeuner une tarte au citron
meringuée, et M. Barber nous a donné cinquante cents chacun.

— Empiler du foin. Ça ne ressemble pas à une réunion de
club ça, dit papa.

— Ce devrait être plus facile pour nous de nous réunir après
la rentrée des classes, dis-je. L'été est une saison très chargée pour
les fermiers. Barber a beaucoup de tâches à faire et Mary aussi. En
plus de sa tournée de journaux, elle vend des glaces avec son chariot
à Delphi.

— Bon, à présent, allons au fond des choses, dit papa.

— Le fond de quoi ? je demandai.

— Il me semble que toi et ton ami Holbrook avez besoin de
vous occuper cet été, comme Barber et Mary.

— Nous campons, c'est déjà quelque chose, dis-je.

— L'oisiveté est la mère de tous les vices, n'est-ce pas,
maman ?

Papa adressa un petit sourire à maman.

— Hein ? je demandai. Nous ne sommes pas oisifs, papa.

— Tu campes un peu trop, fiston.

— Et alors ? On s'ennuie parfois, donc on campe.

— C'est amusant de camper, mon fils, mais vous apprécierez
tous les deux d'avoir des responsabilités, comme vos amis Barber et

Mary. Des responsabilités gratifiantes. Je sais que ton ami Randy accompagne son père presque tous les matins pour livrer des bidons de lait aux laiteries, n'est-ce pas ? demanda papa.

— Oui, j'ai déjà fait le trajet avec eux.

— Ton frère Dick fait la vaisselle à temps partiel à la maison des Lincklaen le week-end.

— C'est parce qu'il a toujours des ennuis, rétorquai-je.

— Ne sois pas si dur, me coupa maman.

— Je viens d'avoir une idée, dit papa.

— Qu'est-ce que c'est ? je demandai.

— Qu'est-ce que Holbrook et toi mangez quand vous campez dans les bois ?

— Nous faisons cuire des œufs et du Spam dans la vieille poêle en fer que maman nous a donnée.

— Quoi d'autre ?

— Nous cuisinons des hot-dogs ou des boîtes de soupe. Parfois, on mange du hachis de corned beef.

— Autre chose ?

— On a essayé de faire des toasts, mais ça prend feu.

— Autre chose ?

— Si nous avons des épis de maïs, nous les jetons sur le feu et nous les épluchons après qu'ils aient refroidi.

— Vous arrive-t-il de faire frire du bacon ?

— Oui.

— Essaie de faire frire le pain dans la graisse du bacon, fiston, avant de nettoyer la poêle.

— C'est une bonne idée ça, dis-je.

— C'est une bonne façon de griller le pain.

— Pourquoi tu me racontes tout ça, papa ?

— Je suis impressionné, c'est tout, fiston - toutes ces compétences culinaires de base, à ton âge.

— Nous cuisinons plutôt bien quand nous campons. Je sais faire du feu facilement et nous campons près de la source, en haut de la falaise.

— Et si je vous faisais découvrir à tous les deux une toute autre façon de cuisiner ? Au lieu d'une poêle à frire, de bacon, de Spam et de hachis de corned beef, vous cuisineriez avec de la farine, du sucre, du beurre, des œufs, du lait et des épices - dans un monde où vous pourriez tous les deux gagner de l'argent en cuisinant, tout de suite ?

— En cuisinant ? demandai-je.

— Et tu pourrais apprendre la recette en question en un jour. Après, il suffit de s'entraîner.

— Tu veux parler de pâtisserie, papa. C'est ça non ?

— J'aurais dit pâtisserie, mais je me suis dit que tu considèrerais cela comme une activité réservée aux filles.

— Non, ce n'est pas le cas.

— Si tu apprends les bases à la boulangerie - et que tu utilises ce savoir pour en découvrir davantage par toi-même. Fiston, en tant que boulanger, tu pourrais gagner ta vie n'importe où dans le monde. En fait, si tu apprenais à faire de la pâtisserie, tu pourrais aider à la cuisine en préparant des desserts. Nous pourrions même augmenter ton argent de poche de vingt-cinq cents par semaine - qu'en penses-tu, maman, penses-tu que c'est envisageable ?

Maman sourit en signe d'approbation. Elle entendait le mot « apprendre », plutôt qu' « argent de poche ».

— Holbrook pourrait trouver un emploi d'été dans n'importe quelle boulangerie, dit papa. Je pense à la boulangerie Tully, près de chez lui. Il pourrait gagner de l'argent pour payer le chauffe-eau ou le téléphone qu'il veut acheter à sa mère, ou tout ce dont il a besoin. Je connais le propriétaire de la boulangerie de Tully.

— Il a besoin d'argent, papa.

— Si tu sais boulanger, fiston, tu pourrais faire le tour du monde à bord d'un bateau à vapeur à tout moment.

— Pour de vrai ?

— Tout marin ou matelot a besoin de manger, fiston.

— Tout le monde doit manger, corrigea Dick.

— Préviens Holbrook. Nous viendrons le chercher demain matin et nous irons à la boulangerie pour suivre un petit cours de pâtisserie, lança papa.

— Je lui dirai.

— Dis-lui que nous partirons tôt et que nous prendrons le petit-déjeuner au Bucky's Diner.

— D'accord.

Papa se tourna vers Dick.

— Dick, si ta mère te donne le mode d'emploi de

l'adoucisseur d'eau, j'ai aussi une mission à te confier.

— L'adoucisseur d'eau ?

— Trouve comment le faire fonctionner et on augmentera aussi ton argent de poche. Vingt-cinq cents de plus par semaine. Tu dois apprendre à changer les filtres et à ajouter le sel ou le chlore régulièrement, et à le faire fonctionner.

Dick et moi échangeâmes un regard par-dessus la table. Nous savions que papa et maman étaient généreux, mais aucun de nous ne se souvenait avoir jamais reçu d'argent de poche.

Dick économisait pour s'acheter une voiture et avait gagné vingt-six dollars en faisant la vaisselle.

— Je peux faire ça facilement, dit Dick. Tu es doué pour les moteurs, répondit papa.

— Je peux avoir une avance de fonds ?

Papa ne répondit rien.

— Jerry, je vais vous présenter, à toi et à ton ami, un boulanger qui pourrait vous ouvrir les portes d'un nouveau monde. Vous avez tous les deux le goût de la cuisine.

Le lendemain matin, papa entra tôt dans ma chambre, déjà vêtu de son costume de travail.

— Jerry, mon garçon, lève-toi et montre-nous ce que tu sais faire.

— Je suis debout, papa.

— Allons chercher ton ami, nous nous arrêterons pour un bon petit déjeuner et nous irons rencontrer le boulanger.

Je me préparai et je le rejoignis dehors.

Papa contourna les balançoires derrière lesquelles il se garait l'été pour se mettre à l'ombre et nous nous dirigeâmes d'abord vers la maison de Holbrook, puis vers Cortland.

Au restaurant, papa sortit une pièce brillante de sa poche.

— Pile ou Face, Bucky ! cria-t-il, sans quitter des yeux la pièce de vingt-cinq cents qui était en train de retomber sur elle-même.

Holbrook écarquilla les yeux en regardant la pièce en vol. Avec un sourire, il observait papa faire claquer la pièce sur le comptoir lorsqu'elle atterrit.

— Face ! hurla Bucky.

C'était bien face. Papa fit glisser la pièce sur le comptoir, vers lui. Bucky inclina sa casquette en papier et, en appuyant ses deux mains sur le comptoir, il projeta ses jambes sur le côté, presque au-dessus du comptoir, et fit claquer ses talons l'un contre l'autre.

— Bucky, les garçons sont sur le point de devenir boulangers. Jerry, pour qu'il puisse se charger de sa nouvelle tâche, à savoir préparer des desserts pour la famille. Son ami Holbrook ici, pour qu'il puisse peut-être trouver un emploi à temps partiel et gagner plus d'argent.

Il expliqua à Bucky que puisque Holbrook et moi avions grandi pendant la guerre, dès 1940 environ, comme beaucoup d'enfants aujourd'hui, nous n'avions jamais connu le bonheur, que eux avaient connu, de lécher les cuillères dans la cuisine et d'apprendre à cuisiner en regardant ou en aidant nos mères, nos grands-parents ou d'autres personnes qui cuisinaient tous les samedis.

— Comment ça se fait que c'était si différent quand tu as grandi, papa ? je demandai.

— Nous avions du sucre, expliqua mon père. Nous pouvions regarder nos mamans faire de la pâtisserie.

— Qu'est-ce que les enfants comme nous possédaient à l'époque ? interrogea Holbrook.

— Eh bien, pendant toute la guerre, vous n'avez pas eu de sucre ! dit Bucky. Pour commencer. Pas de sucre, pas de pâtisserie.

— Comment ça se fait qu'il n'y avait pas de sucre ? demandai-je.

— Tu as grandi en temps de guerre, mon fils, et comme tout le sucre était rationné, il n'en restait plus aux familles pour faire des gâteaux à la maison pendant la guerre - seulement une quantité minimale. Maintenant que la guerre est finie, le sucre est à nouveau disponible.

Bucky se pencha sur le comptoir et serra la main de Holbrook pour le saluer.

— Pendant la guerre, il fallait du sucre pour nourrir les combattants et les blessés dans les hôpitaux du monde entier. Ici, à la maison, nous devions nous passer de desserts la plupart du temps.

— Le rationnement sur le sucre était très important, précisa papa. Nous devions nourrir les troupes qui se battaient pour nous.

— Mais c'est fini tout ça, lança Bucky, et pour vous aider

tous les deux, j'ai sûrement quelques vieilles recettes faciles que j'ai ressorties après la guerre, si vous les voulez.

— Merci, nous lançâmes en cœur, Holbrook et moi.

Après le petit-déjeuner, papa nous emmena dans la partie « gâteaux » de la boulangerie à Homer, où l'on fabriquait les biscuits, les gâteaux et les sucreries. Tout sentait bon, les épices, les raisins secs et le sucre. Les personnes qui déambulaient étaient vêtues de blanc, avec de longs tabliers et des coiffes de cuisine en papier. La fabrique de gâteaux se trouvait près de la boulangerie, de l'autre côté de la rue. Papa se pencha sur un casier, attrapa deux toques en papier et les enfila, respectivement, sur la tête de Holbrook et sur la mienne.

Nous nous assîmes sur des tabourets près du petit comptoir du café des employés, et nous attendîmes.

Un boulanger souriant sortit de derrière les machines à pétrir, s'approcha de nous, s'assit en face du comptoir, une tasse de café à la main, et demanda à papa :

— Que puis-je faire pour toi, Big Mike ?

— Mon fils Jerry et son ami Holbrook aimeraient apprendre à faire des pâtisseries et des desserts. Peut-être gagner un peu d'argent de poche. J'ai pensé que tu pourrais leur donner quelques conseils simples, quelques bases.

Le boulanger me prit la main et, tout en la serrant, il me dit :

— Très heureux de te connaître, mon garçon. Jerry, c'est ça ?

Il serra ensuite la main de Holbrook.

— Très heureux de te connaître aussi, mon gars. Holbrook ? Vous êtes tombé sur la bonne personne. Je peux faire de biens meilleurs gâteaux et desserts que n'importe quel pâtissier dans n'importe quelle foire régionale. Je serai ravi de leur apprendre, Big Mike.

Il se servit une autre tasse de café, en remplit une pour papa et coinça un crayon sous le bord de sa coiffe de cuisine en papier blanc.

**« Je peux faire de bien meilleurs gâteaux ... »**

— Pour combien de temps et de personnes allons-nous cuisiner, les garçons ? demanda-t-il.

— Ce serait pour une semaine environ - quatre, peut-être cinq personnes à table chaque soir, répondit papa pour moi. Pour Holbrook, il y en a une douzaine, voire plus dans sa maison.

— Plus, dit Holbrook.

— Dison une bonne douzaine, alors, lança le boulanger en plaisantant.

Le boulanger s'approcha du téléphone qui trônait sur le comptoir, saisit le bloc-notes blanc posé à côté, déchira la partie supérieure des feuilles de derrière et fit glisser ces feuilles jusqu'à nous. Il prit ensuite le crayon sous son chapeau et le stylo à bille de la poche de la chemise de papa et nous les tendit.

— La pâtisserie, c'est simple, les garçons, si on suit bien ce qu'il y a à faire, commença-t-il. Vous devriez prendre des notes. Première règle, la pâtisserie, c'est comme la menuiserie.

— C'est vrai ? demandai-je. Comment ça ?

— Si tu ne mesures pas correctement, rien ne tiendra ensemble. Utilisez toujours la même mesure, la bonne température, le temps de cuisson et le temps de refroidissement parfait. En pâtisserie, il n'y a aucune place pour l'improvisation. Suivez les recettes à la lettre.

— On sait un peu cuisiner, déclara Holbrook.

— La cuisine et la pâtisserie sont totalement différentes, petit.

— Comment ça ? interrogea Holbrook.

— Il peut y avoir une douzaine de façons différentes de cuire un hamburger ou de faire une soupe, mais il n'y a qu'une seule façon de faire une pâtisserie. Souviens-toi de cela et tu pourras préparer tout ce que tu veux. Deuxième règle, vous devez maîtriser les volumes.

— Qu'est-ce que ça veut dire, les volumes ? demanda Holbrook.

— Bonne question, mon garçon, répondit le boulanger. Imaginons que vous ayez deux bols de pâte à gâteau. Chaque bol contient la même quantité de pâte.

— D'accord, deux bols, la même quantité de pâte dans chacun, répéta Holbrook.

— Si on utilise ces deux bols, on peut créer un gâteau à deux étages. Ou alors un gâteau rectangulaire à une seule couche.

— Quelle est la différence ? demandai-je. Ce sont tous les deux des gâteaux.

— Expliquez-nous mieux cette histoire de volume , dit Holbrook.

— Quand on parle de volume, fiston, un gâteau à deux étages peut se décliner en six ou huit façons - et servir six ou huit personnes - selon la façon dont on le coupe. Mais dans le bol numéro deux, souviens-toi, fiston, il y a la même quantité de pâte...

— Je m'en souviens, dit Holbrook.

— Si tu prépares un gâteau à une couche, tu pourrais servir seize à dix-huit personnes.

— Je vois, dit Holbrook.

— Vraiment, tu comprends ? demandai-je.

— C'est facile, s'exclama Holbrook. Pour chez nous, j'opterais pour un gâteau rectangulaire à une couche - même quantité de gâteau mais longueur deux fois plus grande.

Le boulanger nous laissa gribouiller quelques notes, puis il continua.

— Gardez bien la notion de volume en tête, dans tout ce que vous faites, les garçons. Si vous déposez de la pâte à biscuits sur une plaque avec une petite cuillère à café, vous obtiendrez plus de biscuits que si vous la déposez avec une grande cuillère à soupe. Si vous travaillez un jour dans une boulangerie, Holbrook, on vous dira exactement quelle quantité de pâte mettre sur les plaques. De plus petites quantités de pâte donneront plus de biscuits.

Pour Holbrook, c'était logique. Il était bon en maths. Ce que nous apprenions, c'était que la pâtisserie n'était pas réservée aux filles et que ce qui comptait, ce n'était pas la quantité de biscuits que nous faisions, mais la façon dont nous contrôlions les volumes afin d'avoir suffisamment de portions pour servir tout le monde.

— C'est comme se servir une ou deux boules de glace ? je demandai.

— Exactement, mon fils. Les gens aiment avoir deux boules, mais ils seront tout aussi satisfaits d'une seule.

— Il faut faire le nécessaire pour que tout le monde puisse en avoir, précisa Holbrook.

— Big Mike, les garçons sont intelligents.

Papa sourit.

— C'est bien aussi de manquer de certaines choses, fiston, dit le boulanger. On n'a pas besoin de desserts tous les soirs de la semaine. Un dessert doit rester une surprise. Si vous manquez de temps, n'oubliez jamais la crème aux œufs. C'est rapide, facile et je vais vous donner la recette. Vous pouvez la faire cuire dans le même plat que celui que vous utilisez pour vos gâteaux. Oh, et si vous voulez faire preuve de fantaisie, ajoutez quelques morceaux de pain aux raisins à votre mélange de crème, et comme par magie, vous obtiendrez un pudding au pain aux raisins. Même temps de cuisson, même température.

Le boulanger regarda Holbrook et lui demanda :

— Combien y a-t-il de personnes dans ta famille, mon garçon ?

— Onze enfants, répondit Holbrook.

— J'étais sûr d'avoir bien entendu Mike. Attends, fiston.

Sur ce, le boulanger adressa un clin d'œil à papa, se leva et retourna vers les fours. Je levai les yeux vers papa, qui me souriait lui aussi. Lorsque l'homme revint, il tendit à Holbrook un plat à four rectangulaire en verre, un moule en métal huilé et un moule pour faire douze petits gâteaux.

— Le plat de cuisson tiendra dans ce moule, fiston. Mets de l'eau dans le moule quand tu fais de la crème pâtissière. Fais cuire la crème pâtissière en laissant le plat dans l'eau. Elle ne brûlera pas.

Il retourna à nouveau derrière les fours, revint et offrit toujours à Holbrook deux grandes plaques à biscuits, une tasse graduée et deux moules à tarte.

— Pour le bol de mixage et le rouleau à pâtisserie, tu dois te débrouiller tout seul, mais ta maman en aura sûrement. C'est un bon début pour commencer.

**« C'est un bon début pour commencer. »**

Holbrook resta planté là, stupéfait, à contempler la pile d'ustensiles de boulangerie qui était désormais la sienne. Il ne savait pas quoi dire. Il remercia l'homme et lui promit qu'il deviendrait un bon boulanger et qu'un jour, peut-être, il ouvrirait son propre restaurant.

— Les garçons, je veux juste goûter un jour à quelque chose que vous aurez préparé. Promettez-moi que je pourrai avoir un petit morceau ?

Nous lui répondîmes tous deux favorablement. Je lui rendis son crayon et Holbrook redonna le stylo à papa. Papa rassembla les ustensiles que le boulanger avait donnés à Holbrook, et les emporta dans la voiture. Il plaça du papier journal sur la banquette arrière et posa soigneusement les plateaux, les moules et les plats de cuisson dessus.

— J'ai une petite réunion à la boulangerie, alors je vous dépose tous les deux à la bibliothèque.

— La bibliothèque ? je demandai.

— Je veux que vous empruntiez un livre, *La Reine Africaine*.

— *La Reine Africaine* ?

— Tu voulais faire le tour du monde sur un bateau à vapeur, non ? Tu vas adorer ce roman d'aventure. Ça parle de l'Afrique, de la jungle et d'un petit bateau à vapeur. Je viendrai vous chercher quand j'aurai fini ou vous retournerez tous les deux à la boulangerie. Dites à la bibliothécaire que je lui rapporterai tous les livres que vous aurez empruntés quand vous aurez fini de les lire.

Une fois à la bibliothèque, Holbrook sortit le volume B de l'encyclopédie et lut des articles sur la fabrication des gâteaux, du pain et des tartes, et il tenta également de dénicher des livres de cuisine. Je parvins à mettre la main sur *La Reine Africaine* dans le tiroir qui contenait les petits cartons répertoriant chaque livre. Je mémorisai le numéro décimal Dewey de ce livre qui figurait sur la fiche. Cela me permit de savoir dans quelle section et dans quelle allée se trouvait le livre, et sur quelle étagère il était rangé. Un peu comme un code.

Le début étant assez laborieux, je craquai presque à la moitié. Il racontait l'épopée de deux voyageurs embarqués sur un fleuve effrayant pendant la Première Guerre Mondiale. Il y était beaucoup question de jungle et de toutes sortes d'animaux sauvages. Un homme, Charlie, possédait un petit cargo, *la Reine Africaine*, avec lequel il livrait le courrier quelque part au fin fond de l'Afrique. La dame, Rose, avait de beaux yeux. Elle expliqua à Charlie que les Allemands à bord de la canonnière située sur le lac, tout au bout de la rivière, avaient assassiné son frère, qui n'était qu'un missionnaire chrétien inoffensif. Pour cette raison, elle voulait descendre la rivière et faire exploser le bateau allemand, puis elle embrassa Charlie fougueusement. Il accepta et, à partir de ce moment-là, il l'appela Rosie. Un baiser avait ce genre de pouvoir. Je le savais. Je l'avais vu dans le film *She Wore a Yellow Ribbon*. Ensemble, ils réussirent à diriger leur bateau à travers les eaux sinueuses et dangereuses de la jungle, croisant la route de crocodiles mortels, d'hippopotames, d'oiseaux sauvages et de singes, et une fois le lac atteint, ils firent exploser la canonnière ennemie.

Holbrook et moi quittâmes la bibliothèque, moi avec le livre *La Reine Africaine* sous le bras, lui avec deux livres de cuisine.

Avant de ramener Holbrook, papa s'arrêta à la boulangerie Tully. Il fit entrer Holbrook et le présenta au propriétaire. Celui-ci proposa au jeune garçon de venir travailler à temps partiel chaque fois qu'il le pourrait. Il lui promit de lui apprendre tout ce qu'il avait besoin de savoir.

Lorsque papa et moi rentrâmes à la maison, je filai dans ma chambre et plongeai dans mon lit pour lire le passage du livre *La Reine Africaine* où Charlie plongeait dans l'eau marécageuse et tirait de toutes ses forces le bateau au milieu des plantes aquatiques et où des sangsues rampaient sur son corps et lui aspiraient le sang. C'était si effrayant que je décidai de reposer le livre et à la place, je me concentrai sur la pâtisserie et sur ce que j'allais faire ensuite. Puis je m'endormis.

## CHAPITRE HUIT
## L'ATTAQUE

— Ahhhhh ! Les bêtes ! Les bêtes !

Je criai, m'agitai, roulai hors de mon lit, chutai sur le sol et je me mis à me frapper le visage, le cou et les bras en criant.

— Qu'on les éloigne de moi ! Ahhhhh ! Débarrasse-moi de ces bestioles, Rosie !

Je me réveillai, secoué par ce rêve effrayant, puis je m'assis, ouvris les yeux et regardai autour de moi pour voir où j'étais. Après avoir essuyé mon front en sueur avec le dos de ma main et étiré mes bras en arrière, je m'appuyai sur mes mains pour reprendre mon souffle et me réveiller complètement.

J'avais rêvé que j'étais sur *La Reine Africaine* avec Charlie Allnut et Rose Sayer, au moment où la rivière commençait à être moins profonde. Charlie et moi dûmes passer par-dessus bord et nous enfoncer dans l'eau noire et sombre pour faire avancer le bateau à travers les roseaux marécageux et les sangsues qui se fixaient à notre peau grâce à leurs ventouses et qui ne voulaient pas se détacher. Elles s'accrochaient et suçaient notre sang.

J'eus des frissons rien qu'en y repensant.

Après m'être levé, j'allai à la cuisine chercher le panier à œufs au-dessus de la glacière et je me mis en route jusqu'à la ferme de M. Pitts pour ramasser les œufs, comme je le faisais chaque semaine. J'avais besoin d'air frais.

Une fois de retour avec mon panier rempli d'œufs, je me dirigeai vers l'avant du garage de la grange pour tenter de percevoir d'où venaient les bribes de conversation.

Le pick-up 38 était immobilisé dans la travée du fond. Quant à Duba et Dick, ils étaient allongés au sol sous le véhicule comme de vrais chirurgiens, ou plutôt comme des contrebandiers, et ils essayaient de raccorder les tout nouveaux silencieux, surnommés « Glass Pack », que Dick avait achetés avec une partie de l'argent qu'il avait gagné en faisant la vaisselle à la maison des Lincklaen à Cazenovia les week-ends de mariages.

Les Glass Pack pouvaient être sanctionnés par une

contravention, car ils rendaient bruyants les pots d'échappement des voitures à Syracuse. Certains enfants les appelaient des *Hollywoods* - au moment où l'on faisait démarrer son moteur ou lorsque l'on embrayait pour rétrograder de vitesse, ils produisaient un grondement très spécifique. Ni Dick ni Duba n'avaient de permis de conduire, cela n'avait donc pas beaucoup d'importance.

Debout sur mes deux pieds, mon panier rempli d'œufs à la main, j'annonçai mon retour.

Ni Dick ni Duba ne m'entendirent ou ne me prêtèrent la moindre attention.

— La petite clé en croissant s'il-te-plait, demanda Dick en sortant la main de sous la voiture, espérant que quelqu'un l'aiderait.

J'attrapai la clé et je la plaçai dans sa main, puis j'enjambai mon frère et me penchai hors du garage. J'aperçus papa qui remontait l'allée et contournait les balançoires pour se garer.

La plupart du temps, lorsqu'il était de retour, il nous saluait de loin et entrait directement chez nous, mais cette fois-ci, il dépassa les balançoires et s'approcha de nous.

Je prévins Dick que notre père venait dans notre direction, mais il ne s'en inquiéta pas. Dick et Duba étaient passés maîtres dans l'art de la cachotterie et avaient le don de révéler la vérité tout en l'enrobant d'un soupçon de mensonge aussi puant que du fromage, sans que personne ne s'en aperçoive, à moins d'avoir reçu une formation adéquate dans le domaine judiciaire. Enfin, jusqu'à ce que le shérif du comté ne les prenne en flagrant délit à traîner sur des routes secondaires, et ne les ramène à leurs parents en leur expliquant ce qu'il en était réellement, au regard de la loi.

— Qu'est-ce qui se passe ici ? demanda papa.

Dick sortit la tête de sous le pick-up.

— Le silencieux et le tuyau d'échappement de ce vieux 38 sont pleins de trous de rouille, alors Duba et moi en installons de nouveaux.

— C'est bien, dit papa. Les trous dans les silencieux et les tuyaux d'échappement peuvent causer de graves nuisances sonores. Bon travail.

Je regardai Dick comme si le pauvre était sur le point d'aller rôtir en enfer pour avoir menti, mais je repensai ensuite à ce qu'il venait de dire à papa. Il avait dit la vérité, et il ne l'avait pas enjolivée de détails significatifs qui auraient pu lui valoir une contravention pour tapage nocturne à Syracuse.

Papa prit le panier d'œufs de ma main et se mit en route vers la maison. Il s'arrêta au bout de quelque pas, se retourna en se grattant la tête et entra à nouveau dans le garage, cette fois un peu plus près de la 38 qu'avant. Il se pencha vers l'avant.

— Dick, je suis désolé de devoir t'annoncer une mauvaise nouvelle, dit papa.

Dick sortit la tête de sous la 38.

— Qu'est-ce qui se passe ? demanda Dick.

— Le pick-up ne nous appartient pas, fiston. Il m'a été prêté pour transporter des pierres. Tu as dépensé ton argent pour quelque chose qui ne nous appartient pas. M. Kehoe va venir la chercher d'un moment à l'autre.

— Il est déjà venu le chercher, papa. Duba et moi lui avons offert vingt dollars et il les a acceptés. Il a déjà acheté un 48 et a dit qu'il n'avait pas les moyens d'acheter des pneus pour son nouveau véhicule et pour celui-là aussi. Et comme son nouveau 48 peut contenir plus de choses dans son coffre que la 38, il a accepté les vingt dollars et en était même très content. Il nous a aussi donné une clé supplémentaire.

Papa avait l'air satisfait. Dick et Duba pouvaient maintenant faire ce qu'ils avaient toujours voulu faire : passer leur temps sous le capot d'un moteur.

— Jerry, j'ai une réunion dans notre autre boulangerie au nord de Carthage. Tu as pris l'avion pour Syracuse l'autre jour, mais tu n'es jamais allé à Carthage, plus au nord, presque au Canada. Tu veux venir avec moi chercher un moteur de bateau là-bas ? Si je veux vraiment le moteur, il faut que je le récupère avant ce week-end.

Le fait qu'il tienne mon panier d'œufs dans sa main me rappela quelque chose.

— Papa, j'ai aperçu six faisans près de la clôture de M. Pitts, dans le champ de maïs de l'autre côté de la route. J'y suis allé et j'ai laissé du maïs près de notre clôture, pour qu'ils se réfugient dans nos bois et ne restent pas à découvert où cas où des chasseurs les verraient et les abattraient.

— Les faisans sont sûrement plus en sécurité dans les champs que dans les bois, fiston, expliqua papa. Ce sera plus facile pour eux de s'envoler et de s'échapper dans un champ ouvert que dans les bois. Tu veux venir à Carthage avec moi ?

— Quel type de moteur de bateau ? Dick demanda en sortant de sous le véhicule.

— C'est un Evinrude, je crois. Un petit moteur, fabriqué avant la guerre.

— A qui appartient-il ? interrogea Dick.

— L'un des vendeurs de la boulangerie de Carthage m'a expliqué que son grand-père le lui avait donné, en même temps qu'un bateau en bois. Il en possédait déjà un plus gros et comptais m'offrir celui-ci, si par hasard j'en voulais un pour vous, les enfants. Il m'a dit que je pouvais le garder et qu'il nous faudrait le faire réviser. Selon lui, le moteur fonctionne bien. Par contre, il gardera le bateau.

— On se chargera de le vérifier, Duba et moi, si tu veux papa, dit Dick.

— Il fonctionne assez bien, fiston. J'ai pensé l'emmener à la quincaillerie Brown à Cortland pour que le gérant y jette un œil. Jerry, veux-tu m'aider à aller le chercher ? Nous reviendrons ce soir. Puis nous emmènerons le moteur à la quincaillerie samedi.

Il lorgna sur mes pieds nus.

— Mets des chaussures. Nous allons pêcher. Il paraît qu'il y a des truites et des saumons jusqu'au nord.

Une pensée incongrue me trottait dans la tête : si un saumon s'accrochait trop fort à notre ligne, nous aurions tous une crise cardiaque. Nous ne saurions assurément pas quoi faire.

— Bien sûr, dis-je.

Je courus dans la maison pour y récupérer mes baskets. Quand je sortis de ma chambre, papa était en train de parler avec maman, qui était assise et discutait avec Mme Cerio de la possibilité de faire appel à des enseignants volontaires pour organiser des cours du soir à l'école pour les fermiers et leurs épouses qui le souhaiteraient. Certains fermiers et leurs pères étaient partis à la guerre à dix-sept ans et n'eurent pas l'occasion de terminer le lycée ou d'aller à l'université à leur retour à la ferme. Maman m'appela pour vérifier mon sac à dos.

— Je ne vois pas de brosse à dents, constata-t-elle.

— Nous devrions être de retour avant le dîner, me défendit papa.

Je brandis ma brosse à dents de la poche de mon jean et je

la lui montrai. Elle me la prit des mains et la glissa dans le sac à dos.

— Emmène aussi un rouleau de pellicule dans mon sac à main, pour ton appareil photo, ajouta-t-elle.

— Maman, j'ai vu des faisans chez M. Pitts, de l'autre côté de la route, près de la clôture du champ de maïs. J'ai laissé quelques grains de maïs près de notre clôture pour qu'ils restent dans nos bois et ne sortent pas à découvert, où ils seraient certainement abattus par des chasseurs.

— Les faisans adorent le maïs. C'est gentil de ta part.

— Papa pense qu'ils sont plus en sécurité dans le champ parce qu'ils peuvent courir et s'envoler plus facilement.

— La nature prend soin des siens, Jerry. Ils peuvent très bien manger ton maïs, mais leur instinct les poussera à retourner dans le champ de maïs où ils seront plus en sécurité. C'est ainsi que la nature est faite, mon garçon. Amuse-toi bien à Carthage avec ton père. Et prends des photos.

Maman était douée pour connaître toutes ces choses et rassurer les gens, même si elle avait presque autorisé Gourmet Mike à tuer un lapin au nom de la science, l'autre jour.

Puis elle gâcha tout.

— Le faisan sauvage est un gibier à plumes, et il est destiné à finir dans nos assiettes, tout comme les poissons que tu vas attraper.

— Quoi ?

— Les gens chassent et pêchent pour se nourrir. Tu ne dois pas oublier ça, Jerry, ajouta maman.

On dirait qu'à la campagne, les animaux ne gagnaient décidemment jamais.

Papa contourna les balançoires et jeta un coup d'œil à Dick et Duba sous la 38 en passant devant le garage de la grange.

— J'espère qu'ils limiteront le vacarme de leur nouveau silencieux dans les lieux où ça gênerait les gens.

— Tu es au courant de ce qu'ils comptent faire, papa ? demandai-je, abasourdi.

— Je sais lire, fiston. Sur la boîte où Dick avait posé l'ancien silencieux, il était écrit « Glass Packs ». Je sais ce que c'est. Ce sont des générateurs de bruit.

— S'ils ne sont pas autorisés, papa, pourquoi les magasins les vendent-ils ?

— Ce ne sont pas les silencieux qui sont illégaux. C'est le bruit qu'ils font qui l'est dans certaines villes.

Papa était comme ça. Il nous laissait prendre nos propres décisions, à condition que nous soyons prêts à en accepter les conséquences.

Nous empruntâmes Cardner Road.

— Où est le moteur du bateau ?

— Il est dans un campement sur la rivière Black, juste après Watertown, tout près du Canada, expliqua papa en tournant à droite dans le hameau de Delphi avant de se diriger vers le nord.

Tout ce qui me vint à l'esprit fut le nom de la rivière, Black River, et celui de la Reine Africaine. Je n'étais jamais monté à bord d'un bateau à moteur avec quelqu'un d'autre, alors ce serait une grande première.

— Je me disais qu'on pourrait pêcher un peu, dit papa.

— La rivière est-elle vraiment noire, papa ?

— À notre arrivée, tu pourras prendre le bateau et le remonter jusqu'au réservoir de Carthage où je t'attendrai, et nous mettrons le moteur dans le coffre.

— Quoi ? je grommelai.

— Notre vendeur veut que le bateau fasse un tour par Carthage pour qu'il puisse le ramener à son campement, rempli de provisions. Je lui ai dit que tu le ferais, c'est toi qui le conduiras à Carthage pour lui.

— Hein ?

Papa me regarda et sourit.

— Comment ça, *moi*, papa ?

— Je veux que tu conduises le bateau à Carthage.

— Moi ? répétai-je.

— Tu peux le faire, mon fils.

— Tu es sûr ?

— Tu n'as qu'à suivre le fleuve.

— Tu veux que je conduise un bateau avec un moteur, un bateau sur lequel on ne rame pas ?

— La rivière fera le plus gros du travail, fiston.

— Qu'est-ce que tu veux dire ?

— La Black River se dirige vers le nord ; elle finira par t'y amener d'elle-même.

— J'aurai des rames ?

— Jerry mon garçon, fais comme si tu étais le capitaine d'un bateau à vapeur en partance pour Casablanca, ou peut-être même pour Pago Pago.

Mes pensées se tournèrent vers ces sangsues grouillantes et suceuses de sang.

En route vers le nord, nous nous arrêtâmes dans un magasin d'appâts où je n'étais jamais entré et nous achetâmes des vers, qui étaient nos appâts préférés, un flotteur en plastique rouge et blanc et des plombs pour la boîte de pêche de papa. Papa se procura également une lampe de poche munie d'un manche, au cas où j'en aurais besoin. Puis il brandit deux sandwiches au thon enveloppés dans du papier ciré et me demanda si je souhaitais les emporter dans le bateau, juste au cas où.

J'acquiesçai de la tête, mais je me demandai : « Pourquoi au cas où ? Pourquoi aurais-je besoin d'une lampe de poche munie d'une poignée ou de nourriture supplémentaire ? »

— Et si le moteur tombe en panne ? Si tu dois attendre que les secours arrivent et qu'il fait nuit, tu auras besoin de lumière et de nourriture.

Il me lança toutes ces informations sans que je pose la moindre question. En fait, je me sentais déjà mieux.

— Et si c'est le cas ? demandai-je.

— Comme je te l'ai dit, la Black River coule vers le nord. Si le moteur cède et que tu ne peux pas le redémarrer, laisse le bateau flotter tout seul, ou alors accroche tes rames et rame jusqu'à Carthage.

— Ça, je sais faire.

— Une fois arrivé, n'oublie pas de l'accoster au pont d'acier. Tu ne peux pas le rater. C'est juste avant d'arriver au réservoir.

— D'accord. Le pont en acier.

— Il y a un bidon d'essence dans le bateau, mais le moteur devrait tenir le coup.

Papa ralentit pour quitter l'autoroute et s'engager sur un étroit chemin de ferme en terre battue. Il traversa un grand champ de foin de plus de deux hectares. Dans le nord de l'État de New York, les collines n'étaient pas très hautes et ne ressemblaient en rien à des montagnes, comme celles que l'on trouvait à Delphi Falls, ou même celles qui entouraient Cortland.

Au fond du champ que nous traversions se trouvait une forêt épaisse avec de grands arbres aux troncs recouverts d'une mousse verte et moelleuse et entourés de buissons touffus. Une fois passé le champ de foin, nous pénétrâmes dans la forêt. Le chemin de terre se mit à serpenter entre les arbres, dans des virages courts et serrés, dans un sens et dans l'autre, exactement comme si nous nous évoluions dans une véritable jungle.

Aux chutes de Delphi, je m'étais habitué à ce que les bois soient situés en hauteur, sur les bords ou au sommet des falaises et des collines escarpées. Ici, la forêt était au niveau du sol, comme dans le film Tarzan. Cela lui donnait presque des airs d'Afrique.

Au loin, j'aperçus une cabane aux fenêtres condamnées. Nous roulâmes jusqu'à elle. Elle était recouverte de planches de bois peintes en vert clair et bordait une large rivière. Deux écureuils gambadaient sur le toit en bardeaux de bois recouvert de mousse. Papa se gara et me dit d'aller voir le bateau pendant que lui allait chercher un balai dans la cabane. Par la fenêtre de la voiture, j'observai la rivière. Elle était vraiment toute noire. Je regardai l'eau défiler lentement et, mystérieusement, mon cerveau intégra la réalité de la situation.

— Oh, mon Dieu.

Je n'avais jamais vu de rivière aussi large et aussi noire de toute ma vie. Je sortis prudemment de la voiture, m'avançai et découvris pour la première fois à quel point la couleur de l'eau était opaque. Mon cœur s'effondra. Je pouvais presque distinguer les crocodiles et les hippopotames qui s'attaqueraient à mon bateau, comme dans *La Reine Africaine*.

Les choses ne pouvaient pas être pires, me dis-je.

Papa amena un vieux balai de la cabine et me le tendit.

— Balaye les feuilles qui se trouvent sur le bateau, fiston.

Pendant que je balayais, je remarquai que le fond du bateau était sec, voilà enfin une bonne chose.

— Pourquoi la rivière est-elle si noire, papa ?

— Je pense que c'est à cause des minéraux présents dans le sol, fiston, mais elle n'est pas noire partout, seulement autour de Watertown et de Carthage, peut-être à Pine Camp. Il y a beaucoup de méandres et de virages entre ici et Carthage, ajouta-t-il. Tu en verras partout.

J'entendais les oiseaux, en particulier les corbeaux, qui poussaient de grands cris. Chaque son semblait plus puissant et plus vivant ici, sur ce terrain plat, que les sons des animaux dans les collines de Delphi Falls, près de ma cabane. Peut-être que la rivière faisait résonner les sons, ou peut-être était-ce le vacarme des deux chutes d'eau chez moi qui étouffait ou couvrait les bruits d'animaux. Je remarquais un aigle qui tournoyait dans le ciel. Je n'osai pas demander à papa quelle était la profondeur de la rivière, car je craignais qu'il me la dévoile et que je finisse par avoir une crise cardiaque.

Il me remit un billet d'un dollar que je devais garder dans ma poche et nous chargeâmes le bateau de mes affaires, de la lanterne, de la lampe de poche et d'un bidon d'essence. Nous nous déplaçâmes sur le quai en bois avec nos cannes à pêche et nos lignes pendant un moment, mais nous n'eûmes aucune chance, pas même quelques touches. Je me demandais comment les poissons pouvaient voir dans une eau aussi noire et sombre, ou à quoi ils ressemblaient.

— Saute dans le bateau et essaie de le faire démarrer, Jerry mon garçon.

— Déjà ?

— Tire sur le starter jusqu'à ce qu'il monte en régime, puis remets le en place.

— Papa, tu es sûr que... ? je commençai.

— L'accélérateur se trouve sur la poignée, fiston. Tourne la poignée dans un sens pour accélérer et dans l'autre pour ralentir. Tu finiras par comprendre.

— Tu vas attendre ici jusqu'à ce que je comprenne tout, papa ?

— N'oublie pas de tourner lentement, fiston.

— D'accord.

— Attention aux troncs d'arbres flottants.

— Aux troncs d'arbre ? D'accord.

— Et évite-les.

Je m'assurais d'écouter mon père et de bien comprendre chaque mot. Le moteur démarra à la troisième tentative. Papa sourit, balança la corde dans le bateau et me poussa pour m'éloigner du quai.

— Ne pars pas tout de suite, papa, plaidai-je.

— Va jusqu'au milieu de la rivière et reviens ici plusieurs fois.

— Tu vas m'attendre ?

— Bien sûr que j'attendrai. Fais des allers-retours pour t'habituer. Si le bateau capote, tu n'auras qu'à mettre les rames en place.

Je pris enfin le coup de main. C'était plus facile que je ne le pensais et je trouvais même cela amusant de faire tourner le bateau dans l'eau et de le voir créer un sillage devant lui. J'avais vraiment l'impression d'être dans la peau d'un capitaine de navire.

Depuis le rivage, papa pointa du doigt Carthage et m'indiqua qu'il était temps de partir et dans quelle direction aller. Il se leva et me salua d'un geste franc, comme s'il saluait un capitaine de navire. Il fit demi-tour, se dirigea vers sa voiture et rangea le matériel de pêche dans le coffre.

Je me souvins l'avoir vu s'installer derrière le volant, la portière ouverte et le pied toujours posé sur le sol. Il me regarda remonter lentement l'obscure rivière profonde pendant quelques minutes encore, jusqu'à ce que je disparaisse de son champ de vision. Je pense que l'enfance et les aventures telles que celle que je m'apprêtais à vivre lui manquaient.

Il me sourit et fit un signe d'adieu, puis il rentra sa jambe, fit demi-tour et s'en alla, me laissant seul.

J'étais livré à moi-même sur cette rivière étrange.

À part mon imagination qui m'effrayait à chaque bruit d'animal et à chaque virage, ce voyage fut une grande aventure, peut-être la meilleure à ce jour, et je n'avais même pas dix ans.

Plus je découvrais ce qui m'entourait, plus je savais qu'il n'y avait aucun doute dans mon esprit : c'était l'une des meilleures aventures de toute ma vie. À chaque seconde, j'avais l'impression d'être au fin fond de la jungle africaine. Je vis cet aigle se jeter comme une flèche de la plus haute branche d'un arbre imposant pour s'emparer d'un écureuil resté trop longtemps immobile. L'aigle manqua son coup, mais le souffle de ses grandes ailes fit rouler l'écureuil deux fois avant qu'il ne se précipite sur le sol et ne se réfugie dans un trou pour se mettre à l'abri.

Je mangeai mon sandwich au thon d'une main et dirigeai le bateau de l'autre, sans me soucier de rien.

Gééééniaaaaal !

Cette escapade fluviale me conduit finalement dans une nouvelle ville du Nord, que je n'avais jamais visitée auparavant. L'arrivée en bateau à Carthage fut une expérience à part entière. Ce voyage en bateau à vapeur dont j'avais tant rêvé.

**« Le pont en acier, je peux le voir.»**

Il m'était à présent possible d'apercevoir des voitures qui circulaient au-dessus de la berge. Je me demandais s'ils me voyaient également et s'ils pouvaient deviner que j'avais navigué, tout seul, sur plusieurs kilomètres en aval, sans avoir ressenti la moindre appréhension.

À droite, devant moi, je distinguai le grand pont en acier et la voiture de papa garée dessus. Il me faisait signe depuis la balustrade. Je repensais à mon voyage en avion, lorsqu'il était venu m'accueillir à l'atterrissage.

**« Devant moi, j'entendais des grondements, mais je ne voyais pas d'où ils provenaient. »**

Je me trouvais juste au-dessus du barrage vers lequel je flottais. Il n'était pas visible, mais je l'entendais gronder et le bruit me captivait. Il ressemblait beaucoup à celui de notre cascade du bas, derrière notre maison, les Delphi Falls. La Black River était si calme que le bruit me dérouta d'abord.

Puis je l'aperçus et compris ce que c'était.

« Gloup ».

Je remarquai ensuite une ligne d'eau calme, mince et uniforme s'étirer sur toute la rivière jusqu'à l'endroit où le barrage se déversait. Il n'y avait pas de vagues, comme sur le reste du cours d'eau.

— Ça ne sent pas bon du tout, marmonnai-je.

J'attrapai une rame et rampai jusqu'à l'avant du bateau pour tenter de le diriger. Au-delà du barrage, je pouvais apercevoir la cime des arbres.

**« Je pouvais voir la cimes des arbres au-delà du barrage. »**

La ligne calme était en réalité l'endroit où le courant s'arrêtait et où l'eau commençait à s'accumuler sur environ soixante mètres. L'eau remontait toujours plus et il semblait presque qu'elle allait déborder du barrage. J'étais manifestement au sommet du réservoir que papa avait mentionné, et j'étais certain que, si le courant était plus fort et que si je n'amarrais pas le bateau au niveau du pont, il serait indéniablement embarqué de l'autre côté de la structure et finirait sa course en contrebas.

Ça ne sentait vraiment pas bon, me dis-je.

## « Coupe le moteur, coupe le moteur. »

Papa et son ami se trouvaient près de l'amarre, sous le pont, et me faisaient des signes pour attirer mon attention en criant :

— Coupe le moteur. Coupe le moteur !

Ils me lancèrent une corde pour que je l'attrape. En voulant la saisir, je fis accidentellement basculer la lampe de poche par-dessus bord, dans les profondeurs obscures de la rivière. Elle coula comme une ancre et disparut juste au moment où je parvins à attraper la corde.

— Accroche-toi bien, fiston, pendant qu'on te tire vers nous.

Mon cœur battait la chamade, un peu comme la machine à vapeur de La Reine Africaine.

Papa et son ami ramenèrent le bateau et l'attachèrent solidement au quai.

L'ami de papa me serra la main et m'aida à sortir du bateau.

— Félicitations, jeune homme, claironna-t-il.

— J'ai réussi, répondis-je, tout heureux d'avoir à nouveau les pieds sur le sol ferme.

— Tu viens de parcourir plusieurs kilomètres en pleine nature et tu as réussi à ramener le bateau sans encombre.

— En pleine nature ?

— Jeune homme, as-tu vu des aigles à tête blanche ?

— Oui, j'en ai vu ! L'un d'eux volait en rond et un autre s'est lancé d'un arbre pour capturer un écureuil. Il a échoué.

— Dans cette forêt, il y a beaucoup d'ours, de lynx et de loups - de toutes sortes. Le jour, ils dorment la plupart du temps.

— Des lynx ?

— Tu as vécu une véritable aventure là, fiston.

L'homme détacha le petit moteur pendant que papa finissait de fixer le bateau sous le pont, à l'abri de la pluie qui risquait de tomber pendant la nuit. L'homme reviendrait le lendemain avec son plus gros bateau et remorquerait celui-ci, rempli de provisions, jusqu'à son campement. Je restai là, à contempler la rivière noire et épaisse, en me remémorant les événements.

Je remerciai chaleureusement l'homme pour ce voyage et pour m'avoir confié son bateau. Papa installa le moteur du bateau dans le coffre de la voiture et nous conduisîmes quelques pâtés de maisons jusqu'à la boulangerie.

Je n'étais jamais entré dans la boulangerie de Carthage, seulement dans celle de Homer. Elle était tout aussi animée et éclairée.

Le four à pain semblait aussi grand que le bâtiment. Le pain cuisait sur les grilles tournantes du four et les beignets étaient confectionnés dans une autre partie du local. Tout sentait bon. Partout, les gens me saluaient lorsque nous passions devant eux, même s'ils ne me connaissaient pas. Un homme surgit de derrière une table en acier inoxydable, me tendit deux beignets chauds et me dit qu'un bon chocolat chaud m'attendait dans la salle de repos.

Mon père pointa du doigt et m'indiqua : "Emmène les beignets dans la salle de réunion là-bas, fiston, pour ne pas déranger les boulangers qui sont en pleine effervescence. Je viendrai te chercher quand nous serons prêts à partir."

Les plafonniers de la salle de réunion étaient déjà allumés. Je n'avais jamais vu ce type de salle auparavant, sauf peut-être dans les films du samedi matin. Elle avait l'air importante. Il y avait de grandes cartes sur deux des murs qui me rappelaient la carte de l'État de New York de mon livre de géographie à l'école.

Au milieu de la pièce, une longue table de conférence en bois brillant était recouverte de verre et entourée de huit chaises en cuir. Je posai mon chocolat chaud et l'un des beignets sur un morceau de papier journal et m'approchai du mur pour examiner les cartes. Plus

Jerome Mark Antil

je les observais, mieux je pouvais distinguer les lignes et les cercles qui y étaient soigneusement dessinés. On aurait dit des dessins de Tinker Toys. Il y avait des lignes et des cercles partout. Un cercle entourait Binghamton, une ville située au sud de Cortland ; il y en avait un autre autour de Cortland ; un autre autour d'Utica, à l'est de Syracuse ; puis un autre autour de Syracuse ; et enfin, un dernier autour de Watertown et de Carthage. D'autres cercles, plus petits cette fois, entouraient toutes les villes plus modestes, comme Massena et Ogdensburg, et des lignes les reliaient aux cercles plus grands. Des tas de lignes et des tas de cercles.

Je croquais mon deuxième beignet en songeant à ce que tous ces gribouillis signifiaient, lorsque papa entra et m'annonça que nous pouvions rentrer à la maison.

— À quoi servent ces cartes, papa ?

— C'est là que nous nous réunissons et que nous planifions tout, fiston.

— C'est une pièce secrète ?

— Eh bien, une pièce secrète pour nos concurrents. Ces cartes décrivent toutes les tournées de pain pour nos deux boulangeries, celle d'Homer et celle de Carthage. Les cercles représentent les villes où se trouvent les épiceries dans lesquelles nos vendeurs livrent les pains avec leurs camions. Les lignes entre les cercles symbolisent les plus gros camions qui livrent les cartons de pain destinés aux camions de livraison situés dans les cercles. Tu te souviens de celui qui nous a livré du pain à Brewerton, le jour où nous avons accroché les pains aux portes avec les coiffes d'Indiens ?

— Je m'en souviens bien, oui.

Papa pointa du doigt l'une des lignes qui liait un cercle autour de Homer à un autre autour de Brewerton et dit :

— Ce camion représente cette ligne, la numéro trente-et-une.

Papa aimait enseigner des choses à ceux qui l'écoutaient. Il trouva une lampe de bureau et la plaça près de chacune des cartes pour que je puisse prendre des photos lumineuses avec mon appareil photo Baby Brownie.

J'avais appris quelque chose de nouveau ce jour-là. Non seulement j'avais appris à piloter un bateau, mais j'avais aussi découvert comment le pain était acheminé des boulangeries de Carthage et d'Homer vers les magasins d'une grande partie de l'État. Je savais qu'un jour, je tenterais de voir jusqu'où je pourrais aller en passant d'un camion de pain à l'autre, d'une ville à l'autre, en utilisant à chaque fois les connections entre ces camions. Au fond de moi, j'avais le sentiment qu'un jour, ces connaissances pourraient m'aider dans mes enquêtes, un peu comme Myrtie, l'opératrice téléphonique, m'avait aidé.

## CHAPITRE NEUF
## LE SHERIF HOOD

Papa sortit une pièce de sa poche.

— Pile ou face, Bucky ? annonça-t-il, les yeux rivés sur la pièce de vingt-cinq centimes qui descendait en virevoltant.

Il la fit claquer sur le comptoir quand celle-ci atterrit.

— Pile ! hurla Bucky.

C'était face.

Cette fois, c'était papa qui avait gagné, mais il fit tout de même glisser la pièce sur le comptoir en direction de Bucky et dit :

— Mets donc un chocolat chaud pour mon fils Jerry avec mon café, si tu le veux bien, l'ami.

Bucky inclina sa casquette en papier en signe de remerciement.

— Avec grand plaisir, mon bon monsieur, s'exclama-t-il, et posant ses deux paumes sur le comptoir.

Il leva ses jambes sur le côté, presque au-dessus du comptoir, puis frappa ses talons l'un contre l'autre.

À l'instant où il posa les pieds à terre, alors qu'il s'apprêtait à parler, quelque chose attira son attention à travers la fenêtre du restaurant.

— Je me demande ce qui se passe, demanda Bucky.

— Ce qui se passe, où ça ? interrogea papa.

— Là-bas, à la quincaillerie, dit Bucky.

Papa et moi nous retournâmes sur nos tabourets et regardâmes par la fenêtre. On pouvait voir la voiture du shérif du comté et celle d'un de ses adjoints garées devant la quincaillerie Brown, de l'autre côté de la rue. Des gens se tenaient à l'extérieur. Ils discutaient.

Papa se remit droit et regarda l'horloge sur le mur du restaurant.

— Il est trop tôt. Ils ne sont même pas encore ouverts, dit Bucky.

— Jerry, mon garçon, allons voir pourquoi le shérif est là, dit papa. Bucky, on revient tout de suite.

Je courus jusqu'à la voiture, pris mon sac à dos et sortis mon appareil photo Baby Brownie et deux rouleaux de pellicule 127. Je traversai la rue, en chargeant l'appareil photo. Papa m'ordonna de ne pas prendre de photos à moins qu'on ne m'y autorise.

— Eh bien, bonjour, Big Mike, dit le shérif. C'est lequel, celui-là ?

— Shérif Hood, je vous présente Jerry, dit papa.

Je tendis la main comme papa et maman nous l'avaient appris.

— Bonjour, jeune homme, dit le shérif en me serrant la main. Je suis le shérif Todd Hood. C'est toujours un plaisir de rencontrer les fils de Big Mike.

— Que s'est-il passé ? demandai-je.

— Un cambriolage, mon garçon, répondit le shérif.

— C'est comme un braquage, shérif Hood ?

— Jerry, un braquage, c'est quand ils crient : « Personne ne bouge ! ». Un cambriolage, c'est quand ils se faufilent dans la nuit comme des belettes, et qu'ils entrent par effraction alors qu'il n'y a personne.

Mon cœur s'emballa. Je me trouvais sur une véritable scène de crime. « Que feraient les Hardy Boys ? » me demandai-je. Ils regarderaient et écouteraient, me dis-je.

— Shérif, pourrais-je prendre des photos ?

— Fais juste attention et ne touche à rien, déclara le shérif.

— Papa, je peux ?

— Bien sûr, vas-y.

J'écoutai tout le monde parler.

Quelqu'un avait brisé le cadenas sur la porte mais le pied-de-biche était introuvable. Il semblait bien qu'ils n'avaient volé que des cartouches de fusil de chasse, mais le propriétaire ne pouvait en être sûr tant qu'il n'avait pas fait l'inventaire.

Je restai près de la porte et eus des frissons rien qu'en regardant la porte où des criminels désespérés s'étaient tenus dans l'obscurité, au milieu de la nuit, pour pénétrer dans cet endroit. J'avais l'impression d'être dans un film policier. Mon Baby Brownie n'ayant pas de flash, je dus faire preuve d'intelligence et m'assurer qu'il y avait de la lumière sur tout ce que je prenais en photo. Je dus me rappeler de rester calme pour ne pas louper le moindre indice.

Je pris en photo un amas de boîtes de cartouches de fusil de chasse de calibre 12. Sur le sol se trouvait une boîte d'allumettes pliée et recourbée, portant le nom de Kelly's Truck Rest Stop - Groton, New York. Je ne la touchai pas, mais pris une photo suffisamment proche pour pouvoir lire le nom à travers l'objectif.

Je ne pus m'empêcher de remarquer à quel point tout était bien rangé dans le magasin, sauf aux endroits où les cambrioleurs avaient, semble-t-il, dérobé des objets.

Suivant mon intuition – un truc que j'avais appris en lisant les Hardy Boys – je fis le tour du magasin, pas à pas, en me rappelant que je marchais dans les mêmes pas que ces criminels désespérés. Si je voyais quelque chose qui avait l'air d'être en désordre ou au mauvais endroit, je prenais une photo avec mon Baby Brownie.

Le bloc-notes des permis de chasse était l'une de ces choses, car il pendait de cinq centimètres sur le côté du comptoir. Je pris en photo ce bloc-notes, ainsi que le stylo à bille qui se trouvait par terre, juste en dessous.

Je pris également en photo le râtelier à fusils, car il y avait un petit fusil de chasse de calibre 410 posé sur le comptoir en face. Je vis un pistolet à billes Daisy sorti de sa boîte, posé au sol. Je pris donc en photo le pistolet à billes Daisy et sa boîte.

J'entendis le shérif parler de dépoussiérer l'endroit pour y trouver des empreintes digitales, mais il soupçonnait que les cambrioleurs avaient porté des gants, et que pour l'instant, il semblerait que la seule chose qui manque soit des cartouches de fusil de chasse. Quelqu'un d'autre dit au shérif que la caisse enregistreuse ne semblait pas avoir été touchée. L'argent s'y trouvait toujours et il y avait aussi de l'argent dans une boîte à cigares sous le comptoir. Le gérant du magasin suggéra que les cambrioleurs avaient peut-être pensé que l'ouverture de la caisse déclencherait une alarme et qu'ils n'avaient pas vu la boîte à cigares.

— Certaines personnes se remettent tout juste de la guerre, expliqua le shérif. Ils ont sûrement enfreint la loi, mais il se peut qu'ils aient eu juste besoin de cartouches de fusil pour chasser et se nourrir.

— Retourne au restaurant, fiston, dit papa. Et commande quelque chose à manger.

— D'accord.

— J'arrive tout de suite.

Je remerciai le shérif Hood, sortis, regardai des deux côtés puis traversai la route en courant jusqu'au Bucky's.

J'avais un gros travail de détective devant moi.

À peine entré dans le restaurant, je saluai Bucky et lui demandai s'il pouvait changer un billet d'un dollar pour moi.

— Il y a du grabuge, là-bas ? demanda Bucky.

— Des cambrioleurs, dis-je. Entrés par effraction.

Je plongeai les doigts dans ma poche secrète et en sortis un dollar, que je gardais en cas d'urgence. Je le dépliai et le posai sur le comptoir. Sous sa paume, Bucky me glissa trois pièces de vingt-cinq centimes, deux pièces de dix centimes et une pièce de cinq centimes.

— Qu'est-ce que je te sers, jeune homme ?

— Le téléphone coûte-t-il cinq ou dix centimes ? demandai-je.

— Cinq.

— Tu veux un chocolat chaud ?

— Oui. Pourrais-je aussi avoir un sandwich aux œufs, s'il vous plaît ?

— Comment l'aimes-tu ?

— Comme vous le faites, avec de la mayonnaise et du bacon.

— J'arrive tout de suite !

Je décrochai le combiné, le portai à mon oreille, tendis la main vers la fente à monnaie et y glissai une pièce de cinq centimes – ding – puis je composai le « O » et entendis l'opératrice.

— Oppératrrrice, en quoi puis-je vous aiday ? dit une voix forte et tranchante au téléphone.

— Myrtie, c'est toi ?

— Ici l'oppératrrrice, en quoi puis-je vous aiday ?

— Opératrice, pourriez-vous contacter le 62 New Woodstock, près de Delphi Falls, s'il vous plaît ?

— Un moment, s'il vous pelaay.

Son accent me donnait l'impression d'être dans un film. J'espérais avoir assez de monnaie pour un appel longue distance jusqu'à la maison de Barber.

172

— Monsieur, Delphi Falls se trouve dans la zone de New Woodstock. Un instant, s'il vous pelaay.

Tandis que je patientais, je me demandai si cette opératrice allait parler à Myrtie à New Woodstock. Dans le reflet des deux grands bocaux à café brillants derrière le comptoir, je vis mon père sur le point de quitter la quincaillerie Brown, en train de dire au revoir au shérif Hood. J'entendis des grésillements dans le téléphone, puis Mme Barber.

— Allô ?

— Veuillez patienter pour un aaappeeel longue distaaaance, s'il vous pelaay, dit l'opératrice. Insérez viiiingt centimes, monsieur.

Je déposai deux pièces de dix centimes - ding-ding, ding-ding.

Papa entra dans le restaurant et me regarda en se dirigeant vers le comptoir. Je voyais bien qu'il était curieux de savoir pourquoi je passais un coup de fil, mais il avait un regard satisfait en voyant que j'avais compris comment utiliser un téléphone à pièces. Bucky lui servit une autre tasse de café.

— Bonjour, Mme Barber, Dale est-il là ?

— Pourquoi, Jerry ? C'est un appel téléphonique longue distance, j'ai entendu les pièces tomber. Où diable es-tu, mon garçon ?

— Je suis à Cortland.

— Je vais te chercher Dale tout de suite, chéri.

— Allô ? demanda Barber.

— Hey, Barber, je suis à Cortland.

— Tu m'appelles vraiment en longue distance ?

— Oui.

— Bon sang ! C'est ce que m'a dit maman. Mon premier appel longue distance sur un téléphone à pièces de toute ma vie.

— Il faut réunir le Club de Lecture de Pompey Hollow sur le champ, dis-je.

— Pour quoi faire ?

— Il se passe quelque chose, nous devons nous réunir aujourd'hui, pour que je puisse dire à tout le monde ce que je sais. Peux-tu appeler tout le monde ?

— Aujourd'hui ?

— Oui, aujourd'hui !

— À quelle heure ?

Je regardai l'horloge au mur du restaurant puis calculai combien de temps Papa passait habituellement dans son bureau à lire son courrier le samedi, puis les trente-cinq minutes de route pour rentrer à la maison si nous ne nous arrêtions pas pour pêcher.

— Disons dans deux heures, dis-je.

— Deux heures, c'est noté, dit Barber.

— Je demanderai à mon père de me déposer au cimetière sur la route de la maison et si jamais je suis en avance, j'attendrai, dis-je.

— D'accord, dit Barber.

— Dis à tout le monde que c'est une urgence, dis-je.

— D'accord.

Je raccrochai pour ne pas que l'appel coûte plus cher. Il ne me restait que quelques pièces.

Comme tous les samedis, Papa se rendit dans le bureau de la boulangerie pour y lire son courrier.

— Fiston, ta mère veut que tu essaies des chaussures chez Stillwell. Fais-le pendant que je suis au bureau.

Je descendis d'abord le pâté de maisons jusqu'au drugstore, puis donnai à la dame mes deux rouleaux de pellicule à développer. Elle dit qu'il me faudrait attendre mercredi pour les récupérer. J'écris « mercredi » sur mon blue-jean pour ne pas oublier de demander à Papa de venir chercher pour moi les photos développées. Je retournai à la voiture. Je vis M. Stillwell dans la vitrine du magasin et le saluai. J'entrai dans son magasin et essayai des chaussures Buster Brown, tout en lui parlant du cambriolage à la quincaillerie Brown. Je lui dis qu'ils n'étaient pas sûrs qu'il manque quelque chose, et que l'argent était toujours dans la caisse. M. Stillwell me dit que la serrure de sa porte d'entrée avait été forcée il y a un mois à peine mais que, voyant que l'argent était toujours dans la caisse, il n'avait rien dit...

Je l'interrompis.

— Ont-ils touché à quelque chose ?

Il se dirigea vers un coin du magasin, où se trouvaient des bottes de chasse.

— Après qu'ils soient partis, il y avait des boîtes à

chaussures ouvertes partout ici. Des bottes, toutes de petites tailles.

— Des bottes de chasse ? demandai-je.

— Oui. Mais aucune ne manquait, déclara-t-il.

J'essayai quelques chaussures, et pris la paire qui, d'après M. Stillwell, m'allait le mieux. Je lui dis au revoir et m'en allai à la boulangerie. Papa était à l'extérieur et discutait avec son associé, M. Durkee. Il me regarda.

— Tu as trouvé des chaussures ?

— Oui, dans cette boîte, répondis-je.

— Rentrons à la maison, mon garçon, dit-il. Je vais d'abord payer M. Stillwell pour tes chaussures. Monte dans la voiture.

En montant dans la voiture, Papa demanda :

— Tu veux t'arrêter quelque part pour pêcher ?

J'attendis qu'il ferme la porte pour lui demander :

— Papa, au lieu d'aller à la pêche aujourd'hui, peux-tu m'emmener tout de suite au cimetière de Delphi et m'y déposer ? Le Club de Lecture de Pompey Hollow a une réunion importante.

Papa me jeta un regard, du genre : « Quels livres sont suffisamment importants pour annuler la partie de pêche du samedi matin ? ». Mais il ne posa pas de questions.

— C'est parti, fiston. Allons-y. Prochain arrêt : le cimetière de Delphi.

Le long de la route 11, je regardai les immenses granges sur la droite, certaines rouges et la plupart blanches, ainsi que les pâturages qui défilaient. Le regard lointain, je me souvins que, pendant la guerre, des hommes vêtus de combinaisons blanches avec « prisonniers de guerre » cousu sur le dos travaillaient dans ces fermes. Pendant la Seconde Guerre mondiale, ces prisonniers de guerre ennemis avaient été capturés par les soldats américains ou alliés en Allemagne. Les prisonniers qui haïssaient Hitler et à qui l'on pouvait faire confiance étaient mis au travail dans les fermes locales qui avaient besoin de main d'œuvre. La plupart des garçons de ferme américains étaient enrôlés dans l'armée et combattaient en Allemagne, sur des navires ou dans des sous-marins, des bombardiers ou des avions de chasse, partout dans le monde, pour y combattre Hitler, Mussolini et les Japonais. Je me souvins que les prisonniers de guerre ne souriaient jamais et ne nous saluaient pas lorsqu'on passait près d'eux, durant toutes ces années de guerre. Je crois qu'ils n'avaient pas le droit de nous regarder. Ces immenses granges me rappelèrent la quincaillerie. Elle se trouvait également dans une vaste grange blanche, si grande qu'on y vendait des tracteurs. Je ne pus m'empêcher de me demander s'il existait une formule, des chiffres, comme dans la publicité ou comme ceux qui nous avaient aidés avec les lapins, ou même des chiffres de boulangerie, bref quelque chose qui pourrait s'emboîter d'une manière ou d'une autre et qui pourrait nous aider à pincer les malfrats.

— On va attraper ces voleurs, papa, dis-je.

— Répète, fiston.

— Papa, le Club de Lecture de Pompey Hollow va essayer d'attraper les voleurs.

— Les cambrioleurs de la quincaillerie ? Votre club de lecture va—?

— On lit des livres, bien sûr – j'ai presque fini *La Reine Africaine* d'ailleurs – mais on aime mieux faire ce genre de choses.

— Je pense que votre club est plus axé sur l'aventure que sur les bouquins, fiston.

Je ne répondis pas.

— Entre toi et moi, fiston, c'est ce que j'ai toujours pensé.

— Alors, tu n'es pas fâché ?

Papa sourit, comme s'il avait toujours su que quelque chose s'y tramait, quelque chose de plus important que les livres. Il semblait fier de notre bon cœur et de l'esprit d'aventure qui nous poussait à vouloir attraper ces cambrioleurs.

— Tu l'as toujours dit, papa, c'est ce que doivent faire les enfants en temps de guerre : aider sans qu'on leur demande, surtout s'ils voient quelqu'un de blessé.

Il me conduisit au cimetière et s'arrêta à l'entrée pour me laisser sortir.

— N'inquiète pas ta mère, c'est tout, dit-il.

J'ouvris la portière et sortis de la voiture.

— D'accord.

— Fiston, tu te souviens comment Dick et Duba t'ont aidé avec les lapins ?

— Tu étais au courant, pour lui et Duba, papa ?

— Nous étions tous au courant, fiston.

— Je m'en souviens, papa.

— Penses-tu qu'ils pourraient t'aider à nouveau ?

Je souris puis me mis à marcher vers le cimetière tandis que Papa s'en allait. Le Club de Lecture de Pompey Hollow me paraissait un peu plus important, maintenant que mon père connaissait la vérité à notre sujet.

Mary, Barber, Randy Vaas, Mayor et Holbrook étaient déjà là. Mary vendait des glaces dans le village. Elle fit une pause et gara son chariot derrière la maison de Bases. Barber et elle avaient marché ensemble jusqu'au cimetière. M. Crane avait déposé Holbrook, Randy et Mayor, mais il fallait que quelqu'un les ramène chez eux, à moins qu'ils ne préfèrent attendre que Mary ait fini de vendre ses glaces.

Je commençai à raconter le cambriolage de la quincaillerie et les photos que j'avais prises pour voir ce qu'ils en pensaient, et leur demander si le Club de Lecture de Pompey Hollow devait envoyer un SOS à Dick et Duba pour leur demander de l'aide.

— La quincaillerie Brown a été cambriolée la nuit dernière, dis-je.

— C'est quoi, une quincaillerie Brown ? demanda Mayor.

— C'est une quincaillerie à Cortland, près de la boulangerie de mon père.

— Quelqu'un est entré ? demanda Barber.

— Des cambrioleurs, mais il y a quelque chose qui cloche.

— Comment ça, quelque chose qui cloche ? demanda Mary.

— Je n'en suis pas sûr. Le shérif pense que ce sont de pauvres gens qui ont fait ça, des personnes ruinées par la guerre.

— De vrais bandits ? demanda Randy.

— J'imagine, dis-je.

— À quoi ça ressemblait ? demanda Holbrook.

— J'ai pris des photos de tout ce que je pouvais, mais il y avait des indices partout, alors je sais que j'en ai manqué.

— Quel genre d'indices ? demanda Mayor.

— D'après les indices que j'ai vus, je pense que des enfants ont fait le coup, mais je n'en suis même pas sûr. Il semble que rien n'ait été volé.

— Pourquoi entrer par effraction si c'est pour ne rien

prendre ? demanda Mary.

— C'est un mystère, déclara Randy.

Barber bégaya d'admiration :

— Nom d'une pipelette !

— Qu'est-ce qui te prend ? demandai-je.

— Tu as rencontré un vrai shérif ?

— Le shérif Todd Hood ?

— Tu l'as rencontré ? demanda Barber.

— Bien sûr.

— Bon sang.

— Je l'ai rencontré et je lui ai serré la main. Rien de spécial.

— Tais-toi, c'est très spécial, dit Barber.

— Je te fais marcher, c'était très spécial, en effet, dis-je.

— Qui vote pour qu'on essaye d'élucider le crime ? demanda Mary.

Nous crachâmes tous ensemble.

— Nous aurons peut-être besoin des plus grands pour cette affaire, déclara Barber.

— Dick et Duba ? demanda Mary.

— Ils sont intelligents et ils ont le permis, dis-je.

— Exact, approuva Mayor.

— Jerry, quand Dick a dit, le dimanche de Pâques, qu'on pouvait lui envoyer un SOS si l'on avait à nouveau besoin de leur aide, il était sérieux ? demanda Mary.

— Oui.

— Tu crois qu'il le pensait vraiment ? demanda Holbrook.

— Il le pensait vraiment. Ça lui a plu de nous aider avec les lapins. Il me l'a dit.

— Bien, dit Mary.

— Il a dit qu'il aimait bien que tu gagnes de l'argent avec ton chariot à glaces. Il a dit tout ça. Je vous le promets.

— Qui vote pour que Jerry envoie un SOS à Dick pour voir s'ils peuvent nous aider ? demanda Mary.

Nous crachâmes une fois de plus.

Le vote eut lieu et la résolution fut approuvée.

— Et si l'on organisait des réunions régulières à l'école ? demanda Mary.

— Des réunions secrètes ? demanda Barber.

— Pourquoi pas ? demanda Mary.

— On pourrait se retrouver tous les mercredis à l'heure du déjeuner, déclara Holbrook.

— Pour la première réunion, chacun apportera un livre qu'il a lu et nous les échangerons, histoire de ne pas avoir l'air stupide si quelqu'un a des soupçons ou pose des questions sur notre club, déclara Mary.

— Pas question de lire un livre, déclara Holbrook. J'en lis assez à l'école.

— Prends-en un à la bibliothèque de l'école et apporte-le, déclara Randy.

— Barber, il faut continuer à organiser des réunions d'urgence ici, au cimetière, déclara Mary.

Tout le monde était d'accord.

La réunion était close.

Nous allâmes à Delphi pour traîner avec Mary et la voir vendre ses glaces au porte-à-porte avec son chariot. Elle nous en offrit une, à moitié prix, avant qu'Holbrook et moi ne rentrions chez moi et Barber chez lui.

Une fois à la maison, nous trouvâmes Dick dans le garage de la grange avec Duba, tous deux sous le capot de la 38.

Holbrook et moi restâmes d'abord sur le seuil de la porte, à les observer. Je me raclai la gorge en approchant, et déclarai d'une voix suffisamment forte pour qu'ils l'entendent tous les deux :

— Dick !

— Quoi ?

— Point, point, point ; tiret, tiret, tiret ; point, point, point.

Dick leva la tête de sous le capot et me regarda, puis il regarda Holbrook. Il vit qu'on était sérieux.

— Qu'est-ce qui se passe ? demanda-t-il.

— La quincaillerie Brown, tu connais ?

— Ouais, à Cortland. Et alors ?

— Ils se sont fait cambrioler la nuit dernière, et il y a beaucoup d'indices bizarres, dis-je.

— La nuit dernière ? demanda Dick.

— Les voleurs ont pris la fuite, dis-je.

Dick regarda Duba, puis se tourna vers moi.

— Si je me souviens bien, c'est la quincaillerie située dans la grande grange près du pont entre Homer et Cortland ?

— Oui, dis-je, sur la gauche, juste en face du Bucky's Diner.

— D'accord, dit Dick.

— Bien, vous pouvez m'aider ?

— Duba et moi irons jeter un coup d'œil.

— Vous acceptez donc ce SOS officiel ? demanda Holbrook.

— Ça veut dire que vous allez nous aider ? dis-je.

— Non, pas encore - j'ai dit qu'on jetterait un coup d'œil. On ne vous promet rien, pas avant d'en savoir plus, dit Dick.

— On va aller voir ça, on va se renseigner, déclara Duba. Nous vous ferons savoir en temps voulu s'il s'agit d'un SOS valable.

— C'est à dire quand ? demandai-je.

— Tu seras mis au courant assez vite. Je te le dirai, promit Dick.

## CHAPITRE DIX
### RETOUR A L'ECOLE

Sur le calendrier accroché au mur de la cuisine, je regardais le « X » crayonné sur la case de mardi. Aujourd'hui, c'était samedi, le week-end de la Fête du Travail. La rentrée était pour mardi.

Alors que je savourais mon sandwich au beurre de cacahuète et à la confiture, le téléphone sonna. Je posai mon sandwich et courus dans la chambre de Papa et Maman.

— Allô ?

— Jerry ?

C'était Dick.

— Ouais.

— Nous acceptons votre SOS.

— Sérieux ?

— Rendez-vous devant le magasin de Shea mardi à la pause déjeuner.

Il raccrocha.

Je ne lui avais pas demandé ce qu'il pensait ou ce que lui et Duba avait trouvé. Tout ce que je savais, c'était qu'il s'agirait d'une nouvelle aventure pour nous. Je devais dire au Club de Lecture de Pompey Hollow de se retrouver devant le magasin de Shea mardi. Cela me suffisait. Je posai le téléphone, réfléchis une minute puis le repris.

— Opératrice.

— Myrtie, c'est Jerry. Je dois parler à Barber.

— Un appel le samedi matin, juste après avoir parlé à Dick. Ce doit être important, dit Myrtie.

— Ça l'est.

— Une minute, mon chéri.

— Merci, Myrtie.

— Fais-moi savoir si jamais tu as encore besoin de mon aide.

— Je n'y manquerai pas, merci.

— Allô ?

— Mme Barber, ici Jerry. Est-ce que Dale est là ?

— Il est juste ici, mon chou.

— Allô ?

— Barber, il faut appeler Mary et organiser une réunion.

— Que se passe-t-il ?

— Dick et Duba ont accepté notre SOS.

— Tu es sûr ?

— Il nous donne rendez-vous devant le magasin de Shea.

— Quand ça ?

— Mardi midi.

— Mardi midi ? Au magasin de Shea ?

— Tout ce que je sais, c'est que Dick et Duba ont accepté notre SOS, je n'en sais pas plus.

— Je vais appeler Mary. Je vais organiser ça, déclara Barber.

— Je vais appeler Kellish pour qu'il prévienne Holbrook, dis-je. Tu appelles Mary et les autres ?

— Message reçu ! Fin de transmission ! s'exclama Barber avant de raccrocher.

Un frisson me parcourut en imaginant le Club de Lecture de Pompey Hollow apprendre que notre réunion secrète était prévue le premier jour de la rentrée.

Le mardi matin à l'école, nous étions nerveux car nous ne savions pas exactement ce que Dick et Duba avaient en tête, mais nous savions que notre premier appel SOS aux plus âgés ne ressemblait à aucun autre appel passé auparavant.

Outre les membres du Club de Lecture de Pompey Hollow, Dick, Duba et quelques enfants plus âgés se présentèrent devant le magasin de Shea. Le professeur d'agriculture et de mécanique, M. Ossant, passait par là, croquant une pomme. Il s'arrêta et s'appuya sur l'érable pour voir ce qui se tramait. Des étudiants se promenaient, des enfants se retrouvaient pour la pause déjeuner.

En 1947, 48 et 49, les rassemblements pouvaient être ludiques, politiques ou sérieux. Il était naturel pour des enfants qui avaient vécu la guerre de se rassembler en masse pour écouter les nouvelles. Cela leur rappelait les rassemblements organisés pour écouter les nouvelles du front. Il n'y avait pas de télévision à l'époque et la plupart des enfants qui avaient grandi pendant la guerre n'en entendaient parler qu'en regardant les actualités du samedi au cinéma. Nous voyions de braves soldats envoyés dans le monde entier pour combattre l'ennemi et parfois mourir pour que les enfants puissent vivre libres et en sécurité. Aucun d'entre nous ne pouvait faire quoi que ce soit pendant cette guerre, à part prier et aider nos parents, mais il n'y avait pas un seul homme ou un seul enfant parmi nous qui ne ressentait pas l'aventure et la bravoure couler dans ses veines à cause de ce que nous avions vécu et de ce dont nous avions été témoins.

Si nous avions vécu en Allemagne, nous serions entrés en clandestinité pour tâcher de sauver les enfants allemands. Nous étions toujours prêts à nous porter volontaires. Si nous entendions dire que quelqu'un avait besoin d'aide, nous accourions vers lui comme des abeilles vers le miel. À l'époque, les lignes téléphoniques partagées saturaient le réseau et les enfants devaient se fier aux ragots et au bouche-à-oreille. Il était tout bonnement impossible de savoir combien d'enfants se présenteraient mardi. Une douzaine peut-être, mais nous pouvions compter sur un plus grand nombre la prochaine fois, une fois que la nouvelle se serait répandue.

Dick et Duba attendaient en haut de l'escalier, devant le magasin de Shea. Ils avaient déjà demandé à Mike Shea, le propriétaire, s'il voulait bien nous rejoindre à l'extérieur car il pourrait peut-être nous aider. Dick pensait qu'étant donné que des magasins étaient cambriolés et que Mike était lui-même propriétaire d'un magasin, il pourrait peut-être nous donner des idées.

En regardant les quelques dizaines de personnes rassemblées devant son commerce, Mike Shea déclara :

— Eh bien, puisque personne ne veut entrer dans le magasin, autant rester ici et prendre le soleil.

— Écoutez ! s'exclama Duba.

Nous nous tûmes. Dick commença.

— Un cambriolage a eu lieu à Cortland...

— Où ça ? dit quelqu'un.

— À la quincaillerie Brown, dit Dick. C'est la quincaillerie située dans la grange rouge sur la gauche, juste avant le pont.

— Je connais ce magasin, dit quelqu'un.

— Et ça a l'air louche, dit Dick.

— Vraiment louche, renchérit Duba.

À peine donnée cette minuscule information, et sans pause ni hésitation, Dick demanda :

— Qui en est ?

Personne n'avait la moindre idée de ce « qu'en être » voulait dire – et peu importait. Comme l'aurait fait tout bon patriote de la guerre d'Indépendance, les garçons et les filles rassemblés levèrent la main, acceptant le défi. M. Ossant, le professeur d'agriculture, leva la main également, car il s'était toujours considéré comme faisant partie des enfants. Son atelier se trouvait derrière l'école et il voyait les enfants plus souvent que les professeurs.

Le sentiment général était qu'en ce début d'année scolaire, toute aventure était la bienvenue. Dick se remit à parler.

— Lorsque Duba et moi sommes allés enquêter sur le cambriolage, aucun employé de la quincaillerie ne pensait que quelque chose avait été volé, déclara Dick.

— Pourquoi quelqu'un voudrait-il forcer une porte et saccager un magasin au milieu de la nuit sans rien prendre ? demanda Mary.

— C'est vraiment louche, dit Duba.

— Nous devons enquêter davantage et examiner toutes les preuves, indiqua Dick.

— J'ai photographié tous les indices que j'ai cru voir puis j'ai apporté les deux pellicules au drugstore de Homer pour les faire développer, dis-je.

— Tu les as déjà récupérées, tes photos ? demanda Dick.

— Elles seront prêtes demain. J'ai une autre pellicule au drugstore de Tully, un truc que j'ai photographié à Carthage.

— Quand… ? interrogea Dick.

Je l'interrompis :

— Oh, j'oubliais ! Quand j'étais à Homer avec Papa, j'ai vu M. Stillwell au magasin général. Il m'a dit que son magasin avait été cambriolé il y a de cela un mois, et que les voleurs semblaient n'avoir rien pris non plus.

— C'est bizarre, répéta Duba.

— Ça commence à faire beaucoup, insista Holbrook.

Un frisson me parcourut.

— On a besoin d'un enquêteur, dit Dick.

— Tu veux dire un détective privé ? demanda Barber.

Dick regarda parmi les enfants et croisa le regard de Marty Bays, un garçon roux qui était dans la classe supérieure à la mienne et à celle des membres du club.

— Marty, quel âge as-tu ? demanda Dick.

— Qu'est-ce que ça peut faire ? répondit Marty en hurlant.

— Quel âge as-tu ? demanda Duba.

— Dites-moi en quoi vous avez besoin de connaître mon âge.

— J'ai entendu dire que tu avais un permis de conduire agricole, dit Dick.

— Un permis quoi ? demanda Mary.

— Un permis pour livrer du lait à Apulia Station dans le camion de son père, dit Dick.

— J'ai douze ans, dit Marty.

— Tu as un permis de conduire oui ou non, Marty ?

— Et comment ! Et je suis aussi journaliste officiel pour le journal de l'école.

— Quel rapport avec le permis ? demanda Duba.

— Je suis formé pour enquêter, pour obtenir des réponses et ne pas perdre de vue l'objectif à atteindre.

— Tout ce que j'ai besoin de savoir, c'est si tu peux aller à Cortland, déclara Dick.

Cette mission réclamait plus que du talent, elle réclamait des moyens. Marty savait conduire, et son père lui laissait le camion tous les matins.

— Je ne suis pas censé faire ça, mais je suis sûr que je pourrais, enfin je crois, dit Marty. Ma livraison de lait matinale à Apulia Station risque d'être un poil plus longue que d'habitude si je dois de me rendre à Cortland.

Les rires fusèrent, car tout le monde savait bien que le permis de Marty se limitait à sa ferme et à ses alentours. Les enfants de fermiers comme lui pouvaient obtenir un permis de conduire spécial à l'âge de douze ans. Ce permis lui permettait de livrer les bidons de lait de la ferme jusqu'à la laiterie d'Apulia Station – qui se trouvait juste avant Tully, sur le chemin de Cortland et de l'école. Duba se tourna vers Dick.

— Et s'il se fait prendre ? demanda Duba.

— Cortland est tout près d'ici, dit Dick.

— Et alors ?

— Si tu veux mon avis, il y a peu de chances qu'il finisse en prison, si jamais il se fait prendre, déclara Dick. Il serait sans doute ramené chez lui pour se faire gronder après qu'un shérif lui ait acheté une glace au drugstore et lui ait dit de ne pas recommencer.

— Oui, ce n'est pas comme s'il n'avait pas de permis de conduire.

Dick s'avança et s'adressa à Marty.

— Bien, dit Dick. Marty, tu iras voir les gens de la quincaillerie, puis ceux du magasin général.

— Je m'en occupe, dit Marty.

— Trouve tout ce que tu peux, expliqua Dick.

— Dis-leur que tu écris un article pour le journal, dit Mary.

— Il semble bien qu'il pourrait y avoir eu plus d'un ou deux cambriolages – et s'il y en avait d'autres ? demanda Duba.

Dick voulait rester concentré sur la tâche à accomplir.

— Quand peux-tu partir, Marty ? demanda-t-il.

— Et si j'y allais jeudi ?

— Pourquoi jeudi ? lança Dick. Il faut qu'on sache maintenant.

— Eh bien, on n'a pas encore les photos, pas avant jeudi. Donc si j'y vais jeudi, alors je pourrai aller au drugstore récupérer les photos que Jerry a prises. Mais j'aurai besoin d'argent pour payer.

Dick se pencha vers Duba.

— Il va faire le boulot, chuchota-t-il.

Sachant que le jeudi était un jour d'école et que Marty serait absent la majeure partie de la matinée, des enfants se portèrent volontaires pour l'accompagner. Dick et Duba décidèrent de limiter l'absentéisme au minimum et poussèrent Marty à y aller seul, mais il fallait qu'il emmène un cahier, histoire de prendre beaucoup de notes.

— Ça roule, dit Marty.

Dick rappela au professeur d'agriculture, M. Ossant, et au propriétaire du magasin, Mike Shea, qu'ils n'avaient rien entendu de cette réunion.

— Entenu quoi ? demanda Mike Shea en souriant.

— Quelle réunion ? plaisanta M. Ossant en s'éloignant.

— Qui peut venir ici vendredi pour écouter le rapport de Marty ? demanda Dick.

Tout le monde leva la main.

— Bonne chance, Marty, dit Mary.

— Ne te fais pas prendre, dit Duba.

Ce fut ainsi que se termina le premier conseil d'urgence officiel du Club de Lecture de Pompey Hollow. La plupart d'entre nous entrèrent dans le magasin et achetèrent des bonbons, des chewing-gums ou tout ce qui, dans la vitrine, attirait leur attention, et pour lequel ils avaient quelques centimes ou quelques sous à dépenser. Barber emprunta quinze centimes à quelqu'un pour acheter un œuf mariné, et j'empruntai cinq centimes à Barber pour une barre chocolatée, ce qui obligea Barber à négocier le prix de l'œuf mariné à la baisse. Ces comptes d'apothicaires me firent oublier le billet d'un dollar et les quatre-vingts centimes de monnaie que j'avais dans ma poche secrète, restes de ma promenade en bateau sur la Black River et de mon appel téléphonique longue distance à Barber.

M. Ossant rentra seul à l'école, pour ne pas être vu en train de se mêler à notre groupe.

Une horde d'enfants – plus de quarante cette fois – se présenta au magasin de Shea pour la réunion du vendredi, ainsi que M. Shea et M. Ossant.

Duba monta sur les marches du magasin aux côtés de Dick et se tourna vers les enfants.

— Écoutez !

Dick souleva son t-shirt et sortit de sa poche arrière un crayon ainsi qu'un cahier à spirales qu'il avait planqué sous sa ceinture.

Histoire de ne pas ternir sa réputation de ne jamais ouvrir un cahier, il remit celui-ci à Mary, Holbrook, Barber et moi-même, en espérant que l'un d'entre nous prendrait des notes.

— Marty, tu as quelque chose pour nous ? s'écria-t-il.

Habillé comme il l'était, nous n'avions pas reconnu Marty, qui se tenait pourtant au milieu de nous. Ses cheveux roux étaient mouillés et plaqués en arrière, séparés et peignés comme s'il allait à la messe. Il portait même son manteau du dimanche, ainsi qu'une cravate rouge vif, dans l'espoir de ressembler à un journaliste chevronné qui donnait une conférence de presse dans une grande ville. Il s'était probablement habillé ainsi au cas où des photographes rôderaient du côté du quartier de Shea un jour d'école. Il avait un calepin à la main et un crayon sur l'oreille. Marty monta avec assurance au sommet de l'escalier du magasin de Shea, se tourna vers nous, redressa sa cravate et aboya comme s'il était candidat aux Présidentielles et qu'un millier de personnes se tenait devant lui.

— Je tiens à remercier tous ceux qui ont couvert mes arrières jeudi dernier et je souhaite remercier tout particulièrement la personne qui a réussi à obtenir, à ma place, un 18 à l'interro d'éducation civique à laquelle je n'ai pourtant pas participé.

— Je n'ai rien entendu, s'écria M. Ossant.

Ne voulant pas que notre réunion réveille toute la région, Dick aboya :

— Baissez d'un ton, les gars. Et Marty, on t'entend. Sois naturel.

— Écoutons ce qu'il a à dire, déclara Duba.

Marty desserra sa cravate et souleva son calepin pour lire son rapport. Quelqu'un avait écrit au dos au crayon de couleur :

— La Flamme de l'École : l'info et rien que l'info !
Primo, la semaine dernière, dans la nuit de vendredi à samedi, la quincaillerie Brown de Cortland a été cambriolée.

— On est au courant, Marty... commenta Dick.

— Deuxio, bien qu'on ait d'abord cru que les auteurs de ce méfait avaient dérobé plusieurs boîtes de cartouches de fusil de chasse de calibre 12, notre reporter a découvert qu'aucune cartouche n'avait en fait été dérobée.

— Aucune !? demandai-je.

— Tertio, notre reporter a interrogé le propriétaire du magasin général de Homer, M. Stillwell, et a découvert qu'un cambriolage similaire avait eu lieu il y a moins d'un mois. Lors de ce cambriolage, il sembla d'abord qu'encore une fois, les malfrats n'avaient rien volé...

— Rien ? demanda Duba.

— Toutefois, le propriétaire du magasin découvrit

rapidement que deux cent sept dollars d'argent liquide venait à manquer.

— Manquer où ça ? demandai-je.

— Dans la caisse enregistreuse.

Dick l'interrompit :

— Et la quincaillerie, alors ?

Mary approuva à voix basse l'intervention de Dick. C'était une bonne chose de garder Marty concentré, car elle ne voyait pas bien à quoi menait son rapport.

— Quarto, fort de ces nouvelles informations, notre reporter décida de retourner sur les lieux du crime afin d'approfondir l'enquête. De retour à la quincaillerie, j'appris que cinq cent soixante-cinq dollars venaient à manquer dans le tiroir-caisse, larcin qui ne fut découvert qu'à la fermeture le lundi, la quincaillerie étant restée fermée le samedi à cause du cambriolage et le dimanche pour aller à l'église comme tout le monde.

Dick l'interrompit.

— Une petite minute, grommela Dick. Les gens de la quincaillerie nous ont dit qu'aucun argent n'avait été volé.

— Correctamundo ! répondit Marty en ricanant. C'est aussi ce qu'a déclaré le propriétaire du magasin général dans un premier temps, avant de s'apercevoir que deux cent sept dollars manquaient dans la caisse.

— À la quincaillerie ? demande Barber.

— Il a dit le magasin général, grogna Dick. Concentre-toi et écoute un peu.

Dick se tint à l'écart et laissa Marty continuer.

— Quinto, avant d'en tirer la moindre conclusion, je me suis rendu au drugstore de Homer et j'ai récupéré les photos prises sur le lieu du crime par Jerry Antil, pour voir si elles pouvaient nous fournir d'autres indices.

Mary se pencha vers Barber et chuchota :

— Si on attrapait Marty, qu'on lui enlevait sa cravate et son manteau et qu'on lui décoiffait les cheveux, crois-tu qu'il parlerait plus vite et cracherait le morceau ?

— Écoutez ! aboya Duba.

Notre Sherlock Holmes local, Marty, le jeune reporter, poursuivit son discours.

— Il est clair pour moi que les photos numéro un, quatre, six et sept indiquent qu'un enfant est impliqué dans le crime.

— Comment ça ? demanda Dick.

Mary eut un pressentiment et interrompit Marty avant qu'il ne puisse répondre.

— Il va parlé de cette histoire de pistolet à billes, déclara Mary.

— Et alors ? demanda Dick.

— Des voyous plus âgés ne s'intéresseraient pas à des pistolets à bille, des fusils à plombs et des bottes de chasse taille 28, déclara Mary.

Marty poursuivit.

— Ces photos prouvent que les enfants impliqués n'étaient pas des cambrioleurs ou des voleurs, sinon pourquoi ne pas prendre ces objets au lieu de faire du lèche-vitrine et de les reposer comme ça ?

— Peut-être s'agit-il d'une famille entière ? clama une voix dans la foule.

— Les photos deux, cinq, huit et onze indiquent clairement qu'un adulte est impliqué et qu'il a très probablement commis le crime de la quincaillerie avec l'aide d'un ou de plusieurs enfants.

— Comment ça ? demanda Dick.

— La photo de la boîte d'allumettes laisse à penser que l'adulte est un fumeur. La photo des permis de chasse indique que l'un d'entre eux pourrait avoir plus de dix-huit ans. Les bottes de chasse taille quarante-six et les boîtes de cartouches de calibre douze en désordre indiquent qu'il s'agit d'un adulte. L'argent manquant indique leur mode opératoire. Ils ont déjà fait ça auparavant, et le feront sans doute à nouveau. S'il s'agissait d'un enfant seul, il aurait regardé les cartouches .410 après avoir regardé le fusil à plombs, or personne ne l'a fait, et pour ce qui est de voler de l'argent, la plupart des enfants n'en voient pas l'utilité, à part pour aider leurs parents.

— C'est de la foutaise, Marty, et tu le sais, aboya Mary.

— Quelle foutaise ? demanda Dick.

— Cette histoire d'enfant. Je parie que tout ça n'était qu'une diversion.

— Il s'agissait probablement d'une équipe composée d'un

adulte et d'un enfant, déclara M. Duba.

— L'adulte pour l'argent et l'enfant pour la rigolade ? demanda Mary. Je ne vois pas l'intérêt.

— L'enfant sert à faire diversion, à brouiller les pistes, expliqua Marty.

La moitié des enfants applaudirent les tentatives de Mary et de Marty pour élucider l'affaire. L'autre moitié semblait applaudir pour saluer l'allure de Marty avec son manteau et sa cravate.

Marty remit les photos à Duba.

— J'admets que les petits campagnards n'ont pas beaucoup d'endroits où dépenser leur argent, dit Mary. Désolée de t'avoir sauté à la gorge.

— Les fermes sont tellement autonomes que l'idée d'argent ou de besoin d'argent vient rarement à l'esprit d'un enfant de la campagne, sauf peut-être pour des bandes dessinées ou des chewing-gums, mais il ne s'agit que de quelques centimes, expliqua Marty.

— Il a raison, dit Barber. À la campagne, les enfants ne volent pas. Ce n'est pas dans notre nature.

Dick sauta sur les marches avec Duba et Marty, prit les photos de Duba et commença à penser aux questions qu'il voulait poser, comme s'il était inspiré. Il parcourut chacune des photos, puis ralentit l'allure en regardant de près celle des tiroirs-caisses ouverts dans la quincaillerie.

— Regardez ça, dis-je à Holbrook et Barber.

— Regarder quoi ? demanda Holbrook.

— Le cerveau de Dick est en train de s'allumer. J'ai déjà vu ce regard dans ses yeux.

— Qui est bon en maths ? demanda Dick.

Dick était un génie en la matière, mais ce n'était pas le moment de faire le malin. Deux enfants levèrent la main.

— Combien font deux cent quarante-trois moins trente-six et six cent cinquante et un moins quatre-vingt-six ? demanda Dick.

— Les deux calculs s'ajoutent-ils l'un à l'autre ? s'écria une voix.

— Non, dit Dick. Désolé, les calculs sont séparés.

— Deux cent sept et cinq cent soixante-cinq, cria la voix.

Dick nota mentalement qui avait beuglé cet algèbre – si jamais il devait sécher un contrôle de maths, peut-être que cette personne pourrait le faire à sa place. Puis il donna un coup de coude à Duba, comme s'il avait un plan en tête.

— Regarde ça, dis-je. Je parie que Dick et Duba savent exactement ce qu'il faut faire maintenant.

Dick prit une grande inspiration, regarda autour de lui, attendant le signal de Duba.

— Écoutez ! jappa Duba.

Dick commença à parler, puis il s'arrêta, comme s'il avait eu une révélation. Il plia la jambe et écrit quelque chose sur un morceau de papier posé sur son genou. Puis, il tendit le papier à Mike Shea, lui demandant s'il voulait bien entrer et passer un appel téléphonique important pour lui. Mike lut le message, approuva d'un signe de tête et entra dans le magasin.

— Marty s'est bien débrouillé avec son enquête, déclara Dick. Jerry, quant à lui, a fait des merveilles avec ses photos d'indices.

Holbrook me donna un coup de poing sur le bras.

— Mais nous n'en avons pas encore fini. Nous allons avoir besoin de volontaires, alors écoutez bien.

— Écoutez ! répéta Duba. Tout d'abord, imaginez le tiroir d'une caisse enregistreuse. Il comporte des fentes pour les billets de banque, n'est-ce pas ?

— Oui, dit une voix.

— Une fente pour chaque type de billet.

— Où veux-tu en venir ? demanda Mary.

— Si on laisse un billet de vingt dollars, un billet de dix dollars, un billet de cinq dollars et un billet d'un dollar dans un tiroir-caisse, chacun dans sa fente, on a l'impression qu'il y a de l'argent dans toutes les fentes du tiroir. Maintenant, si l'on regarde rapidement le tiroir-caisse et qu'on voit tous ces billets bien dans leurs fentes, on pense qu'aucun argent n'a été volé, jusqu'à ce qu'on compte sa caisse à la fermeture le lendemain et qu'on s'aperçoive qu'il manque de l'argent. C'est ainsi que le gérant du magasin général a mis une journée entière à réaliser qu'il lui manquait deux cent sept dollars. Il y avait un billet dans chaque fente lorsque M.

Stillwell a ouvert le tiroir pour regarder ; il a sans doute fermé le tiroir-caisse en vitesse, se disant que son magasin n'avait pas été cambriolé.

Les applaudissements fusèrent.

— Il suffit de laisser un billet de cinquante, de vingt, de dix, de cinq et de un dollar à leur emplacement respectif dans le tiroir-caisse. C'est ainsi que le gérant de la quincaillerie Brown a lui aussi regardé dans son tiroir-caisse et n'a pas réalisé qu'il lui manquait cinq cent soixante-cinq dollars pendant deux jours entiers.

— Bon sang, dis-je.

— D'après les preuves que Marty et Jerry nous ont apportées, il est clair que ces effractions et ces cambriolages ne visaient qu'une chose : les tiroirs-caisses. La pagaille qu'ils ont fichue délibérément n'était qu'un leurre et, avec les billets dans chaque fente des tiroirs-caisses pour couvrir leur crime, l'argent liquide était la dernière chose que les propriétaires pensaient qu'il manquait, jusqu'à ce que tous les indices bidons se soient dégonflés et que les voleurs aient quitté la ville.

Duba donna une tape dans le dos de Marty pour le féliciter puis trébucha sur la marche de l'escalier.

Mike Shea sortit du magasin et chuchota quelque chose à l'oreille de Dick. Celui-ci regarda en direction de Holbrook, Mary, Barber, moi et Bases. Par-dessus le brouhaha, il demanda :

— Comment s'appelle votre club, déjà ?

— Le Club de Lecture de Pompey Hollow, dit Barber.

Dick grimaça en apprenant notre nom mais fit néanmoins face à la foule.

— Grâce aux preuves de Marty, nous pensons avoir trouvé comment les voleurs ont pris l'argent. Qui veut se joindre au Club de Lecture de Pompey Hollow et attraper ces malfrats ?

— C'est quoi le Club de Lecture de Pompey Hollow ? demanda quelqu'un.

— C'est un club, c'est tout, dit Mary.

— Nous nous réunissons au cimetière de Delphi.

— On est obligés de lire des bouquins ? s'exclama quelqu'un.

— Seulement les comics du dimanche, répondit Duba en riant.

Les personnes rassemblées devant le magasin de Shea étaient toutes stupéfaites d'avoir appris tant de choses aussi rapidement, juste en écoutant ce que les plus âgés déduisaient à partir des indices. Toutes les mains se levèrent, puis redescendirent pour applaudir à tout rompre.

Voyant des mains se lever pour rejoindre le club, Barber se pencha vers Mary :

— Tu es la présidente, Mary. Il y a de l'argent à la clé. Regarde toutes ces mains ! Et si le Club de Lecture de Pompey Hollow attirait plus de monde et faisait payer des cotisations ?

Mary lui donna un coup de coude dans les côtes.

— Écoutez, tout le monde. Mike Shea vient de téléphoner à la quincaillerie à propos de la photo numéro cinq, déclara Dick. Il s'agit de la photo avec le bloc de permis de chasse pendant le long du comptoir. Comme je le soupçonnais, le bloc de permis de chasse et ses feuillets de papier carbone étaient tous numérotés individuellement, et le permis et la feuille de carbone portant le numéro 134 manquent au registre. Trouvons le permis de chasse numéro 134 et nous tenons notre voleur.

Les enfants se mirent à hurler comme si on avait frappé un home-run.

— Le problème, c'est que M. Brown de la quincaillerie connaît aussi cet indice, et compte appeler le shérif Hood pour lui parler de l'indice des permis de chasse que nous avons découvert, déclara Duba.

— Alors, il faut faire vite si l'on veut trouver les voleurs avant le shérif. Toujours partants ? cria Dick.

Les gens hochèrent de la tête.

Dick enleva ses lunettes, les frotta sur sa chemise et les remit en place tout en demandant à Duba l'heure qu'il est. Duba savait que le cerveau de Dick était chargé à bloc et prêt à l'action. Il dit à Dick, de sorte que la foule puisse l'entendre :

— Il nous reste douze minutes avant que la cloche de l'école ne sonne. Écoutez-moi tous !

Dick regarda autour de lui, impressionné par la présence de certaines filles, se demandant sans doute laquelle il pourrait embrasser un jour ou emmener au parc d'attractions de Manlius avec lui et Duba un dimanche. On pouvait voir son esprit carburer, en attendant que quelque chose lui vienne à l'esprit. Puis, il harangua la foule, le poing levé en l'air :

— Est-ce qu'on les trouve ou est-ce qu'on les attrape ? demanda Dick.

— Attrapons-les ! s'écria Mary.

M. Ossant monta sur les marches, remuant un bras en l'air.

— Mesdemoiselles et messieurs, je vous suis de tout mon cœur, vous le savez mieux que quiconque, mais ne pensez-vous pas que cela mérite réflexion ? Le cambriolage est un grave délit, et nous pourrions avoir affaire à des criminels désespérés. Vous pourriez réfléchir un peu avant de prendre une décision et peut-être revenir un autre jour pour en discuter ?

— C'est juste, dit Dick.

Il savait que les jeux tourneraient en sa faveur. Alors, il demanda un vote.

— Qui veut y réfléchir ?

M. Ossant et Mike Shea levèrent tous deux la main, mais la baissèrent en voyant qu'aucun autre bras ne s'était levé.

— Qui pourrait trouver l'itinéraire du livreur de lait pour l'ensemble du comté de Cortland ? demanda Dick.

— Tu veux dire la livraison à domicile ou la livraison de la ferme à la laiterie ? demanda Barber.

— De la ferme à la laiterie. Les bidons de lait.

— Je peux m'en occuper, si Randy me file un coup de main, déclara Barber.

Le père de Randy conduisait un camion de transport de bidons de lait tous les matins. Il était assis derrière moi à l'école. Il nous avait même aidés avec les lapins à Pâques.

— D'accord, dit Dick. Organisez-vous, obtenez ces informations et revoyons-nous ici lundi. Même endroit, même heure. Prenez les noms, les adresses, les numéros de téléphone et tout le reste, les gars. C'est parti.

Barber et Randy gravirent les marches du magasin.

— Qui veut essayer de savoir combien de cambriolages ont été commis dans le comté de Cortland ? poursuivit Dick.

Je levai la main.

— Holbrook, Mary, Barber et moi pouvons nous en occuper, les gars du club. On peut s'en charger.

Holbrook me frappa le bras :

— Qu'est-ce que tu racontes ? Il n'y a pas moyen qu'on trouve tout ça d'ici lundi. Qu'est-ce qui te prend ?

— Détends-toi, dis-je, j'ai une idée.

— Elle a intérêt à être bonne, rétorqua Holbrook.

— Elle l'est. Il suffit que toi, Mary, Barber, peut-être même Randy, Bases et Mayor vous rendiez au cimetière pour une réunion ce soir à minuit. Tu peux t'en occuper ? Barber peut les appeler et t'aider à les réunir.

C'était une affaire de chiffres. Ma théorie était que plus il y aurait d'enfants impliqués dans mon projet du soir, moins la punition serait sévère si nous nous faisions prendre.

Dick nous interrompit. Duba lui dit qu'il pensait que nous avions fait trop de promesses.

— Le simple fait d'appeler le shérif ne vous procurera pas de bons tuyaux, Jerry, nous prévint-il.

— Pourquoi ça ? demanda Mayor.

— Les magistrats et les shérifs du comté n'ont pas pour habitude de rendre publiques les affaires criminelles tant que celles-ci ne sont pas résolues. Vous êtes sûrs de pouvoir vous en charger ? demanda Dick.

— On s'en charge, répondis-je. Nous allons découvrir combien de cambriolages ont eu lieu. Qui pourrait nous conduire quelque part à trois heures du matin, si l'on a besoin d'un chauffeur ?

Bien que presque tout le monde soit partant, M. Ossant et Mike Shea étaient les seules personnes dans la foule à posséder un vrai permis de conduire, et pas seulement un permis agricole. Ils refusèrent.

— Eh, Marty ! criai-je.

— Yo ! il me répondit.

Je donnai un coup de coude à Holbrook pour lui dire de demander discrètement à Marty s'il pouvait nous retrouver au cimetière à minuit, et s'il pouvait apporter le camion de son père. Je rappelai ensuite à Barber de tâcher d'organiser la réunion de ce soir.

Dick me regarda, se souvenant sans doute de l'épisode des lapins. Il haussa les épaules comme si nous en étions capables.

— Duba et moi irons jeter un œil au Kelly's, le routier sur la pochette d'allumettes ce week-end, sans être vus, dit-il. En attendant, pas un mot. On se retrouve ici mardi pour votre rapport et pour convenir d'un plan. Rendez-vous à midi.

Dick dit à Mike Shea et à M. Ossant qu'il était important qu'ils soient là lundi eux aussi. Il ajouta qu'il ne savait pas pourquoi, mais qu'il pensait qu'ils pourraient être utiles. M. Ossant sourit, se retourna et reprit le chemin de l'école.

Quelques minutes avant la sonnerie, chacun se rua dans le magasin, prit ce qu'il trouvait pour le goûter, balança l'argent sur le comptoir et se dépêcha de rentrer à l'école avant que la sonnerie ne retentisse.

La règle numéro un d'un SOS avec les plus âgés, nous l'apprenions, était que tout le monde reste à l'écart des ennuis jusqu'à ce que la mission soit remplie. Tout le monde se doutait que c'était du sérieux, mais l'avertissement de M. Ossant nous avait fait prendre conscience de la gravité de ce dans quoi nous nous engagions.

Cela rendait l'aventure d'autant plus grande et exaltante.

Peu avant minuit, je partis dans la nuit par l'allée du fermier Parker, derrière la grange, en haut de la colline, puis à travers le pâturage pour me rendre à la réunion du cimetière. Les étoiles et le croissant de lune éclairaient mon chemin. Se trouver dans un cimetière rempli d'arbres dans l'obscurité de la nuit peut suffire à déstabiliser un garçon. En descendant de la colline qui menait du champ de foin au cimetière, je vis les phares de Marty qui conduisait le pick-up de son père et remontait l'allée en cahotant. Holbrook, Barber, Mary, Randy et Mayor étaient avec lui. L'un d'entre eux était à l'avant avec Marty et les quatre autres assis dans la remorque, à l'arrière.

J'avais beaucoup de choses en tête et j'étais impatient de raconter ce que j'avais appris à Carthage avec mon père. Ces choses commençaient tout juste à faire sens pour moi.

Ils sautèrent du camion et se regroupèrent dans l'obscurité.

— J'ai découvert des cartes secrètes à la boulangerie de mon père à Carthage. Elles pourraient nous aider, mais je ne suis pas sûr de savoir comment.

— À quoi des cartes de boulangerie pourraient bien nous

servir ? demanda Marty.

— J'ai pris des photos. Je peux vous les montrer à la lumière du jour. Mon père a mis une lampe de bureau à côté pour que je puisse les prendre en photos avec mon appareil sans flash.

— À quoi servent ces cartes ? demanda Mary.

— Ce dont je me souviens, c'est que le cercle et les lignes tracées sur la carte donnaient l'impression que les camions des boulangers étaient tous reliés d'une manière ou d'une autre, depuis Carthage jusqu'à Binghamton. Mon père m'a expliqué. Il m'a dit que si j'étudiais la carte des itinéraires, je comprendrais comment grimper dans un camion à pain et voyager d'une ville à l'autre. Si j'avais quelques jours pour suivre tous les horaires, je pourrais alors rejoindre n'importe quel autre cercle sur la carte, en montant dans les camions à pain, simplement en connaissant leurs numéros et les itinéraires de livraison de leurs magasins. Papa m'a tout expliqué.

— On dirait des cartes au trésor avec des codes secrets, dit Holbrook.

— Oui. Elles sont aussi dans une pièce secrète, je crois.

— À quoi peuvent-elles bien nous servir ? demanda Mayor.

— Les cartes montrent que la boulangerie de Homer et celle de Carthage sont reliées comme des meccano – des lignes et des cercles – à toutes les villes des comtés de Cortland, Onondaga, Thompson, Madison et quelques autres.

— Et donc ? demanda Marty.

— Cela veut dire qu'un livreur de pain se rend chaque jour dans chaque épicerie de chacun de ces comtés.

— Bon Sang ! Oh, la vache ! s'exclama Barber.

— Quoi ? demanda Mary.

— En l'espace d'une journée, les livreurs de pain pourraient demander à tous les propriétaires d'épiceries s'ils ont été volés, puis nous dire qui a été cambriolé et qui a perdu de l'argent, dit Barber.

— C'est exactement ce que j'avais en tête, dis-je.

— Et les magasins qui ne vendent pas de pain ? demanda Holbrook.

— Oui, comme la quincaillerie Brown ? demanda Randy.

— Les commerçants des petites villes appartiennent tous à ce qu'ils appellent une confrérie, dit Mary. Un genre de Rotary en quelque sorte, et ils se parlent toutes les semaines. Les épiciers sont au courant de tout ce qui se passe.

Marty sourit.

— Je crois savoir où cela va nous mener, dit-il. J'ai bien fait de faire le plein et de dire à mon vieux que je dormais chez Antil ce soir. On dirait bien qu'il va falloir se rendre à Homer, à quarante bornes d'ici, pour parler aux chauffeurs de camion de pain.

— J'ai dit à ma mère que je dormais chez toi, Marty, dit Mayor.

— Moi aussi, dit Randy.

— Moi aussi, dit Bases.

— Je n'ai rien dit à la mienne, dit Mary. Personne ne sait que je suis partie. Je grimperai à l'arbre pour entrer dans ma chambre, une fois rentrée chez moi.

Nous tissions une véritable toile d'araignée, tout ça pour pincer les criminels avant que les adultes ne les attrapent en premier ou ne découvrent ce que nous faisions et mettent un terme à nos efforts.

— Bien, dis-je. Tout le monde dort chez nous et rentre chez lui dans la matinée. Mon père vous ramènera tous à la maison. Nous déposerons Mary chez elle en revenant de la boulangerie de Homer.

— Allons à la boulangerie, dit Marty.

— On ne peut pas y aller avant deux heures et demie du matin, dis-je.

— Deux heures et demie ? demanda Mary.

— Personne n'est là avant cette heure. Pas de livreurs, expliquai-je.

Nous décidâmes de nous asseoir dans le cimetière et de nous raconter des histoires drôles histoire de tuer le temps. Marty était le seul à avoir une montre-bracelet dont les aiguilles brillaient dans l'obscurité. Mayor s'endormit le premier. À vrai dire, nous nous endormîmes tous.

— C'est l'heure d'y aller, dit Mary, donnant une tape à chacun d'entre nous. Debout, partons pour Homer. Nous y serons vers trois heures, comme prévu.

— Quelqu'un a de l'argent ? demanda Holbrook, en se frottant les yeux.

— Pour quoi faire ? demanda Mary.

— J'ai faim.

Chacun fouilla dans ses poches, sortit ce qu'il avait et ouvrit ses deux paumes au milieu du groupe afin de compter le butin à la lueur d'une allumette. En ce début de matinée, notre budget total se résumait à deux canifs, dont un à la lame cassée, deux élastiques, un porte-clés en patte de lapin sans clé, un tube radio grillé, une timide boule de papier d'aluminium de la taille d'une bille, provenant d'emballages de chewing-gum, soixante-dix-neuf centimes de monnaie et deux pennies à tête d'Indien qui devaient être mis de côté et ne pouvaient être dépensés.

Je réalisai que j'avais toujours mon dollar et ma monnaie dans ma poche secrète. Je les sortis et les tendis à Holbrook.

— Bien, nous pourrons tous manger, dit Holbrook.

— Nous irons manger chez Bucky après la boulangerie, dis-je.

Marty était bon conducteur et avait pris l'habitude de conduire dans l'obscurité, à force de livrer des bidons de lait à la laiterie d'Apulia Station tous les matins avant d'aller à l'école. En peu de temps, nous tournâmes à gauche à Tully et nous dirigeâmes vers le sud sur la route 11, en direction de Homer et de la boulangerie.

Quand nous entrâmes dans la réserve de la boulangerie, tous les camions étaient garés et chargés de cartons de pains chauds. La bande me suivit en montant les grands escaliers le long du mur jusqu'à la salle des livreurs de pain, où beaucoup d'hommes se tenaient debout autour d'un café. Je vis un homme que je reconnus, Lindsey Pryor. Je le connaissais depuis la fois où nous avions pique-niqué chez lui, alors que sa femme venait d'avoir un bébé. Je m'approchai de lui.

— N'es-tu pas le fils de Mike ? me demanda M. Pryor.

Je répondis que c'était bien le cas et qu'il s'agissait de mes amis. Je lui demandai comment allait son bébé, celui que nous étions allés voir à Cincinnatus le matin où sa femme nous avait préparé le petit déjeuner. Il sourit et se souvint enfin.

— Le bébé va bien. Que diable faites-vous, les jeunes, si loin de chez vous à une heure pareille ?

Je fouillai dans ma poche arrière et lui montrai les photos des cartes que j'avais prises avec mon appareil photo à Carthage. Je lui demandai si les chauffeurs des camions de pain qui se trouvaient dans les cercles de la carte autour de Cortland pouvaient nous aider. Nous lui expliquâmes ce que nous voulions faire, et que si nous voulions attraper les voleurs, il nous fallait d'abord savoir combien d'endroits à l'intérieur de ces cercles avaient été cambriolés et ce qui avait disparu. Beaucoup de chauffeurs de camions de pain se rassemblèrent pour écouter.

— Jerry, si tes parents savaient que tu es sorti si tard, laisse-moi te dire que tu aurais de gros problèmes, dit M. Pryor.

— Non, je ne crois pas, dis-je.

— Tu es en train de nous dire que tu ne crois pas que vous prendriez tous une volée pour être partis si loin de chez vous à une heure pareille ? demanda un vendeur de pain.

— Mon père me demanderait juste d'écrire un livre à ce sujet, dis-je.

— Connaissant son père, je pense qu'il a raison, dit M. Pryor.

— Notre plan, c'est que personne ne soit au courant, dit Marty.

— Jerry, voilà ce qu'on va faire pour toi et tes amis. Nos livreurs trouveront tout ce qu'ils peuvent. Pas vrai, les gars ?

Tous les hommes acquiescèrent.

— Je mettrai les résultats dans une enveloppe, je la scellerai et demanderai à ton père de te la donner quand il rentrera à la maison en fin de journée, si jamais je le croise aujourd'hui. Dans le cas contraire, je m'en occuperai lundi. Ça peut attendre lundi ?

Nous étions stupéfaits à l'idée que nous pourrions réussir à apporter des réponses à Dick et Duba dès lundi, comme nous l'avions promis.

— Maintenant, rentrez tous chez vous avant de m'attirer des ennuis, s'exclama M. Pryor en riant. Jerry, ton père me ferait la peau, club de lecture ou pas. Allez, filez, maintenant.

Nous faisions tellement de progrès que nous décidâmes de ne pas manger chez Bucky mais de dévaliser plutôt le congélateur en rentrant à la maison, histoire de garder notre réserve d'argent pour aller au cinéma, un samedi matin. En chemin, nous oubliâmes de déposer Mary chez elle. Une fois arrivés chez moi, nous entrâmes tranquillement, comme des petites souris – ce qui était facile car les chutes d'eau dans la cour arrière faisaient beaucoup de bruit. Nous n'allumâmes pas la lumière, alors tout le monde dut s'asseoir autour de la table dans l'obscurité, attendant mon signal pour piller le congélateur à tour de rôle. La lumière sous la porte de la salle de bains nous indiquait que mon père se trouvait à l'intérieur, en train de se raser et de se préparer pour son travail. Quand il sortit de la salle de bains et se dirigea dans le noir vers la cuisine, pour y prendre un jus de fruits, je le surpris en lui disant tranquillement :

— Salut, papa.

Sachant à quel point mon père aimait les aventures, je lui racontai dans l'obscurité ce que nous avions fait ce matin-là et notre rencontre avec Lindsey Pryor à la boulangerie.

Papa se retourna et fit deux pas en arrière, toujours dans l'obscurité, ferma la porte de la chambre pour ne pas réveiller Maman, alluma la lumière de la salle à manger et s'assit au bout de la table.

— Eh bien, dit-il, esquissant un sourire. Serait-ce le Club de Lecture de Pompey Hollow ?

— Pour la plupart d'entre nous, oui, dit Mary.

— Et vous avez lu des livres intéressants récemment, les amis ? gloussa papa, laissant entendre qu'il connaissait notre club et qu'il nous soutenait.

— Euh, oui, dis-je. Holbrook et moi sommes en train de lire *La Reine Africaine*.

— Je ne lis pas *La Reine Africaine* moi, dit Holbrook.

— Je t'ai vu lire dans le bus, dit Mary. Tu lisais quelque chose.

— Il lit des livres de cuisine, des livres de pâtisserie plus précisément, dis-je.

— Tais-toi, dit Holbrook.

— Comment se passe ton travail à la boulangerie Tully, mon grand ? demanda papa.

— Ça me plait beaucoup, dit Holbrook.

— Je lis aussi beaucoup de livres et de magazines sur la pâtisserie, dit papa.

— Merci de m'avoir aidé à trouver ce job, M. Antil, dit Holbrook.

— Alors, où en étions-nous ? dit papa.

— Nous allons attraper les malfrats qui ont cambriolé la quincaillerie Brown, dit Holbrook.

— Nous revenons de la boulangerie, papa. N'en veux pas à M. Pryor. Il avait peur que tu sois fâché qu'on se soit levés si tard et que tu lui en veuilles.

— Tu as lu les cartes à Carthage, fiston. Tu as lu les cartes et tu es allé à Homer juste pour élaborer un plan ?

— Oui, dis-je.

— Les livreurs de pain vont demander à tous les épiciers qui d'autre a été volé, dit Holbrook.

— Le Club de Lecture de Pompey Hollow a trouvé cette idée juste en tombant sur ces cartes à Carthage ?

— Nous sommes rusés, papa.

— Les enfants qui grandissent en temps de guerre doivent être rusés, sinon l'ennemi l'emportera, vous vous souvenez ? demanda Barber.

— Je me souviens, mon grand, dit papa.

— Nous avons élu Mary présidente, dit Randy. Elle est intelligente et nous avons tous voté pour elle. Si l'un d'entre nous repère une situation où nous pourrions être utiles, comme le cambriolage de la quincaillerie, notre club fait ce qu'il pense être juste.

Mary prit la parole.

— Les enfants de la guerre voient parfois des choses que les adultes n'ont pas le temps de voir, M. Antil. Nous voulons seulement contribuer à faire le bien, comme on nous l'a appris. Il vaut mieux faire quelque chose que de ne rien faire. La guerre nous a appris cela.

— On dirait que vous êtes en mission, vous avez une équipe et vous avez tout planifié, dit papa.

— Barber est chargé de convoquer les réunions, dit Mary. Jerry doit demander aux plus âgés de nous aider, quand cela est nécessaire.

— Tu veux dire Dick, Duba et leurs copains ? demanda Papa.

— Holbrook est chargé de trouver d'autres enfants pour nous aider, comme Marty ici présent. Marty était notre chauffeur, ce soir, dit Mary.

— Tu as l'âge de conduire, mon grand ? demanda papa à Marty.

— J'ai le permis agricole, répondit Marty.

Papa savait qu'un permis agricole n'était légal qu'à une certaine distance de la ferme, et seulement pour le transport de marchandises ou de matériel agricole, mais cela permettait à un jeune adolescent de conduire sur la route et c'était mieux que rien. Il regarda autour de la table, reconnaissant Mary et chacun des garçons assis avec moi.

— Vous êtes rusés, ça ne fait aucun doute, dit-il, un sourire de fierté aux lèvres.

— Nous sommes tous assez rusés, M. Antil, dit Randy.

— Eh bien, j'admire votre esprit, les enfants, alors je vais vous faire une fleur. Que tout le monde monte dans ma voiture et dorme du mieux qu'il peut entre ici et notre retour à Homer. Puis, nous prendrons un bon petit déjeuner chez Bucky. Ensuite, je vous installerai une table dans la salle de repos et lorsque les vendeurs rentreront de leur tournée, vous écouterez ce qu'ils ont à vous dire.

— Tu veux dire les livreurs de pain ? dis-je.

— On les appelle des vendeurs, fiston. Ce sont des vendeurs de pain. Et Mary, quand le soleil sera levé, j'appellerai tes parents pour leur dire où tu es, que tout va bien et qu'ils ne s'inquiètent pas.

Les gars voyaient en action, sous leurs yeux, le père dont je me vantais sans arrêt et qui, fidèle à la description que j'en faisais toujours, avait assuré. Papa retourna dans la salle de bains pour nouer sa cravate. Nous nous levâmes de table et nous dirigeâmes vers la porte.

— Preums ! lança Holbrook.

Nous sortîmes, montâmes dans la voiture et attendîmes que Papa nous conduise à Homer. Nous nous endormîmes avant que la voiture ne bifurque sur Cardner Road, en direction de Homer.

Arrivés chez Bucky, Papa lança une pièce de vingt-cinq centimes en l'air.

— Pile ou face, Bucky ?

Nous prîmes tous notre petit déjeuner et bûmes du

chocolat chaud. À la boulangerie, nous recueillîmes les informations dont nous avions besoin, juste avant que le soleil ne se lève. Papa nous fit monter dans sa voiture et nous rentrâmes à la maison. Sur le chemin du retour, nous nous arrêtâmes chez Holbrook pour l'y déposer. Puis, nous fîmes une pause chez les Crane pour y déposer Mary. M. Crane était assis sur les marches du porche et lisait son journal. Il avait déjà livré les journaux de Mary parce que papa l'avait appelé. Il le salua. Nous déposâmes Randy chez lui, Bases dans le hameau de Delphi, et Barber à sa ferme. En arrivant à la maison, Marty se réveilla et donna un coup de coude à Mayor, assis à côté de lui, pour qu'il se réveille.

— Je vais te déposer chez toi, dit Marty à Mayor.

Mayor nous fit au revoir de la main alors qu'ils s'en allaient. Il savait que Mayor vivait sur une route de campagne, où il y avait peu de chances qu'on le surprenne à conduire en plein jour.

# CHAPITRE ONZE
## LE PLAN

Dick et Duba avaient joué au poker chez Conway avec des amis le samedi soir, de sorte qu'ils savaient à peu près tout ce qu'on avait découvert sur les trajets et les itinéraires du lait. Ils vinrent à la réunion du lundi avec un ou deux plans en tête. Ils s'étaient échappés de leur salle d'étude pour se rendre chez Shea avant la réunion et pour pouvoir passer en revue tous les détails.

M. Ossant arriva en voiture, tourna au coin de la rue et partit se garer de l'autre côté, pas trop près du magasin de Shea. Il sortit et s'installa près de l'érable, bien à l'abri du passage des voitures. Les enfants qui se rendaient chez Shea à l'heure du déjeuner se rassemblèrent, curieusement, avec les plus âgés.

Duba et Dick montèrent en haut de l'escalier, et Duba commença la réunion en grognant.

— Écoutez !

— Écoutons vos rapports, déclara Dick.

Randy prit la parole en premier.

— Il y a vingt-trois itinéraires de ramassage de lait dans un rayon de cinquante kilomètres autour de Cortland. Si l'on veut contacter chaque fermier dans la plupart des trois comtés, alors certains d'entre nous pourraient aller dans trois laiteries et laisser un message sur chacun de ces bidons de lait que les camions ramassent et donnent aux fermiers, de sorte que ces derniers ne manquent pas de voir le message qu'on leur adresse.

— Bonne idée, dit Duba. Bonne idée.

— Mon père me l'a soufflée, dit Randy.

— Mais attendez, ce n'est pas tout, dit Barber.

— Qu'est-ce qu'il y a ? demanda Dick.

— Nous savons que le voyou a volé la licence de chasse n° 134, exact ? demanda Barber.

— Exact, répliqua Dick. À quoi penses-tu, Barber ?

— Pourquoi ne pas utiliser l'idée des messages sur les bidons de lait afin de faire connaître aux fermiers ce numéro de permis de chasse ? Comme ça, si quelqu'un venait chasser le faisan ou le cerf sur ses terres, le fermier pourrait demander à voir le permis du chasseur avant de lui donner l'autorisation, dit Barber.

— Et si c'est le numéro 134, ils appelleraient le magasin Shea, et diraient à Mike Shea le nom et l'adresse que le voyou a inscrits sur le permis, dit Mary.

— Ça pourrait être un bon moyen de les attraper, dit Holbrook.

La plupart des gens applaudirent l'habile découverte de la « route des bidons de lait ». Dick et Duba, et même Mike Shea et M. Ossant semblaient impressionnés.

— Êtes-vous d'accord, Mike Shea, pour que les fermiers vous appellent s'ils trouvent le numéro ?

— Pas de problème », dit Mike Shea.

— Que quelqu'un trouve comment écrire tous les messages dont nous aurons besoin puis les attache aux bidons de lait, dit Dick.

— Quel est le prochain rapport ? demanda Duba.

Mary, Holbrook, Barber et Randy déroulèrent chacun une partie de la grande carte que Papa leur avait donnée à la boulangerie. Mary et Holbrook montèrent sur la dernière marche du magasin, Barber et Randy sur celle d'en dessous. Ensemble, ils tinrent les quatre morceaux de la carte en l'air comme pour former un grand panneau. Un grand cercle noir était tracé au milieu. Dick et Duba plongèrent dans la foule pour y voir de plus près. Je regardai mes notes, pris un mètre que j'avais emprunté à Mike Shea et commençai notre rapport en pointant la carte que mes amis tenaient.

— En dix mois, des effractions et des cambriolages ont eu lieu dans ces magasins, commençai-je en les pointant avec mon mètre. Ici à Freeville, ici à Dryden, à Munson's Corners, à Summerhill, ici à Moravia, à McGraw, plus les deux que nous connaissons, à Homer et ici à Cortland. Dans l'ensemble, le M.O. est toujours le même.

— C'est quoi un M.O. ? demanda une voix dans la foule.

— Modus Operandi, répondit Marty. C'est du latin.

— Parle anglais ! dit la voix.

— Désolé, dis-je. Mille deux cents quatre-vingt-dix-sept dollars au total ont été volés lors de ces cambriolages, et tous les magasins cambriolés ont été saccagés.

— Tout comme la quincaillerie, déclara Dick.

— Tous les articles pour enfants ont été saccagés, les boîtes ouvertes et laissées en pagaille, mais rien ne manquait, dis-je.

— Ils n'ont rien pris ? demanda Duba.

— Ont-ils été volés oui ou non ? demanda quelqu'un.

— On leur a volé de l'argent, répondit Dick.

— Écoutez ! grogna Duba.

— Voici ce à quoi nous aimerions que vous prêtiez attention, dis-je.

— Si l'on traçait un cercle reliant toutes les villes où l'on a cambriolé un magasin et volé de l'argent, au milieu du cercle... — je pointai mon mètre sur Groton.

Duba et Dick crièrent à l'unisson.

— GROTON !

— Groton, répétai-je.

— La ville exacte dont tu as pris la photo, déclara Dick.

— Quelle photo ? demanda Duba.

— L'adresse sur les allumettes. Le relais routier sur la boîte d'allumettes, dit Marty.

Dick et Duba sautèrent sur les marches en applaudissant, comme pour saluer nos efforts. Nous descendîmes l'escalier, sourire aux lèvres.

Mike Shea et M. Ossant semblaient impressionnés.

— Allons les attraper, dit Holbrook.

— Une minute. Réfléchissons bien, déclara Dick.

— A quoi penses-tu ? demanda Duba.

— Il faut les prendre sur le fait, dit Dick. On ne peut pas juste leur sauter dessus.

— Je ne peux pas accepter que des gamins comme vous s'exposent à un tel danger, pas question, dit M. Ossant.

— Tu penses à quelque chose, Dick. Dis-nous ce que tu as en tête, demanda Mike Shea.

Dick pointa du doigt l'autre côté de la grande rue.

— Je pense à votre ancien magasin, Mike, déclara Dick.

— Ce magasin ? demanda Mike Shea.

— Pas exactement. Votre vieux magasin, de l'autre côté de la rue.

— Notre premier magasin ? Il est fermé.

— Il est vide, n'est-ce pas ? interrogea Dick.

— J'y entrepose quelques bricoles, mais il est pratiquement vide, oui, dit Mike Shea.

— Bien, répliqua Dick.

— À quoi penses-tu ? demanda Mike Shea.

— Vous opposeriez-vous, Mike, à ce qu'on organise le cambriolage de votre ancien magasin vide de l'autre côté de la rue ? demanda Dick.

— Quand ça ? demanda Mike Shea.

— Samedi soir prochain ? demanda Dick.

— Peux-tu m'expliquer ce que tu as en tête, mon grand ? demanda Mike Shea.

— Si l'on pouvait attirer les voleurs vers votre vieux magasin vide, en leur faisant croire que beaucoup d'argent s'y trouve... commença Dick.

— Alors peut-être pourrions-nous les prendre en flagrant délit, dit Mary.

Mike Shea éclata de rire en entendant cette idée.

— Trouve-moi quelques volontaires, dit Mike Shea, et nous redonnerons à ce vieux magasin une allure grandiose. Il sera pimpant et rempli de stocks inutiles sortis des entrepôts. Dès jeudi, il aura l'air d'un magasin prospère, avec caisse enregistreuse et tout le toutim.

— Des volontaires ? demanda Duba.

Tous les membres du Club de Lecture de Pompey Hollow ainsi que huit autres enfants levèrent la main.

— Vous, les enfants, retrouvez-moi ici tous les jours, à l'heure du déjeuner, et nous ferons le travail, dit Mike Shea. Je ferais en sorte que vous ayez de quoi manger.

À la mention de la nourriture, les autres mains du groupe se levèrent. La promesse de nourriture garantissait que l'assistance doublerait, voire triplerait, le lendemain midi.

Dick commença à organiser ses pensées et à définir un plan d'attaque.

— Jimmy Conway, comment appelles-tu ce tracteur monstrueux dans ta ferme ? demanda-t-il.

— Il est énorme, ce tracteur, dit Barber.

— Il ne rentre même pas dans leur grange, précisa Duba.

— Il n'est pas si énorme que ça, mais il est gros, j'imagine, dit Conway.

— Quelle taille fait-il ? demanda Mary.

— C'est un Minneapolis Moline, il est presque deux fois plus gros qu'un tracteur ordinaire, dit Conway. Mon père l'a acheté pour tirer quatre charrues à la fois.

— Ooooooooooh ! murmurèrent les participants au rassemblement, pour la plupart habitués à voir les charrues tirées et transportées par des chevaux de trait.

— Trois fois plus grand qu'une voiture, dit Duba.

— Avec un chariot élévateur à l'avant ? demanda Dick.

— Bien sûr. Et il peut soulever deux fois son poids.

— Bien, dit Dick.

— Qu'as-tu en tête ? demanda Conway.

— Duba, Dwyer et moi-même passerons plus tard pour élaborer un plan.

Dick se tourna alors vers M. Ossant et M. Shea.

— Voilà le programme : samedi matin, à l'heure du déjeuner, le Club de Lecture de Pompey Hollow, Duba, Conway, Dwyer et moi-même, utiliserons notre vieux pick-up 38 pour nous rendre au relais routier de Groton.

— Pourquoi votre 38 ? demanda Mike Shea.

— Nous devons attirer les voleurs avec un appât. Il faut avoir l'air pauvre. L'un d'entre vous peut-il nous conduire à Groton samedi et attendre dans le camion une fois sur place ?

## La 38

Nous avions besoin d'un chauffeur avec un vrai permis de conduire. Dick ne voulait pas être pris en train d'enfreindre la loi alors que nous essayions d'attraper des criminels. Cela pourrait être embarrassant – un conflit d'intérêts, pour ainsi dire.

— Ce n'est pas l'envie qui manque, les enfants, mais il n'est pas question pour nous de nous impliquer dans une histoire pareille, déclara Mike Shea. Vous savez que nous le ferions si nous le pouvions.

— Jamais de la vie ! dit M. Ossant.

— Mon père nous déposera, dit Mary.

— Parfait, répondit Dick.

— Que ceux qui souhaitent venir nous retrouvent au cimetière de Delphi, samedi. Rendez-vous à dix heures du matin.

Dick comprenait que M. Ossant et Mike Shea rechignent à entretenir notre délinquance, alors il tenta une autre approche.

— Pouvons-nous au moins vous demander à tous les deux d'organiser une partie de poker ? demanda Dick.

— Qu'as-tu en tête ? demanda Mike Shea.

— Dans la caserne des pompiers, samedi à la nuit tombée, une simple partie de poker, jusqu'à ce qu'on ait fini ? demanda Dick.

— Sans doute pourrions-nous organiser une petite partie de poker entre amis, dit M. Ossant.

— Et vous pourriez demander au shérif Todd Hood et peut-être à un ou deux adjoints de jouer avec vous ? demanda Dick.

— Il n'y a aucune chance pour que le shérif Hood joue à des jeux d'argent, dit Randy.

— Misez des jetons ou des grains de maïs, peu importe, mais continuez à jouer, insista Dick.

— Nous pourrions inviter quelques types, concéda Mike Shea en regardant M. Ossant.

— Pour sûr, mon vieux, qu'on peut faire ça ! répondit M. Ossant.

— Je vais passer quelques coups de fil, dit Mike Shea.

— Mike Shea, peut-on vous demander une dernière chose ? demanda Dick.

— Je t'écoute, mon grand, dit Mike Shea.

— Pourriez-vous mettre trois cent cinquante dollars dans la caisse du faux magasin que nous aurons installé de l'autre côté de la rue ? demanda Dick.

— C'est un sacré paquet d'argent, mon garçon.

— Il faudra au moins ça pour que le leurre fonctionne…

— Vous feriez mieux de vous assurer de leur mettre la main dessus, dit Mike Shea.

— Pourriez-vous écrire, au crayon très léger : « Volé au magasin Shea » sur chacun de ces billets ? demanda Dick.

— Bien sûr que je peux.

Dick interrompit la réunion et demanda au Club de Lecture de Pompey Hollow de patienter un instant.

— Il est important que vous ayez tous l'air de crève-la-faim samedi, dit Dick.

— Pourquoi ? demanda Mary.

— Vous devez avoir l'air d'être fauchés comme les blés, dit-il.

— Ce ne sera pas difficile, dit Holbrook.

Nous lui dîmes que nous le ferions. Nous avions une idée de ce que les plus âgés comptaient faire. Ils ne nous avaient jamais déçus par le passé. Nous retournâmes à l'école avant que la cloche ne sonne.

## CHAPITRE DOUZE
## DANS LA SOUPE

Le samedi matin, les voitures entrèrent dans le cimetière de Delphi en montant lentement le chemin de terre, l'une derrière l'autre. On aurait dit un enterrement. Conway arriva le premier. Il sortit de sa voiture puis s'appuya dessus en attendant. Le père de Randy nous déposa, Randy et moi, puis il fit demi-tour et repartit. M. Barber laissa son fils avant de reculer et de s'en aller. La dernière voiture fut celle de M. Crane, qui devait déposer Mary et Holbrook. M. Crane s'arrêta sous une branche d'arbre, il se gara puis tous sortirent de la voiture. Dick et Duba étaient déjà là, appuyés sur le 38. Alors que nous nous rassemblions pour écouter, Dick et Duba s'avancèrent et demandèrent au Club de Lecture de Pompey Hollow de s'aligner le long du chemin de terre qui menait au cimetière. Ils se mirent à déambuler comme des sergents instructeurs en pleine inspection. Holbrook, Mary, Randy, Barber et moi-même nous mîmes en rang. Ils étaient globalement impressionnés par notre apparence débraillée. Nos vêtements étaient déchirés et froissés. Dick nous espaça d'environ un mètre cinquante les uns les autres le long de l'allée en terre.

— Que tout le monde se mette au sol et se roule dans la boue.

— Quoi !? grogna Mary.

— Mettez-vous au sol et roulez-vous dans la boue, répéta Dick.

Nous nous exécutâmes, comprenant ses raisons. Nous nous frottâmes même le visage avec de la poussière trouvée sur la route. Puis nous nous levâmes.

— Parfait, dit Dick. Commençons.

— Attendez ! dit Mary.

— Attendez quoi ? aboya Dick.

— À votre tour, maintenant. Toi, Duba, Conway et Dwyer, faites-le.

— Faites quoi ? demanda Dick.

— Vous vous allongez sur le sol et vous roulez dans tous

les sens. Il faut que vous nous ressembliez.

Notre club n'était pas si vieux ni bien établi, mais l'on pouvait déjà dire que ce moment était l'heure de gloire de la présidente du Club de Lecture de Pompey Hollow. Le cimetière de Delphi était notre terrain et notre présidente menait les plus âgés à la baguette. Elle était un petit général Eisenhower en herbe. Nous étions fiers. Ils s'exécutèrent. Ils nous firent même un compliment.

— Bien vu, dit Conway.

Le reste serait un jeu d'enfant.

Dick et Duba sautèrent dans la cabine du pick-up 38 conduit par M. Crane. À mesure que nous arpentions l'autoroute et autres routes de campagne en direction de Groton, ceux d'entre nous qui se trouvaient à l'arrière devinrent de plus en plus poussiéreux. Nous traversâmes le village et passâmes devant le magasin fantoche situé en face de chez Shea. Il paraissait ouvert et débordant de personnel. Les enfants peignaient des enseignes et se promenaient gaiement. Certains collaient des affiches « soldes exceptionnels » sur les vitrines. D'autres nous virent et nous firent signe à notre passage. À l'autre bout du village, près de la caserne des pompiers, nous vîmes plusieurs hommes transporter une table de poker et la placer au centre de la caserne en prévision du grand tournoi du soir. Le camion de pompiers rouge pimpant était garé sur le côté du bâtiment. Nous arrivâmes à Tully, tournâmes à gauche puis empruntâmes la route 11 en passant par Homer et Cortland, puis par Groton. Lorsque M. Crane aperçut le panneau du village de Groton, il ralentit.

— Je crois que c'est à deux pâtés de maisons d'ici, dit Dick.

Le 38 tourna dans le parking du relais routier Kelly's – le même que sur la pochette d'allumettes. Dick, Duba et M. Crane sortirent.

— N'est-ce pas dangereux d'entrer là-dedans ? demanda Mary.

— Ne les laissez pas vous voir parler, dit Dick. Peut-être qu'ils savent lire sur les lèvres.

— De toute évidence, c'est une vraie gargote, dit M. Crane.

La vitrine était extrêmement sale. À l'intérieur, un ventilateur de plafond situé au milieu de la pièce tournait lentement au-dessus du comptoir. Accrochée au centre du ventilateur, une longue bande de papier tue-mouches collant s'étirait jusqu'au-dessus du comptoir. De loin, il semblait parsemé de mouches mortes engluées dans la colle.

— J'espère que tout le monde est vacciné contre le tétanos, dit Holbrook.

— Taisez-vous, les gars. C'est ici, dit Dick.

— Écoutez, dit Duba.

Dos au restaurant, Dick chuchota.

— Je sais que c'est un taudis, mais nous devons faire semblant d'être impressionnés et de ne jamais avoir vu mieux. Nous devons faire comme si c'était le meilleur restaurant de la ville. Si vous faites des grimaces en disant que c'est une porcherie, ils verront clair dans notre jeu et sauront que nous sommes des imposteurs.

— Une fois à l'intérieur, que tout le monde nous écoute et fasse comme nous, dit Duba.

Nous bondîmes tous de la remorque du 38 et entrâmes dans le restaurant. M. Crane resta à l'extérieur avec le camion. Il souleva le capot et mit sa tête dessous, comme si nous étions trop pauvres pour le faire réparer dans une station-service. Lorsque nous entrâmes dans le restaurant, nous vîmes un jeune de l'âge de Gourmet Mike, un balai à la main, qui tâchait d'avoir l'air occupé, sans se montrer très convaincant. Nous nous assîmes en rang d'oignon sur les tabourets du comptoir : les plus âgés – Dick, Duba, Dwyer et Conway – à gauche, et le Club de Lecture de Pompey Hollow – Barber, Holbrook, Mary, Randy et moi-même – à droite.

— À présent, surveillez vos manières, les enfants , nous avertit Dick en prenant une voix grave, tandis que nous nous installions chacun sur notre tabouret.

Un homme avec une barbe de trois jours, un tablier sale taché de moutarde et de farine et une cigarette allumée qui pendouillait de sa bouche, s'approcha, clignant de l'œil droit comme un essuie-glace, comme pour empêcher la fumée qui montait le long de sa joue d'atteindre son globe oculaire. Il avait un paquet de cigarettes Lucky Strike roulé à l'extérieur de la manche de son maillot de corps. Il attrapa la cafetière du percolateur en chemin, saisit quatre tasses à café par leurs poignées avec le pouce et chaque doigt, et les posa sur le comptoir, toutes en même temps.

Il en tendit une à chacun des plus âgés tout en nous examinant attentivement.

— Qu'est-ce que je peux faire pour vous ?

— Nous souhaiterions quatre cafés et quatre tasses d'eau chaude, répondit Dick.

L'homme leva la tête, fronçant les sourcils en direction de Dick.

Avec ses grosses lunettes, Dick semblait le plus vieux des deux.

— J'improviserai la suite une fois qu'on sera servis, chuchota Dick.

Le cuistot aligna les tasses et commença à verser le café, tout en jetant un nouveau regard à notre équipe, comme pour jauger chacun de nous. À en croire ce regard, il semblait se demander s'il devait laisser des vagabonds pareils occuper son relais. Un peu réticent, il se retourna pour saisir son calepin et prendre notre commande.

C'est à peu près à ce moment-là que Mary vit la une du journal du jour, posé sur le comptoir devant elle. Cela l'inspira.

— Tu as vu tout cet argent, papa ? demanda-t-elle.

Mary commença à jacasser sans se départir de son sérieux.

— Je n'ai jamais vu autant d'argent de toute ma vie, papa. Tu as vu cet argent, oncle Harry ? répéta-t-elle.

La plupart d'entre nous manquâmes de nous étouffer avec notre salive. Le visage de Barber devint rouge comme une betterave. Dick et Duba se penchèrent et regardèrent Mary. Ils étaient très fiers de l'audace et de l'initiative de la jeune fille, mais aucun des deux n'avait la moindre idée de qui devait jouer le rôle de « Papa » et de l'« Oncle Harry. » Pire, ils ne voyaient pas où Mary voulait en venir, à parler d'argent comme ça. Ils restèrent assis, tâchant d'y voir plus clair à l'aide de regards, de coups de coude, de petits coups d'œil et de froncements de sourcils. Ils décidèrent qu'il valait mieux attendre que la parlote de Mary relance la conversation. Ils temporisaient.

À la une du *Cortland Standard*, posé sur le comptoir, se trouvait une photo du président Harry Truman, qui inspira à Mary ses manières présidentielles. Nous, membres du Club de Lecture de Pompey Hollow, assis au comptoir, le remarquâmes et, à cet instant précis, réalisâmes notre fierté qu'elle soit notre présidente. Pas de doute possible : c'était son jour, même si nous n'avions pas la moindre idée de quel argent elle voulait parler.

En entendant parler d'argent, l'homme de ménage, balai en main, s'approcha, s'intéressant de plus près, semble-t-il, au sol près du tabouret de Mary. Dick et Duba s'en aperçurent et comprirent à quoi jouait Mary.

Le cuisinier déposa des cuillères sur le comptoir à côté des tasses de café posées devant Dick, Duba, Dwyer et Conway.

Duba brisa le silence en rappelant au cuisinier et en agitant le bras dans notre direction :

— Et une eau chaude pour les petiots.

Le cuisinier s'avança, posa des tasses d'eau chaude devant chacun d'entre nous, puis se retourna pour prendre les sachets de thé qu'il pensait que nous voulions.

Dick et Duba passèrent à l'action. Le premier numéro était celui de Dick. Il agit comme s'il prenait son petit déjeuner au Ritz, en plein cœur d'une grande ville.

— Mon bon monsieur, mon frère et moi-même prendrons deux sandwiches au bacon et aux œufs sauce mayonnaise, coupés en deux, chacune des quatre moitiés servie dans sa propre assiette, vous serez bien aimable.

Le cuisinier s'arrêta un instant pour visualiser le calcul. Il plissa l'œil gauche une ou deux fois à cause de la fumée de cigarette qui lui remontait sur le côté du nez et tourna l'autre œil dans son orbite le temps de réfléchir une seconde.

— Et eux, alors ? demanda-t-il, hochant la tête en direction de nous autres, enfants.

C'était au tour de Duba. Il savait mieux que personne garder son sérieux. Il fut à la hauteur de la situation et passa à l'action.

— Monsieur, l'utilisation de votre ketchup requiert-elle un supplément ?

— Y a pas de supplément pour le ketchup.

— Alors les petiots prendront tous de la soupe.

— On n'a pas de soupe.

— Nous nous contenterons de cela, monsieur, toutes mes excuses, répondit Dick.

Ceci étant dit, Duba se leva, attrapa la bouteille de ketchup sur le comptoir, se pencha, enleva le bouchon et la tendit à Barber pour qu'il l'attrape. Il retourna la bouteille et commença à en frapper le fond avec la paume de sa main, comme un marteau-piqueur, plongeant des éclaboussures de ketchup dans chaque tasse d'eau chaude, une à la fois, en répétant à chaque enfant à tour de rôle :

— Remue bien, mon chéri, remue ta soupe.

L'eau de chaque tasse se changea lentement en un rouge douteux, aux nuances grumeleuses, flottant comme de l'écorce dans un marécage à chaque éclaboussure de ketchup.

— Oh, ils adorent leur soupe à la tomate, ajouta-t-il, en levant les yeux vers le cuisinier.

— Hmm, c'est délicieux, marmonna Holbrook doucement, comme il l'avait entendu à la radio dans la réclame pour la soupe.

Jimmy Conway, l'ami de Dick et propriétaire du tracteur Minneapolis Moline, qui ne disait jamais rien, fut tellement inspiré par la performance de Duba qu'il se pencha et déclama :

— Remuez bien, les enfants. Soufflez sur votre cuillère, si c'est trop chaud.

— D'accord, oncle Harry, dit Mary en souriant.

Au moins, nous savions maintenant qui était l'oncle Harry – c'était Conway. Mais nous ne savions toujours pas lequel des deux autres était papa.

Duba en remit une couche :

— Monsieur, pourrions-nous vous demander des croûtons pour la soupe des petits ?

— Hein ? grommela le cuisinier.

— Les croûtons sont pour ainsi dire le sommet d'un repas, ne trouvez-vous pas ? demanda Duba.

— Oh oui, des croûtons ! Je meurs de faim, annonça Barber en rendant le bouchon de la bouteille de ketchup à Duba.

Le cuisinier était excédé par tant d'emphase désuète. Il ne savait pas quoi dire, mais était certain d'avoir déjà lu quelque part quelque chose sur les pauvres comme nous – dans Les Raisins de la Colère peut-être, bien qu'il n'ait jamais ouvert un livre de sa vie. Il ne savait pas non plus ce qu'était un croûton. Les cendres de sa cigarette tombèrent sur le comptoir. Il les balaya d'un revers de main, tout en faisant glisser un bol rempli de biscuits aux huîtres au milieu des quatre enfants. C'est alors que le balayeur approcha son balai de Mary.

— De quel argent parles-tu, petite ? demanda le balayeur.

Mary leva les yeux vers lui.

— Quoi ? demanda Mary.

— Une banque ? Un magasin ? demanda le balayeur.

Conway se retourna et s'appuya sur son tabouret, attirant l'attention du balayeur.

— Pardonnez-moi, mon garçon, chuchota Conway, alias oncle Harry – qui devenait de plus en plus confiant en ses capacités oratoires depuis qu'il avait le privilège d'incarner l'oncle Harry.

Il considérait le rôle que lui avait attribué la famille comme une grande responsabilité, un peu comme s'il était le parrain de Mary. Il se pencha vers le balayeur, l'observa puis captura son attention en le fixant droit dans les yeux.

— Pardonnez-moi, mon garçon... commença l'oncle Harry.

Le balayeur se pencha vers lui, comme s'il était sur ses gardes et prêt à décamper.

— Ni Betsy Lou ici présente ni aucun de mes garçons n'a le droit de parler à des étrangers, tu comprends ce que je veux dire ?

— Ah bon ? est la seule chose que le balayeur trouva à dire à cet instant.

— Dans le monde dans lequel on vit, poursuivit l'oncle Harry, tu pourrais très bien être un espion nazi allemand ou même un rouge, un communiste ou un truc du genre.

— Quoi ? Je ne suis rien de tout ça, pleurnicha le balayeur.

Il était presque indigné. Il se mit au garde-à-vous, brandissant son balai comme s'il s'agissait d'un fusil M1 de l'armée américaine. Cette simple suggestion avait suffi à l'offenser. Sa main rabattit quelques cheveux sur son visage, presque comme un salut militaire.

— Avez-vous une pièce d'identité, jeune homme ? demanda l'oncle Harry.

— Hein ? grogna le balayeur.

— Prouvez-nous que vous êtes un vrai Américain pur jus,

dit l'oncle Harry.

Il chercha de l'aide auprès du cuisinier, occupé à souffler les cendres de la cigarette qu'il avait fait tomber sur la tarte au citron meringuée dont il ne restait plus qu'une part à vendre. Le balayeur était hors de lui. Il se gratta la tête, tâchant de rassembler toutes les idées qui lui trottaient en tête. Une mouche s'envola de son front vers le papier tue-mouche suspendu au-dessus du comptoir, s'englua dans la colle et battit des ailes en vain.

Les membres du club présents au comptoir étaient très impressionnés par Conway. Nous prîmes nos cuillères et commençâmes à savourer notre soupe écœurante et aqueuse tout en écoutant les professionnels en action.

Duba redoubla d'autorité.

— Tu as une preuve que tu es américain, mon grand ? ordonna-t-il. Permis de conduire ? Carte de sécurité sociale ?

— Permis de chasse ? demanda Dick.

— N'importe quel document officiel fera l'affaire, mon grand, ajouta l'oncle Harry. Sans vouloir t'offenser.

— Pas de souci, monsieur.

Le balayeur tâtonna à l'aveuglette, fouillant ses poches à la recherche d'une solution, jusqu'à ce que ça lui revienne finalement à l'esprit.

— J'ai bien un permis de chasse, dit le balayeur.

Il fouilla dans la poche de sa salopette, en sortit un portefeuille en simili cuir Roy Roger's, ouvrit en grand la fermeture éclair, saisit un permis de chasse de l'État de New York et le tendit à l'oncle Harry. Permis numéro 134.

L'oncle Harry s'en saisit, le montra à Dick et Duba afin qu'ils voient le numéro du permis puis le rendit au balayeur. Puis, il se surpassa :

— Un authentique permis de chasse. Je crois bien que cet homme est aussi américain qu'un bon hamburger ! Numéro 134.

En entendant le numéro 134, Barber renversa sa soupe à la « tomate » brûlante sur les genoux de Holbrook.

— Pardon pour le dérangement, mon grand, dit l'oncle Harry au balayeur.

— Il faut être prudents, de nos jours, renchérit Dick, La guerre est à peine terminée, sans parler de tous ces cocos, dit Duba.

— Tu es un bon Américain, dit l'oncle Harry.

Le balayeur contempla fièrement son permis de chasse et le nouveau sentiment de puissance qu'il lui procurait. Il le rangea dans son portefeuille, le ferma soigneusement puis le glissa dans sa poche.

Dick fit pivoter son tabouret, tournant lentement sur lui-même pour faire face au balayeur.

— Betsy Lou parlait du bazar en face de chez Shea sur la route 80, un peu plus loin, après Tully. Tu en as peut-être entendu parler, dit Dick.

— Je ne crois pas, dit le balayeur.

— Tu prends la route 11 vers le nord et tu arrives directement à Tully, dit l'oncle Harry.

— Ils font de bonnes affaires, dit Dick. Ils ne sont ouverts que le vendredi et le samedi, mais ma petite Betsy Lou, tu n'as pas à parler de tout cet argent. Ce ne sont pas tes affaires de savoir ce que les gens possèdent.

— Quoi ? Quel argent ? demanda le balayeur.

— Oh, elle ne fait que jacasser.

— Nous n'avons pas beaucoup de passage ici, monsieur, j'aime bien écouter. De quel argent parle Betsy Lou ? Les enfants, vous revoulez des croûtons ?

— Ils ont toujours plein d'argent dans leur caisse enregistreuse, tu vois. Jusqu'à ce qu'ils le mettent en banque le lundi, il me semble.

Conway se retourna pour prendre part à la conversation.

— Le cousin de la tante de Betsy Lou travaille là-bas. La semaine dernière, il a montré le tiroir-caisse plein à craquer à Betsy Lou ici présente, alors que nous allions cueillir des pommes à la ferme Moore, près de Cherry Valley. Tu sais comment sont les bourges...

Le balayeur regarda le cuisinier.

— Leur Betsy Lou a vu le tiroir-caisse, tu te rends compte ? dit le balayeur.

— Allons-y, les enfants, dit Dick. Finissez votre soupe et prenez quelques biscuits aux huîtres histoire de manger équilibré – nous devons trouver du boulot de cueillette avant le coucher du soleil.

Mary grimaça en entendant le surnom de Betsy Lou, descendit de son tabouret, poussa la porte d'entrée et sortit. Holbrook couvrit la tache humide sur son blue-jean avec une serviette en papier, promettant à Barber à voix basse qu'il le tuerait pour avoir ainsi renversé sa soupe.

Les autres membres du Club de Lecture de Pompey Hollow engloutirent leur soupe à la tomate pour la cause. Les plus âgés se levèrent et sortirent en grignotant leurs derniers demi-sandwichs.

Dick déposa cinquante centimes, avala son sandwich pour ne pas être impoli en parlant la bouche pleine, et dit :

— Gardez la monnaie, mon brave. Nous recommanderons votre établissement à nos amis.

Sur le chemin du retour, en direction du cimetière, nous nous arrêtâmes à l'angle de chez Shea pour y voir le magasin fantoche. Il avait l'air plus vrai que nature. La caisse enregistreuse qu'ils avaient sortie de la cave était une antiquité, dépoussiérée et remplie d'argent. Chaque billet était discrètement marqué au crayon : « Volé au magasin Shea ».

Dick et Duba demandèrent à Mike Shea si nous pouvions nous cacher au deuxième étage de son magasin, de l'autre côté de la rue, pour y attendre les voleurs. Mike Shea répondit qu'il y avait déjà pensé et qu'il leur apporterait sandwichs et boissons gazeuses.

— Quel est le plan ? demanda-t-il.

Dick montra du doigt un point situé à la droite du magasin d'en face.

— Le tracteur Minneapolis Moline de Conway sera garé de ce côté du faux magasin, avec une bâche sur le devant pour que sa taille ne les effraie pas. Quand les voleurs arriveront et entreront par effraction, Duba rampera au sol, se mettra sous leur voiture et retirera les fils de la bougie pour qu'elle ne démarre pas.

— Pour qu'ils ne puissent pas s'enfuir, dit Mike Shea.

— Duba rampera encore, montera sur une échelle en bois posée sur le tracteur, retirera la bâche, repoussera l'échelle et chevauchera le tracteur comme un immense cheval cabré, poussant des cris de joie et des hurlements. Quand les malfrats sortiront et voudront démarrer leur voiture, Conway mettra le tracteur géant en marche, fera volte-face avec son chariot élévateur, passera sous leur voiture par l'arrière et soulèvera voiture et passagers à environ deux mètres du sol. Ensuite, il fera demi-tour, avec les voleurs à l'intérieur, et prendra la rue principale à toute berzingue, tandis que Duba se chargera de brailler pour les distraire. Puis, ils les livreront à la caserne de pompiers, alors en peine partie de poker, au shérif Todd Hood et à ses adjoints.

Tout commença comme prévu.

Bien sûr, les deux voleurs se présentèrent : le cuisinier et le balayeur. Ils se garèrent devant le magasin et sortirent de leur voiture. Ils regardèrent attentivement autour d'eux pour voir si quelqu'un les observait. Le balayeur passa par l'arrière de la boutique, puis revint chuchoter à son complice que la voie était libre. Ils forcèrent la porte au pied de biche puis entrèrent par effraction. Il ne fallut pas longtemps avant qu'ils ne ressortent avec le butin et que Jimmy les soulève, eux et leur voiture, s'engageant dans la rue principale pendant que Duba s'égosillait. Les malfrats tentèrent d'ouvrir les portes de la voiture pour en sauter. C'était une chance que Conway – ou « Conway Minneapolis Moline » comme il se ferait bientôt appeler – aimait les milkshakes et avait étudié leurs secrets de fabrication à la buvette de Manlius.

Chaque fois que Duba voyait les portes de la voiture s'entrouvrir et permettre aux voleurs de s'enfuir, il faisait signe à Conway d'embrayer plusieurs fois sur le Moline géant pour leur secouer les tripes comme il se devait. Le tracteur émettait des pétarades d'étincelles enflammées comme celles des fusils de chasse – le bruit était si fort que les malfrats pris de vertige n'avaient d'autre choix que de s'agripper à tout objet dans la voiture qu'ils pensaient être une poignée de porte, s'en approchant rarement.

Le monstrueux tracteur Minneapolis Moline faisait un terrible vacarme, tandis que les enfants surgissaient de nulle part, de derrière chaque maison, tous suivant le tracteur qui remontait la rue principale. La porte de la caserne des pompiers s'ouvrit en grand pour voir ce qui pouvait bien être à l'origine de tout ce remue-ménage. Toutes les lumières du village étaient maintenant allumées. Le tracteur tourna dans l'allée de la caserne des pompiers tel un dragon géant et s'arrêta, tandis que se balançait la voiture en suspension. Duba sauta du tracteur. Les joueurs de poker se tinrent tous debout, regardant les phares avant du tracteur géant, surplombés par la voiture en équilibre sur le chariot. Conway Minneapolis Moline tira un levier et fit descendre la voiture comme sur un ascenseur.

— Sortez vos mains par les fenêtres ! Mains en l'air ! avertirent Dick d'un côté et Duba de l'autre.

Les malfrats s'exécutèrent. Le balayeur tenait un mouchoir blanc à la main en guise de drapeau blanc.

Le shérif Hood et ses adjoints s'approchèrent des flancs du véhicule, bouche bée, surpris que nous ayons réussi notre coup. Ils menottèrent les deux hommes, le balayeur et le cuisinier. Ils se saisirent des preuves puis dirent à Mike Shea qu'il récupérerait l'argent lundi matin.

— Cet argent ne prouve rien ! s'emporta le cuisinier.

— Shérif Hood ? dis-je.

— Eh, salut, Jerry, dit-il.

Le shérif Hood prit le portefeuille du balayeur et en tira la seule chose qu'il contenait, un permis de chasse.

— Regardez son permis de chasse, dit Mary.

— Numéro 134. Eh bien, qu'en dites-vous ? demanda le shérif Hood.

— Ça devrait suffire, répondit Dick.

— Il y a une récompense pour cette arrestation, dit le shérif Hood.

Dick et Duba regardèrent les enfants.

— Avez-vous une idée de quelle façon la répartir ? demanda Dick.

— Qu'est-ce que Jerry a fait de l'argent de la récompense pour l'incendie de la station-service ? demanda quelqu'un.

— Il a tout utilisé pour sauver des lapins de l'abattoir à Pâques, dit Mary.

— Tout ? Tu as vraiment fait ça ? demanda Mayor.

— Jusqu'au dernier centime. Bon, j'en ai aussi donné un peu à l'église Sainte-Anne, dis-je.

— Comment pourrions-nous garder une récompense en toute bonne conscience ? demanda Holbrook.

— Holbrook a raison, dit Marty. Beaucoup de petits commerçants ont perdu de l'argent.

— Et si on donnait tout aux pompiers ? proposa une voix dans le fond.

— Qui a dit ça ? demanda Dick.

Bases leva le bras.

— Bases, tu vis à Delphi, tu veux dire les pompiers de Delphi ?

— Et si cette caserne et celle de Delphi se partageaient l'argent de la récompense ? suggéra Bases.

— Ouais, donnez-la aux pompiers, gronda la foule.

— Quelqu'un ici espérait une récompense ? demanda Dick.

— Bon sang, non, dit quelqu'un. Nous avons eu plus de plaisir, de sandwichs et de sodas que n'importe quelle récompense pourra jamais nous offrir.

La foule semblait opter pour les pompiers.

— Tous ceux qui sont d'accord pour offrir la récompense aux pompiers, levez la main, hurla Duba.

Les enfants applaudirent.

C'était réglé.

Nous quittâmes tous la caserne des pompiers avec un sentiment de satisfaction. Pratiquement tous rentrèrent chez eux.

Les membres du club qui étaient allés à Groton et les plus âgés, à l'exception de Conway Minneapolis Moline, retournèrent au cimetière de Delphi, montèrent dans leurs voitures et repartirent, savourant leur dernière aventure.

Nous vîmes Conway Minneapolis Moline une dernière fois ce soir-là, au volant du monstrueux tracteur de son père alors qu'il descendait la route 80 en direction de leur ferme. Ses phares avant grand allumés ressemblaient au souffle brûlant d'un dragon colossal. Les voitures s'écartaient de la route et s'arrêtaient sur son passage. Assis à l'arrière du 38, nous passâmes à côté de Conway Minneapolis Moline et tous le saluâmes en criant :

— Salut, oncle Harry ! Trouve-toi un cheval !

## CHAPTER TREIZE

## LES POULES DE THANKSGIVING

Maman versa du maïs à la crème dans son assiette puis me passa le saladier.

— Nous avons reçu une gentille lettre de ton frère Mike aujourd'hui, dit-elle.

— Gourmet Mike a écrit une lettre ? demandai-je.

— Ce n'est pas gentil, mon chéri.

— Qu'est-ce qui n'est pas gentil ? demandai-je.

— D'appeler ton frère comme ça.

— Il s'en molle, dis-je.

— Il s'en moque, corrigea-t-elle.

— Oh désolé, il s'en moque.

— Il dit qu'il apprécie l'université, qu'il salue tout le monde et qu'il a hâte d'être à la maison pour Thanksgiving.

— Tu ne comptes pas le laisser cuisiner, pas vrai, Maman ? demandai-je.

Maman m'ignora.

— Nous avons reçu un autre courrier. Un message pour toi.

— Pour moi ?

— Une adorable invitation de ta professeure de piano, Mme Cowling.

— Quel genre d'invitation ?

— C'est à propos du récital de piano d'hiver.

— Je ne veux pas y aller.

— Je suis si fière d'apprendre qu'elle a choisi mon garçon parmi tous ces talentueux musiciens.

Maman brandit l'invitation.

— Regardez, tout le monde, le nom de Jerry est imprimé sur l'invitation, juste ici avec tous les autres participants, vous voyez ?

Tandis que ma mère montrait l'invitation, je baissai le visage dans mon assiette vide, histoire d'en rajouter un peu.

— Dois-je vraiment y aller, Maman ? suppliai-je.

— Bien sûr, mon chéri. Prends donc du maïs avant qu'il ne refroidisse.

— Je déteste le piano.

— Cesse de faire l'enfant. Tu t'en sors très bien.

— Mais Maman...

— Tout va bien se passer. Attaque les petits pois et passe le plat à ton père, chéri.

C'était ma troisième année de piano avec Mme Cowling. Je jouais si mal que le seul air dont je me souvenais par cœur était deux mesures de « Country Gardens », qui se trouvaient être identiques. Deux années durant, mes récitals de piano n'avaient été qu'humiliation. Je jouais toujours la même chose. Holbrook disait que le seul point commun entre Mozart et moi était le « r » dans nos deux noms.

Papa me lança une bouée de sauvetage.

— Nous nous souvenons tous des récitals de Jerry.

Il s'efforça de garder son sérieux.

— Pourquoi ne pas laisser ce garçon trouver un instrument qui lui plaise davantage ?

Maman jeta un regard perplexe à papa, de l'autre côté la table.

— Il est vraiment nul, Maman. Abrège ses souffrances, dit Dick.

Maman regarda Dick tout en levant le bras, indiquant du doigt la cuisine, le bras bien étendu. À la maison, être obligé de manger dans la cuisine était comme être envoyé dans le bureau du principal à l'école. Que l'on se fasse enguirlander ou non, on était sûrs d'être de corvée de vaisselle ces soirs-là.

— File. Tout de suite ! Va mangez dans la cuisine. Jerry fait de son mieux.

— Mais il n'est pas bon, dit Dick.

— Du balai ! Que je n'entende plus tes médisances.

Maman ne s'avoua pas vaincue. Elle prenait sur elle, mais avait toujours le dernier mot.

— J'appellerai Mme Cowling lundi, et lui dirai que tu ne prendras pas de leçons cette année.

— Vraiment ?

Je poussai un soupir de soulagement.

— Je téléphonerai aussi à M. Spinner, le directeur de l'orchestre, pour voir ce qu'on peut faire.

— C'est vraiment nécessaire, maman ?

— Mes enfants feront l'expérience de la musique et des arts.

J'en savais assez pour chercher *médisance* dans le dictionnaire après le dîner et connaître les conditions de sa reddition.

— Dick et toi ferez la vaisselle ce soir, demain soir, et dimanche. Maintenant, plus un mot.

Ma victoire avait un prix.

— Et Jerry, si Mme Cowling insiste pour que tu joues lors de ce récital, alors tu joueras, ajouta maman.

— Si je ne prends plus de leçons, pourquoi insisterait-elle ?

— À en croire cette belle invitation, Mme Cowling a sans doute déjà imprimé les programmes et ton nom y figure.

Papa changea de sujet.

— M. Contento, dans son atelier de réparation de bicyclettes à Cortland, vient de recevoir un vieux vélo remis à neuf. Il m'a demandé d'y jeter un œil.

— Je connais un M. Contento au Café Leonard, papa, déclara Dick depuis la cuisine.

— C'est le même, fiston. Il a un magasin de vélos chez lui.

J'arrêtai de manger pour prêter attention à chaque mot que mon père prononçait.

— Il m'a offert un excellent prix pour ce vélo si jamais j'acceptais d'accueillir les deux pintades qu'il a gagnées à la foire régionale. Il m'a dit qu'elles avaient besoin d'espace. Il n'a pas de place à Cortland pour elles.

— C'est quoi une pintade, papa ? demanda Dick depuis la cuisine, Tu comptes les mettre à la ferme de M. Pitts avec les poulets et les oies ?

— Non, mon garçon, ce sont de vrais oiseaux de concours, pas des animaux de ferme. C'est un peu comme des paons. Je les ramènerai à la maison demain. J'ai décidé, puisque tu lis toujours des livres vétérinaires et que tu as sans doute besoin d'argent pour t'acheter une voiture, que tu pourrais t'en occuper.

— Pas de problème, dit Dick depuis la cuisine.

— Je vais ouvrir un compte épargne à ton nom puis je ferai un virement hebdomadaire pour que tu puisses te payer des pneus neufs pour ta voiture, une fois que tu l'auras achetée.

Bien que Dick et Duba aient déjà le 38, Dick avait toujours en mémoire la vieille Nash décapotable que Lindsey Pryor avait promis de lui vendre pour soixante-cinq dollars. Dick exulta à l'idée d'avoir des pneus neufs.

— Le vélo sera pour Jerry.

— Pour moi ? Vraiment ? demandai-je.

— Je le déposerai ici dans la matinée, entre mes visites à la boulangerie et aux épiceries de New Woodstock et de Cazenovia.

— Mon propre vélo ?

— Il ne sera rien qu'à toi, mon grand.

— Ce n'est même pas Noël, papa.

— Eh bien, tu as besoin d'aller au cimetière de Delphi de temps en temps, pas vrai, fiston ?

— Waouh. Merci papa-maman.

— On ne peut pas faire de vélo dans la neige. Ce sera un cadeau de Noël en avance, de la part du Père Noël. Je m'arrêterai à la quincaillerie Brown et t'achèterai un pot de peinture pour peindre ton vélo, si tu veux.

— Jaune, dis-je.

Papa et maman se regardèrent. Dans la cuisine, Dick chuchota :

— Quel ringard !

— J'ai entendu, jeune homme. Tu es privé de dessert, gronda maman.

Si on m'avait demandé pourquoi jaune, je n'aurais pas dit mon secret : c'était la couleur du ruban que portait la fille dans le film de John Wayne que j'avais vu quatre fois à Cazenovia : *La Charge Héroïque*. Et j'aimais bien la chanson : « *She Wore a Yellow Ribbon* ».

Je passai la nuit à me retourner dans mon lit en rêvant de mon nouveau vélo et de la parade du Memorial Day, mais aussi en cogitant sur l'existence ou non du Père Noël. Mon père disait que le vélo était un cadeau du Père Noël, mais moi je savais qu'il l'avait acheté au magasin de vélos de M. Contento. J'étais perdu.

Un oiseau tapa du bec sur la fenêtre de ma chambre. Je me retournai, m'assis et le regardai fixement l'espace d'une seconde. Aucun oiseau ne pouvait me distraire ce matin-là. J'étais amoureux.

Bon, pas amoureux d'une fille.

Il n'y avait qu'une seule fille que j'accepterais d'épouser : c'était Olivia Dandridge, de *La Charge Héroïque*. Qu'importe le nombre de lieutenants de cavalerie qu'il me faudrait mettre à pied pour y parvenir. Je connaissais aussi l'autre type d'amour, comme celui qu'éprouvait le capitaine Nathan Cutting Brittles pour Dieu, pour son pays et pour la cavalerie. Lui et moi avions beaucoup en commun. Quand le moment serait venu pour moi de demander la main de Miss Dandridge, je me fierais aux conseils de quelqu'un comme le capitaine Brittle, ou de mon père, peut-être.

J'étais en train de tomber amoureux de mon nouveau vélo.

Je m'habillai et allai dans la cuisine. Un petit pot de peinture et un pinceau m'attendraient sur le comptoir, c'était certain. Papa avait laissé deux notes manuscrites.

La première note : « *Jerry, le seul jaune qu'ils avaient était de la peinture pour maison. Elle séchera plus vite, fiston. Va voir dans la grange.* »

La deuxième note : « *Dick, essaye de trouver les pintades. Je les ai laissées en liberté et elles se sont enfuies quelque part. Tâche de les retrouver et de les attraper. On aura peut-être besoin d'une cage.* »

La bicyclette était belle – tout simplement belle ! Très élégante, avec de gros pneus ronds, un guidon incurvé et une sonnette brillante avec un bouton bien pratique pour le pouce.

Dring ! Dring ! Dring !

Tout était parfait.

J'adorais mon nouveau vélo !

D'abord, j'allais le peindre. Ensuite, j'irais avec mon vélo tout neuf et fraîchement peint jusqu'à la place Maxwell au coin de la rue, où je savais que Mary passait la journée avec la jolie Linda Oats, et je leur montrerais mon vélo à toutes les deux. Linda Oats avait trois ans de plus que Mary et moi – assez pour être notre tante ou quelque chose comme ça – mais j'étais tombé amoureux de son sourire et de ses taches de rousseur dès le jour où je la vis pour la première fois dans le bus scolaire, alors que nous venions d'emménager à Delphi Falls. Mary et elle s'étaient connues à Manlius, à Syracuse ou je ne sais où, avant qu'elles ne s'installent ici après la guerre.

Je ne savais pas pourquoi cette place s'appelait Maxwell. J'imagine que c'est parce que quelqu'un de célèbre nommé Maxwell y avait vécu pendant la guerre d'Indépendance et avait gravé son nom dans une grosse pierre au coin de la rue quand il bâtit la cidrerie.

À côté de la maison se trouvait la vieille grange à deux étages de la cidrerie, dont l'intérieur pourrissait et tombait en ruine. Les cidreries étaient des granges construites au bord d'un ruisseau ou d'une rivière. Elles étaient équipées d'une grande roue à aubes ronde, presque aussi haute que la grange elle-même, qui s'enfonçait profondément dans le ruisseau. Le mouvement de l'eau faisait tourner la roue à aubes, qui à son tour enclenchait des engrenages au premier étage, engrenages qui faisaient tourner une grande roue en pierre qui écrasait les pommes. Puis le jus de pomme s'écoulait par un tuyau d'évacuation dans une grande cuve en bois ouverte, à peu près aussi haute que ma poitrine, située au rez-de-chaussée. La roue à aubes était presque entièrement pourrie. La bâtisse tenait à peine encore debout.

Le vélo ne fut pas long à peindre. Je le peignis même deux fois pour être sûr de faire du bon travail. Je passai le pinceau aussi doucement que possible sur les garde-boues, de sorte que les coups de pinceau soient à peine visibles. C'était une œuvre d'art.

Quand j'eus fini, je demandai à Maman de sortir pour qu'elle voie mon vélo.

— Mon Dieu, dit-elle, Pour sûr, c'est jaune !

Je souris.

— N'oublie pas que tu as rendez-vous chez le dentiste aujourd'hui, chez le Dr Webb.

— Ah bon ?

— Jerry, où sont tes chaussures ?

— Je dois vraiment aller chez le dentiste, Maman ?

— J'aimerais bien que tu portes la montre que tu as eue pour ton anniversaire, Jerry.

— Mais Maman...

— Je ne sais pas ce qu'on va faire de toi.

— C'est samedi, Maman.

— File mettre tes chaussures et sois à la maison avant dix heures. Et pense à demander l'heure aux gens.

J'entrai dans la maison et enfilai mes chaussures tandis que la peinture séchait. Quand elle fut sèche au toucher, je fis le tour du vélo plusieurs fois, juste pour l'admirer, n'arrivant toujours pas à croire que j'avais vraiment un vélo rien qu'à moi, comme dans un rêve.

Je pédalai avec prudence sur le chemin de gravier, contournai les flaques d'eau pour ne pas éclabousser ni abîmer la peinture neuve. J'avançai sans problème sur Cardner Road. Je n'eus presque pas à pédaler.

Les vaches du fermier Parker se trouvaient ce jour-là dans son pâturage nord, près de Cardner Road. D'habitude, quand je passais près d'elles, les vaches gardaient la tête baissée et le nez sur le sol tout en broutant. Cette fois-ci, pour une raison inconnue, elles levèrent et tournèrent toutes la tête à l'unisson pour me regarder passer. Peut-être n'avaient-elles jamais vu de vélo jaune canari auparavant. Je me mis à chanter :

« *Round her neck she wore a yellow ribbon—she wore a yellow ribbon all through the month of May* »

La vie était belle.

Bien avant d'arriver au coin de la rue, j'essayai d'imaginer la meilleure façon de montrer mon vélo à Linda Oats et Mary. Devais-je passer devant la maison de Linda, laisser Mary et elle me voir, puis faire demi-tour ? Devais-je ralentir, tourner crânement dans l'allée et rouler jusqu'à la porte ? Devais-je m'arrêter avant d'arriver à la maison, descendre et pousser le vélo sur la pelouse de chez Linda, pour qu'elle et Mary puissent admirer ses lignes depuis la fenêtre du salon ?

Trop tard : j'étais déjà arrivé. Je ralentis, tournai dans son allée et m'arrêtai près de la porte latérale. Je descendis comme on descend d'un cheval et mis le vélo sur sa béquille.

« Quelle vitesse, quelle grâce », me dis-je.

Je reculai jusqu'à la porte latérale tout en admirant mon vélo et frappai à la porte à moustiquaire derrière moi. Mme Oats vint à la porte.

— Bonjour Jerry, dit Mme Oats.

— Bonjour, Mme Oats.

— Si tu cherches les filles, Linda et Mary sont au moulin.

— Merci, Mme Oats.

— Soyez très prudents là-bas et, par pitié, ne montez pas à l'étage, dit Mme Oats.

— Je n'y monterai pas.

— C'est dangereux là-haut, dit Mme Oats.

— Je n'irai pas, promis.

— Tout est pourri.

— Mon vélo vous plaît, Mme Oats ? demandai-je fièrement.

— Oh là là, dit-elle, Il est vraiment très jaune, non ?

En route vers le vieux moulin, je repensais aux deux cambrioleurs désespérés qui avaient pénétré dans tous ces magasins, se faufilant dans la nuit, se cachant dans l'obscurité, volant tout cet argent avant qu'on ne les attrape. Je venais de terminer pour la troisième fois la lecture d'un des livres policiers des Hardy Boys, *Le Secret du Vieux Moulin*, dans lequel ils trouvent et attrapent des faux-monnayeurs désespérés, mais manquent de se faire massacrer. Je n'avais aucune envie d'entrer dans ce vieux moulin sombre, humide et poussiéreux. Nul besoin donc de m'avertir que celui-ci était dangereux. J'avais bien l'intention d'être prudent, des fois que des malfrats rôdent ou se cachent quelque part.

La porte était ouverte, mais juste un peu. Le bois était comme une planche pourrie montée sur des gonds. Le bas de la porte racla le sol quand je la poussai.

— Linda ? Mary ? criai-je.

— On est là-haut, s'exclama Mary.

— Où êtes-vous ? demandai-je.

— Là-haut, à l'étage, répéta Linda.

J'entendis la voix de Linda à l'endroit même où sa mère, il n'y a même pas deux minutes, m'avait défendu d'aller. Le long d'un mur, des escaliers montaient jusqu'à l'étage. Je regardai au milieu du moulin, près d'une énorme cuve en bois presque aussi grande que moi et plus longue qu'une baignoire. Elle semblait remplie d'une eau gluante, dégoûtante et noire comme celle d'un marécage. De loin, on aurait dit qu'une bestiole y nageait. Une petite échelle était appuyée à côté de l'immense cuve, donnant sur une petite ouverture carrée au plafond, qui menait à l'étage. Je décidai de monter le long du mur, par l'escalier.

— N'utilise pas l'escalier près du mur , cria Mary. Il est pourri.

Je changeai d'avis et choisis plutôt de monter par l'échelle.

Une fois près de la cuve, je remarquai qu'elle empestait

atrocement. Cela me rappelait les rutabagas, qui me donnaient la nausée chaque fois que je devais en manger. L'eau sombre, crasseuse et puante de cette énorme cuve puait encore plus qu'une barrique de rutabagas pourris. Je retins ma respiration pour éviter les haut-le-cœur. En grimpant l'échelle, je ne pus m'empêcher de regarder dans la cuve. J'aurais juré que quelque chose de vivant s'y trouvait. Regarder vers le haut était encore pire. On pouvait apercevoir le ciel à travers le toit du moulin qui fuyait, criblé de fissures et de trous.

Je passai finalement par l'ouverture carrée, respirai une grande bouffée d'air plus frais qu'en bas, près de la cuve, et regardai autour de moi. D'une certaine façon, c'était un vieux moulin charmant et sympathique, un moulin pas comme les autres, plein de récits à raconter, et en même temps tout tremblotant, espérant qu'on raconte son histoire avant qu'il ne pourrisse et finisse par s'écrouler.

— Fais attention où tu marches. C'est dangereux, dit Mary.

— Salut, Jerry, lança Linda Oats.

— Salut, Linda.

— Mary était en train de me parler du Club de Lecture de Pompey Hollow et des choses que vous faites, expliqua Linda Oats.

— Ah oui ? demandai-je.

— Vous êtes de vrais héros.

— Je ne sais pas ce que…

— Mary est ta petite amie ?

— Hein ?

— Tu m'as bien entendue. Mary est ta petite amie ?

— Non.

D'abord, je réalisai qu'à ma connaissance aucun gars du Club de Lecture de Pompey Hollow n'avait de petite amie, et qu'ensuite, je n'étais même pas sûr que ma mère me laisserait avoir une petite amie.

— Mais elle te plaît, pas vrai ?

— Quoi !?

— Mary aime Jerry. Na-na-nananère !

Le visage de Mary devint rouge comme une tomate.

— Arrête, dit-elle.

À vrai dire, je comprenais les garçons. On parlait de la même façon. On aimait à peu près les mêmes choses. Parfois, on devinait même ce que pensaient les autres, comme lorsqu'on se lançait la balle ou qu'on jouait à chat. Pendant les réunions du club, on pouvait lire dans les pensées, même dans celles de Mary. Je regardai Mary pendant une seconde pour me demander si elle s'était déjà dit qu'elle m'aimait bien ou si Linda Oats ne faisait que bavasser. Ce genre de discussions entre filles m'amusait. C'était tout nouveau et très étrange pour moi. Je n'avais jamais entendu une fille dire quelque chose comme ça à haute voix ou parler comme ça auparavant, sauf peut-être à Cary Grant dans un film au cinéma de Cazenovia.

— Tu peux m'embrasser, si tu veux, dit Linda.

J'avais enfourché mon vélo pour le montrer à Linda Oats et à Mary. Puis, j'étais entré malgré moi dans cette vieille cidrerie sinistre, juste pour qu'elles sortent et voient mon vélo jaune. Et voici que tout d'un coup je me retrouvais à l'étage, là où Mme Oats m'avait défendu d'aller, tenté d'embrasser la fille que j'admirais dans le bus depuis mon premier jour d'école, quand nous emménageâmes ici.

— Chiche de m'embrasser ? ajouta Linda.

Mary croisa les bras et repoussa d'un souffle une mèche devant son œil, tapant du pied en me fixant du regard, convaincue que je ne le ferais pas. Elle regarda le plancher avec un léger doute, puis remonta les yeux vers moi comme si elle espérait que je ne le fasse pas.

Linda n'était pas gênée du tout – elle souriait.

— Poule mouillée ? demanda Linda Oats.

— Je ne suis pas une poule mouillée, répondis-je avec la même facilité que n'importe quel enfant au son de ces mots, même si mes genoux commençaient à trembler.

Un garçon de mon âge ne devrait jamais refuser un défi, ou il serait marqué à vie. Même moi, je savais ça.

Les lèvres de Mary se plissèrent en signe de déception.

Linda se pencha en avant, avec un sourire idiot – yeux fermés, lèvres en avant. Elle se pencha un peu plus et tendit la joue. Je me demandai si je devais l'embrasser sur la joue, sur les lèvres, ou juste descendre l'échelle et rentrer chez moi. Je me penchai, les genoux tout tremblotants, et approchai mes lèvres de son visage. Du coin de l'œil, je vis les lèvres de Mary gronder, presque comme un avertissement. Au final, rien de tout ça n'eut vraiment d'importance, car à l'instant même où mes lèvres touchèrent ce qui me semblait être une partie du visage de Linda, les deux planches sur lesquelles je me trouvais commencèrent à couiner et à vaciller, à l'image de mes genoux. Puis elles se plièrent et se mirent à craquer, et moi à perdre l'équilibre.

C'est mauvais signe, me dis-je.

Les planches craquèrent de nouveau.

Je vis mes chaussures d'écolier Buster Brown s'enfoncer dans les planches détrempées par la pluie, tandis que, sous mes pieds, celles-ci se transformaient peu à peu en bouillie, comme des éponges, et puis...

CRAC !

Je tombai à travers le trou que mon poids avait creusé dans le plancher. Je m'accrochai du bout des doigts à une poutre en bois qui arrêta ma chute pendant les trois secondes où je devais rester suspendu, à deux mètres au-dessus de la cuve en bois, encore pleine d'eau boueuse, sombre et visqueuse. Mes doigts ne purent tenir plus longtemps – du regard j'implorai en silence l'aide de Mary, qui avait l'air de penser que je l'avais bien mérité, et je tombai dans la cuve de cidre.

— Aaaaaaaah ! criai-je.

PLOOOUUUF !

C'était comme tomber d'un lit superposé dans une cuve de boue – comme lorsqu'à Cortland j'étais tombé du lit sur Dick, qui dormait sur le sol, avant que nous ne déménagions à Delphi Falls – mais en plus froid, plus odorant, plus humide et plus profond.

Mon corps entier plongea sous l'eau, comme dans une profonde baignoire. Je me redressai pour sortir la tête de l'eau et reprendre mon souffle.

— Ça va ? cria Mary, presque comme si elle en avait quelque chose à faire. Je n'étais pas prêt d'ouvrir la bouche.

Je vis la tête des deux filles à travers le trou que j'avais fait au plafond.

— Je pense qu'il est mort, dit Linda Oats.

— Il n'est pas mort, Linda, sinon il ne serait pas debout en train de cracher des feuilles, dit Mary.

— Est-ce que ça va ? gémit Mary, mais sur un ton qui disait que je ne l'avais pas volé.

Je crachai une feuille d'orme et en retirai une autre de ma joue et deux au-dessus de ma tête. Je regardai à travers les vitres brisées du mur arrière du moulin, là où se trouvait le grand orme. Deux pigeons étaient assis sur le cadre de la fenêtre, à attendre que je décampe pour prendre leur bain matinal. Tout ce qui me vint à l'esprit, c'était comment répondre à la question de Mary : « Est-ce que ça va ? »

Alors, je ne dis rien.

Je rampai hors de la cuve, les vêtements couverts de rouille, de boue et autres substances visqueuses. Une fois dehors, je trébuchai en tentant d'essorer le devant de mon T-shirt. Je poussai mon vélo jusqu'à la maison pour ne pas salir la peinture jaune canari neuve. Mes chaussures détrempées couinèrent d'un son spongieux tout le long de Cardner Road.

Maman me vit arriver dans l'allée, mon vélo à mes côtés. Elle sortit sous le porche pour voir pourquoi je ne pédalais pas. Quand je fus assez près pour qu'elle voit la mélasse partout sur moi, elle rentra rapidement puis ressortit avec des sous-vêtements, un jean, un tee-shirt et une serviette de bain propres.

— Pas dans la maison !

Elle me tendit les affaires.

— Mais, Maman, commençai-je à gémir.

Elle me les mit dans les mains.

— À la cascade ! fut son dernier mot. Lave-toi et prépare-toi à aller chez le dentiste.

Je mis la serviette autour de mon cou, les vêtements sous mon bras, puis je poussai mon vélo par derrière, jusqu'à la cascade, où je le posai sur sa béquille.

Je restai un moment sous les chutes, à nager dans l'eau glacée, les yeux rivés sur mon nouveau vélo jaune qui se tenait là, comme un fidèle destrier. Mon esprit s'égara un temps sur l'épisode de la cidrerie, et je commençai à me demander si mes lèvres avaient vraiment touché celles de Linda ou seulement sa joue, juste avant que je ne tombe à travers le plancher. C'était peut-être mon premier baiser, et c'était une information capitale pour un premier baiser. Je finis par me décider. C'était ses lèvres, c'est sûr.

## CHAPITRE QUATORZE
## UNE COURSE FOLLE !

Dick entra dans ma chambre et me secoua par les épaules.

— Jerry. Réveille-toi.

Je ne bougeai pas d'un pouce.

— Jerry. Debout.

Je me tournai dans les draps en ouvrant difficilement une paupière. Je tendis une main pour tâtonner les alentours, à la recherche de mon réveil.

— Il est beaucoup trop tôt ! je bougonnai.

Tout en maugréant, je levai les yeux vers Dick.

— Quoi ?!

— Les pintades sont à nouveau à la ferme de Parker, me lança Dick.

— Comment ça à nouveau ? je gémis. Elles ne sont là que depuis une semaine.

— Elles chipent les graines du jardin de Madame Parker.

— Et alors ?! Quel jour sommes-nous ?

C'était le mieux que je puisse faire avant de prendre mon petit déjeuner. Personne n'aimait les pintades depuis la fois où elles avaient sauté du coffre de papa et avaient pris la fuite. C'était réciproque. Les pintades n'avaient que faire de nous et elles passaient leur temps à errer en dehors de la propriété. Elles grattaient les potagers des uns et des autres et picoraient toutes les graines fraîchement plantées. Même Ginger, notre chien, n'appréciait guère ces oiseaux, alors qu'elle aimait tout le monde.

Dick envisagea de me frapper, mais il resta calme.

— Et alors ?!

— Et alors Maman veut que j'aille les chercher chez le fermier Parker pour les ramener ici. Et c'est samedi, lève-toi.

— Super. Vas-y toi.

Je me retournai à nouveau pour faire face au mur et je glissai mon réveil sous mon oreiller. Au sujet des *corvées*, nous ne prenions jamais position lorsqu'elles concernaient quelqu'un d'autre. Je me faisais réveiller à cause des deux stupides pintades que papa avait acheté pour un prix spécial en même temps que mon vélo. Tout le monde savait que mes tâches consistaient à préparer les desserts et à me rendre à la ferme de Monsieur Pitts une fois par semaine pour y chercher nos œufs. S'occuper des pintades était la responsabilité de Dick. Tout le monde savait ça, bon sang. Les surveiller était sa corvée, en échange de quoi, il recevrait de nouveaux pneus, s'il obtenait un jour la voiture qu'il voulait racheter à Lindsey Pryor.

Il me secoua par les épaules, une fois de plus.

— Jere, je vais devoir travailler toute la journée aujourd'hui, et demain également.

— Quel travail ? je demandai.

— Je dois faire la vaisselle, récurer les casseroles et les poêles à la maison des Lincklaen pour deux mariages.

— Faire la vaisselle ?

— C'est bien payé. Et j'ai besoin d'argent. Je dois y être dans une demi-heure.

— Une demi-heure ? Parfait. Ça te laisse le temps d'aller chasser les pintades de chez le fermier Parker, je dis.

— Si tu le fais, je te donnerai un dollar, me dit Dick.

— Non.

— Deux dollars.

— Non plus.

Dick grimaça, secoua la tête mollement comme s'il s'était transformé en boule à neige, et chercha à faire tomber comme par magie un tas d'idées.

— Je te donnerai la carabine à air comprimé Daisy que Conway m'avait offert.

— Continue de parler.

— La crosse était cassée mais je l'ai faite réparer à l'atelier de menuiserie, elle est comme neuve. Tu peux l'avoir.

Je reconsidérai son offre. Ce n'était pas souvent qu'on avait la chance de négocier avec Dick.

— Le pistolet à billes et deux dollars, je répliquai.

— Pourquoi deux dollars ?

— On veut aller au cinéma à Cazenovia avec quelques amis.

— La séance de cinéma ne coûte que quinze centimes.

— On est nombreux et on raffole tous du pop-corn. Deux dollars et le pistolet à billes, ou bien l'affaire est close et tu vas chasser les pintades toi-même.

— N'appelle pas ça un pistolet à billes, me corrigea Dick. C'est une carabine à air comprimé.

— Et pourquoi je ne peux pas l'appeler comme ça ?

— Maman déteste les pistolets. Tu peux même l'utiliser sur les pintades pour les effrayer et les renvoyer chez elles. Ça ne leur fera pas de mal.

— Tu es sûr que ça ne leur fera pas de mal ?

— Vise leurs fesses. Elle ne sentiront pas la moindre douleur. Ça va seulement les effrayer et les faire rentrer chez elles.

— Deux dollars.

— Laisse-moi regarder combien j'ai.

— Et le pistolet à billes m'appartient ?

— La carabine à air comprimé. Oui.

Dick se précipita hors de la chambre, fila dans la sienne, et revint avec le pistolet à billes. Il le posa sur mon lit à côté de moi et déposa trois cartouches de billes sur mon bureau. Je pris le pistolet et admirai la crosse fraîchement vernie. Deux lanières de cuir étaient accrochées à un anneau sur le côté.

— C'est chouette, dis-je.

— Lève-toi et dépêche-toi d'y aller, dit Dick.

— Où sont les deux dollars ?

Dick sortit à nouveau de la chambre et y revint tout aussi vite.

— Je n'ai que dix pièces, dit-il, c'est-à-dire cinq quarts. Un dollar et vingt-cinq centimes et ce jeu de cartes miniature. Il a même son propre étui.

Il tendit son jeu de cartes miniatures près de mon visage. C'était un jeu de cartes deux fois plus petit que la taille d'un jeu courant.

— D'accord, dis-je, en lui prenant les cartes des mains.

Dick me donna ensuite ses précieux sous.

— Il manque le dix de trèfle. Mais personne ne le remarquera.

Il déposa cinq pièces sur mon lit et me regarda dans les yeux pour s'assurer que notre marché était conclu. Lorsque je me redressai enfin, il quitta la chambre et la maison.

J'enfilai un jean, fourrai les pièces dans ma poche gauche, pris la carabine à air comprimé et la secouai pour voir si la chambre à plombs était pleine. Elle l'était. Je la posai entre mon flanc et mon avant-bras plié, comme le faisait John Wayne dans *Le Massacre de Fort Apache* et je me dirigeai vers la cuisine.

Maman était à table. Elle lisait les gros titres du journal tout en enfonçant une cuillère dans une moitié de pamplemousse.

— Je vais chez le fermier Parker pour ramener les pintades à la maison.

— Très bien. Dépêche-toi mon chéri.

— Je vais d'abord me prendre un peu de céréales.

— Non, pas de céréales.

— Comment ça ?

— Va d'abord ramener ces oiseaux et tu mangeras à ton retour.

— Mais pourquoi ?

— Mme Parker est hors d'elle. Je ne sais pas ce qui a poussé ton père à ramener ces bestioles à la maison. Elles ne sont pas du tout apprivoisées.

— Qu'est-ce que ça veut dire apprivoisé maman ?

— Elles sont si embêtantes. Va les chercher, et tout de suite !

Maman avait un regard furieux - probablement à cause de l'appel qu'elle avait reçu de la part de Myrtie, qui lui avait annoncé que Mme Parker avait mentionné à certaines personnes que nos pintades étaient en train de ruiner son jardin.

Maman leva les yeux du journal, regarda par-dessus ses lunettes et me lança :

— Qu'est-ce que tu fais avec un pistolet dans les mains ? Tu sais que je n'aime pas ça.

— Ce n'est pas un pistolet, maman. C'est une carabine à air comprimé Daisy. Les fermiers s'en servent pour faire fuir les pigeons et les oiseaux des granges. Minneapolis Moline Conway a donné celle-ci à Dick. Tout le monde en a une.

— Je n'aime pas ça. Ne la pointe sur rien.

— Je peux aller au cinéma avec quelques autres enfants ?

— Jeune homme, ouste !

— Est-ce que je peux ?

— Tu as accepté une responsabilité. Va faire ton travail. Nous pourrons discuter plus tard et tu pourras prendre ton petit déjeuner à ton retour. Maintenant cours ! Allez !

Les voisins à la campagne faisaient tout pour être de bons voisins, ils se souriaient et se saluaient quand ils se croisaient sur la route, et mettaient tout en œuvre pour se montrer les plus sincères possible. Maman ne passait clairement pas une bonne matinée. Je quittai la maison et ordonnai à notre chien Ginger de ne pas me suivre. En entrant dans la cour du fermier Parker, leur border collie courut à ma rencontre. Buddy et moi étions de vieux amis maintenant. Nous avions descendu les vaches de la colline ensemble tant de fois. Je sautai sur le porche arrière et toquai à la porte. Le fermier Parker et les chevaux étaient nulle part. La porte s'ouvrit et Mme Parker me jeta un coup d'œil à travers la moustiquaire. Elle essaya de se remémorer qui j'étais.

— Bonjour, Mme Parker, je m'appelle Jerry. Je suis ici pour chasser les pintades et les ramener chez nous.

— Oh, bonjour, Jerry.

— Bonjour.

— Tu m'as un peu prise au dépourvu. J'ai dû réfléchir pendant quelques secondes pour te resituer. Vous êtes si nombreux avec vos amis... Excuse-moi.

— Désolé pour les pintades, Mme Parker.

— C'est juste que, lorsque je fais mes plantations de fin d'été et d'automne.

— Dick était censé s'en occuper.

— Elles s'attaquent à mes graines et à mes bulbes avant qu'ils n'aient le temps de germer.

— Je vais les faire partir, ne vous inquiétez pas.

— Des oiseaux vraiment pas gracieux pour un sou. De si gros corps pour de si petites pattes. Elles sont un réel fléau au moment des plantations.

Je sentis l'odeur du bacon et du sirop à travers la moustiquaire. Cela dut se voir sur mon visage.

— Je vais les faire partir d'ici, lui dis-je.

— Merci, Jerry. Veux-tu de quoi manger pour ton petit déjeuner ? J'ai cuisiné pour dix.

— Et comment ! Merci, Mme Parker. Laissez-moi leur faire traverser la route et je reviens.

— Je vais te préparer un bon chocolat chaud, dit-elle.

Je fis demi-tour, sautai par-dessus le porche et contournai la maison pour atteindre son jardin, côté nord.

Bien évidemment, les pintades étaient en train de picorer le sol. Elles tentaient de ressembler à des paons, avec leurs plumes bleu-argent-gris, leur tête noire, leur masque blanc et leur couronne. Elles n'y mettaient guère beaucoup d'efforts pourtant. J'étais plutôt gêné en les regardant. Elles ne pouvaient pas agiter leurs queues comme les paons, ne pondaient pas d'œufs comme les poules et n'étaient rien d'autre que des fauteuses de troubles égoïstes. Leur place était dans un zoo, non dans une ferme. J'armai la carabine à air comprimé et me mis en position, prêt pour la fameuse confrontation. Je me plaçai entre le jardin devant moi et la grange derrière moi, de manière à leur barrer la route. Je plantai mes pieds dans le sol avant de crier du mieux que je pus, la promesse d'un bon petit-déjeuner me faisant déjà saliver.

— Ouste !

**« Ouste les morveuses, vous nous dérangez. »**

Les deux pintades levèrent la tête, me toisèrent comme si elles voulaient me dire d'aller trouver mon propre jardin, et recommencèrent à picorer.

Je regardai autour de moi pour m'assurer que personne n'était témoin de ce moment embarrassant.

Cette fois, j'agitai mes bras dans tous les sens.

— Idiotes ! Allez, stupides oiseaux, foutez le camps !

Les oiseaux s'en fichaient éperdument.

J'étais sur le point de regretter d'avoir accepté cette tâche lorsque qu'une idée me frappa - le pistolet à billes.

Je soulevai la carabine à air comprimé, la plaçai sur ma poitrine, près de mon épaule, en me rappelant ce que j'avais appris au stand de tir du parc d'attractions Suburban Park à Manlius. Je visai soigneusement les fesses de l'une des pintades et enclenchai la gâchette.

Pan !

La pintade fit un bond d'environ dix centimètres, comme si elle s'apprêtait à s'envoler, et me dit en termes très clairs :

« Glouglou, glouglou, glouglou. »

Elle resta immobile et me fixa de ses petits yeux.

Je me précipitai vers l'avant et arma ma carabine à air comprimé pour tirer à nouveau. La pintade recula de deux pas, fit demi-tour et se mit à courir, sa congénère sur ses talons. Je courrai sur la pointe des pieds jusqu'au bord du jardin, en tentant de garder mon équilibre pour éviter de tomber dans une rangée de betteraves. Je traversai la cour en pente, qui était couverte de rosée, et les poursuivis en poussant de grands cris de guerre pour les faire traverser la route et franchir notre portail. Une fois arrivées sur notre propriété, elles se lancèrent à l'assaut de l'allée jusqu'à la grange verte. Elles coururent toutes les deux comme si elles avaient le feu aux fesses. Je ramassai des cailloux et en lançai une poignée pour leur rappeler qu'elles devaient rester près de la grange, là où était leur place, et qu'elles devaient cesser de me réveiller le samedi matin.

Je retournai chez le fermier Parker, déposai ma carabine à air comprimé dans le coin de la cuisine, engloutis mon petit-déjeuner et j'appris que la sœur veuve de Mme Parker débarquait tout droit d'Erie, en Pennsylvanie, pour passer Thanksgiving à leurs côtés. Mme Parker avait un vieux poêle à bois aux côtés émaillés de couleur crème et vert tilleul, avec des poignées chromées, un dessus noir et une cheminée en étain. Celle-ci montait le long du mur et s'y enfonçait tout en haut, juste sous le plafond. À côté de la cuisinière en bois se trouvaient un four électrique et une cuisinière sur laquelle elle cuisinait. Elle me tendit une assiette avec trois pancakes et quatre tranches de bacon.

— Utilisez-vous parfois le vieux poêle à bois ? dis-je.

— On l'utilise lors des petites coupures d'électricité.

— Chouette.

— S'il fait froid à s'en glacer le sang l'hiver, Fay y fait brûler un feu pour réchauffer la pièce, dit-elle.

— Fay, c'est bien le prénom du fermier Parker ? demandai-je.

— Oui, c'était aussi le nom de son père.

Mme Parker retira une petite casserole du feu et versa du chocolat chaud dans ma tasse.

— Il apprécie de te voir à la ferme, Jerry.

— Moi aussi, j'aime beaucoup passer du temps ici, Mme Parker.

— Il était si fier que toi et tes amis aient résolu cette histoire de cambriolage à Cortland.

— C'était à la fois amusant et effrayant, expliquai-je.

— Ça lui a donné envie de revivre sa jeunesse. Il aime bien vous voir apprendre des choses sur la campagne et l'agriculture. Vous l'appelez fermier Parker, n'est-ce pas ?

— Oui, madame.

— Il m'a dit qu'il trouvait ça très respectueux. Il aime ça. Vous et vos amis, vous êtes bien élevés. De nos jours, l'éducation et l'école doivent être merveilleuses, ajouta-t-elle en souriant.

— Élevés ? demandai-je.

Mme Parker s'assit comme une institutrice et m'expliqua :

— Nous cultivons notre maïs et nos légumes, mais nous élevons nos enfants.

Mme Parker sirota son thé en souriant et en observant la rosée sur la pelouse par la fenêtre, se remémorant probablement les jours où elle se rendait à Delphi et enseignait dans l'école à deux salles du hameau.

— Puis-je utiliser votre téléphone, Mme Parker ?

— Oui, bien sûr. C'est un vieux téléphone. Sais-tu comment t'en servir ?

Il était différent du nôtre, où il suffisait simplement de décrocher le combiné et d'attendre que Myrtie réponde. Je décrochai l'écouteur du crochet, le portai à mon oreille, tournai la manivelle sur deux tours complets et attendis de voir si Myrtie aller être là.

— Opératrice, dit Myrtie.

— Myrtie, c'est Jerry. Je suis chez le fermier Parker.

— Bonjour, mon chéri, que puis-je faire pour toi ?

— Pouvez-vous me passer Randy Vaas, s'il vous plaît ?

— Passe le bonjour à Mme Parker de ma part, mon grand.

Je me retournai et posai mon regard sur Mme Parker.

— Myrtie vous passe le bonjour, Mme Parker.

La vieille dame sourit.

— Allô ?

— Randy ?

— Oui, c'est Randy.

— Barber m'a dit qu'il était resté chez toi hier soir pour accompagner ton père sur le camion à lait ce matin.

— Oui, il est bien resté chez nous.

— Ils sont déjà rentrés ?

— Ils viennent de rentrer à l'instant.

— Vous voulez aller voir *Annie du Far West* au cinéma ?

— Quel cinéma ?

— Il est diffusé depuis hier soir à Cazenovia.

— Avec plaisir.

— Vois qui d'autre a envie de venir avec nous. J'ai reçu un dollar et vingt-cinq centimes de la part de Dick.

— Je reviens dans une petite minute, me dit Randy.

— J'aime bien aider le fermier Parker. Il m'apprend beaucoup de choses, dis-je à Mme Parker en me tournant à nouveau vers elle.

Randy revint au téléphone.

— Mon père doit aller chercher du fourrage et de la chaux à Cazenovia. Il a dit qu'il prendrait tous les enfants qui peuvent tenir dans la cabine du camion. J'appellerai les autres et je reviendrai vers toi.

— Merci.

— C'est le film sur Annie Oakley, la tireuse surdouée ?

— Je crois bien.

— Barber et moi allons passer les appels et on te fait savoir au plus vite.

Nous raccrochâmes.

Je remerciai Mme Parker pour le petit-déjeuner et m'excusai pour les pintades en lui promettant de tout mettre en œuvre pour les garder sur leurs terres.

— Reviens quand tu veux Jerry. J'ai toujours de quoi grignoter.

Je pris ma carabine à air comprimé Daisy, sortis, grattai

Buddy sous le collier et rentrai à la maison.

J'arrivai dans le garage de notre grange et me mis à la recherche de quelques clous et d'un marteau. Je voulais trouver l'endroit idéal où accrocher la carabine dans ma chambre. Une fois l'endroit choisi, je plantai les deux clous dans le mur près de mon lit. Je posai soigneusement le fusil sur les clous, puis, la pièce prit soudain une certaine allure. Je reculai près de la porte et admirai mon fusil sur le mur à côté de mon lit. Pour une raison quelconque, la pièce semblait plus mature. J'étais loin d'imaginer que cette carabine à air comprimé, posée tranquillement sur mon mur, allait bientôt m'apporter son lot d'ennuis.

— Viens prendre ton petit-déjeuner, Jerry, lança maman.

Je décidai de ne pas houspiller maman davantage en lui disant que j'avais déjà mangé de l'autre côté de la route et que je venais de planter deux clous dans le mur de ma chambre, surtout pas après son début de matinée maussade. J'allai à la cuisine en prétendant avoir une faim de loup.

— C'était quoi ce bruit ? me demanda maman en me voyant entrer dans la pièce.

— M. Vaas nous emmène à Cazenovia pour voir le film *Annie du Far West*. Tu peux venir nous chercher plus tard ?

— Oui, mon grand. Mange ton pamplemousse.

—Tu devrais aller voir Mme Parker un jour, maman. C'est une gentille dame.

— Je n'en doute pas. Mais n'est-ce pas Robert Frost qui a dit un jour que les bonnes clôtures faisaient les bons voisins ?

— Si nous avions de bonnes clôtures maman, nos pintades ne se seraient pas invitées dans son jardin en premier lieu.

Maman ne me répondait jamais lorsqu'elle voyait que je la prenais de court.

— Je l'inviterai peut-être un jour à prendre le thé.

— Mme Parker a dit que nous étions un bon élevage, maman.

Maman leva ses yeux de l'article sur Eleanor Roosevelt et me regarda par-dessus ses lunettes.

Elle avait appris à ne pas réagir de façon excessive à ce que papa et elle appelaient le « jargon de Jerry ». Elle attendit que je me corrige. Sa nuque s'hérissa et elle plissa le nez.

— Pardon ?

— Mme Parker a dit que moi et mes amis sommes *élevés bien.*

Les yeux de maman semblaient sourire.

— *Bien élevés*, corrigea-t-elle.

— Mme Parker a dit que moi et tous mes amis étions... eh bien, c'est ce qu'elle a dit.

— C'est bien mon chéri.

Le téléphone sonna.

Je me levai d'un bond, entrai dans la chambre de papa et maman, saisis le téléphone et décrochai.

— Allô ?

— Barber et moi serons devant chez toi dans un quart d'heure avec Holbrook, Mary et Mayor, annonça Randy.

— Super, dis-je.

— Nous passerons te prendre, puis nous irons à Delphi chercher Bases, s'il est autorisé à venir. Est-ce que tu pourras tous nous ramener à la maison ?

— J'ai déjà demandé ! répondis-je.

Je me disais qu'il valait mieux dire à maman qu'il y avait cinq personnes à ramener chez elles, toutes réparties sur la moitié du comté, *après* qu'elle soit venue nous chercher plutôt que maintenant, car son humeur matinale était plutôt fragile à cause de ces deux pintades.

Maman oublia complètement la question qui la tracassait quelques instants plus tôt et tendit le bras pour saisir son sac à main.

— Dick m'a déjà donné assez d'argent, maman. Tu peux venir nous chercher à n'importe quel moment cet après-midi.

L'avantage des séances de cinéma du samedi matin, c'était que l'entrée ne coûtait que quinze centimes. Ces séances commençaient le matin avec un feuilleton ou un dessin animé de Superman. Puis venait le journal télévisé. Enfin, le premier film commençait, suivi d'un autre s'il s'agissait d'une double programmation. Tout cela, ainsi que les dessins animés se répétaient toute la journée. Pour seulement quinze centimes, il était possible de rester assis dans la salle de cinéma toute la durée de la séance. Ils laissaient même les parents entrer gratuitement pour récupérer leurs enfants et les ramener à la maison. Maman pouvait venir nous chercher quand elle le voulait, à condition tout de même qu'elle ne vienne pas avant plusieurs heures.

Je cherchai les cinq pièces dans la poche gauche de mon jean, glissai l'étui de cartes à jouer miniatures dans ma poche droite, jetai un dernier coup d'œil à ma carabine à air comprimé Daisy accrochée au mur de ma chambre, et me dirigeai vers le portail pour attendre le camion, qui dévalait la colline près de la maison du fermier Parker.

Personne n'avait un camion comme celui de M. Vaas. J'étais déjà monté dedans avec Randy lorsqu'il faisait la tournée des laiteries tôt le matin avec son père. Il s'agissait d'une Dodge de 1942, qui contenait une plate-forme pour transporter des bidons de lait ou des sacs de fourrage. Elle avait été construite à l'origine pour la guerre, pour servir de camion militaire. Le volant pouvait être déverrouillé et déplacé du côté gauche ou du côté droit. Le camion était également équipé de pédales des deux côtés, ce qui permettait de le conduire ou de le diriger d'un côté ou de l'autre. M. Vaas pensait que c'était à cause des différentes lois qui régissait la conduite dans tel ou tel pays. Quelqu'un d'autre m'avait expliqué que c'était au cas où le conducteur de gauche se fatiguait ou était tué par balle, le soldat de droite pouvait ainsi prendre le relais sans s'arrêter.

M. Vaas fit grincer les freins du camion jusqu'à ce qu'il s'arrête. Puis il nous déposa devant le cinéma, à côté de la maison des Lincklaen, avant de repartir. Nous avions quatorze minutes à attendre avant l'ouverture du cinéma, alors nous nous rassemblâmes et nous assîmes sur le trottoir.

Les gens réussissaient sans problème à nous contourner.

Je parlai à tout le monde des pintades et du fait que Dick m'avait donné une carabine à air comprimé pour les chasser du jardin de Mme Parker. Tous, à l'exception de Mary et de Holbrook, possédait déjà un pistolet à air comprimé. Je sortis de ma poche le jeu de cartes miniature.

— Il m'a donné ça aussi.

Je le montrai à tout le monde.

Holbrook fouilla dans sa poche et en sortit un morceau de fourrure douce de la taille de sa main.

— Tu veux échanger ? me demanda-t-il.

— Qu'est-ce que c'est ?

— Je t'échange cette fourrure d'écureuil contre tes cartes.

Je me levai d'un bond.

— Holbrook, est-ce que tu as tué un écureuil ?

— Pas du tout.

— Ce truc est un écureuil et il est bel et bien mort !

Je mis de l'huile sur le feu.

— Mon père a roulé dessus.

— Où ça ? demanda Mayor.

— Sur Berry Road, il l'a écrasé avec la DeSoto en allant au travail quand il faisait encore nuit. Je l'ai trouvé ainsi, tout broyé, au moment où je me rendais chez Tommy Kellish.

Tous les nez sur le trottoir se plissèrent, tous les estomacs se retournèrent. Beurk.

— Maman ne voulait pas me laisser utiliser sa spatule à pancakes, alors je l'ai ramassé avec une des pinces de papa, je l'ai nettoyé du mieux que j'ai pu et j'ai dû supplier maman de le dépecer pour conserver sa peau. Tu veux l'échanger contre les cartes ?

— Ça ?

Je l'observai de plus près.

— Tu peux l'utiliser pour polir ton pistolet à billes.

— Et ta mère, elle a sorti les tripes et tout le reste, comme ça ?

— Elle l'a dépecé entièrement. J'ai dû promettre de pendre le linge sur les filets à linge les trois prochains samedis, si elle acceptait de le faire.

Barber prit la parole.

— Avec onze enfants, dont six filles de tous âges, c'est une expérience vraiment humiliante pour un garçon. Les gens passent en voiture, le regardent, il a la bouche pleine de pinces à linge et il accroche des brassières et des petites culottes.

Randy sourit.

— Aux yeux de tout bon commerçant, c'est toi qui t'es fait dépouiller, mon Holbrook, lança-t-il.

— Deal ? dit Holbrook en portant la fourrure à mon visage.

L'image de ma carabine à air comprimé accrochée au mur me revint en tête.

— Deal.

J'acceptai.

L'échange était scellé et le cinéma ouvrit ses portes. Nous vidâmes tous nos poches et donnâmes notre argent à Mary. Elle le divisa en parts égales, le redistribua et nous remarquâmes qu'il restait quinze centimes. Après avoir payé nos billets, nous allâmes au stand de pop-corn. Les quinze centimes que nous avions en trop, nous les mîmes dans la « banque à poumon d'acier » posée sur le comptoir à bonbons de la March of Dimes, qui secourait les enfants atteints de polio.

Nous adorâmes ce film. Nous le regardâmes trois fois. Annie était la meilleure tireuse au monde. Elle touchait tous les oiseaux en argile et toutes les boules de verre qu'on lui lançait en l'air. Elle tirait même bien mieux que l'homme, mais ils se marièrent tout de même et chantèrent nombre de chansons ensemble. La musique était entraînante. Mary me demanda si elle pouvait emprunter ma carabine à air comprimé Daisy pour s'entraîner. J'acquiesçais. Puis j'encourageai tout le monde à garder un œil ouvert dans les bois ou dans les champs et de me trouver des plumes de dinde que je pourrais potentiellement accrocher à mon fusil avec des ficelles en cuir.

Jerome Mark Antil

## CHAPITRE QUINZE
## PROBLEMES D'IMAGES

Personne ne connaissait mon secret – celui de la seule autre fois où j'avais visé un oiseau avec le pistolet à billes et l'avais tué.

C'était un moineau. Il n'avait pas bondi en l'air comme la pintade. J'avais observé ses yeux devenir livides, tandis qu'il agrippait ses deux pattes à la branche sur laquelle il se reposait avant de laisser tomber et de se balancer, mort, dans la brise. J'étais grimpé à l'arbre, j'avais rampé sur la branche, tendu la main vers la branche et soulevé délicatement le moineau, puis je l'avais lové dans ma main. La chaleur de son corps sans vie m'avait surpris. Après avoir imploré son pardon, je l'avais enterré lors de vraies funérailles, avec des sifflements et des roucoulements de colombe en deuil, et j'avais griffonné les mots *Pauvre Moineau* avec mon couteau sur sa pierre tombale.

Depuis cet enterrement, je n'avais jamais pointé mon pistolet à billes sur autre chose que des boîtes de conserve ou des bouteilles vides. Pas même sur des pintades.

Mais là, tout ceux qui passaient par ma chambre et lorgnaient sur la fourrure d'écureuil accrochée au mur, que j'avais obtenue en échangeant un jeu de cartes miniature ainsi que sur ma carabine à air comprimé Daisy à laquelle pendaient deux plumes de dinde, me considéraient comme un bûcheron chevronné, ou comme une sorte de Davy Crockett ou de Daniel Boone. Le livre des Hardy Boys que j'avais adossé à ma fenêtre, pour empêcher la lumière du porche de passer la nuit et qui était recouvert d'une jaquette de Moby Dick pour le dissimuler, n'arrangeait pas mon image.

Je voulais montrer un intérêt littéraire plus profond que les Hardy Boys, alors j'avais chipé la jaquette de Moby Dick sur un des livres de la chambre de Dick. Avec le fusil et la fourrure sur le mur, cette jaquette de Moby Dick faisait de moi un véritable chasseur de baleines.

Les enfants du Club de Lecture de Pompey Hollow étaient accros aux dessins animés du samedi matin quand ils ne luttaient pas contre les crimes. Ayant grandi la moitié de notre vie pendant la guerre, nous avions l'impression de vivre normalement, alors que le monde autour de nous ne l'était assurément pas. Pour nous, la vie se résumait au bien et au mal, au bon et ou mauvais, et à essayer de se souvenir de faire notre lit tous les matins.

Quelques semaines nous séparaient de Thanksgiving. Des membres de la famille revenaient à la maison, parfois pour une semaine entière. Il pouvait y avoir vingt ou même trente personnes, en plus des amis et des enfants, regroupées autour des différentes tables que nous installions pour fêter Thanksgiving, s'amuser et manger abondamment. Il y avait toujours des tonnes de restes pour la semaine entière.

— Les grandes familles ont de grandes responsabilités, nous disait papa lorsqu'il nous confiait nos tâches spéciales de pré-Thanksgiving.

L'année dernière, j'avais aidé à mettre la table, mais à l'approche de ce Thanksgiving, papa avait un regard différent sur moi, comme si j'avais mûri pendant l'été et que, grâce à toutes mes expériences de vie passées, j'étais enfin prêt à relever de nouveaux défis et à assumer de nouvelles responsabilités. Peut-être (il semblait y penser) que j'aiderais désormais la famille à préparer Thanksgiving d'une nouvelle manière. Cette année, j'étais chargé d'une tâche qui correspondait à merveille à ma nouvelle image.

Je traversai la salle à manger pour aller huiler mon pistolet à billes dans ma chambre. Papa, une tasse de café en main, m'arrêta.

— A son retour de Lemoyne, Mike ira chercher les citrouilles, les pommes et les canneberges pour les tartes et les sauces, ainsi que le pain assaisonné de la boulangerie pour la farce. Comme c'est le chef cuisinier de la famille, il aidera en cuisine.

J'avais peur de ce que ce Cuisinier Mike allait donner aux fourneaux.

— Quant à Dick, son travail consiste à ratisser les feuilles et à nettoyer les cours avant et arrière. Ta mère, elle, ira à la semaine spéciale Thanksgiving organisée à Cortland pour acheter une dinde fraîche au Rotary club, tu sais, pour leur collecte de fonds annuelle...

Je sentais que cela mènerait quelque part.

— Mais nous aurons besoin de bien plus qu'une seule

dinde pour nourrir tout le monde jusqu'à Nouvel An. Ça représente plus d'un mois de nourriture, fiston.

Je restai là à le regarder, sans dire un mot.

— Jeune homme, Holbrook et toi pourriez aider M. Pitts à préparer quatre oies et dix poules, en vue de les cuisiner et de les offrir ?

Je restai planté là.

— Tu es d'accord, fiston ? Ta mère et moi souhaiterions offrir deux oies et cinq poules aux Holbrooks pour leurs vacances. Ils sont nombreux, eux aussi. Quatorze ou quinze je crois, c'est bien ça ?

J'acquiesçai, mais je restai silencieux.

— Vous aiderez M. Pitts comme il vous l'indiquera, vous lui couperez du bois pour qu'il puisse allumer un feu et faire bouillir de l'eau en vue d'arracher les plumes, ou tout autre chose dont il aura besoin, M. Pitts vous dira quoi faire. Allez le voir cette semaine et voyez avec lui, fiston.

Sur ce, papa saisit sa hache posée sur le plan de travail de la cuisine – celle qui était d'habitude accrochée dans la grange pour couper du bois - et il la tendit à celui qu'il considérait désormais comme Daniel Boone. Moi.

C'était encore pire que ce que j'avais imaginais ! J'étais assez intelligent pour savoir que *préparer* des poules et des oies ne signifiait en rien leur donner un bain et les peigner.

Je le fixai, bouche ouverte, sans voix.

— Ferme ta bouche, mon garçon. Tu vas gober les mouches, dit-il.

Je n'avais jamais gobé de mouche dans ma bouche jusque-là.

M. Pitts était un vieil homme sympathique. C'était un véritable ami, qui avait accepté de surveiller nos poules et nos oies dans sa petite ferme, en échange de quoi il était autorisé à manger les poules et vendre les œufs que nous n'utilisions pas. J'y allais chaque semaine pour y récupérer les œufs. Papa déposait des sacs de nourriture et les empilait sur une étagère dans sa grange, suffisamment haut pour que les animaux ne puissent pas les atteindre.

Maintenant, si j'avais bien compris, mon père attendait de

moi, son fils unique, qui avait eu l'audace de clouer au mur de sa chambre une peau d'écureuil et une carabine Daisy ornée de deux plumes de dinde, et de Holbrook, mon meilleur ami, qu'ils aillent aider M. Pitts à tuer dix poules et quatre oies pour les fêtes de Thanksgiving et de Noël.

Je me tus et réfléchis quelques instants.

Les gens qui vivaient dans les fermes élevaient généralement des animaux pour les manger. Ça, je le savais. Et ça ne me dérangeait pas outre mesure. Après tout, les hot-dogs, les hamburgers et le bacon étaient faits avec de la viande. Pourtant, c'était une chose d'accompagner maman à l'épicerie et de déposer ces choses dans son panier, mais c'en était une autre d'être là, une hache à la main, à penser au coq qui galopait dans la ferme de M. Pitts en tonnant ses *cocorico*, et à se dire que mon unique travail consistait à tout mettre en œuvre pour que lui et neuf autres de ses congénères soient prêts à être dévorés.

Quand j'avais tué le moineau, je n'avais pas pu dormir pendant des jours. Je n'avais pas arrêté d'y penser. Là, il était hors de question que j'assassine dix poules et quatre oies. Qu'est-ce que ces poules ou ces oies pouvaient bien me faire de mal ? Les poules caquetaient, picoraient le sol, s'occupaient de leurs affaires et nous donnaient des œufs tous les jours.

Je restai là, hypnotisé par mes pensées.

Bien sûr, les oies pouvaient prendre un malin plaisir à me pourchasser, ce qui pouvait être ennuyeux, mais elles chassaient également tout renard qui essayait de s'attaquer à une poule. Mon frère Dick me poursuivait lui aussi dans la maison, mais ce n'était pas pour ça que j'allais lui couper la tête.

Papa claqua des doigts trois fois devant mon visage pour essayer d'attirer mon attention.

— Ça va, fiston ?

Je sortis de mes pensées.

— Bien sûr, papa.

J'étais certain, me dis-je, que nos animaux qui vivaient chez M. Pitts faisaient partie intégrante de la famille, et n'étaient en rien du vulgaire bétail.

Je n'allais pas faire ce qu'on me demandait ; personne ne pouvait me forcer à ça et j'étais presque sûr qu'Holbrook ne le ferait pas non plus. Oh, il voulait certes devenir un homme des bois et traquer les cerfs, mais il préférait se coiffer et reluquer les filles. Il ne pouvait même pas dépecer lui-même un écureuil écrasé.

Je n'osais pas dire tout cela à voix haute, de peur que papa ne l'entende. Je savais que si je lui disais que je refusais cette tâche, il ne me forcerait pas. Ça lui rappellerait le fiasco du lapin de Pâques et il demanderait à un de mes grands frères de le faire. Je ne pouvais pas non plus laisser une telle chose se produire.

Je fis demi-tour, traînai la hache jusqu'à ma chambre et la glissai sous mon matelas. Je devais à tout prix retrouver le Club de Lecture de Pompey Hollow et leur dire ce que mon père avait en tête. J'allai dans la chambre de papa et maman et je décrochai le téléphone.

— Oui ?

— Myrtie, tu peux me passer Tommy Kellish ?

— Jerry ?

— Oui.

— Alors, on se prépare pour le Père Noël, jeune homme ? Il ne va pas tarder à arriver.

— Oui, madame.

— J'adore le duvet que tu m'as offert à Pâques. Je l'utilise tous les jours. Il me tient chaud quand il fait frais. Voilà, mon grand, tu es connecté.

— Allô ?

— Tommy, peux-tu voir si Holbrook travaille à la boulangerie Tully aujourd'hui ? J'ai besoin de le voir.

— Je vais devoir y aller à pied, mon père a le tracteur.

— Ton père te laisse conduire le tracteur ?

— S'il ne l'utilise pas, oui.

— Zut.

— J'y vais de ce pas et je te rappelle.

— Renseigne-toi pour savoir s'il peut nous retrouver au cimetière. C'est super important.

— Important, du genre question de vie ou de mort ?

— Oui, cette fois c'est mon père.

— Qu'est-ce qu'il y a ?

— Il veut que Holbrook et moi assassinions une tonne de poulets et d'oies.

— Oh-oh, c'est du sérieux.

— Si je sais qu'Holbrook ne travaille pas aujourd'hui, j'appellerai Barber pour organiser une réunion, dis-je.

— S'il est à la maison, tu veux que je prenne les devants et que j'appelle Barber tout de suite ? demanda Tommy.

Il savait que le cimetière était le lieu de rencontre du Club de Lecture.

— C'est une super idée. Merci, Tommy.

Environ quarante minutes plus tard, le téléphone sonna. Je le décrochai.

— Allô ?

— Tôt demain matin, au cimetière, lança Barber à l'autre bout du fil.

— A quelle heure ?

— Au lever du soleil. On se voit là-bas.

Nous raccrochâmes tous les deux.

Le lendemain matin, je me levai à l'aube, je m'habillai dans le noir et entrai sur les terres du fermier Parker. Je descendis dans sa grange et je le saluai pendant qu'il était en train de traire. Je franchis les portes coulissantes avant de dire bonjour à Sarge et Sally. Puis, je passai derrière la grange, je traversai le ruisseau et je gravis le chemin escarpé jusqu'au sommet. Une fois que j'eus traversé le champ de foin, tout en appréciant la sensation du soleil qui réchauffait mon épaule, j'entamai ma descente de l'autre côté de la colline, entre l'érable et l'orme, jusqu'au cimetière.

En chemin, j'imitai des roucoulements de tourterelle triste avec mes mains, pour faire du bruit. Barber et Bases jouaient à se bagarrer à mains nues l'un avec l'autre, en m'attendant.

Nous nous assîmes par terre et parlâmes du film *Annie du Far West*. Nous ne tardâmes pas à entendre la porte d'une nouvelle Ford s'ouvrir et se fermer. Les enfants étaient capables d'identifier quel type de voiture il s'agissait rien qu'au bruit de claquement de la portière. Le véhicule repartit.

Le doux bruissement des feuilles des grands pins et des érables sur la colline qui menaient au cimetière nous parvint aux oreilles. Dans le brouillard épais du matin, Holbrook et Mary donnèrent des coups de pied dans les feuilles séchées autour des pierres tombales, ou alors, ils marchaient délibérément sur les branches et les brindilles mortes, les faisant claquer avec leurs pieds. Normalement, Holbrook et moi pouvions nous faufiler dans les bois comme des Indiens, sans faire de bruit, mais tous les enfants savaient, surtout dans un cimetière si peu de temps après Halloween, qu'il n'était pas *impossible* de croiser des fantômes, non pas que nous croyions aux fantômes ou aux esprits, ou à quoi que ce soit de ce genre.

Maman m'avait lu une histoire d'Ichabod Crane et d'un cavalier sans tête, alors je savais de quoi je parlais. Le livre parlait de Sleepy Hollow et nous savions que ce n'était pas si loin de Pompey Hollow. Nous pensions que tout cela était vrai, alors nous fîmes du bruit - beaucoup de bruit - en marchant dans le cimetière dans le brouillard.

Mary et Holbrook arrivèrent à découvert entre les arbres. Holbrook avait une barre chocolatée dans la main, tandis que Mary en avait trois. Son père avait dû s'arrêter au magasin Hastings à Delphi et avait acheté des barres chocolatées pour chacun d'entre nous.

Mary en donna un à Barber puis un à Bases, et en garda un pour elle. Je suspectais que Holbrook avait englouti le sien en montant la colline à travers le cimetière et qu'il avait dans ses mains le mien.

Holbrook retira l'emballage du biscuit, la cassa en deux et brandit les deux morceaux. L'un était plus long que l'autre, alors il prit une bouchée du morceau le plus long pour les égaliser et les tint à nouveau pour s'assurer qu'ils étaient bien égaux.

Les bons amis ne voyaient pas cela d'un mauvais œil, au contraire, nous trouvions cela tout simplement amusant.

Tout le monde savoura le chocolat, comme des adultes avec leur café du matin. Holbrook et Mary reprenaient encore leur souffle.

— Qu'est-ce qui ne va pas ? demanda Holbrook.

Il avait compris que mon appel à Tommy Kellish était une question de vie ou de mort. Il voulait toujours aller droit au but. Ce que personne ne savait, c'était qu'il était véritablement question de vie ou de mort pour ces poules et ces oies. Tous mes amis se mirent en cercle.

— Mon père m'a donné une hache et m'a dit qu'avec

Holbrook, nous devions aller chez M. Pitts et l'aider à dépecer les poules et les oies pour Thanksgiving et Noël.

— Oui, et... ? demanda Barber.

— Deux des oies et cinq des poules sont pour les Holbrook, pour qu'ils les mangent à Thanksgiving et à Noël.

Holbrook me regarda droit dans les yeux.

— Quel est le problème ?

— Holbrook, tu es fou ? Il est hors de question que l'on tue des poulets ou des oies !

— Il faut les plonger dans l'eau bouillante afin que leurs plumes s'enlèvent plus facilement, expliqua Mary.

Holbrook pouvait déjà sentir la sauce gravy. Il haussa les épaules.

— Je ne vois toujours pas le problème.

— Ce serait plus facile de leur couper la tête, dit Bases.

Ce fut alors que Barber ajouta un point de vue plus éduqué, voire plus clinique.

— Et puis l'un de vous devra plonger sa main dans leur trou de balle pour en sortir toutes les tripes et les nettoyer.

— Hein ? Holbrook grogna.

Holbrook décrivit un cercle complet et vertigineux. Sa répartie le quitta. Il s'étouffa en croquant dans sa barre chocolatée et bégaya.

— Bon, là nous sommes face à un vrai problème. Qu'est-ce que tu as en tête ? Quel est le plan ?

Holbrook s'efforça de rester maître de la situation, mais son esprit lui faisait défaut.

Notre présidente fronça le nez, son imagination tentait de s'imprégner de l'air autour d'elle (et peut-être d'anticiper l'odeur des boyaux de poulet chauds). Elle jeta ce qui restait de sa barre chocolatée par-dessus son épaule, qui atterrit par terre derrière elle.

J'essayais de rassembler mes pensées, qui étaient, à cet instant, bien trop éparpillées.

— Et si Jerry allait dire à M. Pitts ce que nous sommes censés faire - tuer tout ce beau monde - mais qu'à la place, nous souhaitons juste jouer dans sa grange toute la journée. Nous pourrions faire semblant d'accomplir notre tâche et en même temps, on chercherait quoi dire au père de Jerry pour nous dédouaner de tout ça ? Jerry, tu vas simplement dire à M. Pitts que nous n'allons rien tuer du tout, et point à la ligne, dit Mary.

Bases et Barber dirent à l'unisson :

— Parfait !

Je me ralliai à eux.

— Quoi ? demanda Mary.

— Holbrook et moi irons au magasin des Hastings et achèterons des poules et des oies prêts à cuire. Personne ne le remarquera jamais, dis-je.

— Vous êtes tous des génies, déclara Holbrook, qui jeta l'emballage de sa barre chocolatée par-dessus son épaule.

Mary sentit que l'intégrité du groupe face à cette aventure était quelque peu fragile, alors elle demanda :

— Qui est partant ?

Tout le monde cracha.

— Où trouverez-vous l'argent pour acheter tout ça ? demanda Barber.

— Ça doit coûter cher.

— Nous irons au magasin tout de suite après, dis-je.

J'expliquerai à M. Hasting que mon père veut faire une surprise aux Holbrook et à leurs onze enfants, qu'il veut commander suffisamment de poules et d'oies pour les fêtes, et que Holbrook et moi viendront les chercher dans deux semaines."

— Mais comment allez-vous les payer ? demanda Barber.

— Nous lui demanderons de les mettre sur la note du magasin de papa.

— Mais ce serait mentir, déclara Mary.

Ce type de détail ne nous avait jamais empêchés de mettre en œuvre une idée brillante par le passé.

— Je sais, mais il s'agit d'une situation de vie ou de mort, qui nécessite un très gros bobard. De toute façon, maman comprendra et sera de notre côté. Elle déteste la violence sous toutes ses formes.

— C'est de la mauvaise foi ! aboya Barber.

— Si ta mère découvre que tu as menti, on va tous se faire botter les fesses.

— Oh, elle nous tuera, admis-je. Mais au moins elle comprendrait...

— Pour sûr qu'elle va nous tuer, interrompit Barber.

— D'ailleurs, qui ici a envie de fourrer sa main dans un trou de... et de retirer les tripes d'une flopée de poules et d'oies mortes ?

Aucune main ne se leva. Personne ne cracha.

Bases se pencha, ramassa les restes de la barre chocolatée de Mary, enleva un éclat de pierre et une aiguille de pin morte, et l'engouffra dans sa bouche.

— C'est bien pensé, c'est vraiment bien pensé, murmura Holbrook, qui se tenait toujours l'estomac. Si c'est donc notre devoir, mettons-nous en route.

Nous entamâmes la marche d'un quart de kilomètre en direction de Delphi, en donnant à tour de rôle un coup de pied dans un caillou qui roulait sur la route. Ce genre de geste aidait toute personne avec un esprit lourd à se concentrer, et à ce moment-là, nous en avions tous besoin.

Nous étions sur le point de vivre une aventure qui allait être financée par un gros mensonge. Ce seul fait pourrait très bien nous causer des ennuis à vie. Chaque fois que l'un d'entre nous encourageait à plus de réflexion, un autre disait des choses du genre :

— Je me demande à quoi ressemblent les tripes d'une poule quand on les retire ?

Tandis qu'un autre ajoutait :

— Je me demande quelle est l'odeur des tripes chaudes ?

Puis, nous donnions à nouveau un coup de pied dans un caillou, en le projetant un peu plus loin que la dernière fois, dans l'espoir d'arriver plus vite à notre destination et d'en finir une bonne fois pour toute. Nous étions tous convaincus d'être du bon côté de la mince ligne qui séparait le bien du mal.

La cloche de la porte en bois du magasin, dont la peinture était écaillée, retentit. M. Hasting, sans lever les yeux pour voir qui entrait, lança :

— J'arrive tout de suite, je vais juste porter ce sac à la voiture pour un client.

Lorsqu'il revint et ferma la porte, Holbrook et moi lui expliquâmes ce dont nous avions besoin pour les fêtes, pour la grande surprise que nous réservions à mon père. M. Hasting se gratta la moustache de deux jours et dit :

— Oui, je peux vous préparer dix poules et quatre oies dans deux semaines. Voulez-vous que j'appelle votre mère ou votre père pour les prévenir quand ils seront prêts ?

Telle une chorale de grand-messe solennelle, tout le monde s'écria en chœur :

— Oh, non !

Holbrook ajouta :

— Et s'ils entrent, s'il vous plaît, ne dites rien !

Consciente qu'à peu près tout le monde faisait confiance aux filles, notre présidente prit les choses en main.

— M. Hasting, Jerry et Holbrook viendront les chercher dans deux mardis.

— Nous voulons surprendre mon père et ma mère, pour leur montrer à quel point nous sommes responsables, ajoutai-je.

M. Hasting sourit à sa femme, qui empilait des courges sur une table et nous jaugeait du coin de l'œil. M. Hasting lui dit :

— N'est-ce donc pas agréable d'aider les familles à célébrer cette joyeuse saison des fêtes avec un tel geste ?

Puis il nous confia à quel point il était fier de nous voir grandir ainsi, tandis que le pauvre devenait, à ce moment-là, involontairement complice de notre projet. Il nous proposa de nous servir une crème glacée gratuite. M. Hasting faisait désormais partie de notre supercherie, à son insu.

Mme Hasting nous regarda comme si elle se doutait de quelque chose. Elle avait entendu parler de ces histoires de lapins de Pâques et de bonbons gratuits. Elle avait également vu Mary pédaler sur son chariot à glaces dans les rues de Delphi.

Il y avait une règle simple que les enfants connaissaient tous : plus nous impliquions d'enfants dans nos méfaits, plus nous avions de chances de nous en tirer avec une simple réprimande si la justice nous attrapait, mais nous ne louperions certainement pas une bonne raclée de nos parents s'ils nous attrapaient la main dans le sac. Nous le savions par expérience, aussi étions-nous conscients qu'il ne fallait laisser aucune place à l'improvisation. Le Club de Lecture de Pompey Hollow avait des poules et des oies à sauver.

Cette nuit-là, L'air extérieur prit une tournure étrange. Il devint plus froid qu'un bloc de glace plongé dans une baignoire remplie de soda. Je n'aimais pas non plus les bruits stridents du vent qui l'accompagnaient. Lorsque la nuit noire tomba, le vent se mis à souffler différemment et, d'après moi, dangereusement.

Les arbres de la colline escarpée à côté de la maison gémissaient et hurlaient, couvrant le bruit des chutes d'eau qui s'écrasaient plus loin. Ça me glaçait le sang. Je cherchai dans le salon quelque chose sous lequel me glisser au cas où il me fallait me cacher rapidement. Même Ginger, notre chien, habitué au monde extérieur, se faufila dans la pièce et se recroquevilla à côté du pouf de maman. Maman était assise sous une lampe et lisait son livre, comme si de rien n'était.

Tout ce tapage commença à la nuit tombée, à peu près au moment où j'allumai la radio du salon pour écouter un roman policier. Au moment où la radio se mettait en route, une branche basse d'un grand arbre sur la colline près de la cabane de Dick se mis à gratter le toit de la maison, juste au-dessus de la buanderie, un peu comme si elle enlevait les feuilles du toit.

Papa était dehors, pour régler une histoire de boulangerie. Demain, il n'y aurait qu'une demi-journée à l'école, alors Dick passait la nuit chez Duba.

Maman était assise dans son fauteuil, sourire aux lèvres, et lisait un livre sur la famille Von Trappe en Allemagne et sur la façon dont ils chantaient tous ensemble.

J'étais allongé sur le sol du salon, mort de trouille face à tous ces bruits extérieurs et à l'émission de radio.

J'écoutais un programme sur un meurtre qui faisait froid dans le dos, avec tous ces cris et ces grincements de portes en fer, ces coups de feu, ces coups de couteau et même ces chauves-souris noires qui hantaient le beffroi à la recherche de sang. A chaque fois que j'entendais un cri dans le haut-parleur de la radio, je vérifiais autour de moi que quelqu'un n'était pas entré dans la pièce et se faufilait derrière moi. Le vent qui hurlait dans les arbres à l'extérieur n'aidait pas. Chaque cri me provoquait une nouvelle décharge de frissons. Je retournai la tête, regardai le cadran rougeoyant de la radio et me persuadai que ce n'était que mon imagination.

Une chose était sûre. A la fin de *Meurtre au Manoir Hanté*, j'irais me coucher. J'étais réellement sur le point de faire une crise cardiaque. Il y avait des limites à ce qu'un garçon pouvait supporter, les cris, les vents violents, la forêt sombre, tout cela lors d'une particulièrement obscure.

Et puis soudain.
Zzzzzzz... pop !
Tout l'intérieur de la maison devint noir.
Toutes les lumières s'éteignirent et la radio aussi. Tout ce qui faisait du bruit, comme la glacière par exemple, s'arrêta. La maison se retrouvera plongée dans le noir et était aussi silencieuse que la morgue dans l'émission de radio que j'écoutais.
Rien de bon ! me dis-je.
Mon cœur se mit à battre la chamade et je déglutis difficilement.
— Maman !?
— On dirait qu'un fusible a sauté, déclara maman calmement.
Il était facile pour elle de rester calme. C'était une mère, et les mères n'avaient jamais peur, et en plus, elle n'écoutait pas mon émission de radio *Meurtre au Manoir Hanté*. Je n'avais aucune idée de l'endroit où elle se tenait, car je ne voyais rien dans l'obscurité.
— Est-ce que des gens peuvent sortir d'une radio, maman

?

C'était l'une de ces questions où, au moment même où on la posait, on se rendait compte à quel point elle était stupide. Je n'avais pas les idées claires dans l'obscurité. Je me disais qu'il devait y avoir une coïncidence entre le cri effrayant à la radio, qui provenait d'un manoir hanté, et le fait que toute l'électricité saute soudainement et plonge la maison dans le noir, en plein milieu de ce cri.

— Ne dis pas de bêtises, mon chéri, répondit maman.

— Mais maman... !

— Je vais voir si nous avons des bougies. Nous changerons le fusible, si je réussis à mettre la main sur la boîte à fusibles. Je savais où elle se trouvait à Cortland, mais ici, je ne suis pas si sûre, dit maman.

J'étais à quatre pattes et je tâtonnais le long du mur du salon en direction du couloir de la salle de bains, quand maman lâcha une bombe.

— Jerry, nous allons avoir de la compagnie tout le week-end, les amis de Mike reviennent de l'université, commença maman.

— Je sais, dis-je, toujours en rampant.

— Nous aurons donc besoin d'œufs.

— Je sais, maman.

— Va chercher un panier d'œufs chez M. Pitts, mon chéri.

— J'irai. Je mettrai le panier près de mon lit et je m'en chargerai quand je rentrerai de l'école demain.

— Non, maintenant, mon chéri.

— Hein ?

— Ce soir, Jerry.

— Quoi ? Quand ? Je vais toujours chercher les œufs le samedi, maman. Je ne peux pas le faire demain après l'école ?

— Vas-y tout de suite, mon chéri, tant que j'y pense. Reste là. Je vais t'apporter le panier.

— Tu es sérieuse ?

— Bien sûr que je suis sérieuse. Pourquoi tu me poses une telle question ?

— C'est de la folie !

— Ne sois pas effronté.

— Maman, je ne te vois même pas, et je vois encore moins le panier. Il fait bien plus sombre dehors. Comment vais-je trouver la maison de M. Pitts ?

Je pouvais entendre le vent se lever à travers l'obscurité et les arbres, il m'invitait à sortir et à participer au sacrifice humain.

— La lune éclairera le chemin, dit maman. Je t'attendrai jusqu'à ce que tu reviennes.

Elle manqua de peu de me trébucher dessus alors que j'essayais de me lever dans l'obscurité. J'attrapai le panier qu'elle tenait, juste pour éviter de tomber à nouveau.

— Allez c'est parti.

Je savais que si j'essayais de m'en sortir avec des mots, maman me répondrait :

— *Tu es l'aîné, donc ce soir, c'est toi l'homme de la maison, et les œufs sont sous ta responsabilité.*

Cette discussion pouvait parfois durer plusieurs jours. Je pris le panier, qui n'était pas mon panier à œufs habituel. C'était le panier à couture de tante Kate, celui avec une poignée cassée et un gros trou dans la partie supérieure gauche, creusé par Mittens, le chat, qui aimait y aiguiser ses griffes. Maman le vidait chaque fois qu'elle avait besoin d'œufs en plus que d'habitude, sa contenance étant plus grande que le mien.

J'aimais rendre visite à M. Pitts et jouer dans sa grange en journée. C'était une petite grange. Il n'y avait pas d'électricité. Il y avait une stabulation pour son cheval, Nellie, et une autre pour sa vache, Bessie. Cela me rappelait Noël.

Chaque fois que M. Pitts se trouvait dans la grange la nuit, une lanterne à pétrole accrochée à un poteau entre les écuries luisait, et une autre, suspendue au poteau près de la porte latérale, éclairait légèrement l'allée qui menait au poulailler. La grange avait un éclat spécifique, la paille dorée recouvrait le sol et pendait du grenier au-dessus de nos têtes. La mangeoire en bois était garnie de maïs « de récolte » jaune doré et orangé, et en plein milieu de la grange se trouvait un grillage à poules. M. Pitts appelait cela le *maïs des vaches*, car avant de l'apporter à la grange, les tiges étaient empilées et attachées debout dans le champ au moment de la récolte, pour que le soleil et l'air les fassent sécher au niveau des tiges. Ensuite, les épis étaient coupés à la main, sur une longueur de cinq ou six centimètres. Bessie se délectait de ces épis tout au long de l'hiver, lorsque la neige recouvrait son vert pâturage derrière la grange. Contre le mur, il y avait une carriole destinée à être tirée par des chevaux. Une bride et un harnais en cuir étaient soigneusement rangés à l'arrière, derrière la banquette. Il y attelait Nellie les jours où il se rendait au magasin des Hasting à Delphi, ou à tous les endroits où il devait se rendre. Le poulailler se trouvait à côté de la grange.

Une fois, j'avais demandé à M. Pitts pourquoi il n'avait pas l'électricité ou pourquoi il ne possédait pas de voiture.

— Eh bien, tant que j'ai des allumettes, une bonne dent pour les craquer, (il arborait toujours un sourire édenté), une simple lanterne me suffit, disait-il. La vieille Nellie a encore de belles années devant elle. Plus que moi, sans doute. Pourquoi voudrais-je apprendre à conduire un de ces tacots, d'ailleurs ? Je les ai vus pendant la Grande Guerre (il parlait de la Première Guerre Mondiale) et je n'en avais pas plus d'utilité à ce moment-là non plus.

— Avez-vous participé à la Seconde Guerre Mondiale, M. Pitts ? demandai-je.

— Eh bien, la Grande Guerre, ce n'était pas comme celle que nous venons de vivre. Vous et vos amis en avez vu une plus importantes, c'est sûr. Quoi qu'il en soit, ça me fout les chocottes à chaque fois.

Puis il recracha son tabac avec un bruit sonore, avant de s'essuyer le menton du revers de la main.

Tout ce que M. Pitts m'avait toujours dit faisait sens – et il s'avèrerait que ce serait le cas une fois de plus en cette soirée particulièrement effrayante, venteuse, froide et sombre. Je tâtonnai le long du mur du hall d'entrée, dans l'obscurité, jusqu'à notre porte d'entrée et ma possible mort.

Je marmonnai :

— Si au moins nous avions une lanterne à pétrole comme M. Pitts, je serais capable de voir dans le noir. Et si nous avions un cheval et un chariot comme le sien, je me sentirais plus en sécurité. Les chevaux, eux, peuvent voir dans l'obscurité.

— Ne traîne pas jeune homme. Pas d'hésitation.

— J'y vais.

— Tiens, mets ce pull.

Sans même une étincelle de lumière pour éclairer son lancer, maman m'envoya un pull en laine à la figure, en se fiant au dernier son qu'elle avait entendu - ma voix. Le pull avait dû traverser l'obscurité comme un nuage d'orage, car il atterrit parfaitement sur mon visage.

— Dis bonjour à M. Pitts, mon grand. Ne l'oblige pas à rester trop longtemps dehors à parler avec toi. M. Pitts est depuis quelque temps malade. Ton père l'a récemment emmené à l'hôpital de Rochester pour des examens de contrôle. Mais n'en parle pas. Demain, tu as école. Donc va directement au lit quand tu rentreras.

Avec une telle ferveur, qui pouvait la contredire ?

Ce n'était pas la pleine lune comme dans *Meurtre au Manoir Hanté* à la radio. La lune n'en était qu'à son quart, mais je pouvais tout de même distinguer certaines parties de route et d'allée qui reflétaient sa lumière. Les arbres à côté de la maison, les bois sur les falaises et les collines tout au long de la route étaient d'un noir absolu et me défiaient à chaque instant. Leurs branches craquaient et gémissaient, les feuilles faisaient toutes sortes de bruissements, de frémissements et de plaintes, comme si un éclair de sauvagerie les traversait. Je n'étais pas familier avec ces bois.

— Ça ne peut être bon, marmonnai-je.

Je descendais l'allée aussi vite que possible, en évitant de trébucher dans les flaques d'eau. Je pouvais marcher encore plus vite, mais je n'étais pas totalement sûr de moi et hésitait encore à rentrer à la maison entre deux foulées. J'arrivai au bout de l'allée et me trouvais sur Cardner Road.

Cette partie de la route n'était pas trop mal, parce que pour la première fois, je pouvais apercevoir un rayon de lumière au coin de la rue. Il y avait une maison et la grange du vieux moulin sur la gauche (où vivait la jolie Linda Oats) et une autre sur la droite où vivaient les sœurs Burlingame. Les deux maisons étaient éclairées. Tout ce qu'il me restait à faire jusqu'au coin de la rue, c'était de fixer les lumières et de me dire que j'y étais presque.        Au moment où j'atteignis le coin de la rue, avec les lumières des fenêtres des chambres qui me fixaient comme des hiboux, j'eus envie de faire demi-tour et de rentrer chez moi. Le vent hurlait à travers les fenêtres brisées de la vieille cidrerie située à côté de la maison de Linda. Un volet de fenêtre claquait d'avant en arrière et frappait le mur extérieur comme une poêle en fonte en colère. Je devais tourner à droite pour monter la colline.

En posant mes yeux sur celle-ci, je me souvins à quel point elle était abrupte, même à mi-chemin de la maison où vivait M. Pitts. Cela me fit frissonner davantage. D'une certaine façon, elle semblait encore plus raide dans l'obscurité. Je restais là, tremblant, presque gelé, à regarder la colline, et surtout à me demander si maman me croirait si je lui disais qu'il n'y avait plus d'œufs, au cas où je décidai de faire demi-tour et de retourner à la maison. Non seulement des arbres sombres et bruyants encadraient les deux côtés de cette colline, tout le long du chemin, mais ils étaient si grands qu'ils bloquaient toute chance de voir le clair de lune qui éclairait le reste de la colline. J'avais l'impression de me retrouver dans une grotte totalement noire qui remontait vers le haut. Ça commençait à devenir dangereux.

Je commençai à grimper.

Je parvins à monter jusqu'à la maison de M. Pitts, en évitant par là même une crise cardiaque. Il faisait si sombre que je pouvais à peine distinguer sa maison. Contre mon gré, je m'engageai dans l'allée et je marchai lentement, en m'approchant toujours plus près de sa porte d'entrée dans la nuit noire. Aucune lanterne n'était allumée dans la grange ou dans la maison. J'entendais les oies chanter dans la grange, comme pour m'avertir de partir, de retourner d'où je venais et ainsi, éviter d'être blessé. J'espérais qu'il était présent chez lui, parce que je détestais l'idée d'aller seul dans le poulailler, en pleine nuit noire, pour récupérer des œufs, sans lumière, au milieu de poules qui ne voulaient surtout pas qu'on leur prenne leurs œufs, d'un coq fou et d'oies peu avenantes.

Il n'y avait personne aux alentours.

C'était une petite maison grise de deux pièces et demie, sans peinture et décolorée par le soleil.

Je franchis le porche en bois et je frappai à la fenêtre de la porte.

Pas de réponse.

J'appuyai mon visage contre la vitre pour tenter de voir à travers ce qui semblait être un rideau de dentelle derrière la vitre.

Il faisait sombre à l'intérieur. Je frappai à nouveau.

Toujours pas de réponse.

J'aperçus alors une allumette s'enflammer et une petite étincelle de lumière jaillir, ainsi qu'une ombre qui se mit à danser sur le mur à l'intérieur. Je voyais M. Pitts qui tenait l'allumette, puis une lanterne. La pièce était assurément chaleureuse et rayonnait d'une jolie lueur dorée. Mon cœur se remit à battre. Il tenait la lanterne bien haut devant lui, et l'ombre qui le suivait et qui se dessinait sur le mur et le sol semblait soudainement prendre une allure de monstre. Je voyais son visage s'approcher de la porte. Il portait une longue chemise de nuit en flanelle et un bonnet sur l'oreille, comme le père dans le livre *La Nuit de Noël*. Son ombre se déplaçait d'un mur à l'autre tandis qu'il se dirigeait vers la porte. La scène semblait sortie tout droit d'une maison hantée remplie de fantômes. Je savais qu'il s'agissait de son ombre à lui, alors je n'étais pas si effrayé.

Avec ses petits doigts calleux, il écarta délicatement le rideau en dentelle et me regarda à travers la vitre - puis il ouvrit la porte.

— Je me demandais si Madame voudrait des œufs pour le week-end, je t'observais, fiston.

— Oui, monsieur, dis-je.

— C'est juste qu'il n'y a pas de voiture à la maison, alors j'ai dû marcher, et maman a bientôt de la visite.

Il me tendit sa lanterne, rentra de nouveau à l'intérieur et en alluma une autre pour lui. Il enfila ses bottes, sortit dehors et me conduisit au poulailler.

— La marche, c'est bon pour toi, fiston.

Je ne répondis rien.

— Tu devrais acheter un cheval, dit-il en riant.

Il ouvrit la porte du poulailler et y entra. Le poulailler faisait la moitié de la taille de ma chambre. Sur l'un des murs, à peu près à ma hauteur, plus de trente caisses en bois étaient empilées sur le côté, du sol au plafond, avec de la paille dans chacune d'elles qui servait de nids. Il y avait une poule pondeuse par caisse, qui caquetait doucement en cette fin de nuit, comme si elle se demandait pourquoi nous étions debout si tôt.

M. Pitts mit la main sous chaque poule, une par une, et

continua à me parler en même temps. C'était comme si nous étions dans un salon de coiffure et que nous rattrapions le temps perdu.

— Si tu élèves des poules, fiston, voici comment collecter les œufs. C'est toi le chef. Il suffit de passer la main sous elles, vite fait bien fait. Si tu les élèves *en plein air*...

— Qu'est-ce que ça veut dire, en plein air, M. Pitts ?

— Ça veut dire qu'il n'y a pas de poulailler. C'est quand elles sont en liberté toute la journée et toute la nuit, et que l'on répand les graines directement dehors, au sol, pour qu'elles les picorent. Pas de mangeoire. C'est plus naturel pour elles. Je n'ai pas la place pour ça, je suis trop près de la route.

— Oh.

— Lorsqu'elles sont en liberté, il faut apprendre à identifier où elles dispersent leurs œufs, elles pondent toujours au même endroit. Il faut récolter les œufs avant les bestioles, sinon elles les mangeront. Tôt le matin, c'est le meilleur moment pour récolter les œufs.

Il prenait un, parfois deux œufs dans les nids des poules endormies qui ne bougeaient pas d'un poil. Puis il me les passait derrière son dos pour que je les dépose dans le panier.

L'un des œufs qu'il me tendait s'avéra être aussi lourd qu'une pierre. M. Pitt se retourna pour croiser mon regard, et il gloussa lorsque mes yeux se posèrent sur l'œuf fictif qu'il venait de me tendre, avant qu'il ne le reprenne. Il le rapprocha de sa lanterne pour que je puisse le voir de plus près.

— Celui-ci est fait *d'albâtre*. Les nouvelles poules pensent que c'est un vrai œuf, et en essayant de le couver, elles se mettent dans une position qui leur permettra de pondre leurs propres œufs.

Il le replaça sous la poule.

— Si tu élèves des poules en liberté, n'oublie jamais qu'elles aiment dormir en hauteur la nuit – sur des poteaux de clôture, des arbres, des toits, tout ce qui est assez haut pour qu'elles puissent dormir en sécurité et rester discrètes à la lumière du jour.

— Vous aimez le poulet, M. Pitts ?

— Je mange du jambon, du bacon et des côtelettes. J'aime aussi le beurre, les œufs et le fromage. Ainsi que les pommes et les carottes. J'ai un faible pour les tomates de Nettie. Je ne demande rien de plus à une poule que ses œufs, et je chique plus de tabac que je ne le devrais.

— M. Pitts, mon père veut que moi et mon ami Holbrook...

— Je connais Holbrook, mon garçon.

— Mon père souhaite que nous vous aidions à tuer des poules et des oies mais on ne veut pas leur faire de mal.

J'attendis la réponse de M. Pitts. Il ne dit rien.

— Vous pensez qu'il serait possible pour mes amis de venir ici et s'amuser dans la grange, puis de prétendre que nous avons fait notre devoir avec les poules ?

M. Pitts se tenait dos à moi, sans parler.

— Nous achèterions nous-mêmes des poules et des oies au magasin. Pouvons-nous venir jouer dans votre grange, mais sans faire de mal aux animaux, M. Pitts ? S'il vous plaît ?

M. Pitts se retourna lentement, et souleva sa lanterne. Il pouvait lire le sérieux dans mes yeux et comprenais que je n'essayais pas d'échapper à une corvée.

— Je vais devoir y réfléchir, fiston.

— S'il vous plaît, M. Pitts.

— Ton père attend de moi que je le fasse.

— Nous les achèterons chez Hasting, M. Pitts.

— Je vais devoir y réfléchir, fiston. Donne-moi la journée pour y penser.

— D'accord.

Il s'éloigna de moi.

Je ne savais pas pourquoi, mais j'avais l'impression que M. Pitts était déjà au courant que papa m'avait demandé de l'aider à déplumer des poules et des oies. J'avais aussi le sentiment qu'il me racontait des tas de choses sur les poules parce qu'il était conscient qu'un jour, ces poules, ces oies et ces canards finiraient chez nous et il voulait être sûr que je sache comment m'en occuper. Peut-être qu'il était trop malade pour les surveiller. Je n'étais plus sûr de rien.

— Viens.

— Elle te plait cette forêt jusque-là, fiston ?

— Oui, j'aime beaucoup les bois, mais pas ce soir. Je les préfère quand je peux grimper là-haut pendant la journée et faire un feu de camp avant la tombée de la nuit. Holbrook et moi aimons dormir dehors. Parfois, je le fais seul. Mais je n'aime pas les grands vents glaciaux. Ils m'effraient au plus haut point.

— Les nuits comme ça, c'est fait pour les bêtes, dit-il.

Je n'avais pas besoin d'entendre cela.

En un rien de temps, le panier était plein à craquer et nous sortîmes du poulailler. M. Pitts s'assura que la porte et le portail étaient bien fermés et verrouillés.

— Cela devrait vous suffire pour le week-end, dit-il.

— Au sujet de l'autre question, viens me voir après l'école demain, fiston.

Il me prit la lanterne des mains et fit demi-tour.

Puis il ajouta :

— Nous avons eu un ou deux renards ces derniers temps. Ce sont des créatures sournoises. Faut leur montrer qui est le patron.

Je savais que les renards aimaient s'en prendre aux poules - et savoir qu'il y avait peut-être des renards dans les parages n'était pas non plus quelque chose que j'avais envie d'entendre, surtout ce soir - et je devais encore rentrer à la maison.

— Merci, M. Pitts. Bonne nuit.

Pile au moment où je posais mon pied sur la route sombre devant sa maison, j'entendis sa porte d'entrée se fermer. Je regardai autour de moi et remarquai que les lanternes étaient déjà éteintes, il était probablement retourné se coucher.

Je me mis en route et descendais la colline très raide. Le panier étant plutôt encombrant. Je le balançai d'avant en arrière, en tenant fermement sa poignée branlante, pour pouvoir garder au mieux mon équilibre en marchant.

Quelque chose semblait différent de ce que j'avais vu en arrivant. Le vent s'était arrêté et il n'y avait pas de bruits étranges ou effrayants dans les bois, sur aucun des côtés de la route.

C'était calme.

Tout d'un coup, tout était devenu beaucoup trop calme - le silence était inquiétant. Quand soudain, derrière moi...

Crac !

Je m'arrêtai net et me figeai. Mon cœur battait la chamade. Quelque chose me suivait. Était-ce les pattes d'un renard qui sautillaient au milieu de la route ? Était-ce une chouette hurlante, aux yeux sauvages, qui ouvrait ses griffes à la recherche d'une nouvelle proie, ou qui laissait tomber un serpent de son bec sur la route après avoir remarqué les œufs dans mon panier ?

J'accélérai le pas.

Crac !

Ma marche se transforma en marche rapide, celle que les gens adoptent pour pouvoir masquer leur peur, un peu comme les films policiers quand une personne savait qu'elle était suivie. Le but était de s'enfuir sans avoir l'air de courir. Je descendis l'une des collines les plus sombres et les plus raides du comté, à une vitesse qui n'était pas vraiment adéquate.

Crac ! Crac !

C'en était trop – il n'était plus question de réfléchir – c'était chacun pour soi !

Je commençai à courir si rapidement le long de la colline que je manquai de peu de tomber lorsque j'essayai de ralentir ma vitesse.

En tournant à gauche, alors que je tentai de remonter Cardner Road à toute vitesse, je sentais mes pieds glisser à l'intérieur de mes P.F. Flyers, qui semblaient tout à coup bien trop grandes pour moi.

Crac ! Crac ! Crac !

Le bruit s'intensifiait et se rapprochait !

*Mon Dieu, je promets de ranger ma chambre chaque semaine, mon Dieu, je promets aussi de faire tout ce que ma mère me demandera, mon Dieu, s'il vous plaît, faites que la bête ne m'attrape pas.*

Le fait de courir plus vite que Superman, sans même quitter le sol, ne me semblait pas être une solution suffisamment rapide. Je pouvais entendre ma respiration bruyante et lourde, et sentir mon cœur battre à tout rompre. Je m'imaginai une seconde laisser tomber le panier au sol, mais pour une raison quelconque, je le serrai plus fort et le balançai encore plus rapidement. Mes chaussures résonnaient sur le trottoir. Mais la chose était toujours derrière moi.

Crac ! Crac ! Crac !

Puis tout s'arrêta.

Il n'y avait plus un bruit. Tout s'était passé si vite. Plus rien ne me poursuivait.

Mais je n'osais pas ralentir.

— Merci, mon Dieu, haletai-je.

Toujours en pleine course, je me dis que soit j'étais en sécurité, soit la bête était devant moi, à attendre que j'arrive à sa hauteur pour me tendre une embuscade. Tout se jouait maintenant.

Je courus le long de l'allée en terre et je bondis sur les marches de l'entrée, puis je me précipitai à l'intérieur, laissai tomber le panier sur la table de la salle à manger, sur laquelle brillait une bougie. J'entendis maman parler à papa au téléphone, elle lui demandait où se trouvait la boîte à fusibles.

Personnellement, j'avais enduré plus que ce qu'un garçon pouvait supporter en une nuit. Je me dirigeai dans ma chambre, enlevai mes baskets, je me mis sous la couverture en gardant mes vêtements et mes chaussettes, et je faufilai ma tête sous la couette. Je me dis que si je passais la nuit, vivant, ce serait un miracle. La bête qui me poursuivait savait désormais où je vivais.

Que pouvait-il arriver d'autre ?

Maman me réveilla au matin. Je décidai de garder la nuit dernière pour moi. Je me préparai rapidement pour aller à l'école. Si je n'en parlais à personne, tout ce que j'avais vécu pourrait disparaître, un peu comme un mauvais rêve. J'ignorais ce qui m'avait traqué. Tout ce que je savais, c'est que c'était rapide et que ça devait être énorme.

Le bus scolaire s'arrêta.

Au moment où je montai à l'intérieur, M. Skelton me regarda, comme s'il se doutais que quelque chose ne tournait pas rond, sans pouvoir pour autant pouvoir mettre le doigt sur ce qui n'allait pas.

S'il savait ce que j'avais vécu, il comprendrait.

Je m'assis sur le tout premier siège, juste derrière la porte du bus, celui qui était vide. Je saisis la rambarde devant moi à deux mains pour me calmer. Le bus commença à descendre Cardner Road.

— Qu'est-ce qui se passe ? demanda M. Skelton. Il ne parlait presque jamais pendant qu'il conduisait.

— Mais… qu'est-ce que ça peut être ? demanda-t-il.

Je regardai par la fenêtre avant pour voir ce dont il parlait.

— On dirait des œufs de poule cassés, dit-il. Pourquoi, il y en a partout. Mon Dieu ! Ça t'est déjà arrivé toi ? Eh bien, moi, jamais.

Je me frottai les yeux et je regardai à nouveau. Des œufs cassés - une rangée d'œufs, en ligne droite, en plein milieu de la route. C'était mes œufs, me dis-je. C'était mes œufs qui avaient fait tout ce bruit, mes œufs qui avaient glissé à travers le trou du panier. Rien ne me poursuivait la nuit dernière.

Je posai ma tête sur la barre devant mon siège et j'enfouis mon front dans de mes mains. Comment pouvais-je aller à l'école et être en même temps aussi débile ? Je n'arrivais pas à croire que je pouvais être un tel imbécile.

— Je me demande comment ils sont arrivés là. dis-je à M. Skelton, en utilisant une technique de diversion chère aux Hardy Boys.

J'espérais que M. Skelton laisserait tomber le sujet et n'entamerait pas une conversation à ce propos. Parfois, les conversations menaient à la vérité, et je n'étais vraiment pas prêt pour cela.

Plus tard dans la journée, lorsque le bus scolaire nous déposa Dick et moi, Dick s'engouffra dans l'allée en direction de la maison. Quant à moi, je remontai la route pour discuter de Thanksgiving avec M . Pitts, comme il me l'avait demandé. Plus loin sur la route, je vis son chariot tourner au coin de la rue et se diriger vers Cardner Road, au grand trot. Je m'arrêtai sur le bord de la route et j'attendis qu'il arrive à ma hauteur.

— Woh-woh !

Nellie s'arrêta en balançant sa tête de haut en bas, savourant pleinement sa promenade en plein air.

M. Pitts tint les rênes en cuir dans sa main gauche et me tendit sa main au sol, souleva un panier d'osier tressé rempli d'œufs et me le tendit.

— Ola, Nellie vient juste de suivre la piste de tes œufs, s'exclama M. Pitts.

Je pouvais voir dans son sourire qu'il savait que je risquais d'avoir des ennuis. Je saisis le panier et m'éloignai du chariot.

— Merci, M. Pitts.

— Attends, fiston, dit-il.

Il se pencha et attrapa un sac en toile de jute qu'il ferma à l'aide d'un nœud en ficelle. Il me le tendit.

— Je vais m'en charger.

— Vous allez le faire ?

— Je pense que dimanche est le meilleur jour pour faire venir tes amis.

— Pour de vrai, M. Pitts ? On n'a pas à tuer les poules et les oies ?

— Je suis trop vieux pour me créer des ennuis. Joyeux Noël, fiston.

Il ne dit pas un mot de plus. Il me fit un clin d'œil et dit à son cheval, Nellie :

— Hue !

Il fit tourner le chariot dans notre champ de luzerne pour faire demi-tour et redescendre vers Cardner Road.

— Merci, M. Pitts.

Il agita d'abord le bras, puis, en se retournant sur le siège du chariot, il inclina la visière de sa casquette de laine, tel un salut de gentleman, avant de sourire et de crier :

— Moi c'est Charlie, fiston. Appelle-moi Charlie. Joyeux Noël.

Il fit un *ks-ks* avec sa bouche, tapa doucement les rênes sur la croupe de Nellie, et ils partirent au trot.

Quand j'entrai dans la maison et que je mis le nouveau panier d'œufs dans la cuisine, maman demanda :

— Est-ce que M. Pitts a besoin davantage de nourriture pour les poules ?

Elle supposait que l'absence d'œufs la nuit dernière était due à un problème de nutrition.

Je lui répondis :

— Peut-être.

J'allai dans ma chambre et je regardai le sac en toile de jute. Il portait au dos une étiquette faite d'un vieux calendrier mural qu'il avait découpé. Il y avait écrit « Pour Gerry, de la part de Charlie ».

Je savais qu'il s'était trompé dans l'orthographe de mon prénom à cause de la carte de Noël que mes parents avaient envoyée une fois et sur laquelle l'imprimeur l'avait mal orthographié.

Ce n'était pas encore Thanksgiving, encore moins Noël, mais je décidai d'ouvrir le sac en toile de jute. Je restai bouche bée.

Charlie m'offrait son couteau de chasse et son étui, deux longues plumes de dinde, une gourde de la Première Guerre mondiale et une marmite. Le sac contenait également une lanterne, une bouteille de kérosène et une boîte d'allumettes. Ces superbes cadeaux qui avaient appartenu à Charlie me mirent instantanément dans l'esprit de Noël. Je m'assis à mon bureau, lui écrivis une lettre de remerciement, puis je sortis et je la postai dans la boîte aux lettres.

# Les Mystères de Pompey Hollow
## Jerome Mark Antil

## CHAPITRE SEIZE
## UN REGARD SUR LA MORT

Tard dans la nuit de vendredi à samedi, j'étais agité, sans vraiment savoir pourquoi. Je ne parvenais pas à trouver le sommeil. Je n'avais pas envie de lire, encore moins d'écouter la radio.

Je me levai de mon lit, je pris mon sac à dos et mon sac de couchage, situés sur l'étagère de mon placard et je filai dans le couloir, malgré l'obscurité, jusqu'à la porte d'entrée. Il n'y avait pas de vent. L'air n'était pas froid. Je décidai de monter à ma cabane, en haut de la falaise, de l'autre côté du ruisseau. Je marchai jusqu'aux balançoires et je m'assis sur l'une d'elles pour réfléchir. Devais-je descendre à travers le champ de luzerne et aller jusqu'à ma cabane par le chemin de derrière pour rester au sec, ou valait-il mieux traverser le ruisseau ici et escalader la falaise, par le raccourci près du gros rocher blanc ? Ou devais-je simplement retourner me coucher ?

Je me souvins alors de la lanterne et de la gourde que Charlie m'avait offertes. Je me précipitai jusqu'à la maison pour les récupérer. Dehors, j'allumai la lanterne et je pris ma décision.

L'eau glacée du ruisseau sur mes jambes me rappelait que j'avais oublié de remplir ma gourde en partant. Je m'arrêtai au milieu du ruisseau, la sortis de mon sac à dos, je dévissai le bouchon, me penchai et la plongeai sous l'eau du ruisseau jusqu'à ce que j'entende les bulles d'air au fur et à mesure qu'elle se remplissait d'eau. Je revissai le bouchon, la glissai dans mon sac à dos et je replaçai sur mon dos avant de partir à l'assaut de la falaise.

Une fois arrivé à ma cabane, j'étendis mon sac de couchage et accrochai le sac à dos et la lanterne à une branche d'arbre. Je partis en promenade et en profitais pour ramasser des branches, des brindilles et des feuilles, puis j'allumai un feu. J'empilai quelques grosses bûches sur le côté pour que le feu reste actif toute la nuit. Lorsque le bois commença à brûler, j'éteignis la lanterne. M'asseoir près du feu et observer la lueur chaude éclairer mon campement était l'une des choses que je préférais faire maintenant que la forêt m'était plus familière.

Je m'engouffrai dans mon sac de couchage, me recouvris et j'admirai les étoiles à travers les arbres.

Puis, je m'endormis.

Je me réveillai à l'aube et après m'être redressé, je remuai ce qui restait du feu avec un bâton, en appréciant les chants des oiseaux, et en regardant un écureuil qui courait au pied d'un arbre, tout en me surveillant attentivement. Je bus l'eau de la gourde.

Je joignis les mains pour pousser un cri de tourterelle triste :

— Rhou-couu-rhou-rhou-rhou
Rhou-couu-rhou-rhou-rhou.

Il ne fallut pas longtemps avant qu'une colombe se pose près de moi et sautille tout autour, à la recherche du son, et en écoutant bien attentivement.

— Rhou-couu-rhou-rhou-rhou
Rhou-couu-rhou-rhou-rhou

Je n'avais pas apporté d'œufs à cuire. J'avais bien ma boîte de Spam avec moi, mais je ne voulais pas l'ouvrir et en gaspiller la moitié. Je décidai donc tout simplement de boire de l'eau maintenant et d'aller me promener en haut de la falaise, près de la chute d'eau. Je déambulerais à la recherche d'animaux et je mangerais une fois de retour à la maison. En chemin, je finis ma gourde d'eau glacée puisée dans le ruisseau.

De retour à la cabane, je ramassai des poignées de terre au niveau du feu afin de l'étouffer avant de rentrer à la maison. Je rassemblai mes affaires et commençai ma longue descente sur le chemin que j'avais emprunté la nuit dernière, celui qui longeait le flanc de la falaise. Je descendis jusqu'au rocher blanc et je décidai de me reposer dessus une minute. Tout à coup, je ne me sentis pas très bien. Quelque chose n'allait pas. La sueur perlait sur mon front et je n'avais jamais transpiré de la sorte. Je continuai à me laisser glisser sur le long de la falaise, jusqu'au bord du ruisseau. Je me redressai en me tenant le ventre. Tout à coup, quelque chose me heurta et une crampe aigue me pinça, comme si on m'avait donné un coup de poing dans l'estomac. Je me penchai et je posai mes mains sur mes genoux pendant quelques secondes avant de parvenir à me remettre droit.

Au moment où je regardai le ruisseau, je remarquai que

des poissons morts flottaient dans une sorte de mousse blanche et effervescente. Je pensai qu'ils avaient été tués par des animaux, peut-être des rats musqués. Je n'avais jamais rien vu de tel auparavant. Je commençai à traverser le gué et, au milieu, deux autres poissons morts apparurent, puis six autres, tous flottant dans l'écume, emportés par le courant. Je traversai rapidement, lançai mon sac à dos sur la berge et continuai mon chemin, en jetant un coup d'œil à l'eau par-dessus mon épaule.

Du haut de la berge, je voyais des centaines de poissons morts qui flottaient dans une eau mousseuse. Je fus à nouveau pris d'une crampe à l'estomac.

— Aïïïeee !

Cette fois, je courus vers la maison aussi vite que je pus.

— Maman, papa, venez vite, il faut que vous voyiez ça !

Papa était parti travailler, mais maman sortit de la cuisine. Mike se précipita hors de sa chambre en courant.

— Vite ! je criai.

J'ouvris la porte arrière et je les conduisis près du ruisseau.

— Oh mon Dieu ! s'écria maman.

— Quelque chose est en train de les tuer ! hurla Mike.

— Des produits chimiques.

Il y avait des poissons morts qui flottaient dans le ruisseau partout où l'on regardait. Puis je fus pris d'une nouvelle crampe d'estomac lancinante, et je me penchai en avant, le souffle coupé, tombant presque à genoux. Cette fois, je me tins l'estomac.

— Aïïïïeee !

— Qu'est-ce qui ne va pas, Jerry ? demanda maman.

— Jerry, tu as bu dans le ruisseau ? interrogea Mike.

Toujours plié en deux, je répondis :

— Hier soir, j'ai rempli la gourde du ruisseau et je l'ai bue ce matin au lieu de préparer le petit déjeuner.

— Mike, dit maman, monte dans la voiture tout de suite et conduis Jerry chez le docteur Morrow à Cazenovia.

— D'accord, répondis Mike.

— Conduis prudemment, mais dépêche-toi. Je vais l'appeler tout de suite pour lui dire que vous êtes en route et lui expliquer pourquoi vous venez.

Puis elle insista :

— Jerry a été empoisonné, dépêches-toi !

Mike et moi ne dîmes rien pendant tout le temps du trajet, et ce, jusqu'au cabinet du médecin. Je remarquai l'inquiétude dans ses yeux. Je n'arrêtais pas de penser au poisson mort.

Lorsque nous arrivâmes chez le docteur Morrow, Mike s'arrêta et se gara le plus proche possible de la porte de son bureau, avant de bondir dehors. Le docteur Morrow attendait déjà près de la porte et m'emmena directement dans sa salle d'examen. Il nous expliqua qu'après l'appel de maman, il avait directement appelé le shérif, qui lui avait annoncé qu'un nouvel employé de la laiterie de New Woodstock avait accidentellement déversé, dans le ruisseau, les produits chimiques de nettoyage et l'ammoniaque qu'ils utilisaient pour nettoyer l'équipement de la laiterie. Il me demanda quelle quantité d'eau j'avais bu, et si c'était de l'eau de la nuit dernière ou de ce matin. Il me répondit que l'eau d'hier soir était sûrement très dangereuse. Il précisa que l'eau d'hier soir contenait plus de produits chimiques et d'ammoniaque et que je devais essayer de l'éliminer de mon système. Lorsque je lui dis que l'eau datait d'hier soir, mais que je ne l'avais bue que ce matin, il cassa trois œufs dans un verre et me les a fit boire, crus.

Il me dit :

— Cela va t'aider à vomir.

Il me tendit le verre contenant les œufs crus.

— Le fait de vomir t'aidera à évacuer le poison.

Je vomis directement. En fait, je vomis deux fois. Son téléphone sonna, et quelqu'un lui signala que l'ammoniaque dans le ruisseau avait tué tous les poissons. Il dit à son interlocuteur qu'il fallait rapidement avertir les agriculteurs situés le long du ruisseau sur une distance d'au moins trente kilomètres à la ronde, et les obliger à éloigner leur bétail du ruisseau, ainsi que les familles. Il dit à Mike que je serais sûrement très malade, mais que je devrais m'en sortir puisque j'avais bu l'eau ce matin et qu'elle n'avait pas encore eu le temps d'agir dans tout mon organisme.

— Gardez un œil sur lui et laissez-le se reposer pendant vingt-quatre heures. La plupart des poissons sont probablement morts autour de la laiterie, qui se trouve à environ un kilomètre en amont des chutes du bas.

Mike me ramena à la maison et maman m'allongea sur le

canapé.

Je vomis dans un pot toute la journée et jusque tard dans la nuit. Je me demandais si j'allais mourir, comme les poissons.

Papa s'assit sur la chaise près du canapé toute la nuit, pour s'assurer que j'allais bien.

Je me réveillai alors qu'il faisait encore nuit et je mangeai des céréales. Je me sentais mieux. Papa était déjà parti travailler.

Plus tard dans la matinée, Dick et moi trainions sur le sol près du garage de la grange, à jeter des glands en l'air et à discuter de la laiterie et des ennuis qu'ils allaient avoir pour avoir tué tous les poissons. Dick était allongé sur le dos, un pied sur le sol, le genou plié, l'autre jambe reposant sur son genou. Il lançait des glands dans les airs et regardait où ils atterrissaient, pour étudier leur trajectoire, disait-il.

La voiture de papa franchit le portail, remonta l'allée et contourna les balançoires. Il prit quelques paquets sur la banquette arrière et se dirigea vers la maison.

— Comment te sens-tu, Jerry ? s'exclama-t-il.

— Je vais bien, je répondis.

— Qui veut aller pêcher, et ensuite passer la nuit à Carthage ?

C'était là, à Carthage, que se trouvait l'autre boulangerie de papa, où j'avais fait un tour en bateau sur la Black River au milieu des bois.

Papa ne s'attendait pas à une réponse. Nous avions conscience qu'il s'agissait d'une tentative pour capter notre attention, un peu comme un navire qui tirerait un boulet de canon sur la proue pour signifier sa présence. Papa utilisait la pêche comme appât, puis il nous laissait le temps de la réflexion. Sa stratégie consistait à nous laisser réfléchir, pour que nous ne perdions pas de temps à discutailler du sujet. Les vraies aventures étaient celles qui se faisaient sur un coup de tête, sans trop de réflexion et de planification, disait-il. C'était indéniablement les plus amusantes et les plus appréciées, parce que tout était source de surprise.

— Je ne peux pas y aller, je dois travailler, dit Dick.

Je me réjouissais à l'idée de partir à l'aventure avec mon père et je filai dans la maison pour préparer mon sac à dos. J'allai dire à maman que je partais. Elle était dans la bibliothèque, en train de parler à papa. Maman s'était renseignée sur les établissements d'enseignement supérieur où Gourmet Mike pourrait passer sa maîtrise après avoir obtenu son diplôme. Je ne comprenais pas pourquoi il devait aller dans deux universités.

Elle m'appela.

— Laisse-moi toucher ton front. Comment te sens-tu, Jerry ?

— Je vais bien. J'ai tout évacué.

— T'es sûr ?

— J'ai mangé beaucoup de céréales ce matin.

Elle me palpa le front et me demanda d'ouvrir mon sac à dos pour voir ce que j'allais emporter.

— Où sont ta brosse à dents et ton peigne ? Et prends des sous-vêtements et des chaussettes. Où est ton appareil photo Baby Brownie ? N'oublie pas les pellicules - j'en ai dans mon sac. Prends un rouleau.

Maman savait tellement bien faire ses valises.

Elle m'encouragea à m'amuser à Carthage.

Papa et moi marchâmes jusqu'à la voiture. Dick était toujours allongé sur le sol, à jeter des glands en l'air, mais il daigna néanmoins nous adresser un signe d'adieu.

— Nous irons d'abord à Sandy Pond, pour attraper des poissons-lunes pour notre dîner, et peut-être un bar ou deux, annonça papa.

Je savais que nous pourrions monter dans une barque en bois à Sandy Pond, et qu'il me laisserait ramer. C'était notre arrangement. Je ramais pendant qu'il s'asseyait et démêlait les lignes de quatre cannes à pêche pour que nous puissions pêcher.

Ce qui était génial avec papa, c'était qu'il ne se contentait pas de dire quelque chose comme :

— On va pêcher.

Non, il disait plutôt :

— On va aller pêcher notre dîner.

Quoi de plus amusant que de savoir que l'on va accomplir une chose aussi importante ?

— Merci d'avoir veillé sur moi hier soir, papa, dis-je.

Papa me regarda.

— De rien, mon petit Jerry. Il y a des choses qui arrivent dans la vie. Tu n'as pas été blessé, c'est l'essentiel. Nous devons simplement nous féliciter, passer outre et aller de l'avant, être forts. Et si on oubliait que tu avais avalé la moitié du ruisseau et que tu étais tombé malade en péchant des poissons pour notre souper ?

Papa portait son costume de travail, cela signifiait que nous allions nous arrêter dans plusieurs épiceries en cours de route. Il vérifiait toujours si le pain était frais et posé bien droit sur les étagères et, lorsque nous arriverions à Carthage, il devrait peut-être aller à la boulangerie pour y rencontrer un collègue. Entre-temps, comme il savait que j'aimais beaucoup ramer, il se mit à chanter à tue-tête.

> Rame, rame, rame dans ton bateau,
> Paisiblement dans le courant,
> Joyeusement, joyeusement, joyeusement
> La vie n'est qu'un rêve.

Je chantai avec lui à plusieurs reprises, juste pour me mettre dans l'ambiance de l'aventure.

> Rame, rame, rame dans ton bateau,
> Paisiblement dans le courant,
> Paisiblement, paisiblement, paisiblement,
> La vie n'est qu'un rêve.

Lorsque nous arrivâmes à Sandy Pond, il parqua la voiture derrière le pavillon de pêche et le restaurant et me demanda si je voulais un soda.

— Non merci.

Je lui dis que je le retrouverais près des bateaux.

— Choisis-en un bon, mon fiston. me dit-il.

Un bon bateau, c'était assez facile à choisir. Un bateau où l'on ne voyait pas d'eau à l'intérieur, ce qui signifiait qu'il ne fuyait pas, un bateau avec deux rames en bon état et un bateau avec une corde et une ancre. Lorsque je choisissais un bateau, je me mettais toujours dans la peau du nouveau capitaine qui allait montait à bord. Je me présentais.

— Bonjour le bateau, bonjour la rame, bonjour l'autre rame, bonjour l'ancre, bonjour la corde de l'ancre. Bonjour, petite libellule, à la recherche de nourriture.

C'était amusant. Bien sûr, si Dick était avec moi, je ne me lancerais pas dans ce rituel, du moins pas à haute voix.

Papa acheta du café, des sandwiches et des vers de vase dans le pavillon, puis il sortit en coinçant sa cravate entre deux boutons de sa chemise pour éviter qu'elle ne soit maculée de boyaux de vers. Je fis faire demi-tour au bateau. Il me tendit des objets à placer à l'arrière, là où il s'assiérait : quatre cannes à pêche, une boîte à pêche et le sac de sandwichs.

Il me dit :

— Mets les sandwiches devant toi.

Un jour, quelqu'un lui demanda pourquoi il avait toujours quatre, voire six cannes à pêche.

— J'ai plusieurs enfants et ils ont des amis, il expliqua. Il faut beaucoup de cannes à pêche pour équiper toute la bande.

Beaucoup penseraient que cette attention de mon père était généreuse et prévoyante, mais en réalité, il y avait une autre raison qui expliquait ce fait. Les enfants faisaient constamment tomber des objets, il avait donc besoin de plus de cannes à pêche que d'enfants, rien que pour remplacer celles finissaient dans le lac par accident. Ainsi, avec mon père, nous n'interrompîmes jamais une partie de pêche à cause de la perte d'une ou deux cannes. C'était une question d'efficacité. Je ramai jusqu'à un endroit que papa jugeait suffisamment éloigné de la rive. Il jeta l'ancre et attacha la corde à la charnière de la rame une fois qu'elle toucha le fond. J'aimais savoir que nous étions reliés au fond du lac. C'était comme si notre espace d'aventure s'agrandissait.

Papa mit un flotteur sur les lignes. Il s'agissait d'une boule de liège ou d'une boule de plastique rouge et blanche qui flottait à la surface de l'eau, attachée à la ligne de pêche. Lorsqu'un poisson grignotait le ver, le flotteur rebondissait dans l'eau. C'est là qu'il fallait tirer un peu sur la ligne pour attraper le poisson et le remonter à la surface. Papa savait précisément bien quand il fallait ramener le poisson. Parfois, il me disait quand j'avais une touche et à quel moment je devais tirer sur la canne et faire sortir le poisson.

Pendant que nous attendions les snacks, papa nous parla de Charlie Pitts et de sa maladie.

— Les médecins font tout ce qu'ils peuvent, mais il a besoin de nos prières, fiston.

Je récitai un « Notre Père » et un « Je vous salue Marie » pendant que papa parlait, et je me promis de déclamer un chapelet entier pour Charlie quand nous rentrerions à la maison.

À nous deux, nous attrapâmes quatorze poissons-lunes, quelques perches et un achigan à grande bouche, que nous gardâmes pour notre dîner.

— Comment allons-nous les cuisiner, papa ?

— Le propriétaire de l'Hôtel Imperial, à Carthage, est un de mes amis. Il nous les fera cuire dans la cuisine de l'hôtel et il mangera avec nous.

Chaque fois que papa devait passer une nuit à Carthage pour des raisons professionnelles, il descendait à l'Hôtel Impérial.

D'après son nom, on pourrait croire qu'il s'agit d'un palais royal, mais ce n'était pas du tout le cas. Il faisait nuit lorsque nous arrivâmes dans la rue où se trouvait l'hôtel, le distinguer dans la pénombre n'était pas chose facile.

**L'Hôtel Imperial à Carthage.**

Les réverbères étaient allumés, ce qui nous aidait grandement. L'hôtel comportait quatre étages, fait de planches de bois, un peu comme dans un vieux manoir hanté. Il semblait gris dans l'obscurité et comptait beaucoup de fenêtres. Il était construit au coin d'une rue qui formait un V avec la rue adjacente, de sorte que la façade de l'hôtel formait également un V.

Dans l'obscurité, les quatre étages donnaient la chair de poule, avec leurs vérandas qui longeaient deux d'entre eux. Huit chaises à bascule attendaient sagement sur l'un des côtés du porche, près de la porte d'entrée en V. De l'autre côté de la rue se trouvait un terminal ferroviaire, avec une dizaine de voies ferrées disposées côte à côte. Quatre trains aux wagons couverts étaient garés, et attendaient quelque chose ou quelqu'un. Je ne voyais aucune locomotive, seulement les wagons.

Deux vieux hommes se reposaient sur le porche. L'un d'eux alluma une pipe et l'autre pointa du doigt un endroit de l'autre côté de la rue tout en racontant une histoire à l'autre homme.

Lorsque nous arrivâmes à la réception de l'hôtel, un troisième homme prit notre poisson et donna une clé de chambre d'hôtel à papa.

— Comme d'habitude, Big Mike ?

— Comme d'habitude, répondit papa.

— M. Franks, je te présente mon garçon, Jerry. Jerry, voici M. Franks, le propriétaire de ce bel établissement.

— Chef cuisinier et laveur de bouteilles, ça sonne plus réaliste, dit M. Franks.

Il me serra la main, puis papa et moi montâmes les escaliers situés à l'avant du hall.

J'appris que « comme d'habitude » signifiait la chambre numéro six, au deuxième étage, avec un petit porche. Papa me précisa qu'il aimait cette chambre parce que si l'hôtel prenait feu, il était possible de glisser le long du porche depuis de la chambre jusqu'au trottoir en contrebas, par la haute colonne blanche.

— Comment pourrais-je descendre ? demandai-je.

— Sur le dos, bien sûr, répondit-t-il sans hésiter. Il m'arrivait de poser des questions vraiment stupides.

À l'intérieur de la chambre six se trouvaient deux pièces :

une grande avec son lit posé sur un tapis et un évier accroché au mur. L'autre était plus petite, et comportait un vieux lit en fer sur un sol en bois dur. C'était parfait - une première - ma propre chambre d'hôtel. Papa et moi devions partager le lavabo de la chambre de papa et tout le monde à l'étage partageait la salle de bain dans le couloir. J'avais une fenêtre à chaque extrémité de ma chambre. Une première qui donnait sur la gare et sur l'autre rue. Je posai le sac à dos sur mon lit et nous descendîmes au restaurant de l'hôtel.

En fait, c'était plutôt un bar, mais au moins, il y avait des tables. Dans un coin se trouvait une grande glacière, elle avait la forme d'une gigantesque bouteille de soda en aluminium avec une porte en verre. A l'intérieur, je distinguai nombre de bouteilles de soda et de bière. Le haut de la glacière se terminait en pointe et était surmonté d'un gros bouchon de bouteille.

Papa et moi nous installâmes sur des tabourets de bar et M. Franks sortit un grand plateau rempli de nos poissons qu'il avait écaillés, nettoyés et frits à la poêle. Il nous donna des assiettes, des fourchettes, des couteaux et des serviettes. Il se tint de l'autre côté du comptoir avec son assiette. Le poisson était divin. Une pile de pain tranché nous fut également servie, et papa m'expliqua que si j'avalais accidentellement une arête de poisson, je devais manger un gros morceau de pain, rapidement. Il souligna qu'en avalant le pain, j'arriverais à faire passer l'arête dans ma gorge en toute sécurité.

Savoir que nous avions pêché notre dîner le jour même à Sandy Pond était presque aussi amusant que de camper près du rocher blanc des chutes à Delphi.

Après le dîner, papa me dit de remercier M. Franks d'avoir cuisiné notre poisson et d'aller me coucher. Il indiqua ensuite que nous nous lèverions tôt le lendemain pour rentrer à la maison. Je remerciai M. Franks pour avoir cuisiné un si délicieux poisson. Je le remerciai également pour le soda à l'orange. Il répondit que nous ne devrions pas hésiter à lui apporter à nouveau du poisson, et que ce serait un honneur et un plaisir de le partager avec nous. Papa avait partout de bons amis.

Il me donna la clé de la chambre numéro six et je les laissai, lui et M. Franks, assis au bar. C'était amusant de traverser le hall d'entrée et de monter les grands escaliers recouverts de moquette pour atteindre le deuxième étage. J'eus quelques frissons en entrant dans la pièce sombre, mais une fois que je parvins à trouver l'interrupteur, tout allait soudain mieux. Je posai la clé sur la table à côté du lit de mon père et me dirigeai dans l'autre chambre pour aller dormir. Un réverbère éclairait le lit à travers la fenêtre. Je remarquai que le lit avait des petites roues d'acier sur chaque pied, alors je le poussai en dehors faisceau de lumière et plongeai sous les draps.

Cette nuit-là, je me réveillai et tentai de me rappeler où j'étais, puis j'entendis papa ronfler bruyamment dans l'autre pièce. Je restai un moment dans mon lit, les yeux à moitié ouverts, à regarder par la fenêtre le réverbère et tous les papillons de nuit qui tournaient autour de celui-ci pour se réchauffer. Je me souviens avoir pensé que j'avais vécu une belle aventure aujourd'hui. Puis je m'endormis à nouveau.

PPPPPAAA-VLAMMMM! CLAC! CLAC! CLAC!

Je devais certainement être en train de faire un arrêt cardiaque. Dans l'obscurité, tout mon corps tressaillit. Mes bras et mes jambes surgirent de dessous la couette et s'agrippèrent aux bords du matelas. J'ouvris les yeux, fixai le plafond dans le noir, et je remarquai que le plafonnier avait bougé. En fait, il avait légèrement bougé sur le côté. Quelqu'un avait peut-être encastré son camion ou un train sur l'hôtel. Papa ronflait, je savais qu'il était encore dans sa chambre.

PPPPPAAA-VLAMMMM! CLAC! CLAC! CLAC!

Cette fois, je savais pour sûr que le plafonnier avait bougé. Je le voyais. Ce n'est pas une bon signe, m'étais-je dit.

Il ne faisait plus aucun doute. Nous étions définitivement attaqués par des monstres venus de Mars qui atterrissaient sur le toit de l'hôtel. J'avais entendu à la radio que cela s'était produit une fois dans le New Jersey.

PPPPAAA-VLAMMMM! CLAC! CLAC! CLAC!

Maintenant, le plafonnier avait l'air de s'être retourné pour que les créatures de l'espace puissent s'y faufiler. J'étais condamné à coup sûr. J'allais mourir. Je vais mourir, me dis-je. S'il vous plaît, mon Dieu, faites en sorte que je ne meure pas.

Je sentais la sueur envahir mon visage et mes mains.

Papa ronflait toujours, les habitants de Mars devaient donc avoir peur des ronflements. Je savais que maman dormait parfois sur le canapé à cause des ronflements de papa.

J'attendis l'attaque finale, l'effondrement du plafond, le dernier souffle de vie. Ce fut tout ce dont je me souviens.

Le matin, je songeai à ne pas ouvrir les yeux, au cas où j'étais entouré de Martiens. J'entendais papa se brosser les dents et se gargariser au lavabo. La porte s'ouvrit et se ferma, puis elle se verrouilla. Les yeux fermés, j'empoignai les deux côtés du matelas pour plus de sécurité, j'ouvris les yeux et je les dirigeai vers le plafond, puis vers un mur, puis sur un autre mur, et enfin sur le sol. La seule chose qui avait bougé pendant la nuit était mon lit. Il avait roulé sur le sol, moi toujours dedans, presque jusqu'à l'autre bout de la pièce, en formant un cercle. Je m'habillai en quelques secondes, je déverrouillai la porte et je me précipitai dehors, en dévalant les escaliers deux marches à la fois. Papa, lui, remontait les escaliers, une tasse de chocolat chaud dans la main.

— Oh, fiston, tu es debout ! lança-t-il en me voyant descendre les marches en galopant.

— Va t'asseoir sous le porche et avale ça pendant que je passe quelques coups de fil, ensuite nous rentrerons à la maison et prendrons un bon petit déjeuner à Watertown en chemin.

Il était impressionnant de voir à quel point un ronflement suffisamment fort pouvait sauver la vie d'un homme ! J'espérais qu'en vieillissant, je pourrais ronfler aussi fort que mon père, histoire d'empêcher les extraterrestres d'attaquer ma chambre.

J'apportai mon chocolat chaud sous le porche, où se trouvaient les fauteuils à bascule. Le même vieux fumeur de pipe était installé dans son fauteuil de la veille, et son ami trônait sur le fauteuil d'à côté.

Je m'assis à côté de lui.

— Bonjour jeune homme.

— Bonjour monsieur.

— Bien dormi jeune homme ?

PPPPPAAA-VLAMMMM! CLAC! CLAC! CLAC!

— Qu-qu-qu-qu-qu'est-ce que c'était ? Je bégayai.

Mon bras se mit à trembler et manqua de renverser ma tasse de chocolat chaud.

— Fiston, c'est une gare de triage là-bas, et c'était un train, tu vois ? Regarde, il y en a un qui bouge, là.

PPPPPAAA-VLAMMMM! CLAC! CLAC! CLAC!

— C'est donc *ça* que j'ai entendu toute la nuit ?

Le vieil homme cessa de se balancer et me dévisagea.

— Mon grand, je ne le dirai qu'une seule fois, car personne n'est dans les alentours pour m'écouter parler.

Il se pencha vers moi.

— Dans une gare de triage, il y a des trains, compris ? Et ces trains sont censés se déplacer et se connecter les uns aux autres - et oui, plus il y a de wagons attachés, plus ils font des bruits sourds.

Il me sourit avec une étincelle dans les yeux tout en rallumant sa pipe. Je voyais les chaises à bascule vides de part et d'autre de nous se balancer d'avant en arrière, d'arrière en avant, à cause de la correspondance du dernier train. Pppaaa-vlammm !

Le vieil homme me regarda observer les chaises qui se

balançaient et il se pencha à nouveau vers moi, comme s'il voulait me confier un important secret.

— Des fantômes, murmura-t-il.

Il s'adossa à sa chaise, tira une bouffée sur sa pipe, se mit à se balancer et, les yeux brillants, il m'adressa un clin d'œil.

Nous traversâmes le centre-ville et nous sortîmes de Carthage par la route 11 en direction de Watertown pour prendre notre petit-déjeuner, avant de rentrer à la maison. Nous écoutâmes la radio - Arthur Godfrey parlait de la soupe Lipton. Je pensai au fait que j'allais dormir dans ma propre chambre, loin des fauteuils à bascule et autres bruit étranges des wagons du train.

Pendant qu'il conduisait, papa ne cessais de m'observer. Il avait sans doute quelque chose à l'esprit (je le sentais), puis il tourna à nouveau son regard sur la route. Il attrapa le bouton de la radio et l'éteignit.

— Mon grand, Charlie Pitts est décédé ce matin.

Je scrutai mon père.

— Je sais qu'il était ton ami, alors je me suis dit que tu devais le savoir. Le shérif Hood m'a appelé à la boulangerie.

Il s'arrêta de parler et plongea ses yeux dans les miens.

Je le regardai, stupéfait et incrédule. Je laissai ce qu'il venait de dire s'imprégner et je tournai de nouveau la tête vers l'avant quand j'eus enfin compris. Je baissai les yeux vers le sol de la voiture. Les larmes coulaient toutes seules le long de mon visage. Mes joues grimacèrent et mes lèvres se serrèrent.

— Ils ont retrouvé sa vache en liberté sur la route.

— Bessie, je gémis.

— Ils l'ont ramenée chez elle et l'ont trouvé à terre à l'entrée de son champ.

Papa me regarda.

— On va rentrer directement à la maison, d'accord, fiston ?

Je ne pouvais empêcher les larmes de couler. J'avais si mal à la bouche. Je ne pouvais plus voir à travers mes yeux embués.

— Il a eu une crise cardiaque. Il s'est écroulé.

Papa me comprima la main avant de me tendre un mouchoir, que je saisis.

Puis, je relevai les yeux sur lui.

— Est-ce qu'il a eu mal ?

— Je ne crois pas, mon fils. Dieu l'a emporté rapidement. Ma voix se brisa et se mit à trembloter.

— Charlie était mon ami, papa.

— Je sais, mon grand. Je sais.

Je me contentai de regarder le sol.

— Le shérif Hood a dit qu'il avait retrouvé un tas de choses dans un sac en toile de jute à l'intérieur de sa maison. Charlie avait écrit ton nom dessus, alors le shérif les a mis de côté pour toi.

— Ah bon ? je demandai.

— Charlie avait une grande estime de toi. Il te considérait comme son fils. Il avait perdu son propre fils pendant la Première Guerre Mondiale. Tu le lui rappelais, en quelque sorte.

— Vraiment ?

Je n'arrivais pas à m'arrêter de pleurer.

— Ils sont en train de rassembler les poules, les oies et les canards. Puis, ils les emmèneront chez nous et stockeront la nourriture dans la petite grange. Tu veux t'en occuper ?

— Charlie m'a expliqué comment faire.

— Devrions-nous construire un poulailler ? demanda papa.

— Non.

Je n'avais pas envie de parler, du moins pas pendant un petit moment, alors je ne dis rien de plus. Papa non plus.

Il resta silencieux jusqu'à ce que je sois prêt à parler.

Je pensai à Charlie et à sa vieille grange qui me faisait toujours penser à Noël parce qu'il y avait de la paille dorée partout qui brillait comme une carte de Noël. Il avait une vache, un cheval et pas grand-chose d'autre. Je me souvins que l'intérieur de la grange était plus lumineux la nuit lorsqu'il accrochait une lanterne à pétrole à un poteau, alors qu'il trayait sa vache ou s'activait pour toute autre tâche.

Ce fut alors que je réalisai que Charlie était conscient qu'il ne lui restait plus beaucoup de temps. Voilà pourquoi il répétait sans cesse « Joyeux Noël ».

Lorsque nous arrivâmes à Tully et que nous bifurquâmes sur la route 80 en direction de la maison, je dis pour la première fois depuis Watertown :

— Nous pouvons les laisser en liberté, papa. Je sais comment faire.

Lorsque nous franchîmes le portail de Delphi Falls, maman et Dick jetaient de la nourriture aux poules près de la petite grange, celles-ci commençaient à s'habituer à l'endroit. Les oies se précipitèrent sur la voiture et nous poursuivirent dans l'allée et jusque derrière les balançoires.

Je voulais être seul, alors je me précipitai dans ma chambre et je fermai la porte. Sur mon lit, il y avait un sac en toile de jute entouré d'une ficelle. Sur le sac était attaché une page de calendrier découpée aux ciseaux, comme la dernière, où Charlie avait écrit « Gerry ».

J'ouvris le sac et y découvris une autre lanterne issue de sa maison. Il y avait également une bouteille de kérosène, bien emballée dans du papier, quatre mèches et deux grandes boîtes d'allumettes de cuisine. Dans une autre petite boîte se trouvait une photo encadrée de Charlie dans son uniforme de soldat en 1891. Je posai le tout sur mon bureau. Cette nuit-là, je tins ma promesse, je m'agenouillai près de mon lit et je récitai tout un chapelet pour Charlie.

Tous les autres matins, je me levais bien avant tout le monde et j'allais ramasser les œufs partout où les poules se nichaient pour les pondre. Il me fallut quelques jours pour tous les trouver. Une fois que je me souvenais de tous les lieux de ponte, il était bien plus facile de les ramasser. Chaque fois, je ne manquais pas de dire à toutes les poules, aux oies et aux canards :

— Vous avez le bonjour de Charlie.

## CHAPITRE DIX-SEPT
## UN NOUVEAU PLAN

Tous mes amis étaient présents au cimetière pour l'enterrement de Charlie, mais tout le monde était attristé de voir que chacun restait silencieux. Mary chanta avec une partie de la chorale de l'église. Après de ce moment-là, j'étais tellement occupé à la maison, avant et après l'école, à apprendre à m'occuper de notre nouvelle basse-cour, que je ne voyais pas souvent mes amis, mais ils comprenaient. Dès que je me sentis plus confiant avec ma nouvelle tâche, celle de m'occuper des poules, des canards et des oies, je me dirigeai dans la chambre de papa et maman, décrochai le téléphone et demandai à Myrtie d'appeler Barber.

— N'est-ce pas triste pour Charlie ? demanda Myrtie.

— Si, c'est vraiment triste, je répondis.

— C'était un homme si gentil.

— C'était mon ami, je dis.

— Ta mère me l'a dit, Jerry. Je suis vraiment désolée.

— J'allais chez lui toutes les semaines pour récupérer des œufs. Il me manque.

— Il n'avait pas de téléphone, mais je le voyais parfois avec son cheval et son chariot à l'église, ou de temps en temps sur la colline, dit Myrtie.

— Oui c'est vrai, dis-je.

— Je te passe Barber, mon chéri. Passe le bonjour à ta mère.

— Allô ?

— Barber, il faut qu'on se réunisse, le plus tôt sera le mieux.

— Pourquoi ? Qu'est-ce qu'il y a ?

— Charlie Pitts est mort.

— Jerry, tu perds la tête ? J'étais à son enterrement. J'étais à côté de toi.

— Il nous faut un nouveau plan, dis-je.

— Tu as l'air de dérailler, dit Barber.

— Je suis en train de dérailler . Il est désormais impossible que je me tire indemne de cette histoire de sauvetage des poules et des oies, dis-je.

— Tu veux parler du plan qu'on avait mis en place pour les poules et les oies ?

— Oui, ça ne marchera pas. Pas de Charlie, pas de grange, et donc, pas de plan, précisai-je.

— C'est trop tard pour ce week-end, dit Barber.

— Demain alors ? demandai-je.

— Et si on se retrouvait tous demain midi, à l'école ?

— Ça marche. Merci.

— Je vais organiser ça. Le premier qui arrive à la cafétéria nous garde une table, ajouta Barber, avant que nous raccrochions.

Toute la bande se retrouva dans la file d'attente de la cafétéria, où nous discutâmes avec ferveur tout en faisant glisser nos plateaux.

— Merci à tous d'être venus à l'enterrement de Charlie, dis-je.

— Mary, ton chant était magnifique, dit Randy.

— Charlie l'aurait beaucoup aimé, renchérit Barber.

— A partir de maintenant, le Club de Lecture de Pompey Hollow se réunira dans le cimetière, sur la tombe de Charlie, annonça Mary.

— Alors, où sont les poules, les canards et les oies maintenant ? demanda Holbrook.

— Ils sont chez moi, répondis-je.

— Tous ? demanda Holbrook.

— Toutes les poules et toutes les oies. Les canards aussi.

— Vous avez un poulailler ? demanda Barber en attrapant son bol quotidien de soupe à la tomate et son petit récipient de gelée.

— Non, ils gambadent en plein air maintenant, un peu partout, je répondis.

— Vous ne les enfermez pas dans un poulailler ? interrogea Holbrook.

— Non, répondis-je.

— En plein air ? demanda Barber. Aucune chance que ton père ne comprenne pas que tu ne les aies pas tuées pour Thanksgiving.

— Tes oies sont condamnées, dit Holbrook.

— Moi aussi je serais fichu, et ce, dès le moment où ils comprendront que je leur ai menti, dis-je.

— Pour sûr tu seras puni, renchérit Randy. Ton père verra les oies chaque fois qu'il rentrera à la maison. Je parie même qu'elles prendront un malin plaisir à suivre sa voiture.

— Ça va rendre les choses beaucoup plus compliquées, dit Holbrook.

— Je suis au fond du gouffre. Je ferais mieux de fuguer, dis-je.

— Pourquoi abandonnes-tu si facilement ? demanda Mary.

— Nous avons menti à M. Hasting, dis-je.

— N'oublie pas que tu as mis les poules et les oies sur le compte de ton père au magasin Hasting, remarqua Holbrook. Hasting ne manquera pas d'appeler ton père ou ta mère.

— Il nous reste plus qu'à les cacher, dit Mary.

— Cacher quoi ? demanda Randy.

— Les poules, les canards et les oies de Jerry. Nous devons les cacher, dit Mary.

— Tu es folle ? demanda Mayor.

— Je crois que Mary a perdu la boule, dit Bases.

— Il suffit de tous les attraper et de les cacher quelque part jusqu'à ce que Thanksgiving soit passé, dit Mary. C'est tout ce que nous pouvons faire.

— Où allons-nous les cacher ? je demandai.

— Dans le garage de la grange, dit Mary.

— Il n'y a pas de portes, dis-je.

— Votre garage n'a pas de porte ? demanda Mary.

— Pas celui de la grande grange, mais la petite à côté, celle qui sert d'écurie, en a une. précisai-je.

— Alors, c'est réglé. C'est là que nous les cacherons, dit Mary.

— Il nous faut seulement les attraper alors, c'est bien ça ? demandai-je.

— Ah oui, c'est vrai ! dirent en cœur Bases, Randy Vaas, Barber, Holbrook, et maintenant Mayor, qui nous avait rejoints dans la file d'attente.

— Ça ne va pas être facile, dit Barber.

Sur les plateaux que nous faisions glisser, nous plaçâmes les assiettes de chili et de haricots que nous recevions, ainsi que celles de pudding au chocolat et notre lait au chocolat. Fin de la réunion.

Pendant près de deux semaines, Holbrook, Bases, Barber, Randy, Mayor, Mary et moi-même nous asseyions à la même table, et nous planifiions comment faire entrer trente poulets dans le poulailler sans que personne ne nous voie, ou ne comprenne ce qui se tramait. Nous décidâmes que lundi soir était le meilleur moment pour passer à l'action.

— Nous attendrons le moment idéal sur la falaise du rocher blanc, là-bas, de l'autre côté du ruisseau de ma maison, dis-je.

— Combien de temps devrons-nous patienter ? demanda Mary.

— Jusqu'à la tombée de la nuit, jusqu'à ce que tous les

signaux soient bons, je veux dire, une fois que toutes les lumières de la maison seront éteintes et que tout le monde sera au lit, dis-je.

Je leur appris ce que Charlie m'avait expliqué sur les poules. Je savais que les poules en liberté, sans poulailler, se perchaient sur les clôtures ou plus haut sur les branches des arbres la nuit quand elles dormaient. Nous décidâmes qu'il serait préférable de les attraper pendant leur sommeil et de les transporter une par une dans la grange.

— Une fois qu'elles seront dans la grange, tu devras y aller tous les jours, Jerry, et t'assurer qu'elles ont de la nourriture et de l'eau en abondance, dit Mary.

Barber pensait que Mary parlait comme une mère poule.

— Oui, très chère, dit-il en riant.

Dès qu'il eut prononcé ces mots, il s'exclama :

— Oh, mon Dieu ! car il venait de réaliser qu'il avait dépassé les bornes avec notre présidente.

Mary passa devant Bases, s'empara du bol de gelée de Barber et le renversa dans le bol de soupe à la tomate du jeune garçon. Ce dernier comprit assurément le message.

— Les oies vont poser un tout autre problème, dit Holbrook.

— Elles sont méchantes, dit Randy.

— Elles dorment au sol la nuit, mais elles sont trop méchantes pour être attrapées à la main. dis-je.

— Vous avez des canards, n'est-ce pas ? demanda Mary.

— Les canards nous suivent plus ou moins partout, je répondis.

— La seule chose à laquelle nous n'avons pas pensé, c'est à la façon de nous rendre chez Jerry sans être vu ce lundi soir, et comment repartir chez nous après, dit Randy.

Bases devait être en train de somnoler ou de protéger son bol de chili de Mary, car il répéta exactement ce que Randy venait de dire.

Mon grand frère Dick passa devant notre table.

— Dick ! je criai pour attirer son attention.

Il marqua une pause, me jeta un regard plein de reproches et qui me montrait à quel point il était gênant pour des élèves plus âgés de connaitre, ou même de parler à des plus jeunes.

— Quoi ? grogna-t-il, comme s'il valait mieux pour moi que ce soit important.

— Dick, ce n'est pas un SOS ou un truc du genre, mais nous faisons quelque chose de secret lundi soir prochain et tout le monde ici a besoin d'être conduit à notre champ de luzerne après la tombée de la nuit pour quelques heures, et ensuite d'être ramené à la maison, je lui dis.

— Et alors ? dit Dick.

— Alors, est-ce que tu peux t'en charger ?

— Pourquoi ? Qu'est-ce qu'il se passe ?

— Je te le dirai plus tard. Pas ici.

— Deux milkshakes, négocia Dick.

Il s'éloigna et se dirigea vers la table de déjeuner où Duba, Minneapolis Moline Conway et Dwyer déjeunaient avec quelques filles. Dick se pencha vers leur table et leur adressa un mot. Chacun d'entre eux, à tour de rôle, leva la tête et nous dévisagea, l'un après l'autre, pour ensuite reporter leur regard et leur attention sur la conversation en cours. Dick se mit debout, fit demi-tour et marcha jusqu'à notre table.

— On peut s'arranger, dit-il mais tu devras ratisser (je savais que c'était la corvée de Dick pour Thanksgiving) les feuilles.

— Pas de problème, je répondis, je vais les ratisser tes feuilles.

— Pas question, dit Dick.

— Quoi ? demandai-je.

— Vous allez *tous* ratisser les feuilles, dit Dick.

— Comment ? demanda Holbrook.

— Les feuilles dans la cour de Duba, celles dans la cour de Conway, et les feuilles dans celle de Dwyer - tout ça samedi - pour qu'on puisse aller au parc Suburban avant qu'ils ne le ferment pour l'hiver, dit Dick.

Nous nous regardâmes tous.

— Et tu nous emmèneras là où nous voulons ? demanda Randy.

— Oui.

— Et tu attendras aussi longtemps qu'il le faudra, après quoi tu nous ramèneras tous chez nous ? Mary demanda.

— Oui.

— Marché conclu, dit Holbrook.

— Attendez, dit Barber.

— Quoi ? demande Dick.

— Jerry, nous ne voulons pas que ton père ait des soupçons, pas après la mort de Mr. Pitts, dit Barber.

— Il me posera des questions à ce sujet, c'est sûr, je dis.

— Les Duba ont un poulailler, dit Barber.

— Dick, tu diras à ton père qu'apparemment, Duba aidera Jerry et Holbrook à déplumer les poules et les oies.

Dick n'y voyait aucun inconvénient. En fait, il pensait que c'était une initiative plutôt intelligente. Il accepta et s'en alla.

Dick et ses amis avaient quatorze ans et n'avaient toujours pas de permis de conduire, mais on les croyait sur parole. S'ils disaient qu'ils feraient quelque chose, généralement ils tenaient parole.

Lundi soir, je fis semblant de me coucher tôt. Je fermai la porte de ma chambre, rampai par la fenêtre dans la nuit noire sans lune, et je longeai le bord de la colline menant aux bois jusqu'à atteindre la porte. Je courus jusqu'au champ de luzerne. La longue Lincoln du père de Duba était déjà là, au milieu du champ, avec Dick et Duba sur le siège avant. Je n'étais pas sûr de savoir qui se trouvait sur le siège arrière.

Minneapolis Moline Conway déboula dans le champs de luzerne avec la '48 Dodge de son père. Dwyer était déjà là lui aussi. La voiture s'approcha de la Lincoln, s'arrêta et éteignit ses feux. Les portes des voitures s'ouvrirent toutes en même temps. Randy, Mary, Holbrook, Barber, Mayor et Bases en sortirent.

— Combien de temps cela va-t-il prendre ? demanda Duba.

— Je ne sais pas, je dis. Peut-être une heure. Je ne sais pas.

— Allez-y, dit Dick. On sera là quand vous reviendrez.

Nous courûmes tous jusqu'à l'extrémité de la colline derrière le champ de luzerne et nous grimpâmes sur la colline de derrière. Nous avançâmes tels une meute de loups dans l'obscurité. Nous avions une mission à accomplir et qu'on ne pouvait repousser. Nous gravîmes la colline en nous aidant l'un l'autre quand il le fallait. Une fois au sommet, nous marchâmes jusqu'à nous retrouver au-dessus du rocher blanc près de ma maison, pour nous reposer et planifier la suite.

En regardant du haut de la falaise, nous pouvions apercevoir le rocher blanc à mi-chemin et le ruisseau en contrebas. Nous voyions également la grange, le garage, l'étable et la maison. Nous descendîmes la falaise l'un après l'autre. Arrivés au rocher, certains se posèrent dessus et d'autres se rassemblèrent pour mettre en place un semblant de stratégie.

— Jusqu'où les poules osent-elles s'aventurer par rapport à votre grange ? demanda Barber.

— A deux mètres peut-être. Je ne sais pas, Ou alors trois. Devant la grange, sur les côtés et derrière, lui dis-je.

— Non, pas en journée, je parle de la nuit, quand elles se nichent en hauteur.

— Oh. Eh bien, beaucoup se perchent sur les fils de suspension à l'intérieur du garage de la grange.

— Si elles sont déjà dans le garage, pourquoi devons-nous les attraper ? demanda Mary.

— Je t'ai dit que le grand garage n'avait pas de portes. Il est ouvert à l'avant.

— Ah oui, c'est vrai, s'excusa Mary.

— Nous devons les déplacer dans la petite écurie à côté.

— Nous aurons besoin d'attrapeurs et de coureurs, sinon nous perdrons beaucoup de temps, dit Mary.

— Explique-toi, dit Holbrook.

Mary se leva devant le rocher blanc, se tourna vers nous et se lança dans ses explications.

— Nous devrons commencer par les poules. Une fois que nous commencerons à les attraper, elles risquent de comprendre ce qu'il se passe et de se disperser. La moitié d'entre nous devra les attraper et les remettre à un coureur, qui en tiendra deux en même temps et les emmènera dans la petite écurie.

— Je dois faire pipi, dit Bases.

— Eh bien, tourne-toi et fais pipi !" Mary aboya. Ne m'interromps pas.

— Je suis d'accord avec Mary, dit Randy. On se met par équipe, avec un attrapeur et un coureur dans chaque équipe.

— Divisons l'endroit par coordonnées, dit Barber.

— Qu'est-ce que ça veut dire ? demanda Mayor.

— L'équipe un s'occupe de couvrir le côté gauche de la grange ainsi que de l'arrière, dit Barber. L'équipe deux se charge de l'intérieur de la grange. L'équipe trois, le côté droit et l'avant.

— Les coureurs doivent bien savoir compter, dit Mary.

— Les poules d'abord, puis les oies et les canards, dit Barber.

— Il nous faut trente et une prises, dit Mary.

— Trente, dis-je. Nous avons trente poules.

— Trente et un, dit Mary. Vous avez trente poules et un coq. Trente et un !

— Je ne la contrarierais pas à ta place, murmura Mayor.

Il se souvint de l'incident de la « balle de baseball » du cimetière ainsi que du triste destin de sa gelée. Et il avait bien raison.

Une fois la dernière lumière de la maison éteinte, par sécurité, nous attendîmes trente minutes que ma mère et mon père s'endorment. Pendant ce temps, nous nous répartîmes en équipe, nous nous séparâmes par deux et nous planifiâmes nos stratégies individuelles. Je me portai volontaire pour le sacrifie ultime.

— Après que nous ayons attrapé tous les poules, je me porte volontaire pour laisser les oies me poursuivre jusqu'à la petite grange, dis-je.

— Elles mordent les oies, dit Holbrook.

— Les canards les suivront, dis-je.

Holbrook se porta volontaire pour fermer rapidement la porte derrière moi une fois que tous les animaux seraient entrés.

Le moment était venu. Nous nous souhaitâmes bonne chance et commençâmes à descendre lentement la falaise, jusqu'au bord du ruisseau.

— Oh, mon Dieu, chuchota Barber.

— Qu'est-ce qui se passe ? demanda Holbrook.

— Ma mère va me tuer pour avoir mouillé mes chaussures d'école, dit Barber.

Tout le monde s'en fichait un peu.

Mary se jeta la première dans le ruisseau, Randy la suivit, puis tous les autres traversèrent cérémonieusement le cours d'eau glacial, conscients que la probable déculotté de Barber pour des chaussures mouillées était largement compensée par l'importance de notre mission, qui était d'empêcher quatorze meurtres.

Mary était la coureuse de son équipe, chargée de couvrir l'intérieur de la grange. Dans le noir, elle accrocha le dos de sa robe à un clou qui dépassait d'une table de travail et la déchira notablement. Décidée à tirer le meilleur parti de la situation, elle tendit les mains derrière elle et déchira la robe jusqu'à l'ourlet inférieur. Elle la souleva des deux côtés et la ramena devant elle, comme un tablier, ce qui lui permettait de tenir trois ou quatre poules en toute sécurité au lieu de n'en tenir qu'une dans chaque main.

L'humilité avait du bon parfois.

A part les marques noires et bleues que j'avais sur les fesses et les jambes à cause des morsures d'oie, et hormis les égratignures qui tapissaient mes genoux et mon coude après être tombé d'une branche d'arbre en tenant deux poules qui battaient des ailes comme des folles, je n'avais rien de grave. Holbrook déchira le genou de son jean en plongeant implacablement sur l'une des poules. La poule l'emporta. Le coq menaça la vie de Randy et de Mayor jusqu'à ce que Randy ait le réflexe de lui jeter un sac en toile de jute sur la tête, ce qui l'aveugla momentanément. Peu après, une oie donna un coup de bec dans le dos de Randy et le fit décoller de quelques centimètres du sol, comme le faisaient les oies, et l'envoya tête la première dans les excréments de poules et d'oies sur le côté herbeux de la grange. Les lunettes de Holbrook tombèrent dans le noir lorsque le coq se libéra du sac en toile de jute suffisamment longtemps pour le regarder droit dans les yeux, pousser un cri strident, lui faire peur et survoler le jeune garçon jusqu'à atterrir dans la grange. Barber marcha accidentellement sur les lunettes de Holbrook en glissant et en trébuchant sur Randy, et plongeait à son tour dans la crotte d'oie. Son talon était accroché à un des verre des lunettes, mais par chance, elles n'étaient pas trop abîmées. Holbrook pouvait encore voir d'un côté s'il plaçait sa tête dans l'angle adéquat. Après que les oies m'eurent poursuivi jusque dans la grange, où je terminai prisonnier d'une brouette qui se renversa, nous fîmes le compte, nous fermâmes et cadenassâmes la porte avec une cheville en bois, et nous nous cachâmes derrière le garage de la grange, pour tenter de reprendre notre souffle, de nous calmer, et de voir si si du sang coulait de nos vêtements.

Bases avait dégotté un sac en tissu de nourriture pour poules vide dans la petite grange, il le tira de sa ceinture et le tendit à Mary. Elle l'enroulai autour de sa robe déchirée à l'aide d'une ficelle et ainsi, retrouva une once de pudeur. Tout s'était passé à peu près comme prévu.

Nous passâmes une demi-heure dans l'obscurité derrière le garage de la grange, comme des chimpanzés, à nous débarrasser les uns des autres des plumes et des cheveux qui nous envahissaient, et à nous demander si un jour, l'odeur quitterait nos vêtements.

— Je sens tellement mauvais que maman ne remarquera même pas que mes chaussures sont mouillées, dit Barber.

— Voulez-vous tous venir chez moi lundi, après Thanksgiving, pour faire de la luge sur notre colline ? demanda Mayor.

— Pour quoi faire ? demanda Mary.

Il considérait le Club de Lecture de Pompey Hollow comme une vraie source d'inspiration.

— Est-ce que je peux rejoindre votre club ? demanda-t-il.

— Je pensais que tu faisais déjà parti du club, dit Mary.

— Tu es venu l'autre jour, donc tu es membre, dit Holbrook.

— Peut-être viendrons-nous - s'il y a de la neige, nous dîment en cœur.

Tous peinaient encore à enlever les plumes et les crottes de poules de leurs vêtements. Randy avait déniché un bâton et il grattait les excréments d'oies et de poules des jambes de son pantalon. Nous étions trop occupés pour expliquer à Mayor qu'il ne fallait guère faire plus pour faire partie du club, simplement d'être présent.

Le plan pour cacher les poules et les oies avait parfaitement fonctionné. Côte à côte, sans que personne ne soit laissé pour compte, nous empruntâmes le chemin de Cardner Road jusqu'au champ de luzerne, en marchant comme des *champions*. Les deux voitures nous remarquèrent, leurs feux s'allumèrent, nous nous divisèrent et nous commençâmes à partir. À quelques mètres de là, la longue Lincoln noire de Duba s'arrêta brusquement en faisant crisser ses pneus, l'avant du véhicule se balança de haut en bas et la portière du conducteur s'ouvrit en grand. Duba bondit hors de la voiture en s'étouffant et en toussant à cause de la puanteur qui y régnait, il se pinçait le nez, sautillait et il s'écria :

— OUVREZ CES FOUTUES FENÊTRES !

Randy devait être dans sa voiture.

Les vitres se baissèrent. Il laissa la voiture s'aérer quelques secondes, puis il remonta et redémarra le moteur.

Je rentrai chez moi par la fenêtre de ma chambre, j'enlevai tous mes vêtements et je les laissai tomber par la fenêtre pour les laisser s'aérer sur le sol à l'extérieur.

Le lundi soir précédant Thanksgiving, malgré l'heure tardive, on ne voyait ou on n'entendait ni poulet, ni canard, ni oie, et tout cela, grâce au Club de Lecture de Pompey Hollow.

M. Hasting apporta les volailles achetées en magasin juste à temps, comme il l'avait promis. Holbrook et moi marchâmes du magasin à la maison avec les volailles dispersées dans trois grands sacs. Nous plaçâmes toutes les oies, sauf deux, et cinq des poulets dans la glacière pour le retour de papa et maman, qui ne devaient pas tarder à rentrer. Holbrook utilisa notre téléphone pour appeler Tommy Kellish et demanda à son père de venir le chercher. Puis nous allâmes sur la colline et grimpâmes dans la cabane de Dick pour nous cacher. Nous pensions qu'il valait mieux rester hors de vue au cas où des questions seraient posées. Nous détestions les questions, surtout quand nous étions coupables. Personnellement, je ne savais jamais quoi dire. Je restais là, bouche bée.

Holbrook se tiendrait sûrement immobile, à me pointer du doigt.

## CHAPITRE DIX-HUIT
## JOYEUX THANKSGIVING

Le jour de Thanksgiving, la maison était remplie de gens de tous âges, chose excitante car nous savions alors que Noël et le Père Noël n'étaient plus très loin. Il y avait des oncles et des tantes, des cousins et des cousines, ainsi que des amis de maman venus de Cortland pour la journée, tous désireux de découvrir les chutes d'eau et de partager le repas de Thanksgiving ensemble. J'avais complètement oublié les oies et les poulets et je savourais ma deuxième part de tarte à la citrouille à pleine dents lorsque papa m'appela et me demanda de venir à la cuisine.

Mon cœur se précipita ! Mes genoux se dérobèrent.

A mes yeux, mon père paraissait toujours extrêmement grand lorsque je pensais avoir des ennuis. Et quand j'étais coupable de quelque chose, je me disais que les ennuis n'étaient jamais bien loin. Il se tenait là, en tablier, et était en train de servir de la nourriture aux convives qui venaient se resservir pendant que maman leur versait du café. Il arrêta son geste et se tourna vers moi.

— Jerry, c'était un super Thanksgiving pour tout le monde, et nous le devons en grande partie à toi et à Holbrook, et à tous vos efforts qui nous ont permis de nous délecter de ces poules et de ces oies. Merci, mon grand.

— De rien, papa, bredouillai-je.

— N'oublie pas de remercier Holbrook pour nous, fiston.

— Oui, bien sûr, je le ferai.

Puis il me regarda droit dans les yeux et sourit un peu. Je remarquai que c'était un sourire bienveillant, pas un sourire méchant. Il se pencha, me prit la main et déposa sept étiquettes dans ma paume, cinq pour les poules et deux pour les oies.

— Les prix semblent raisonnables, fiston. Est-ce que je te dois cet argent ou est-ce que je dois payer quelqu'un d'autre ?

Je vis ma vie défiler devant mes yeux. La main dans le sac ! J'étais démasqué ! Holbrook avait laissé les stupides étiquettes de prix sur les poulets et les oies de M. Hasting. Je savais que je me ferais attraper.

J'avouai tout.

— On les a achetés chez M. Hasting.

— Je le sais déjà, fils - le nom du magasin est écrit sur les étiquettes.

— Ah oui ?

— Et maintenant, tu vas travailler pour M. Hasting tous les samedis après notre retour de la boulangerie jusqu'à ce que tu gagnes assez pour le rembourser, on est d'accord ?

— Oui, papa, je répondis.

— Et que M. Holbrook veille à ce que son fils fasse quatre gâteaux à deux étages pour que M. Hasting les vende, pour ainsi compenser le prix de leurs poules et leurs oies.

— M. Holbrook est aussi au courant ?

— Bien sûr.

Je craignais tellement d'être tué et j'avais tellement mauvaise conscience d'avoir menti que je remerciai papa et lui promis de ne plus jamais le décevoir.

— Tu ne m'as pas déçu, fiston.

— Je ne t'ai pas laissé tomber ?

— Je suis fier de toi pour avoir pris position pour quelque chose. Je pense que le Club de Lecture de Pompey Hollow a fait ce qu'il pensait être juste. Vous avez tous protégé ce que qui était important pour vous.

— Alors, tu n'es pas... ?

— La prochaine fois, fais-moi confiance, fiston. Je comprendrais. Maintenant, va les faire sortir de la grange pour qu'ils prennent l'air.

— Tu savais qu'ils étaient là, papa ?

— Joyeux Thanksgiving, mon garçon.

— Joyeux Thanksgiving, papa.

# Les Mystères de Pompey Hollow
## Jerome Mark Antil

Jerome Mark Antil

## CHAPITRE DIX-NEUF
## NOËL

En attendant que les élèves s'assoient et que la classe se calme, Mme Bredesen s'approcha de ma table et me tendit un laissez-passer.

— J'ai des ennuis, Mme Bredesen ?

— Non, tu n'as pas d'ennuis.

— C'est pour quoi ce laissez-passer alors ? je demandai.

— Tu iras voir M. Spinner, le directeur de l'orchestre, pendant la récréation.

Cela signifiait que maman m'avait désinscrit du piano, mais qui sait dans quoi d'autre elle m'avait embarqué.

— Bonjour, la classe, scanda Mme Bredesen. C'est de nouveau la période de l'année que nous adorons tous ! Qui est impatient de célébrer les fêtes de Noël avec sa famille ou ses amis ?

Toutes les mains de la classe se levèrent.

— Maintenant, qu'est-ce que je veux que vous essayiez de vous rappeler ? C'est toujours mieux...

Tous les enfants répondirent en chœur.

— C'est toujours mieux de donner que de recevoir.

— Très bien les enfants.

C'était le coup d'envoi. Il suffisait de ces quelques mots sur Noël pour que tous les enfants présents dans la pièce commencent à penser à Noël, au Père Noël et à leurs futurs cadeaux. Aucun d'entre nous ne se souciait de savoir s'il recevrait des lunettes de pilote à quatre-vingt-neuf centimes avec des sangles en fausse laine d'agneau, une boîte de Lincoln Logs, des Tinker Toys, de la pâte à modeler, un livre ou un disque. Noël et ses doux bruissements de papier cadeau seraient bientôt là et enjoliveraient nos rêves tous les soirs à partir de maintenant. C'était la meilleure période de l'année, pour n'importe quel enfant. Toute cette effervescence à l'approche de Noël nous avait aidés à traverser ces cinq années de guerre.

— Cette année, les garçons et les filles de terminale ont prévu quelque chose de très spécial pour les familles des élèves qui ont obtenu leur diplôme avant eux et qui ont été blessés ou ont perdu la vie pendant la guerre - ces hommes et ces femmes qui ont combattu ou apporté leur aide, dans le monde entier, pendant la guerre. Levez la main si vous connaissez quelqu'un qui a été tué, blessé ou qui a disparu pendant la guerre. Il peut s'agir d'un membre de votre famille, d'un membre de la famille d'un ami, ou même de quelqu'un que vous connaissez ou dont vous venez d'entendre parler.

Toutes les mains de la salle se levèrent.

— Pour honorer leur mémoire, la classe de terminale souhaite faire graver une plaque de bronze qui sera exposée dans le hall d'entrée de l'école. Une plaque en l'honneur des anciens élèves tués, blessés ou disparus pendant la guerre. Les plaques sont chères et pour les payer, la classe de terminale va organiser une soirée patinage sur la piste de patins à roulettes de Cortland le jeudi précédant les vacances de Noël. Qui souhaiterait donner un coup de main ?

Toutes les mains se levèrent à nouveau. Il n'y avait probablement que deux enfants dans toute la salle qui savaient faire du patin.

— Maintenant, la classe qui encouragera le plus d'enfants à participer à cette soirée patinage et qui récoltera le plus d'argent aura peut-être sa photo dans le journal. Faites-moi part de vos idées, dit-elle.

L'un après l'autre, chaque volontaire se leva et exposa sa bonne idée sur la façon de faire venir le plus d'enfants de notre classe. Certains parlaient d'organiser des cours de patinage pendant la récréation pour les enfants qui se rendraient à cette soirée, d'autres promettaient un A en géographie ou en arithmétique, selon leur choix, à tous ceux qui viendraient à la fête.

Lorsque mon tour vint, je fis appel à toute la créativité dont j'étais capable, à cette heure si matinale, grâce à toutes les choses que mon père m'avait apprises lors de nos trajets en voiture. Je me mis debout.

— Tout est question de chiffres, commençai-je.

— Qu'est-ce que ça veut dire ? demanda une voix.

— Cela veut dire que nous devons faire passer le mot au plus grand nombre, dit Mary qui repensait aux lapins.

— Nous devons faire imprimer des cartes *d'inscription* à la soirée patinage, et les rendre les plus professionnelles possible, dis-je.

— Comme la carte de membre du Buster Brown Shoe Club que j'ai ? demanda Randy.

— Exactement, répondis-je.

— Mais notre carte servira de publicité à la soirée patinage, et tout le monde en voudra une, et voudra la garder précieusement dans son portefeuille pour pouvoir se pavaner devant ses amis, comme si c'était une chose rare et importante. C'est de la publicité quoi.

Le Club de Lecture de Pompey Hollow et quelques autres enfants comprirent tout de suite. Bases s'assoupit, la tête posée sur son bureau. Je partageai l'idée de la carte avec une telle conviction que certains crurent que je savais exactement de quoi je parlais - ce qui n'était évidemment pas le cas.

— Félicitations, Jerry, dit Mme Bredesen.

— Pour quoi ? demandai-je.

— Tu es officiellement le président de cette classe pour l'organisation de la soirée patinage au profit de la collecte de fonds pour la plaque commémorative de la classe de terminale.

— Ah bon ?

— Bonne chance à toi. Tu peux choisir n'importe qui dans la classe pour t'aider.

— C'est reparti, dit Holbrook.

Bien sûr, j'allais choisir le Club de Lecture de Pompey Hollow...

Barber, Mary, Holbrook, Randy, Mayor et Bases, s'il se réveillait. Je pensais aussi à Judy Finch et à Mary Margaret Cox, si le professeur insistait pour que davantage d'enfants me secondent. Ces deux-là connaissaient toutes les filles. J'en trouverais d'autres s'il le fallait.

Grâce aux notes affichées sur le tableau d'affichage de Mme Bredesen, toute la classe était invitée chez Mary Margaret à une fête de fin d'année. Sa mère était enseignante. Lorsque des invitations étaient affichées sur le tableau de la classe, nos mères nous obligeaient le plus souvent à y aller. Après la fête de Mary Margaret, une autre était organisée la même semaine chez Mary pour apprendre à danser le quadrille sur le nouveau disque qu'elle avait reçu pour son anniversaire.

Lorsque la cloche de la récréation sonna, Mme Bredesen se tourna vers moi.

— Jerry, tu peux te rendre dans la salle de musique.

Je me levai et je quittai la salle.

M. Spinner, le directeur de l'orchestre, était un homme fort sympathique. Il avait toujours un sourire aux lèvres. Ses vêtements sentaient la cigarette et ses doigts et ses ongles avaient viré au jaune brunâtre à cause de la cigarette. Il se plaisait à faire des blagues, comme la fois où, lors d'un récital, il présenta un morceau que l'orchestre allait jouer en annonçant *Froc in a Crado of the Deep* alors que le titre réel était *Rocked in a Cradle of the Deep*. Les enfants ne comprenaient pas toujours ses blagues, mais il plissait les yeux en grimaçant, taillait ses lèvres en un sourire excentrique, levait sa baguette et se retournait pour diriger son groupe.

La salle d'orchestre se trouvait de l'autre côté du gymnase, à côté de la salle des chaudières au sous-sol. Elle était dotée de fenêtres sur toute la longueur du mur latéral, qui donnaient sur des bus scolaires vides, et d'une plus petite au centre du mur tout au fond. Les lunettes de M. Spinner se reflétaient dans la plupart des angles et le faisait ressembler à un des amis de Little Orphan Annie ou de Daddy Warbucks dans les bandes dessinées du dimanche, où les personnages n'avaient que des cercles blancs à la place des yeux. La salle comportait cinq rangées de chaises en bois disposées en demi-cercle autour du podium de chef d'orchestre situé au centre.

— Bonjour, jeune homme, dit M. Spinner avec un grand sourire.

— Entre et assieds-toi.

— Bonjour, M. Spinner.

— Ta mère a appelé.

— Je sais.

— Nous allons nous mettre au travail et te mettre sur la bonne voie en un rien de temps.

Nous nous assîmes sur des chaises, face à face.

— Jerry, je veux que tu m'expliques tout ce qui t'intéresse.

— Qu'est-ce que vous voulez dire ?

— Si je connais tes centres d'intérêt, j'essaierai de choisir un instrument en fonction de tes goûts et de tes aptitudes.

Je supposai que si M. Spinner pensait que j'avais des « aptitudes » musicales, c'était qu'il ne m'avait jamais vu jouer du piano.

— J'aime camper dans les bois, faire du vélo.

— Continue, s'il te plaît.

— J'aime aller chez Barber ou Mayor et empiler des bottes de foin. J'aime jouer au roi de la montagne dans leurs granges. J'aime aider le fermier Parker à rentrer les vaches. Je veux un cheval. J'aime le Club de Lecture de Pompey Hollow. J'aime jouer à la balle avec Holbrook et nager. La natation, c'est amusant...

M. Spinner cacha un bâillement avec le dos de sa main.

— La musique, tu aimes la musique, Jerry ?

— J'aime écouter de la musique à la radio ou au cinéma. J'aime bien *She Wore a Yellow Ribbon*, et parfois je chante dans la voiture avec mon père.

M. Spinner plissa les yeux en souriant, retroussa ses lèvres en un sourire approbateur et hocha doucement la tête. Il se pencha sur le côté et ouvrit un étui à instruments posé sur la chaise et en sortit les deux parties d'une clarinette noire. Il les assembla soigneusement et me demanda :

— Jerry, que penses-tu de la sonorité boisée et quelque peu douce de la clarinette ?

J'haussai l'épaule gauche.

— D'accord.

Il n'était pas satisfait de ma réponse.

Il démonta la clarinette, la remit dans son étui, réfléchit un instant et ouvrit un autre étui. Cette fois-ci, il souleva une trompette, comme s'il soulevait une couronne en or. Il fronça les sourcils comme s'il était sur le point de partager un profond secret et me demanda :

— Que penses-tu de la netteté plus cuivrée de la trompette ?

Je baillai.

— Peut-être un cor d'harmonie ? Ou un trombone suave ? demanda M. Spinner.

J'haussai l'épaule droite cette fois-ci.

— D'accord.

M. Spinner, qui n'était toujours pas convaincu, n'abandonna pas encore. Il fronça les sourcils, replaça la trompette dans son étui, posa le poing sur sa joue et titilla ses favoris avec son index, tout en réfléchissant. De l'autre main, il désigna la batterie au fond de la salle.

— Que dis-tu des battements simples du tambour ?

— D'ac-o-dac.

Le seul talent musical dont j'avais connaissance était que je pouvais appeler les colombes en soufflant dans mes mains et que je pouvais chanter quelques airs de films qui passaient au cinéma le samedi. Pour moi, jouer d'un instrument de musique reviendrait à m'enlever l'appendice. Les instruments de M. Spinner n'étaient que des pianos de formes et de tailles différentes.

— Jeune homme, tu es censé m'aider.

— Comment ?

— Tu as certainement une préférence dans ton esprit qui pourrait éveiller ton imagination. Tu dois sûrement ressentir certaines émotions ou sentiments à l'égard d'un son particulier - un élan, peut-être, vis-à-vis d'un instrument. La passion que tu ressens peut révéler ta personnalité et ton désir de t'exprimer par la musique.

J'envisageai faire une courte sieste, toujours en position assise.

— Jerry, n'as-tu jamais vécu ce moment unique où un simple geste t'avait permis d'exprimer tes vrais sentiments ? Ce moment que tu souhaiterais revivre encore et encore, que tu voudrais vraiment garder pour toujours dans ton esprit ? Celui que tu voudrais partager avec le monde ? Il doit certainement y en avoir un".

M. Spinner pencha la tête et m'observa par-dessus ses lunettes, plein d'espoir.

— Réfléchis, Jerry, réfléchis ! Quel est cet incroyable moment qui te revient sans cesse à l'esprit ?

— Un seul ?

— Le premier auquel tu penses.

— La fois où j'ai embrassé Linda Oats ?

Il y eut un silence.

M. Spinner inclina sa tête de dépit. Elle s'affaissa comme

s'il venait de perdre un match important, retomba sur sa poitrine, rebondit mollement. Puis il la releva et me fixa du regard pardessus ses lunettes pendant un long moment. Ses lunettes, qui semblaient se transformer en une lunette de visées, reflétaient un rayon de soleil en plein sur mon cœur.

Soudain, comme par magie, ses yeux devinrent blancs comme des flashs. Ses lèvres esquissèrent un sourire, il leva son bras droit, sauta de sa chaise et se redressa comme s'il voulait toucher le plafonnier, ivre de joie.

— Le tuba ! cria-t-il.

On aurait dit qu'il venait de découvrir l'électricité.

Il se rassit dans un bruit sourd, sourit et agita ses deux mains en l'air comme s'il dirigeait tout un orchestre.

— Le tuba a besoin d'exubérance, Jerry, il a besoin d'attention. Il doit être tenu fermement, et par-dessus tout, il lui faut un souffle profond pour réchauffer ses courbes froides, ses coins et ses élégantes rainures audacieuses. C'est avec le souffle d'une vie chaude qu'il dévoilera son plus beau son. Un tuba a besoin d'être embrassé, Jerry ! Le tuba, c'est ce qu'il te faut !

Je regardai si la porte de la salle d'orchestre était fermée à clé et je calculai dans ma tête le temps qu'il me faudrait pour en sortir, ou alors pour me faufiler par la fenêtre ouverte, située sur le mur du fond.

M. Spinner se leva à nouveau d'un bond. Cette fois, ses pieds sou soulevèrent du sol, comme s'il venait de tirer le bon numéro à une tombola. Il se précipita vers le fond de la salle en se frayant un chemin dans le labyrinthe de chaises en bois courbé, ses bras dirigeant toujours l'orchestre imaginaire. Embarqué dans son excitation, il fit basculer un pupitre et le laissa tomber au sol. Puis, il en bouscula et en emporta deux autres. Au fond de la salle, il contourna le grand pupitre du sousaphone, retira l'embouchure du tuba et la ramena délicatement, comme s'il avait récupéré le Saint Graal. Il ramassa les pupitres au fur et à mesure qu'il passait devant, avant de se prendre les pieds dans une chaise qu'il renversa au passage.

— Jerry, rapproche tes lèvres, fronce-les et souffle comme ceci... BblbBblbBblbbbblbbblbbblbbbblbbblbbb.

J'essayai :

— Pffffffft ?

— Comme ça, Jerry, BblbBblbBblbBblbBblbBblbBblb.

— BBBbbbppppppffffttt ?

— BblbBblbBblbbblbBBblbBblbBblb, Jerry.

Il pressa l'embout métallique froid dans ma paume. Il était assez grand pour servir d'entonnoir de cuisine.

— Jerry, ramène ça à la maison et entraîne-toi.

— Quoi ?

— Fais tes exercices de lèvres , tes *BbblBbbl*, et tes techniques de soufflage...

— Mais...

— Tu commenceras tes leçons de tuba demain.

— Vraiment ?

— Entraîne-toi dur, jeune homme, fais attention à tes lèvres et bienvenue dans l'orchestre !

Je ne voyais rien à cause de l'éclat blanc de ses lunettes, mais on aurait bien dit que sa découverte lui avait fait verser une larme. Il avait sauvé un autre jeune campagnard de la monotonie d'une rangée de maïs.

Je mis l'embout dans ma poche, tentai de le cacher avec mon pan de chemise et je retournai dans ma classe.

La nouvelle se répandit dans l'école comme une traînée de poudre.

— Jerry est coincé avec le tuba.

Quand je rentrai à la maison, je tendis l'embouchure du tuba à maman.

Elle le porta à son nez, le sentit.

— Je vais le faire bouillir.

Au dîner, je fis part de mon emploi du temps de Noël chargé et de cette vie mondaine qui me tendait les bras et qui s'annonçait tourbillonnante et exigeante.

— Mme Bredesen m'a nommé président officiel, maman.

— C'est gentil de sa part, mon chéri, passe les pommes de terre à ton frère, dit maman.

— Je suis responsable de l'organisation de la fête de Noël de la classe de terminale, on ira faire du patin à roulettes et collecter de l'argent pour le Monument aux Morts de notre classe.

— Ça a l'air intéressant, fiston. Dis-nous en plus, dit papa.

— La classe qui réunit le plus grand nombre d'élèves à la soirée patinage et qui aura récolté le plus d'argent verra peut-être sa photo publiée dans le journal.

— La belle affaire, dit Dick.

— Nous allons faire de la publicité, papa. Bien sûr, nous gagnerons facilement, comme sur des roulettes si je puis dire. Je pense que nous ferons la une des journaux.

Je pouvais presque entendre la foule applaudir. Maman posa sa fourchette à salade.

— Ne sois pas trop arrogant, mon chéri.

— Hein ?

— Parle comme un gentleman, pas comme un de ces gros bonnets. Personne n'aime les grands manitous.

Papa passa un plateau de côtelettes de porc et regarda maman en souriant.

— Tu te souviens de nos soirées à la patinoire, maman ?

Maman lui répondit par un sourire.

— J'aimais la belle musique d'orgue et tu étais si gracieuse sur tes patins.

Elle rougit.

— Nous dansions si bien, n'est-ce pas ? dit papa.

— Quand aura lieu cette soirée patin à roulettes, fiston ? demanda maman.

— A quoi encore va servir l'argent ? demanda papa.

Ravi de voir que leur quelques minutes de nostalgie soient terminées, je répondis :

— Ça se passera le jeudi avant les vacances de Noël. Les élèves de terminale collectent des fonds en organisant une soirée patinage afin d'acheter une plaque de bronze dédiée à tous ceux qui ont fréquenté l'école et qui ont été enrôlés et tués, blessés ou qui ont disparu pendant la guerre.

— C'est une cause noble, dit papa en baissant la tête.

— Une cause vraiment noble, renchérit maman.

— Vous êtes si touchants. Un merveilleux cadeau de Noël pour toutes les familles de ceux qui ont servi, qu'ils aient été enrôlés ou qu'ils se soient portés volontaires. Cette école insuffle à tous un bel esprit de communauté !

— Nous allons coller une affiche sur le tableau d'affichage

de notre classe. Tu sais, papa, on va faire de la publicité ?

Papa sourit à mon allusion à la publicité.

— C'est un événement important, fiston.

— Nous en sommes conscients.

— Peut-être devriez-vous faire plus que de la publicité.

— Comment ça ?

— Peut-être que tu devrais vendre des billets à l'avance, comme ça tu sauras combien de personnes viendront et combien d'argent tu gagneras avant même la soirée patinage.

— Qu'est-ce que tu veux dire par là ?

— Et tu pourrais peut-être demander aux commerçants de te donner un coup de main.

— Mais nous n'avons pas de billets, papa. Je crois que les enfants paieront leurs tickets directement à la patinoire, quand ils descendront du bus scolaire.

— Réfléchissons-y, dit papa en me passant le maïs.

— Papa, j'ai eu l'idée de faire imprimer des cartes à l'aspect important. Tu sais, comme la carte de membre du Buster Brown Shoe Club. Une publicité qu'on pourrait distribuer et montrer à tout le monde.

— C'est une super idée Jerry !

— Je pensais à quelque chose qui pourrait tenir dans le portefeuille ou la poche d'un enfant.

— Ou dans un sac à main, dit maman.

— Fiston, si tu écris toutes les informations dont l'imprimeur aura besoin, j'y songerai et je ferai imprimer quelque chose de joli que tu pourras utiliser en classe.

— Combien cela coûtera-t-il, papa ? Nous n'avons pas beaucoup de...

— Ta mère et moi vous offririons l'impression, ainsi ta classe aura toutes les clés en main pour que cette soirée patin à roulettes attire le plus grand nombre, n'est-ce pas chérie ?

Maman ajouta :

— Ne te vante pas, mon grand. Comporte-toi en gentleman.

— Merci, papa. Merci, maman.

Je me levai de table, je courus jusque dans ma chambre, saisis tous les papiers résumant les informations sur la soirée patinage et je les remis à papa.

Nous étions presque à trois semaines des vacances de Noël. Absorbé par l'esprit de Noël, je me réveillai tôt et je m'assis sur le bord de mon lit en pensant aux vacances qui approchaient à grands pas. Tout ce que je voyais entre notre maison et celle du fermier Parker, en face, c'était une pelouse brune, de la boue humide et des amas de neige durcie et à moitié fondue. Tous les enfants habitants la campagne espéraient de la bonne neige fraîche et blanche, beaucoup de neige. Moi aussi.

Neige ou pas, je m'étais convaincu que ce Noël serait spectaculaire si je participais à sa préparation. Chaque semaine, pendant tout l'été, j'avais tondu la pelouse du Docteur Webb pour un dollar cinquante à chaque fois. Il m'offrait toujours un sac de bonbons au sucre d'érable.

J'avais des achats de Noël à faire, et un dollar cinquante par semaine représentait beaucoup plus d'argent que je n'en avais vu au même endroit depuis la récompense du Club de Lecture de Pompey Hollow pour l'histoire du lapin de Pâques. Je ne comptais jamais ce que j'avais, mais l'argent était bien rangé sur l'étagère de mon placard. Je n'avais pioché qu'une seule fois dans ma pile d'argent, pour acheter un kit de réparation de pneus pour mon vélo jaune, si je me souviens bien. Puis, il y eut la fois où j'avais acheté deux rouleaux de papier crépon rayé rouge, blanc et bleu. J'avais décoré les rayons de mon vélo pour pouvoir participer, avec le Club de Lecture de Pompey Hollow, au défilé du Memorial Day devant le magasin de Shea et l'école.

Je me souviens avoir demandé, un jour, à ma mère, si le Père Noël existait. Elle me répondit sans détour que le Père Noël ne venait que pour les gens qui croyaient en lui, ce qui m'avait convaincu. Il me restait encore de l'argent et j'allais être le meilleur assistant du Père Noël. Il apporterait les bonnes choses, mais je comptais moi aussi, à mon échelle, participer à l'achat de cadeaux pour mes amis, mes frères et mes tantes, ainsi que pour maman et papa. J'avais un cadeau très spécial pour tante Kate.

## CHAPITRE VINGT
## TANT A PENSER

Tous les samedis matin, je me rendais à Homer avec mon père, et comme il le faisait tous les samedis matin, il sortit une pièce de vingt-cinq centimes brillante de sa poche, la fit tourner en l'air jusqu'à ce qu'elle devienne floue, à une vitesse telle qu'elle touchait presque le plafond.

Il s'écria :

— Pile ou face Bucky ? sans quitter des yeux la pièce qui voltigeait.

— Face !

— Pile, claironna papa, après avoir fait claquer la pièce à la seconde où elle avait atterri sur le comptoir.

Bucky posa ses deux mains sur le comptoir et projeta ses jambes sur le côté, avant de faire claquer ses talons l'un contre l'autre, en l'air.

Papa fit quand même glisser la pièce sur le comptoir.

— Que dirais-tu d'un sandwich aux œufs et aux olives pour Jerry, mon garçon, afin qu'il ait la force de porter le courrier ce matin ?

Bucky fit claquer ses doigts.

— Ça arrive !

Il me pointa du doigt et me lança un clin d'œil.

Ma tâche de ce samedi consista à prendre la clé de la boîte aux lettres sur le crochet accroché au mur du bureau de papa, à traverser la rue et à lui remettre tout le courrier reçu par la boulangerie. Alors qu'il l'ouvrait et le lisait, j'eus le temps de me rendre à l'épicerie située trois portes plus haut. Il y avait toutes sortes de choses à acheter dans ce magasin, et un joli sapin de Noël déjà décoré que l'on pouvait contempler depuis la vitrine et jusqu'à l'intérieur du magasin, près de la porte d'entrée. Pour ce premier « voyage de préparation » de Noël, je décidai simplement de me promener dans le magasin, de jeter un coup d'œil à ce qui s'y vendait et de réfléchir à toutes les personnes auxquelles je souhaitais offrir un cadeau. Il s'agissait plutôt d'une mission de reconnaissance. J'avais besoin d'un plan. Je rentrai chez moi et dressai une liste de noms et des choses que je voulais offrir à chacun. J'achetai un rouleau de papier cadeau. Il était en promotion et était orné de Pères Noëls sympathiques, de cadeaux emballés et de sucres d'orge. Je le payai en même temps qu'un rouleau de papier froissé et un ruban doré, pour aller avec.

En rentrant à Delphi Falls, je demandai :

— Papa, pour Noël, si je dis à tante Kate que je sais qu'elle est ma grand-mère, est-ce que j'aurai des ennuis ?

— Jerry, ce serait, au contraire, un très beau cadeau, généreux et attentionné. Tu n'auras jamais d'ennuis pour ça.

— Si c'est notre grand-mère, pourquoi l'appelons-nous tante Kate ?

— Tu penses que tu pourrais comprendre si je t'expliquais, fiston ?

— Je comprendrai.

— Tante Kate est la vraie mère de ta mère. Quand ta mère avait quatre ans, son mari les a quittés.

— Tu veux dire qu'il a fui ?

— Oui, mon grand.

— C'était un homme mauvais, papa.

— Tante Kate ne voulait pas que ta mère grandisse sans père, alors sa sœur et son mari ont adopté ta mère. Ils l'ont aimé comme si elle était leur. Et comme la sœur de Kate était devenue la « mère » adoptive légale de la tienne, nous avons, à partir de ce moment-là, appelé ta grand-mère « tante Kate ».

— Je peux lui dire que je sais, papa, qu'elle est ma grand-mère, juste lui dire ça ?

— Tu peux le lui dire. Cela lui ferait très plaisir, mais comprends-tu, c'est à elle de décider si elle veut partager ou non ce secret avec d'autres personnes ?

— Oui.

— Tu es un bon garçon Jerry !

Papa regarda mon sac de courses, posé entre nous sur le siège avant.

— Qu'est-ce que tu as d'autre en tête, fiston ?

— Qu'est-ce que tu veux dire ?

Il pointa du doigt mon sac de courses.

— Je peux te donner un coup de main pour quoi que ce soit

? Je sais garder les secrets de Noël, et j'ai personnellement rencontré trois fois le Père Noël - enfin, deux fois pour sûr. Je ne suis pas si sûr de la troisième fois.

Il ne dit rien sur le papier cadeau et le ruban qui siégeaient entre nous. Mais j'étais certain qu'il savait que je préparais quelque chose de très important.

Nous tournâmes à Tully et nous dirigeâmes vers la maison.

— Je veux aider Holbrook à passer un bon Noël, papa.

— C'est gentil, Jerry. Tu es un ami formidable.

— Tu crois que le Père Noël passera chez lui ?

— J'en suis certain, fiston.

— Tu crois ça ?

— J'en mets ma main à couper.

Je savais que je pouvais faire confiance à mon père, mais je savais aussi que je devais renforcer la sécurité autour de mes secrets de Noël. Il me fallait me rendre à mon bureau, faire une liste secrète de tous les cadeaux de Noël et planifier mes achats. Je devais réfléchir et m'organiser.

En matière de sécurité et d'intimité, il manquait à ma chambre un élément important : une poignée de porte. Mon intimité était à la merci de ceux qui passaient devant ma chambre et n'avaient qu'à ouvrir ou fermer la porte. Elle était à présent entrouverte. Ça devait être une conséquence de la guerre. Pendant la guerre, il était impossible de se procurer des poignées et de serrures en métal à cause des pénuries de fer et d'acier. Ils avaient besoin de tout cet acier pour construire des navires de guerre, des avions de chasse et des bombardiers. Maman et papa avaient décidé de transformer l'ancienne salle de danse en maison avant que le conflit ne commence. Mais nous ne pûmes quitter Cortland qu'après la fin de la guerre. Celle-ci mit bien plus de temps à se terminer qu'on ne le pensait.

Mes pensées se portèrent à nouveau sur la sécurité de ma chambre et mon imagination s'emballa.

Je courus jusqu'à la grange et trouvai un marteau, un clou et un petit bout de bois d'une trentaine de centimètres. De retour dans ma chambre, j'allumai la radio et augmentai le volume au maximum. L'émission *Bickering Bickersons* était diffusée, émission dans laquelle les personnages ne cessaient de se disputer. J'avais besoin de bruit pour camoufler mes coups de marteau.

Dans cette émission de radio, M. Bickerson criait après sa femme, Mme Bickerson.

Mon marteau enfonçait les clous pendant que les Bickerson se chamaillaient à la radio.

— *Blanche, tu n'as jamais eu d'estime pour moi. Ni pour tout ce que j'ai pu faire, s'écriait M. Bickerson.*

— *Comment pourrais-je ? lui répondait Mme Bickerson. Tu m'as épousée et depuis, tu n'as jamais rien fait pour nous.*

— *Comment oses-tu dire ça, Blanche ? Blanche, tu as oublié la fois où je suis rentré chez nous après une grosse journée de pêche, et où tu m'as obligé à sortir de la maison le poisson qui allait nous servir de dîner pour l'emmener dans le garage ? Blanche, j'avais passé la journée à attraper ces cinq truites et ces trois éperlans.*

*Blanche rétorquait en hurlant :*

— *C'était tous des éperlans. C'est bien pour ça que je les voulais hors de la maison.*

Je plantai le clou au milieu de la planche et l'enfonçai dans le montant de la porte, au niveau du seuil. Le petit bout de bois allait maintenant tourner comme l'hélice du DC-3 que j'avais emprunté pour rejoindre Syracuse depuis Ithaca.

C'était parfait. Un tour et le morceau de bois maintenait la porte fermée. Un autre tour et la porte s'ouvrait. Ma liste secrète d'achats de Noël serait désormais en sécurité. Je m'assis à mon bureau et me mis à écrire les noms de mes amis, des enfants de la maison, de ceux partis à l'université et de ceux mariés et qui étaient dorénavant loin.

Dans la liste des membres du Club de Lecture de Pompey Hollow, j'inscrivis Barber, Mary et Holbrook. J'ajoutai Randy, Bases et Mayor.

Pour la famille, j'écrivis Dick, Gourmet Mike, mes oncles et ma tante Dorothy, Mary, quelques cousins, maman, papa et tante Kate.

— Mince.

Il y avait beaucoup de noms. J'espérais avoir assez d'argent.

Je recommençai ma liste en débutant par papa et maman, puis je repassai tout en revue. Papa était la personne que je préférais, en plus de maman, alors je voulais lui offrir quelque chose de vraiment spécial. Au magasin général de Homer, j'avais aperçu des Sock-Mocs et je me disais ça lui plairait. Il s'agissait d'une paire de chaussettes doublée d'une paire de mocassins. Chose formidable, elles ne coûtaient que deux dollars et quatorze centimes. Les Sock-Moc étaient parfaites pour traîner à la maison. En plus de leur confort, de leur élégance et de leur allure, elles apportaient à ceux qui les portaient un soupçon d'aventure. Papa les adorerait.

Ensuite, ce fut au tour de maman. Avec maman, je devais faire attention. Tout ce que je lui offrais la faisait pleurer. Tout ce que ses enfants lui offraient la faisait pleurer. L'astuce consistait à trouver quelque chose qui la ferait juste pleurer, mais qui ne la pousserait pas à me câliner sur ses genoux pendant une demi-heure, en me lovant dans ses bras et en me répétant à quel point j'étais un bon garçon. Ces étreintes me faisaient perdre des parts entières de dessert, qui terminaient alors dans les estomacs de mes frères. Une fois, Dick avait dit à maman que je lui avais confié à quel point je l'aimais et qu'elle était la meilleure maman du monde. A ce moment-là, il avait le regard rivé sur ma part de tarte au citron meringuée. Cette étreinte me coûta ma part de tarte et le dernier morceau de pain de viande de mon assiette (Dick nia en bloc). La solution était simple. J'offrirais à maman un mouchoir. Ainsi, lorsqu'elle ouvrirait le paquet et commencerait à pleurer, elle aurait les mains trop occupées à essuyer ses yeux, et non à me câliner.

C'était réglé. Deux mouchoirs, un pour maman et un pour notre grand-mère, tante Kate. Cette dernière recevrait également une autre de mes surprises.

Pour mon frère Mike, rien de plus facile. Ce n'était un secret pour personne qu'il aimait cuisiner. J'ignorais toujours ce qu'était un gourmet, mais apparemment, ce terme signifiait qu'il cuisinait et mangeait des choses que personne d'autre n'aimait, des escargots, des grenouilles et des fromages qui sentaient vraiment la mort. Je savais exactement ce que j'allais lui offrir : du fromage de Limbourg. Mike Shea en vendait dans son magasin. Il était si puant qu'on pouvait le sentir depuis le salon de coiffure d'à côté. Un jour, Holbrook m'avait mis au défi de le sentir de près, et j'avais été à deux doigts de m'évanouir. L'odeur était pire que celle des rutabagas. Ce fromage de Limbourg serait parfait pour Mike.

Dick était le suivant sur ma liste. Il se faisait parfois tabasser, la plupart du temps parce qu'il flirtait avec les petites amies d'autres garçons. Une fois, à Cortland, alors que je rentrais de St. Mary's School où j'étais en première année, j'avais vu Dick allongé sur un trottoir, un garçon à califourchon sur lui, menaçant de le frapper parce qu'il avait osé parler à sa petite amie. Dick était allongé là, il niait tout en bloc, et parvint à ne jamais relâcher sa prise sur les livres qu'il avait emmené de la maison et qu'il comptait offrir à la petite amie du jeune homme. Pour Dick, ce sera donc une boîte de sparadraps.

Les semaines suivantes, je passais mon temps à tenter de me faire emmener en ville dans la voiture de maman ou papa et à parcourir les magasins pour mes achats. Lors d'une pause déjeuner à l'école, Holbrook et moi allâmes au magasin de Mike Shea. Le nez collé à la vitre du présentoir de boucherie, je demandai à Mike Shea quelle quantité de Limbourg je pourrais, selon lui, acheter avec un dollar vingt.

— Fiston, tu préfères du fromage en bocal ou un morceau fraîchement coupé ?

Je levai les yeux par-dessus le présentoir et tentai de capter son attention.

— Un gourmet préfèrerait-il un fromage en bocal ou à la coupe ?

— Oh, certainement à la coupe, tout gourmet serait d'accord, répondit-il sans hésiter, appréciant que je sois suffisamment informé pour poser la question.

Je me demandais si Mike Shea pouvait ressentir mon air important, compte tenu des nouvelles responsabilités qui m'incombaient en tant que président officiel des dernières années pour l'organisation de la soirée patinage. Je pense que cela se voyait sur mon visage.

J'achetai un très beau morceau de fromage frais de Limbourg que Mike Shea emballa soigneusement dans deux feuilles de papier de boucherie issues d'un plus grand rouleau, et qu'il entoura de ficelle.

— Tu veux que je le garde au réfrigérateur jusqu'à ce que tu viennes le chercher, après l'école ? demanda-t-il.

Holbrook et moi nous regardâmes en nous demandant de quoi il parlait. Pourquoi referions-nous tout ce chemin après l'école, juste pour récupérer un fromage que je pouvais très bien conserver dans mon bureau ? En plus, je serais occupé avec mes nombreuses responsabilités de président de la soirée patinage.

— Non merci, dis-je.

— Tu es sûr ? demanda Mike Shea.

— Je vais le prendre avec moi. Mais merci quand même.

En sortant du magasin, une pile de mouchoirs sur une étagère attira mon attention.

— Mike Shea, ce sont des mouchoirs pour filles ou pour garçons ?

— Les mouchoirs pours fille sont à gauche, les mouchoirs pour garçons sont dans l'autre allée, me répondit-il.

C'était beaucoup trop facile.

J'achetai deux mouchoirs pour filles et j'avais maintenant quatre cadeaux en poche. Je vis une boîte de pansements derrière le comptoir, mais je me dis que Dick risquait de les voir à l'école ou dans le bus, alors je décidai de les acheter plus tard, en même temps que les Sock-Mocs de papa, que je trouverais à Homer samedi prochain.

Holbrook acquiesça par un compliment.

— Très efficace.

Après l'école, je m'enfermai dans ma chambre et j'emballai le fromage gourmet de Gourmet Mike, je fis un nœud autour, que je serrai comme un lacet de chaussure. Mike Shea me donna deux boîtes, une pour chacun des mouchoirs, pour qu'ils soient plus faciles à emballer. Je les fermai également d'un nœud. Il n'y avait qu'une seule bonne cachette à l'approche de Noël, à côté du mur près du piano dans le salon. On pouvait y déposer des cadeaux et des paquets, que le Père Noël placerait ensuite sous le sapin, avec ceux qu'il apporterait. La règle était que personne ne pouvait regarder ou toucher ces cadeaux, et je savais donc qu'ils y seraient en toute sécurité. Ce soir-là, je m'agenouillai et priai pour que le Père Noël n'oublie pas mon meilleur ami Holbrook et sa famille.

Il me suffit d'un autre samedi pour que je parvienne à rassembler les cadeaux de ma tante, de mon oncle et de mon cousin.

J'achetai des timbres d'épargne de cinq dollars pour tous les membres du Club de Lecture de Pompey Hollow (ils coûtaient 2,50 dollars chacun) et je comptais également leur offrir une carte de Noël, dans laquelle je placerais les timbres. Je leur remettrais les cartes le dernier jour d'école avant les vacances de Noël. J'emballai tout le reste, que je cachai près du piano avec les autres cadeaux.

Le lendemain, en rentrant de l'école, je montai dans ma

chambre. Sur mon lit, je remarquai une grande boîte réhaussée d'un couvercle en carton. Je soulevai lentement le couvercle pour jeter un œil à l'intérieur et je le refermai tout aussi rapidement, incrédule.

J'avais besoin de reprendre mon souffle.

J'avais peut-être mal vu. Peut-être m'avait-on fait parvenir la commande de quelqu'un d'autre. Je soulevai à nouveau le couvercle, délicatement, et je regardai à l'intérieur. La boîte était pleine de billets pour la soirée patinage – il ne s'agissait pas de prospectus publicitaires, ni de cartons d'invitation, mais bel et bien de billets autorisant l'entrée à la soirée patinage, qui semblaient être d'excellente qualité, gaufrés et gravés. Il y avait aussi un tampon qui disait « MERCI » ainsi qu'un coussin encreur.

Je laissai tomber la boîte sur le sol et je commençai désespérément à compter les billets.

Il y en avait trois cents.

Je levai mes deux main et tapotai mes joues.

— Oh mon Dieu ! TROIS CENTS BILLETS !

Il n'y avait que vingt-huit enfants dans ma classe. L'école elle-même ne comptait pas trois cents élèves en âge de se rendre à la soirée patinage. Et hormis l'école, même si l'on réunissait le village entier et Delphi, il n'y avait même pas trois cent personnes susceptibles d'y aller. Je me dis que papa avait fait imprimer un billet pour chaque enfant de la planète.

J'étais sur le point d'avoir une crise cardiaque.

Je mis l'un des billets dans la poche gauche de mon jean. Puis, je plaçai le tampon « MERCI ! » dans mon autre poche avant de glisser la boîte sous mon lit en la poussant du pied contre le mur, pour cacher le reste des billets qui allaient me valoir des ennuis. J'avais besoin de temps pour réfléchir.

Je pénétrai dans la cuisine, maman m'indiqua que Mike était rentré de l'université pour le week-end.

— Jerry, Mike va te conduire à la fête, dit maman.

— Quelle fête ?

— La fête chez Mary Margaret. Elle a lieu ce soir.

J'avais complètement oublié cette fête.

— Va mettre une chemise propre, dit-elle. Je reviendrai te chercher à dix heures et demie.

Les membres du Club de Lecture de Pompey Hollow et

beaucoup d'autres enfants de notre classe étaient déjà là. Holbrook, Mary, Barber, Bases, Randy, Mayor, ainsi que Mary Margaret, Smith, Kellish, Lowe, Finch, Sexton, Paddock et Fish étaient présents et d'autres arrivaient encore.

Presque tout le monde parlait de Noël.

Je fis signe à Barber, Mary et Holbrook de m'accompagner dehors un instant. En sortant, je croisai le regard de Randy, Mayor et Bases et je leur fis signe de venir nous rejoindre. Une fois à l'extérieur, je me tournai vers la bande et je sortis le billet imprimé de ma poche gauche ainsi que le tampon « MERCI ! » de ma poche droite. Je les brandis tous les deux en l'air, puis je dis :

— Je pensais que mon père et ma mère allaient faire imprimer des prospectus publicitaires pour la soirée patinage. Comme celles du Buster Brown Shoe Club.

— C'est ce que tu nous as dit, dit Mary. Les mêmes que celles du Buster Brown Shoe Club.

— C'est ce que j'avais demandé.

— Oui on sait, dit Holbrook.

— J'ai demandé une carte pour chaque enfant de NOTRE classe, dis-je d'une voix tremblotante et vacillante, au bord des larmes ou d'une possible dépression nerveuse.

— Bonne idée. Il a fait imprimer des prospectus ? demanda Holbrook.

— Elles sont bien ? interrogea Mary.

— Pourquoi es-tu tout vert ? demanda Barber.

— Ce que tu tiens dans ta main ne ressemble pas à un prospectus, dit Holbrook.

— Ils ont imprimé des BILLETS pour la fête du patinage à roulettes.

— Des billets ? demanda Mary.

— Des tickets pour la soirée patinage, que nous devons vendre.

Je leur montrai à nouveau mon exemplaire.

— Ils ont ajouté ce tampon en caoutchouc « MERCI ! » et un coussin encreur.

Je le leur montrai également.

Tout le monde observa le ticket qui était dans ma main et essaya de comprendre ma confusion. Mary trouva le ticket joli et apprécia particulièrement l'arrière-plan en forme de coquille d'huître.

— Les enfants vont adorer, déclara Holbrook.

— Tout le monde en voudra un, dit Randy.

— Mais il y a un petit problème, ajoutai-je.

— Papa en a fait imprimer trois cents.

— Tu veux dire trente, c'est ça ? demanda Mary. Tu as dit trois cents.

— En fait, il a imprimé trois cents billets, comme celui-ci.

— Oh mon dieu, s'exclama Barber.

— Il a dû mal me comprendre. Nous n'avions besoin que de vingt-huit cartons publicitaires pour notre classe. Maintenant, j'ai trois cents billets en forme de coquille d'huître, hors de prix, cachés sous mon lit et un coussin encreur. Mon père est devenu fou avec ses chiffres ! Je suis le président officiel le plus nul qu'on ait vu.

— Oh oh, dirent la plupart des enfants.

— Tu ne peux pas les jeter comme des vulgaires chaussettes, dit Barber.

— Il va falloir que tu parles de cette erreur à ton père, dit Randy.

— Tu veux que je dise à mon père que je lui ai donné les mauvaises informations et qu'il a gaspillé de l'argent pour imprimer tous ces trucs ?

— Il faut le lui dire, sinon on est coincés avec ça et on est foutus, dit Holbrook.

— Quelqu'un a une meilleure idée ? je demandai.

Randy nous lança sur une autre piste.

— Comment se débarrasser des trois cents billets pour la soirée patinage alors qu'il n'y a pas trois cents enfants dans toute l'école ?

— A-t-on même le droit de vendre ces tickets ? demanda Mary.

— Je crois qu'on est fichu, gémit Mayor.

Il se trouvait que Mary Margaret nous écoutait parler.

Sa mère étant institutrice, Mary Margaret vit notre problème d'un autre œil.

— Pourquoi ne pas donner les billets à ma mère pour qu'elle les remette au directeur de l'école afin qu'il les distribue à toutes les classes et que chaque classe s'occupe de les vendre ?

Son idée avait du potentiel. Mary se leva.

— Pourquoi ne vendons-nous pas tous les billets nous-mêmes ?

— Hein ?

J'avouai ne pas comprendre.

— Il n'y a aucune règle qui nous interdise de le faire, précisa Mary.

— Alors là, nous serons sûrs de gagner et peut-être d'avoir notre photo dans le journal, dit Bases.

Les enfants firent une pause pour réfléchir à cette idée.

— Aucune règle ne dit que c'est interdit, répéta Mary.

— Y a-t-il une règle qui nous autorise le faire ? demanda Mayor.

— N'est-ce pas de la contrefaçon ? demanda Holbrook.

Mary Margaret sortit, ferma la porte derrière elle revint ajouter son grain de sel.

— Mary a raison. La règle veut que la classe qui obtient le plus grand nombre de participants à la soirée patinage gagne, n'est-ce pas ? demanda Mary Margaret.

— C'était la règle, oui, dit Holbrook.

— Les règles n'ont jamais dit que les enfants qui y vont doivent être de la même classe, ou même de notre classe, d'ailleurs, dit Mary Margaret.

— C'est vrai, personne n'a jamais rien dit de tel, concéda Mary.

— Pourquoi ne prendrions-nous pas chacun vingt billets et n'irions-nous pas demander à tous ceux que nous connaissons à l'école d'en acheter un, on pourrait tous les vendre de cette façon et donner ensuite l'argent aux plus âgés ? demanda Mary Margaret. Ces billets constitueront la preuve que c'est notre classe qui les a incités à venir à la fête.

C'était une idée tellement brillante que je voulus embrasser Mary Margaret, mais sa mère était assise près de la fenêtre et regardait dehors. Un jour, elle m'avait fait nettoyer tous les effaceurs de craie pendant la récréation, juste parce que j'avais couru dans les couloirs. Un baiser et elle m'obligerait probablement à repeindre sa maison.

Holbrook dit :

— Jerry, appelle ta mère et demande-lui si elle peut nous

apporter les billets quand elle viendra te chercher, pour qu'on puisse les diviser ici.

Maman arriva avec les billets et entra prendre le thé avec Mme Cox.

Le Club de Lecture de Pompey Hollow et Mary Margaret reçurent chacun vingt billets. J'en avais dix-neuf. C'était tout ce dont nous avions besoin parce que c'était le nombre d'enfants à l'école - cent soixante-seize – susceptibles de se rendre à la soirée.

— Lundi matin, à l'école, annonça Mary, dites à tous ceux qui souhaitent un billet de le payer avant la soirée, sinon ils n'auront pas accès au bus, et écrivez bien le nom de chacun des élèves.

C'était génial. Un peu plus tôt, nous étions tous remplis d'inquiétude quant à savoir comment nous allions vendre les billets, mais maintenant, elle nous disait de faire confiance aux autres, qu'ils nous achèteraient un billet tant cette soirée était populaire, et que personne ne nous bernerait. Une idée brillante.

Au moment où nous réalisâmes tous à quel point cette idée était géniale, la présidente du Club de Lecture de Pompey Hollow, Mary, eut une autre idée.

— Lorsque vous donnez à chaque enfant son billet, au lieu d'écrire son nom sur une feuille de papier, faites-le lui signer lui-même sur un bloc-notes. Tu te souviens des lapins, Jerry ? Ce sera la preuve écrite qui prouvera que c'est bien nous qui les avons incités à se rendre à la fête.

C'était ce genre d'idées qui me poussa à proposer les candidatures de Mary Margaret et de Mary à la présidence de notre classe. Holbrook et moi votâmes pour elles deux, en utilisant deux urnes séparées pour ne pas nous faire prendre la main dans le sac.

Le lundi, nous nous retrouvâmes à la cafétéria pour le déjeuner. Non seulement nous parvînmes à vendre les cent soixante-seize billets, mais nous tamponnâmes également les cent vingt-quatre billets restants d'un joli « MERCI ». Nous en confiâmes la moitié à Mike Shea pour son magasin près de l'école, et l'autre moitié à M. Hasting pour le sien à Delphi. Ainsi, ils pourraient les distribuer à toutes les personnes qui avaient fait don de quelques pièces dans les bocaux destinés à la plaque de bronze. Lorsque nous tendîmes la liste des noms à Mme Bredesen et expliquâmes ce que nous avions fait, elle demanda à la classe de s'asseoir et de se tenir tranquille. Elle quitta la salle quelques instants pour se rendre dans le bureau du directeur et vérifier avec lui que nous n'avions enfreint aucune règle.

Elle revint dans la classe avec un grand sourire.

Notre professeure félicita la classe pour avoir pensé « hors des sentiers battus » et annonça que la soirée patinage de cette année permettrait de récolter plus d'argent que jamais auparavant. La plaque commémorative de la classe sénior, en souvenir de ceux que nous avons perdus, serait assurément magnifique.

Même papa et maman étaient fiers de nous.

— Comment avez-vous pu en vendre autant en si peu de temps ? demanda papa.

— Eh bien, nous en avions chacun vingt - enfin, moi, dix-neuf - et nous sommes entrés dans chaque classe en annonçant : « Il ne me reste que vingt billets pour la soirée patinage. Qui en veut ? » J'imagine que tout le monde s'était dit qu'il ne restait que vingt billets en tout, et qu'il était hors de question qu'ils ne ratent un tel évènement. Nous les avons vendus en quelques minutes.

Papa et maman sourirent tous les deux.

— C'est donc toute la classe qu'il faut féliciter, dit maman.

— C'était une idée des autres, dis-je.

Maman était très fière de son gentleman.

**Il avait neigé toute la nuit.**

## CHAPITRE VINGT-ET-UN

## UN GRAND OUPS!

— Mince ! criai-je en me redressant dans mon lit, tout juste réveillé. J'ai oublié le Père Noël !

Je posai mes pieds sur le sol et regardai par la fenêtre pour constater qu'il avait neigé toute la nuit. Ce qui me vint à l'esprit, c'était que Noël approchait, que le Père Noël arrivait, et que je n'avais pas pensé à un cadeau à offrir au Père Noël. J'avais pensé à tout le monde sauf au Père Noël.

J'enfilai mes vêtements et courus, bien emmitouflé, jusqu'à la grange. J'essayai de faire coulisser la petite porte de la grange pour l'ouvrir sans laisser le tas de neige fraîchement tombée qui avait glissé le long de la porte, presque jusqu'à ma taille, basculer sur le sol à l'intérieur de la grange. Je savais qu'il eut été plus malin de pelleter la neige avant d'ouvrir la porte, et encore plus malin de ne pas laisser la pelle à l'intérieur la grange, où elle ne servait de toute façon à rien.

Il n'était pas toujours évident d'être malin à la campagne, mais parfois, comme ici, cela pouvait vous épargner une pénible corvée pour laquelle vous n'étiez pas nécessairement d'humeur — comme déblayer de la neige.

Il eut été également plus malin de boucler mes galoches (bottes) afin de ne pas me prendre les pieds dedans. Il était, de toute façon, bien trop tard pour que je songe à tout cela, car à peine avais-je ouvert la porte, que je levai une jambe en l'air pour entrer dans l'étable en enjambant le tas de neige. La boucle de la botte en l'air s'accrocha à celle restée au sol, et je commençai à trébucher vers l'avant, tout en sautillant sur mon pied gauche au moins jusqu'au milieu de la pièce, avant de perdre finalement l'équilibre juste à temps pour tomber la tête la première dans un seau vide que Dick utilisait pour transporter les produits chimiques vers l'adoucisseur d'eau.

BING !

Le bruit de ma tête heurtant le seau vide effraya Ginger,

notre chienne d'extérieur à la queue rêche. Elle courut hors de la grange à travers le tas de neige en jappant, tandis que ma botte droite se détachait, entraînant avec elle ma chaussure avec un nœud dans le lacet ainsi que ma chaussette.

Les vacances de Noël commençaient mal. Entre temps j'avais oublié pourquoi j'étais allé à la grange. Je savais que je m'en souviendrais bientôt, mais avant de faire quoi que ce soit, je devais d'abord défaire le nœud de mon lacet, remettre ma chaussette, ma chaussure et ma botte, et cette fois, boucler mes bottes.

C'est dans des moments comme ceux-là que je comprenais mieux pourquoi Maman disait toujours :

— N'oublie pas de boucler tes galoches, mon chéri.

Ah, oui, je me rappelai : le Père Noël !

J'étais allé à la grange pour chercher quelque chose dans lequel laisser du maïs pour les rennes du Père Noël quand il viendrait. J'avais récupéré du maïs cet après-midi dans l'étable du fermier Parker, après l'avoir aidé à rentrer ses vaches.

Je savais que les rennes aimaient les carottes, mais je pensais que le maïs durerait plus longtemps, et peut-être que leurs grignotements pendant la nuit de Noël me réveilleraient afin que je puisse au moins voir les rennes. Le Père Noël apportait toujours notre sapin de Noël et le décorait dans la nuit. Je savais donc que cette simple tâche lui prendrait un peu plus de temps que dans les maisons où le sapin de Noël était déjà installé. Ses rennes auraient plus de temps pour se reposer et manger du bon maïs rafraîchissant. J'avais même demandé à Charlie Pitts, avant qu'il ne meure, si les rennes du Père Noël aimaient bien le maïs, ce à quoi il m'avait répondu :

— Tu m'étonnes, bien sûr qu'ils aiment ça !

Il n'y avait pas de meilleure preuve que celle-là, alors je sus que je faisais le bon choix. Le vieux Charlie me laissait prendre autant de maïs que je voulais dans son grenier à maïs. C'était un homme gentil, un ami qui me rappelait toujours Noël, et qui me manquait beaucoup. Je le considérais comme l'un de mes meilleurs amis, depuis qu'il ne s'était pas moqué de moi et qu'il n'avait raconté à personne la fois où j'avais fait tomber les œufs sur le chemin.

Derrière une boîte de clous vide dans la petite grange, je

trouvai un couvercle de poubelle, à la poignée écrasée, sur laquelle une voiture avait dû rouler. Impeccable ! Je le retournai, le remplis de maïs et le laissai sur le sol près de la cheminée. Le Père Noël le verrait certainement lorsqu'il descendrait par la cheminée et saurait qu'il s'agit de mon cadeau pour ses rennes. Je lui écrirais un mot. J'avais aussi prévu de laisser un sac à pommes de terre en papier vide roulé en boule, au cas où le Père Noël décidait d'emporter le maïs pour en nourrir ses rennes tout au long de la soirée. Il s'agissait là d'une pensée avisée qui me mettrait sans nul doute en bons termes avec le Père Noël. C'était la seule personne avec laquelle tous les enfants voulaient être en bons termes. Je l'imaginais même descendre le couloir jusque dans ma chambre, et me remercier personnellement d'avoir été si prévenant, du moins s'il en avait le temps. Le Père Noël était un homme très occupé.

Tante Kate était venue chez nous jusqu'au Nouvel An. Gourmet Mike était venu en voiture de Lemoyne et resterait jusqu'après Noël, quand reprendraient ses cours à l'université.

Le mercredi avant Noël fut une soirée très froide, glaciale. Gourmet Mike empila du bois près du mur du salon et fit un bon feu bien chaud dans la cheminée avant de nous rejoindre à table.

Pour une raison que j'ignorais, alors qu'elle était assise à table, Maman semblait mal à l'aise, nerveuse. Cela ne lui ressemblait pas. Elle n'arrêtait pas de faire d'étranges grimaces. On aurait dit qu'elle avait un poids sur la conscience, ou qu'elle avait oublié quelque chose de très important dont elle tâchait de toutes ses forces de se rappeler. Nous étions occupés à manger et à ne pas faire trop de bruit, si bien qu'aucun d'entre nous ne fit attention à elle. Elle se penchait de son siège vers la gauche, tournait la tête d'un côté, et levait le nez comme pour humer l'air. Puis elle se penchait de l'autre côté, tournait la tête à l'opposé, levait le nez et reniflait à nouveau.

— Qu'est-ce qui ne va pas, Maman ? demanda Dick.

— Il fait très chaud ici, dit Maman.

— Le feu prend bien, Maman, dit Gourmet Mike.

Déconcertée, elle regarda devant elle en réfléchissant. Elle posa sa fourchette à salade, repoussa son assiette et déclara sans ambages :

— D'où vient cette affreuse pestilence ?

Le seul problème, c'est que ni Dick ni moi ne comprenions ce que le mot « pestilence » signifiait ou même impliquait. Gourmet Mike, lui, le savait, de par son expérience de gourmet, mais nous n'étions pas au courant.

Maman repoussa sa chaise.

— Les enfants, demanda-t-elle, tout le monde en rang, ici, tout de suite.

C'était toujours mauvais signe, quel que soit notre âge, lorsque Maman nous appelait « les enfants ». Que nous avait-elle surpris à faire, cette fois ? C'était la première chose qui nous venait normalement à l'esprit — le sens du mot pestilence étant la deuxième. Nous nous levâmes, dans l'espoir d'un indice. Vu l'expression de douleur qu'affichait son visage, nous n'avions guère l'intention de parlementer.

Nous nous mîmes en rang. Un par un, nous nous approchâmes de Maman, qui reniflait l'air autour de nous, puis demandait au suivant de s'avancer et d'être humé à son tour. Une fois reniflés comme il se doit, Maman nous demanda de nous rasseoir et, dans un ultime acte de désespoir, répéta dans des mots que nous comprenions :

— Mais quelle est cette horrible odeur ?

— C'est donc ça que veut dire pestilence, proclama Dick, comme s'il venait d'inventer la pasteurisation.

Nous nous mîmes tous à renifler l'air.

L'odorat des garçons à la fin des années 1940 était rudimentaire. Nous pouvions sentir l'odeur de la nourriture en train de cuire — et du chou, à longue distance — des parfums divers et variés de la ferme et, bien sûr, des chaussettes sales.

Nous pouvions sentir les arbres de Noël. Et pas grand-chose d'autre.

— Ça sent la chambre de Jerry, dit Dick.

Tante Kate lui frappa les phalanges avec la grande cuillère.

Maman recula encore sa chaise. Comme si elle était en mission, elle se leva et se mit à renifler l'air — d'abord en faisant le tour complet de la table de la salle à manger, puis deux autres tours rapides dans la cuisine et dans le salon.

Nous la suivions. À bonne distance.

Elle émettait des sons brefs et des grognements, et reniflait, le nez retroussé, usant sa frétillante lèvre supérieure en guise d'antenne. Nous pouvions l'entendre de l'autre côté de la pièce, tandis qu'elle en longeait les murs et les angles, entrait dans le salon, se rapprochait de plus en plus du piano, puis se dirigeait vers le sol près du mur où étaient entassés les cadeaux de Noël. Son grognement faisait vibrer les cordes du piano droit. À un moment donné, elle s'arrêta brusquement et mit un genou à terre.

— Appelez Ginger, ordonna-t-elle.

À vrai dire, appeler Ginger était probablement la corvée la plus simple qu'il y ait jamais eu chez nous. Ginger était notre épagneul mi-beagle, mi-cocker. Bien que nous la laissions toujours à l'extérieur, elle n'aspirait qu'à devenir un chien d'intérieur et ne quittait donc jamais la porte. Ginger passa toute sa vie appuyée le long de la porte, dans l'espoir qu'on la laisse entrer.

Mike ouvrit la porte juste assez pour la réveiller de sa sieste sans qu'elle ne bascule et l'appela par son nom – question de courtoisie. Ginger était folle de joie et bondit à l'intérieur à peine la porte fut-elle entrouverte, comme un kangourou à qui il ne fallait pas le dire deux fois. Elle ne se calmait jamais avant d'avoir sauté exactement trois fois pour chaque personne qu'elle voyait, puis elle courait, à toute vitesse, deux fois, dans toute la maison. Chaque fois qu'elle prenait un virage, ses pattes sur la moquette faisaient un grand bruit de dérapage. Elle s'assurait simplement que rien n'avait changé, et qu'elle n'avait oublié personne.

Maman appela Ginger, la prit par le collier, la mena vers la pile de cadeaux pour orienter son attention, puis dirigea lentement son museau, un cadeau de Noël à la fois. À un moment donné, Ginger jappa, comme si quelque chose l'avait mordue. Elle tira sur son collier, et la peau de sa fourrure, habituellement tendue, se plissa au-dessus de ses yeux, comme un limier tentant de s'éloigner à tout prix d'un tas d'indices. Maman lâcha le collier et, avec le pouce et l'index, souleva le paquet suspect de la pile.

Ginger courut vers la porte, suppliant qu'on la laisse sortir.

Quelque chose se mit à suinter du paquet.

— Qu'on m'apporte un plat, demanda Maman. Vite !

Dick apporta une assiette, mâchant l'épi de maïs qui s'y trouvait, puis la tendit à Maman. Elle mit l'assiette sous le paquet, qui laissait maintenant échapper une substance gluante.

Elle se retourna et me lança un regard sévère.

— Jerome, va donc jeter ça dans la barrique à ordures, puis ramène l'assiette et rejoins ta mère dans la cuisine, je te prie. Mike et Dick, le dîner est reporté, allez tous les deux dans la chambre de Dick et fermez la porte.

Ça ne pouvait être que mauvais signe.

Arrivé dans la cuisine, la seule chose à laquelle je pensai était qu'il y avait des problèmes dans l'air pour moi ou, dans le cas présent, une pestilence.

Tout d'abord, elle savait que ce paquet était le mien, puisque l'étiquette du cadeau de Noël indiquait :

— À Gourmet Mike, de la part de Jerry. »

Deuxièmement, m'appeler Jerome signifiait très probablement qu'elle comptait ou me fesser ou bien me sermonner.

Troisièmement, chaque fois que Maman s'appelait « Ta Mère », la rumeur disait qu'elle ne voulait pas de témoins, juste au cas où elle fasse accidentellement couler le sang ou assassine quelqu'un.

— Jerry, dis-moi toute la vérité.

Voilà qui m'offusquait. J'avais presque toujours dit la vérité à Maman, sauf la fois où j'avais embrassé Linda Oats dans la cidrerie. Je lui avais dit que j'avais trébuché sur une marche et que j'étais tombé dans la cuve à cidre en essayant d'aider quelqu'un à attraper un balai pour nettoyer les lieux. Ou la fois où je lui ai dit que j'avais mangé les rutabagas dégoûtants qu'elle avait servis pour le dîner, et qui sentaient l'eau croupie, alors qu'en réalité je les avais seulement cachés dans un recoin sous la table du dîner jusqu'à ce que tout le monde aille se coucher, puis je les avais sortis de leur cachette pour les emmener dans les bois à côté de la maison et les piétiner comme il se devait à coups de talon, éliminant ainsi toute possibilité qu'ils germent et repoussent un jour.

— Jerome, as-tu emballé d'autres aliments en guise de cadeau pour quelqu'un d'autre ?

— Non, m'dame, dis-je.

— Qu'y avait-il dans ce paquet, mon enfant ?

— Du fromage de Hollande, pour Mike, parce que c'est un gourmet.

Maman sourit. C'était le genre de sourire où je pensais qu'elle allait me serrer dans ses bras. Dieu merci, elle ne le fit pas. Toute cette histoire m'avait déjà coûté mon maïs, peut-être même mon dîner.

— Je vais te donner cinquante centimes, mon chéri. Quand tu retourneras au magasin, tu pourras acheter un pot de fromage de Hollande qui sera tout aussi agréable pour ton frère. C'est un cadeau vraiment attentionné, Jerry.

— Tu n'es pas fâchée, Maman ? demandai-je.

— Je ne suis pas fâchée, mon garçon.

Ça allait mieux.

— Au fait, mon grand, où as-tu acheté ce fromage ?

— Au magasin de Mike Shea, près de l'école, répondis-je.

— Personne au magasin ne t'a dit que le fromage devait être réfrigéré ?

— Mike Shea a dit ce mot, Maman.

— Quel mot, Jerry ?

— Ce mot, « réfrigerté », comme tu dis, mais Holbrook et moi ne savions pas ce que ça voulait dire.

— Tu veux dire que M. Shea t'a proposé de... commença Maman.

— Il aime qu'on l'appelle Mike, Maman.

—Tu me dis qu'il a proposé de réfrigérer ce fromage pour toi ?

— Je n'avais plus d'argent, Maman, au cas où ce truc de réfrigerté me coûte cher, alors on n'a pas fait attention.

Maman fit un pas en arrière et me regarda avec des yeux vitreux, comme elle le faisait quand elle pensait que j'avais de la fièvre ou une maladie rare. Puis elle s'approcha de la glacière et la montra du doigt comme un professeur devant le tableau noir.

— Jerry, ceci est un réfrigérateur.

— Hein ?

— Cela conserve les aliments et les garde au frais.

— Pas croyable, dis-je.

— Tu as sûrement... commença Maman.

Je rappelai à ma mère, une fois encore, qu'en déménageant dans la nature, enfin, dans un bois à la campagne, il y avait tout un tas de choses que j'avais subitement cessé d'apprendre.

— Maman, je te jure qu'à Cortland, on appelait ce truc une glacière et personne n'a jamais pris la peine de me dire que ça s'appelait maintenant un réfrigérateur.

Maman resta bouche bée, et ne chercha pas à discuter davantage avec moi, car elle savait bien que je l'avais prise au dépourvu.

— Pas croyable, dis-je.

— Va te coucher, mon chéri, et dis aux garçons de mettre leur pyjama et d'aller se coucher aussi.

# CHAPITRE VINGT-DEUX

Jerome Mark Antil

## UNE SOIREE PATINAGE

Je n'avais jamais participé à une soirée patinage. C'était plus amusant qu'une ballade en tracteur - enfin, ça le devint une fois que j'appris à me tenir en équilibre sur des patins à roulettes, et que je cessai de tomber et de m'échouer contre les grilles, les poteaux et les murs. Le t-shirt de Mayor fut taché de jus d'orange parce que la main qui tenait son gobelet en papier s'était écrasée contre le mur. Le verre droit de Holbrook tomba de ses lunettes.

Il cria comme une fillette.

— Que personne ne patine !

Cela n'eut aucun effet au milieu d'une soirée patinage dont l'organiste jouait les yeux fermés et le sourire aux lèvres *Somewhere Over the Rainbow*, et où tout le monde se tenait la main pour éviter de tomber.

Quand la plupart d'entre nous eurent dépassé l'étape où nos genoux vacillaient et où nos bras traçaient de grands cercles en arrière tels des moulins à vent alors que nous tentions de ne pas perdre totalement l'équilibre, cela commença à devenir amusant. Bientôt tout le monde sut comment patiner – ou du moins pensait savoir – et il fut plus facile de se tenir la main, avec beaucoup moins de crampes aux doigts.

Après avoir patiné tard dans la nuit, j'enlevai finalement mes patins et sortis pour chercher un bus scolaire. Je marchais en bondissant, comme si je portais toujours les patins. Il fallut presque que je réapprenne à marcher, à mettre un pied devant l'autre au lieu de les faire glisser. J'avais entendu dire que les gars de la Navy avaient le pied marin lorsqu'ils débarquaient de leur bateau – j'imagine qu'on appellerait ça le pied patin. J'attrapai le premier bus venu, qui était sombre à l'intérieur. Je grimpai dedans et marchai tranquillement jusqu'à l'arrière, où il faisait encore plus sombre, et m'assis à côté de Mary, dont j'avais aperçu le reflet dans la fenêtre du bus.

Eh bien, non seulement Mary était très bonne patineuse, et nous avions beaucoup patiné ensemble ce soir-là, mais, assise dans le bus, elle n'aurait pas pu être plus jolie, avec ses cheveux coiffés en queue de cheval et le ruban jaune qu'elle avait dû mettre en s'asseyant. Elle me rappelait le « ruban jaune » qu'Olivia Dandridge

353

portait dans mon film préféré. Cela me fit réfléchir et regarder Mary comme je ne l'avais jamais fait auparavant. Après tout, c'était la présidente de notre club, le Club de Lecture de Pompey Hollow, et j'avais un profond et grand respect pour la fonction de celle qui pourrait bien devenir, d'après la compréhension très limitée que les garçons et moi avions du gouvernement et de la politique, la toute première fille présidente des États-Unis d'Amérique.

Aux fêtes de Mary, nous dansions des quadrilles comme les messieurs et les dames dans les films, mais nous ne jouions pas au facteur ou au jeu de la bouteille comme certains des enfants plus âgés. Cette idée ne m'avait jamais traversé l'esprit. Alors que le bus se mit à faire demi-tour au niveau du resto de Bucky, afin de rejoindre la Route 11 et quitter Cortland en direction du nord, je regardais partout dans le bus à chaque fois que nous passions sous un lampadaire, qui éclairait l'intérieur à mesure que nous avancions. Le chauffeur de nuit, inexpérimenté, à temps partiel et remplaçant, passait les vitesses comme on moud le café. Le bus se mit à rouler par à-coups sur l'autoroute. C'était la pleine lune.

Je dis à Mary à quel point la soirée patinage fut amusante.

Tout en resserrant le ruban jaune sur sa queue de cheval, elle abondait en mon sens.

A la réflexion, j'aurais préféré qu'elle ne soit pas d'accord.

Comprenez, j'apercevais le reflet de Mary de temps en temps dans la vitre du bus. Je pouvais voir le ruban jaune ; le même ruban jaune qu'Olivia Dandridge portait dans mon film préféré – l'ai-je déjà mentionné ? Je me souvins de mon premier baiser maladroit dans le vieux moulin. Même Tom Sawyer avait eu un meilleur premier baiser que moi. Je me souvins du froncement de sourcils de Mary, déçue. Je me dis que j'avais pratiquement onze ans - enfin, je les aurais dans deux ou trois ans. Bref.

Assis à côté de Mary, je levai et étirai lentement mes bras vers le haut dans un bâillement visible et bruyant, comme dans les dessins animés, afin de faire passer subtilement un message, du genre il se fait tard et je vais peut-être faire une petite sieste sur le chemin de l'école sans embrasser aucune fille. C'est à peu près à cet instant que je reposai mon bras droit sur le dossier du siège de Mary, juste derrière son cou et sa queue de cheval nouée avec le ruban jaune. Quelle coïncidence, me dis-je. Parfait.

Jerome Mark Antil

Beaucoup d'enfants dans le bus, qui n'avaient jamais bu la moindre bière de leur vie, chantaient :

— Quatre-vingt-dix-neuf bouteilles de bière sur le mur, quatre-vingt-dix-neuf bouteilles de bière. Si jamais une bouteille tombe, quatre-vingt-dix-huit bouteilles de bière sur le mur. Quatre-vingt-dix-huit bouteilles de bière sur le mur, quatre-vingt-dix-huit bouteilles de bière. Si jamais une bouteille tombe, quatre-vingt-dix-sept bouteilles de bière sur le mur…

La situation dans laquelle je me trouvais m'obligea à réfléchir et à rassembler mes esprits. Face à un ruban jaune et à un joli sourire, j'avais besoin d'une stratégie avec Mary – présidente ou non.

Je repensai à la fois où Dick avait voulu m'expliquer comment les garçons faisaient la cour aux filles. Il m'avait dit que faire la cour dans une ville comme Cortland était différent de faire la cour à la campagne, autour de Delphi Falls. Il m'avait dit qu'en ville la cour consistait en une interminable série de visites au domicile de la fille, suivie d'un ou deux dîners en compagnie de ses parents, puis d'une séance de cinéma, avec du pop-corn et un chaperon assis un rang derrière. Si tout se passait bien après ça, le garçon et la fille pouvaient se tenir la main ou bien s'asseoir ensemble dans le salon ou sur la balançoire du porche et discuter, avec les parents dans la pièce voisine.

— Bon sang, me dis-je.

— La cour à la campagne, c'est différent, insistèrent Dick et Duba.

— En quoi est-ce différent ? demandai-je.

— À la campagne, les jeunes vivent à des kilomètres les uns des autres… commença Duba.

— On est en pleine nature, dis-je.

— Et ils doivent faire la cour d'une autre manière qu'en ville, expliqua Duba.

— Pourquoi ? demandai-je.

— Cela vient des pèlerins, dit Duba.

— Hein ? grognai-je.

— Chaque minute compte à la campagne, dit Duba. Pas de taxis, pas de tramways, pas d'autobus à la campagne.

— Et les Indiens, dit Dick. N'oublie pas que les gens de la

campagne ne savaient jamais quand ils seraient attaqués.

— Comment faire la cour à la campagne ? demandai-je.

— On s'embrasse.

— Hein !?

— À la campagne, la cour se résume à s'embrasser, c'est aussi simple que ça.

Ils se montrèrent catégoriques.

— Oui, beaucoup de baisers, confirma Duba.

Après m'être souvenu de la leçon de Dick et Duba sur la cour à la campagne, je fus inspiré. À « quatre-vingt-cinq bouteilles de bière sur le mur », je revis le reflet du ruban jaune quand nous passâmes devant un lampadaire solitaire tandis que le bus quittait Homer. Je fermai les yeux, cessai de réfléchir, me penchai comme un bombardier B-17 au-dessus de Berlin, et mit la bouche en cul-de-poule comme pour jouer du tuba – M. Spinner aurait été fier. J'embrassai ma présidente, Mary, d'un baiser qu'elle n'était pas prête d'oublier – et qui ferait des envieuses jusqu'à Hollywood – et tins la position jusqu'à « soixante-quatorze bouteilles de bière sur le mur. »

Continuant à l'embrasser à « cinquante-neuf bouteilles de bière sur le mur », j'envisageais de laisser tomber Olivia Dandridge et peut-être de peindre mon vélo en vert.

Ce n'est qu'à cinquante-six bouteilles, au terme de ce qui devait être un baiser record pour le bus scolaire numéro 23, que j'ouvris les yeux dans ma béatitude, histoire de voir si Mary avait besoin d'un peu d'oxygène et accessoirement pour lui laisser un peu de répit. Ce faisant, je levai les yeux de notre baiser et vis notre reflet dans la fenêtre, éclairée par le projecteur d'une grange de Preble Crossing. Dans la vitre du bus, les yeux de Mary semblaient grands ouverts et rivés au plafond. Elle avançait ses lèvres, comme en attente. On aurait même dit qu'elle venait de mettre du rouge à lèvres. Je n'avais jamais vu Mary porter du rouge à lèvres. L'idée de savoir comment elle avançait ses lèvres quand je les embrassais me traversa l'esprit.

« Quarante-trois bouteilles de bière sur le mur » et maintenant j'étais curieux. Je regardai à nouveau – cette fois avec mon cerveau –

Oh mon Dieu !

C'était son menton que j'embrassais !

— Nom d'une pipe ! me dis-je.

J'avais déposé un baiser sur le menton de Mary, juste devant le Bucky's à Cortland, avec ma plus belle bouche en cul-de-poule, et étais resté planté sur son menton comme un imbécile, absolument persuadé d'être le prochain Errol Flynn, jusqu'à ce que le bus ralentisse, fasse un écart au feu rouge de Tully et tourne à droite en direction du village de l'école. La secousse du virage nous fit perdre lèvres et mentons.

Je songeai à sauter du bus et à finir à pied les seize kilomètres qui me séparaient de la maison.

Mary ne dit pas un mot et ne se moqua pas. Elle remuait son menton d'un côté à l'autre avec son pouce et son index, s'efforçant de faire circuler le sang à nouveau. Elle posa ses yeux rêveurs sur moi, comme si elle comprenait que j'étais très stressé par mes fonctions officielles, par la vente des billets pour la soirée patinage et par tout ce qui s'ensuivit. Les présidents comprenaient ces choses-là. Quand le bus s'arrêta devant l'école, je commençai à me lever pour m'enfuir en courant.

— Attends une minute, dit Mary.

Elle se pencha, prit mes joues entre ses mains pour contrôler la cible, tira mon visage vers le sien et me donna un baiser d'adieu qui me fit oublier Linda Oats. C'était le meilleur baiser d'adieu de l'histoire, j'en étais sûr. Mary sourit, retira le ruban de sa queue de cheval et me le tendit pour que je le garde.

Je rentrai chez moi, me glissai dans mon lit sans prendre la peine d'enlever ni vêtements ni chaussures, et remontai la couverture sur ma tête. En sentant le parfum du ruban enroulé autour de mon doigt, je décidai que le baiser avait été très agréable, très hasardeux mais agréable, mais qu'à partir de maintenant, j'allais plutôt lui prendre la main ou simplement l'inviter à dîner, et faire la cour comme le faisaient les gens de Cortland. Faire la cour à la campagne pouvait provoquer une crise cardiaque chez un garçon.

## CHAPITRE VINGT-TROIS
## DOUCE NUIT!

La veille de Noël, mes oncles et tantes, Gourmet Mike, papa et maman se retrouvaient dans le salon autour du feu. Tante Mary et Tante Dorothy écoutaient de la musique de Noël sur le phonographe tandis que Mike jouait du piano. Tout le monde s'amusait à entonner des chants de Noël. Je m'assis près de tante Kate et l'écoutai lire à nos cousins *La Nuit de Noël*, l'un de mes poèmes préférés. Je le connaissais par cœur, mais c'était agréable d'entendre quelqu'un d'autre le lire, pour que je puisse imaginer. Au bout d'un moment, les petits enfants allèrent se coucher.

Chez nous, à Noël, les petits enfants étaient tous ceux qui allaient à l'école, ainsi que les plus jeunes. Tante Kate m'accompagna jusqu'à la salle de bain pour me brosser les dents. Puis elle me borda et m'embrassa pour me souhaiter bonne nuit. C'est alors que je lui offris ma surprise de Noël. Je touchai sa joue et murmurai :

— Joyeux Noël, grand-mère. Je t'aime et je suis heureux que tu sois ma grand-mère.

Sa joue trembla. Je connaissais un secret de famille. Je vis un sourire chaleureux briller dans ses yeux alors que la lumière du porche se reflétait sur une larme à travers ses lunettes. Je compris qu'il s'agissait d'une larme de joie.

— Joyeux Noël, mon merveilleux petit-fils, joyeux Noël. Merci. Merci.

Elle se leva, prit sa canne et se dirigea vers le couloir en s'essuyant les yeux avec un mouchoir.

Une fois les enfants couchés, les adultes se mirent à chanter pour faire venir le Père Noël. Et si jamais il venait en pleine nuit, tout le monde avait promis de nous réveiller de bonne heure pour voir ce qu'il avait apporté.

Un peu après minuit, et à moitié endormi, j'entendis un bruit à travers ma fenêtre, comme si la maison tremblait.

Il y eut un——

BOUM ! BOUM ! BOUM !

Puis un gling, gling, gling.
BOUM ! BOUM ! BOUM !
Puis gling, gling, gling.

Je me levai d'un bond, courus dans le couloir toujours plongé dans l'obscurité, et cherchai le couvercle de poubelle que j'avais laissé pour les rennes du Père Noël.

— Regardez ça ! me dis-je dans un fort murmure. Il n'y a plus de maïs ! Il n'y a plus de maïs !

Soudain, la porte d'entrée s'ouvrit et frappa le mur bruyamment – j'en fis presque une crise cardiaque. Gourmet Mike se précipita et chuchota fort :

— Vite, Jerry ! Le Père Noël est toujours sur le toit !

Il s'agenouilla pour que je monte sur ses épaules. Nous sortîmes dans l'obscurité pour voir le Père Noël et ses rennes. Il me porta jusqu'au mât, à côté de la balançoire, pour avoir une bonne vue du toit, et se tourna en direction de la maison.

— Oh, mince, dit Mike, alors que nous faisions volte-face, les rennes ont fini le maïs que tu as laissé, Jerry. Ils ont dû s'envoler.

Il montra du doigt le bord gauche du toit. Le couvercle de poubelle que j'avais rempli était bien là, mais il était vide et enfoui sous la neige. Sur le toit, deux longues marques profondes étaient tracées dans la neige. Gourmet Mike me dit qu'il s'agissait de traces de traîneau.

C'était incroyable ! Nous étions à deux doigts de voir le Père Noël et ses rennes. Nous regardâmes le toit un moment, puis Mike me raccompagna à l'intérieur de la maison puis dans ma chambre.

— Essaye de dormir, Jerry. Maman viendra bientôt te réveiller. Joyeux Noël.

Il fut presque impossible pour moi de me rendormir, mais j'y parvins.

Tôt le matin de Noël, alors qu'il faisait encore nuit, Maman entra dans ma chambre, me réveilla et partit. Le couloir était illuminé par les guirlandes de l'arbre de Noël, et par les décorations que le Père Noël avait laissées dans le salon. Chaque année, c'était une grande surprise de voir le sapin pour la première fois, tôt le matin de Noël. L'attente le faisait paraître plus grand, avec plus de lumières, plus de belles boules brillantes et de stalactites que celui de l'année précédente. Je me souviens encore aujourd'hui des bougies qui s'allumaient comme par magie. Les cadeaux nous attendaient sous et autour de l'arbre. Tante Kate, maman, papa, Gourmet Mike et Dick patientaient déjà dans le salon.

Maman, Tante Kate et Papa me sourirent. C'était toujours un secret, mais je crois que tante Kate leur avait dit combien elle était heureuse que je sache qu'elle était ma grand-mère.

Tante Mary s'assit par terre près du sapin et distribua les cadeaux. Tout le monde regardait la personne ouvrir son cadeau et dire de qui il venait. Papa adora ses chaussons et les enfila sans tarder. Ils lui allaient parfaitement et paraissaient confortables. Il me pris dans ses bras, me remercia et me chuchota à l'oreille :

— Jerry, mon garçon, ton vélo était pour ainsi dire ton cadeau de Noël cette année.

— Je sais, papa. J'adore mon vélo.

— Mais voici un cadeau de Noël spécial pour toi, fiston, qui vient directement du Père Noël.

— Du Père Noël, papa, pour de vrai ? demandai-je.

— Le Père Noël s'en est chargé personnellement, Jerry. Je l'ai rencontré deux fois, tu sais.

— Deux fois, papa, dis-je, je me souviens.

— Fiston, le propriétaire de la boulangerie Tully a livré un nouveau chauffe-eau à M. et Mme Holbrook tard hier soir et l'a installé pour eux – il est assez grand pour toute la famille. Combien sont-ils, au total ? Dix-sept ?

— Pour de vrai, papa ? Tu veux dire que maintenant ils ont l'eau chaude à la maison ?

— Ton ami Bobby en a payé près de la moitié, fiston, en travaillant à temps partiel à la boulangerie Tully après l'école ou pendant les week-ends. À partir de maintenant, la moitié de sa paie servira à payer ce chauffe-eau, mais ils pourront prendre des bains chauds à partir de ce matin. Je sais que c'est ton meilleur ami et j'ai pensé que tu aimerais le savoir, jeune homme. Joyeux Noël, mon fils.

Je n'en croyais pas mes oreilles.

Maman ouvrit sa boîte à mouchoirs, prit le mouchoir en dentelle et se mit à pleurer. Pour ne pas perdre une demi-heure et mon chocolat chaud, je me précipitai vers elle, l'embrassai sur la joue et lui dis :

— Joyeux Noël, maman.

— Tu es adorable, mon chéri, merci beaucoup.

Puis maman me prit le bras, s'approcha et me chuchota à l'oreille :

— Jerry, ton vélo est le cadeau de ton père et moi, mon chéri...

— Je sais, maman.

— Mais voici le cadeau de Noël de ta tante pour toi.

— Comment ça, Maman ?

— Le Dr Porterfield de l'université de Syracuse était le professeur de ta tante à l'université. Lui et plusieurs anciens combattants, dont certains pilotes de B-17 pendant la guerre, ont contacté des responsables du syndicat des chemins de fer qu'ils connaissaient et ont réussi à obtenir pour le père de ton ami Bobby, M. Holbrook, un statut de compagnon à part entière au sein du syndicat des chemins de fer. Les onze enfants des Holbrook sont issus de deux familles. Ce sont de braves gens. Que Dieu les bénisse. Maintenant, M. Holbrook aura de meilleurs revenus, des revenus stables, il travaillera à plein temps et pourra aussi bénéficier de leur pension de retraite. Je sais que Bobby est ton meilleur ami, Jerry. C'est un cadeau pour lui et pour toi de notre part. Joyeux Noël.

Je restai là, à essayer de comprendre. J'étais admiratif. Je me dis que peut-être maintenant Holbrook pourrait avoir le téléphone.

Tante Kate adorait son mouchoir. Elle s'approcha, plus près qu'elle ne l'avait jamais fait, me prit dans ses bras et me chuchota à l'oreille. On aurait cru entendre sa voix de jeune mère, sa voix telle qu'elle devait être en 1906, quand elle était la mère d'une petite fille de quatre ans.

— Tu es un merveilleux lutin, mon petit-fils. Tu es un jeune homme exceptionnel.

Puis elle me tapota la joue, sourire aux lèvres.

Gourmet Mike se réjouit en ouvrant son fromage de Hollande. Il me fit un clin d'œil. Il demanda à Maman si elle avait des crackers dans la maison. Je n'arrivais pas à croire qu'il allait manger la même chose que ce qui donnait à Ginger l'envie de passer sa vie dehors. Je suppose que les gourmets mangeraient n'importe quoi. En guise de cadeau, il me montra l'endroit où se tenait le Père Noël sur le toit la nuit dernière. Je sus alors que je pourrais encore y croire une année de plus.

Dick ouvrit sa boîte de pansements et se gratta la tête.

— Tu ne comprends pas ? demandai-je.

— C'est pour quand tu te fais rosser.

Il me fixa du regard, comme s'il voulait se lever et m'en coller une, mais plus il y pensait, plus ces bandages faisaient sens. Dick était malin. Il se pencha vers moi et chuchota :

— Il faut qu'on parle.

— Qu'est-ce qu'il y a ?

— Duba et moi avons fait quelque chose.

— Ah oui ? Qu'est-ce que vous avez fait ?

— On ne veut pas que tu te fâches contre nous.

— Qu'est-ce que vous avez fait !?

— J'ai enfin assez d'argent pour acheter la Nash décapotable de Lindsey Pryor, commença Dick.

— Et donc ?

— Duba a assez d'argent pour acheter le roadster de ses rêves.

— Et ? En quoi ça me…

— On a appris pour les Holbrook. Le nouveau chauffe-eau, le syndicat des chemins de fer...

— C'est bien tout ça, non ?

— Alors Duba et moi avons décidé d'offrir le 38 à Holbrook, pour que sa mère puisse le conduire à la boulangerie de Tully après l'école chaque fois qu'il en a besoin, pour qu'il n'ait plus à marcher.

Je me mis à pleurer.

— Tu es triste ? demanda Dick.

— Pourquoi serais-je triste ?

— Eh bien, nous comptions te l'offrir pour Noël.

— Holbrook est mon meilleur ami. Il a besoin d'une voiture pour travailler.

— Alors, d'une certaine façon, c'est pour toi – un cadeau de Noël pour ton meilleur ami.

Non seulement l'assistance apportée par Dick et ses amis avait énormément aidé le Club de Lecture de Pompey Hollow, mais c'était là le plus beau cadeau que Duba et lui pouvaient imaginer. Il me dit qu'ils avaient mis le 38 dans l'allée des Holbrook après minuit la nuit dernière, avec une note attachée au volant et les deux clés du véhicule.

Mes tantes adorèrent les disques que je leur avais offerts : *Accourez, Fidèles* de Bing Crosby et *Rudolph le Petit Renne au Nez Rouge* de Gene Autry.

Nous demeurâmes assis autour du sapin pendant un long moment, à ouvrir les cadeaux, à chanter des chansons et à boire du chocolat chaud. Puis nous dûmes retourner au lit et faire la grasse matinée pour que les assistants du Père Noël puissent tous se reposer. J'eus du mal à me rendormir, mais j'y parvins.

Ce fut un merveilleux Noël, le meilleur de ma vie. Je gardais en mémoire le secret d'avoir entendu les clochettes des rennes cette nuit-là, comme je gardais toujours dans mon cœur les secrets de chacune des visites du Père Noël à Holbrook.

Le lundi après Noël, maman me déposa à la ferme de Mayor pour faire de la luge. Randy et Bases nous rejoignirent, avec Mary, Holbrook et Barber. Il avait neigé tout le week-end, c'était donc un Noël parfait, avec des montagnes de neige pour faire de la luge toute la journée jusqu'au soir.

Une fois que Mayor eut sorti la luge de la grange, Holbrook me fit entrer dans la grange pour me parler seul à seul. Il me serra dans ses bras et me dit que personne n'avait jamais eu de meilleur ami dans toute l'histoire. Il me dit qu'il avait pleuré en voyant tout ce qui s'était passé  – le chauffe-eau, le 38 – pour sa mère, le syndicat pour son père, l'eau chaude enfin pour la famille et pour lui. Puis il ajouta :

— Mais si jamais tu dis à quelqu'un que j'ai pleuré, je te casse la figure.

— C'est notre secret, promis-je.

— Si jamais tu dis à quelqu'un que je t'ai pris dans mes bras, je te réduis en bouillie.

Nous nous relayâmes pour tirer la luge jusqu'en haut de la colline, encore et encore. À la tombée de la nuit, nous suivîmes nos traces de bottes dans la neige jusqu'à la colline, au clair de lune, histoire de ne pas glisser sur la pente raide où vivait le taureau, tout en espérant que ce chemin de neige était suffisamment sûr pour redescendre la colline en luge.

La lumière du porche s'alluma, puis s'éteignit. Elle s'alluma, s'éteignit… Puis s'alluma à nouveau.

— C'est ma mère qui nous appelle, dit Mayor.

— Mes oreilles sont gelées. Tout ce que j'entends, c'est un chien qui aboie, dis-je.

La lumière du porche clignota à nouveau. Cette fois, nous l'avions tous vue. Nous laissâmes le traîneau glisser tout seul sur la colline abrupte et descendîmes le sentier à pied. La luge passa devant le taureau, sous la clôture de barbelés puis dans l'allée enneigée.

— Je vais mettre la luge dans la grange, dit Mayor.

Les enfants de fermiers devaient ramasser jouets et luges pour éviter que les tracteurs et autres matériels agricoles ne roulent dessus.

Holbrook marchait devant Mayor. Il fit coulisser la porte de la grange pour lui puis attendit dehors.

Dans la ferme, la mère de Mayor nous dit de fermer la porte derrière nous.

— Que tout le monde attende sur le tapis près de la porte

et enlève ses bottes et ses chaussures, claironna-t-elle.

Elle prit nos manteaux, nos écharpes, nos bonnets et nos moufles et les déposa dans une boîte près de la porte.

— Mon Dieu, s'exclama-t-elle, vous êtes trempés jusqu'aux os et vos bottes sont pleines de neige.

Le sergent Preston de la police montée et son chien King avaient connu pire que ça dans leurs aventures radiophoniques, que nous aimions tant écouter.

Non seulement nous avions enduré le froid, mais nous commencions à dégeler à l'intérieur de la chaude maison.

Lorsque je pus ouvrir complètement les yeux, je vis le cadeau de Noël du frère de Mayor sur la petite table de la cuisine. Il s'agissait d'un authentique train électrique American Flyer rouge et argenté, avec les rails et tout le toutim, et même un sifflet « tchou-tchou », un transformateur électrique et tout le reste. Waouh ! Il y avait une locomotive avec un machiniste peint sur la fenêtre, qui conduisait le train, puis derrière lui un tender à charbon, et puis un wagon plat, puis un wagon de passagers avec des personnages réalistes peints aux fenêtres, et qui lisaient le journal ou nous regardaient par la fenêtre. Enfin, derrière tous ces wagons se trouvait un wagon de queue, comme ceux que nous saluions chaque fois que l'on voyait passer un train.

C'était la première fois que je voyais un train miniature qui ne servait pas de décoration dans la vitrine de Noël d'un grand magasin.

Nous nous agenouillâmes par terre autour de la table de la cuisine de cette petite ferme confortable, nos joues froides posées sur la nappe à carreaux bleus et blancs qui recouvrait la table. Nous observâmes le train faire des tours et des détours sur sa voie ferrée.

La mère de Mayor, Mme Pidgeon, prépara des sandwichs au fromage grillé, coupés en deux pour chacun de nous, et nous servit de la soupe à la tomate. Elle posa les assiettes et les tasses de soupe sur des chaises entre nous, pour que nous puissions manger et profiter du train en même temps.

— Attention à ne pas renverser, nous dit-elle.

Nous engloutîmes la soupe à la tomate chaude et mangèrent nos sandwichs au fromage grillé dans la lueur chaude et persistante de ce merveilleux Noël 1949 qui traversait nos vies.

Reposant nos joues sur la chaleur de la toile cirée étendue sur cette petite table de cuisine de la rue Penoyer, nous imaginions le chef de train nous saluer au passage de sa locomotive, ou les passagers occupés à lire leurs journaux nous regarder depuis le wagon Pullman qui passait, ou celui qui dormait dans le wagon de queue se réveiller juste pour nous faire coucou.

— J'ai laissé du maïs pour les rennes du Père Noël, et ils ont tout mangé, dis-je.

— Les rennes adorent le maïs, dit Barber en plissant les yeux pour mieux voir les nuages de fumée sortir de la cheminée de la locomotive et faire le tour de la table.

Cliqueti-claqueti, Cliqueti-claqueti…

— Tu te souviens de la soupe au ketchup à Groton, et de l'oncle Harry ? dit Mary en ricanant, alors qu'elle réchauffait ses mains sur son bol de soupe.

Mary et moi nous regardâmes et sourîmes, nous souvenant de notre baiser dans le bus du patinage. Agenouillé à côté d'elle, les joues sur la toile cirée chaude, et regardant le train passer à toute allure, je levai les yeux vers l'unique ampoule qui pendait au plafond, juste au-dessus de la petite table de la cuisine. Un petit brin de gui était scotché à la chaînette de la lampe. Je tapai sur l'épaule de Mary et lui montrai le gui, puis embrassai amicalement son sourire radieux, cette fois bien sur les lèvres. Son sourire et le fait qu'elle n'ait jamais parlé à personne du baiser dans le bus scolaire étaient mon cadeau de Noël.

— Et la fois où on a caché les poulets et les oies ? se souvint Randy.

— Bon sang, qu'est-ce que ça puait ! dit Mayor.

— Le Père Noël m'a apporté une nouvelle balle de baseball, dit Bases.

— Et moi de nouvelles chaussures, dit Barber.

Cliqueti-claqueti, Cliqueti-claqueti…

— Je me demande où il va, murmura Mary.

— Le train ? demandai-je.

On pouvait lire dans les yeux d'Holbrook un air de satisfaction que nous n'avions pas vu depuis longtemps.

— Partout où nous voulons, dit-il en souriant, Partout où nous voulons.

Jerome Mark Antil

Tchou tchouuu ! Tchou tchouuu ! Tchou tchouuu !

En regardant le train souffler sa fumée et tous ces yeux rivés sur la promesse d'un rêve devenu réalité à chaque nuage, je réfléchis à voix haute. Puis je me dis à moi-même : « Il faut que je pense à remercier Charlie quand nous irons au cimetière pour notre prochaine réunion. Il avait raison quand il disait que les rennes aimaient le maïs à Noël. »

## ÉPILOGUE
## UNE PARTIE DE L'ANNÉE 1951 ET
## LA MAJEURE PARTIE DE L'ANNÉE 1952

Nous étions en mars 1951 et le printemps allait bientôt arriver, mais pas aujourd'hui.

En descendant du bus scolaire, Dick et moi foulâmes la couche de neige blanche et poudreuse de la mi-journée, qui recouvrait comme du sucre glace la couche de verglas, gelée à nouveau, qui avait fondu le matin même, et qui persistait depuis le dégel du début de la semaine. Nous commencions à arpenter la longue allée qui mène à la maison, lorsque nous vîmes la voiture pour la première fois. Nous ne la reconnûmes pas : elle n'appartenait à aucune de nos connaissances. La voiture commença à s'éloigner de la maison, descendant la longue allée enneigée dans notre direction. La neige craqua sous les pneus alors que nous devinions, à la stature de sa silhouette, que notre père était assis sur le siège arrière, comme passager. Un inconnu conduisait tandis qu'une infirmière d'hôpital, semblait-il, vêtue d'un bonnet d'infirmière blanc et d'une cape bleu marine attachée autour du cou, était assise à l'avant, côté passager. À l'approche de la voiture, nous nous arrêtâmes de marcher pour saluer notre père, mais l'automobile ne s'arrêta pas. Nous nous baissâmes alors pour regarder à travers les vitres fermées, autant que nous le permettait le soleil aveuglant. Papa nous fit signe, mais le conducteur ne ralentit pas suffisamment pour que notre père croise nos regards ou nous fasse coucou. Les fenêtres étaient toutes bien fermées, et la voiture continua d'avancer, sans ralentir ni s'arrêter, jusqu'au portail d'entrée. Nous nous retournâmes pour regarder la voiture partir.

Peut-être n'avait-il pas ouvert la fenêtre parce qu'il avait neigé et qu'il faisait froid. Peut-être qu'il ne se sentait pas bien. Il toussait beaucoup ces derniers temps. Peut-être allaient-ils chez le médecin pour lui donner de la pénicilline.

Nous vîmes papa se retourner sur le siège arrière et nous faire un signe doux et triste. Il plissa les yeux pour en chasser les larmes, qu'on pouvait voir briller dans la lumière. Papa pleurait et aucun de nous ne savait pourquoi ni où il partait. Nous restâmes debout à le regarder, par amour et par respect, au cas où il nous regardait encore, jusqu'à ce que la voiture tourne sur Cardner Road. Elle prit de la vitesse et disparut de notre champ de vision. Je commençai à pleurer. Notre père avait l'air si triste en nous regardant. Il n'était jamais parti sans nous dire au revoir comme ça auparavant – ce n'était tout simplement pas son genre et aucun de nous n'avait la moindre idée de ce qui venait de se passer. Pourquoi ne s'était-il pas arrêté pour nous parler ? Nous courûmes aussi vite que possible dans la maison et trouvâmes maman debout dans la bibliothèque. Elle regardait par la fenêtre, en larmes.

— Où va papa, maman ? demanda Dick.

— Pourquoi ne nous a-t-il pas parlé ? demandai-je.

— Pourquoi pleurait-il ? demanda Dick.

J'avais onze ans et je ne m'étais jamais senti aussi seul qu'à cet instant. Jamais. Sans quitter des yeux la longue allée, maman nous dit d'enlever nos vêtements d'école et de la rejoindre à table. Elle avait préparé du chocolat chaud pour notre retour, histoire que nous puissions nous asseoir et parler. Après nous être changés, maman nous fit entrer dans la cuisine, prit nos tasses et les posa sur la table. En nous voyant auprès d'elle, elle sourit légèrement. Je pense que c'était parce que nous étions à la maison et qu'elle n'était plus seule. Maman n'avait pas été séparée de papa depuis le jour où ils s'étaient rencontrés et étaient tombés amoureux en 1919. Quand il partait en voyage d'affaires, il lui écrivait une lettre de trois ou quatre pages tous les jours le temps de son absence.

Elle s'assit au bout de la table.

— Les garçons, j'ai quelque chose à vous dire. J'ai besoin que vous soyez forts et que vous soyez les hommes de la maison. Nous allons nous en sortir tous ensemble, commença-t-elle.

Le téléphone se mit à sonner. Nous le laissâmes sonner.

— Votre père et moi avons choisi de ne pas vous parler de ce que je vais vous dire avant d'en être certains. Nous ne voulions pas vous inquiéter inutilement.

— Que se passe-t-il, maman ? demandai-je.

— Dis-nous, maman, demanda Dick.

— Votre père a la tuberculose, c'est une maladie très grave.

— La tuberculose ? dit Dick.

— Oui, la tuberculose. Quand il est passé devant vous dans l'allée, les infirmières de l'hôpital le conduisaient au sanatorium, où il restera jusqu'à ce qu'il aille mieux.

— C'est pour ça qu'il toussait autant, maman ? demandai-je.

— Oui, mon chéri. La tuberculose attaque les poumons et affecte la respiration.

Je me mis à pleurer.

— C'est pour ça qu'il ne nous a pas parlé ni dit au revoir ? demandai-je.

— Oh non, mon fils, et je ne veux pas que toi et ton frère pensiez ça. Je vous en prie, n'y songez pas un seul instant. C'est juste qu'ils ne savent pas grand-chose de la tuberculose. Ils pensent qu'elle pourrait être très contagieuse dans les premiers stades, comme la polio, mais ils n'en sont pas sûrs. Mais après que les gens du sanatorium soient venus aujourd'hui pour confirmer à votre père qu'il avait bien la tuberculose, il ne pouvait ni ne voulait prendre le risque de vous exposer à sa maladie. C'est pour ça qu'il ne vous a fait qu'un petit signe. Il vous aime tellement tous les deux – il ne refuserait jamais de dire au revoir à ses enfants. Votre père a même demandé au chauffeur d'attendre qu'il voie arriver le bus scolaire histoire de pouvoir au moins vous dire au revoir d'un signe de main.

Nous comprenions un peu mieux, mais l'atmosphère était toujours aussi pesante. Dick et moi ne pouvions pas concevoir de ne plus jamais être avec notre père.

— Peut-on lui rendre visite ? demanda Dick.

Maman regarda ses mains pour rassembler ses idées.

— Je suis vraiment désolée, les garçons, mais ce n'est pas possible. Pas avant qu'il aille mieux. Pas avant qu'ils soient sûrs que vous pouvez le voir en toute sécurité et qu'ils confirment qu'il n'est pas contagieux. Mais priez chaque jour pour votre père. Priez pour qu'il guérisse et qu'il nous revienne fort et en bonne santé.

— Combien de temps papa sera-t-il absent ? demandai-je.

Maman regarda chacun d'entre nous.

— Cela peut durer un an, cela peut durer...

Connaissant les statistiques, et sachant que la tuberculose était la première cause de mortalité en Amérique, maman pleura. C'était une femme forte, mais son visage s'engouffra dans ses mains avec un désespoir que nous n'avions jamais vu auparavant. Dick se leva d'un bond, courut dans la chambre des parents et revint avec un mouchoir.

— Merci, mon chéri, marmonna-t-elle.

Maman fixa la nappe du regard en essuyant ses larmes, évitant tout contact visuel qui aurait ravivé ses pleurs. Nous nous levâmes, poussâmes nos chaises et allâmes nous tenir derrière maman. Chacun de nous posa la main sur son épaule au passage, puis nous allâmes dans nos chambres. Je m'allongeai sur mon lit et fixai le plafond. Je n'arrêtais pas de penser à papa nous regardant par la lunette arrière de la voiture, nous faisant signe, la larme à l'œil. Je me retournai et enfouis mon visage dans l'oreiller pour ne pas qu'on m'entende pleurer.

Le lendemain matin était un vendredi. Quand arriva le bus scolaire, nous n'étions pas devant le portail. M. Skelton klaxonna plusieurs fois, puis il partit. Aucun de nous ne se leva avant la fin de la matinée. Maman ne dit pas un mot sur le fait qu'on rate l'école. Elle pensait que c'était le moment pour nous d'être ensemble et voulait nous garder auprès d'elle au cas où l'un d'entre nous aurait des questions. La maison passa la journée dans le silence. Dick était assis par terre et consultait l'encyclopédie pour en savoir plus sur la tuberculose. Quand il fut temps de se préparer pour le dîner, nous allâmes dans la cuisine et mangeâmes. Pendant la plus grande partie de l'après-midi et jusque tard le soir, maman téléphona à nos tantes et à nos cousins pour leur parler de l'admission de papa au sanatorium et de la tuberculose. Dick prépara une salade pour maman, réchauffa deux boulettes de viande qu'il avait trouvées dans le réfrigérateur et les posa dans une assiette, au cas où elle ait faim. Aucun de nous trois ne s'adressa la parole de toute la journée. Nous faisions les cent pas, comme en transe, regardions par les fenêtres et pleurions lorsque nous voyions une photo de papa sur le piano ou celle sur le mur du couloir.

La nuit tombée, nous allâmes nous coucher. Je m'agenouillai près de mon lit et récitai des prières pour que mon père aille mieux, qu'il ne souffre pas et qu'il soit à la maison pour mon anniversaire ou pour Noël ou n'importe quand. Qu'il rentre à la maison, c'est tout.

Le lendemain matin, samedi, maman nous réveilla en

souriant. Elle avait préparé le petit déjeuner et nous demanda de venir pendant qu'elle mettait la table. Elle était comme une nouvelle personne. Elle nous dit que Dieu entendrait nos prières. Elle nous fit sortir du lit, nous dit que c'était le moment pour nous d'être forts et que notre père avait connu pire dans sa vie. Avec l'aide du Seigneur et de nos prières, il s'en sortirait une fois de plus.

— Qu'a-t-il connu de pire que ça, maman ? demandai-je.

Maman regarda chacun d'entre nous et nous raconta quelque chose que nous n'avions jamais entendu. Elle nous demanda de ne jamais en parler, à moins que notre père ne le fasse d'abord.

— Votre père a traversé une période difficile quand son père est tombé du toit de leur grange dans le Minnesota. Il est mort alors que votre père n'était qu'un garçon comme toi. Ton père était le plus jeune d'une famille de sept enfants et il fut tellement blessé de perdre son père de cette façon qu'il n'a jamais pu se résoudre à en parler ni même à y penser.

— Est-ce que papa va mourir, maman ? demandai-je.

— Tout ce que voudrait votre père maintenant, c'est que vous fassiez de votre mieux à tous les niveaux, et que vous meniez votre vie comme il vous l'a appris. Si vous faites ça pour lui, cela lui donnera la force dont il a besoin pour se rétablir.

Nous promîmes de le faire. Je lui demandai si nous pouvions lui écrire.

— Il vaudrait mieux me dire des choses pour lui. J'ai le droit de lui rendre visite, et je lui transmettrai les choses que vous voulez qu'il sache et d'autres nouvelles de notre part. Ainsi, nous pourrons discuter plus longtemps pendant mes visites, et je pourrai l'aider à garder le moral. Je lui occuperai l'esprit avec toutes les choses que nous voulons lui dire. Il faut nous assurer qu'il reste positif, qu'il veuille aller mieux et rentrer à la maison.

Ça faisait sens pour nous.

J'annonçai à maman que je partais camper.

— Dans la neige ? demanda Dick.

Je sortis de table, allai dans ma chambre pour m'habiller, puis pris mon sac à dos et la lanterne de Charlie.

J'avais le sentiment d'être un adulte et non plus un enfant. Je ne pouvais pas l'expliquer. Je n'avais que onze ans, mais ce n'était plus comme avant, d'une certaine manière. Je pris mon sac à dos et mon sac de couchage et partis vers la grange. Nos deux chevaux se tenaient l'un à côté de l'autre. Ils se réchauffaient, profitant du soleil matinal, mais ne bougeaient pas et ne touchaient pas aux bottes de foin posées sur le sol devant eux. Les chevaux peuvent dormir debout, mais je n'étais pas sûr qu'ils soient endormis. Je fis coulisser la porte de l'écurie et entrai. Je remplis mon sac à dos d'autant de foin qu'il fut possible d'en mettre, puis décrochai la selle de Jack de son porte-selle. Je l'apportai jusqu'à la porte ouverte et la posai sur le sol, puis retournai chercher le tapis de selle. Je fis une pause, puis revint vers la porte et regardai Jack. Jack était un grand hongre gris qui aimait se promener et gravir nos collines. Son pelage d'hiver était encore doux et épais, même si nous étions déjà en mars. Il leva la tête et me regarda comme s'il attendait que je me décide à monter avec une selle ou à cru. Cela ne faisait aucune différence pour lui.

— À cru, dis-je.

Je posai la selle sur son support et jetai le tapis de selle sur la porte du box comme il se doit. J'ajustai les sangles de mon sac à dos, y accrochai la lanterne, le mis sur mon dos et sortis de l'écurie en faisant coulisser la porte. Je passai la bride à Jack et l'éloignai du box de Major. Major était le cheval de Dick. Il me fallait assez d'espace pour grimper sur le dos de Jack en m'aidant d'un parpaing.

Nous prîmes l'allée et descendîmes Cardner Road, traversâmes le petit pont du ruisseau et arrivâmes dans le champ de luzerne recouvert de neige. Jack leva la tête, alors que ses naseaux laissaient échapper des nuages d'air matinal. Il secoua la tête comme pour se réveiller. Jack savait qu'on graviraît la colline escarpée pour rejoindre mon campement, situé près d'une source derrière la falaise. Il aimait camper avec moi. C'était un cheval intelligent et il savait que son pied ne serait pas aussi sûr sur un sol couvert de neige. Nous arrivâmes derrière le champ. À partir de là, la montée devenait abrupte, presque verticale. Je décidai d'attraper fermement sa crinière, de m'y accrocher et de le monter pour voir si je pouvais rester en selle pendant qu'il grimpait la colline. Le pelage épais de Jack facilitait le mouvement de mes jambes, tandis que les arbres nus et sans feuilles me laissaient voir devant moi. Je serrai les jambes et empoignai sa crinière. Les naseaux de Jack soufflaient de la vapeur à chaque fois que ses jambes s'élançaient vers l'avant telles de grandes échasses, nous hissant vers l'avant, pendant que ses pattes arrière poussaient comme sur des ressorts, battant la neige jusqu'à ce que l'on atteigne le sentier au sommet, qui était ensuite plus plat jusqu'à notre campement. De la vapeur sortait de ses naseaux comme d'une locomotive à charbon. Nous arrivâmes sur le site et je glissai de son dos, laissant tomber les rênes au sol.

J'enlevai mon sac à dos et cherchai dans la neige, près de mon futur feu de camp, un endroit où dormir. Le trou pour le feu était peu profond et couvert de neige. Je traînai mon sac à dos autour d'un carré de terre pour en chasser la neige. Une fois dégagée, je tassai du pied la neige restante. Je ramassai de grandes brassées de feuilles sèches pour m'en faire un matelas. J'accrochai mon sac à dos à une branche et amassai des bûches, allumant un feu plus grand qu'à l'accoutumée afin de produire davantage de chaleur pour Jack et moi. Lorsqu'il fut bien alimenté, je rassemblai et empilai suffisamment de bois pour passer la nuit.

Je remontai sur Jack et lui annonçai que nous partions en promenade. Une fois sur son dos, je réalisai que, pour la première fois, je l'avais monté sans aucune aide : pas de parpaing, pas de coup de main.

Nous nous enfonçâmes plus loin dans les bois jusqu'aux plus hautes cascades, qui étaient gelées. Une petite quantité d'eau ruisselait au-dessus des chutes, gouttant le long d'énormes stalactites qui fondaient lentement sous le soleil de l'aube. Je traversai les bois jusqu'à la clôture arrière de notre propriété puis tournai à gauche pour aller vers le nord, aussi loin que possible. Cette randonnée serait plus longue que prévu, une randonnée que je n'avais jamais faite à cheval. Une fois sortis des bois, nous arrivâmes dans une clairière, juste en face de l'endroit où se trouvait l'ancienne maison de Charlie avant qu'elle ne brûle. Je conduisis Jack jusqu'au bord du champ, en face de la route qui menait à la propriété de Charlie, et nous nous arrêtâmes. Nous restâmes un moment. Jack soufflait des nuages de vapeur. Je me souvins de mon ami Charlie. Je repensai aux bons moments passés ensemble, lui et moi. Qu'il me laissait jouer dans sa grange. Qu'il était gentil avec nous, tout le temps. Je me souvins quand il était tombé malade et que papa revenait du travail pour le conduire à l'hôpital de Rochester, afin qu'il ne soit pas seul pour les traitements avant sa mort. Je me souvins du jour de sa mort. Je me demandai si Charlie avait eu la tuberculose.

Une larme vint troubler ma vision, en pensant à Charlie et en me demandant ce que je ferais si mon père venait à mourir. Je me pinçai les lèvres, souhaitant que papa et lui soient là en ce moment pour qu'on puisse tous aller pêcher sur la glace au lac Pleasant.

Une brise se leva. Jack se retourna et suivit nos traces jusqu'au campement. Je retirai sa bride et l'accrochai avec le sac à dos. J'empilai davantage de bois de chauffage. J'avais pris mon manteau épais, mon pantalon en velours côtelé, deux couvertures et un tas de feuilles sèches en guise de matelas. Avec le feu, c'était tout ce dont j'avais besoin. J'ouvris mon sac à dos et sortis un quart de la balle de foin que j'y avais fourré. Je n'avais rien emporté à manger pour moi. Jack baissa la tête, renifla le foin, puis releva la tête et se tourna vers moi pour me remercier. Il se mit à grignoter. Sa jambe arrière jaillit quand il se détendit. Les chevaux peuvent bloquer les articulations de leurs genoux. Ils se tiennent en équilibre sur trois pattes, reposant l'une d'entre elles au cas où ils devraient bouger subitement dans la nuit. Le prédateur naturel du cheval est le loup. La vitesse est leur défense. Ils gardent toujours une jambe disponible pour pouvoir bouger rapidement.

Je n'eus guère besoin de la lanterne. Je m'assis sur une bûche près du feu et imitai le cri de la tourterelle triste pendant un moment, en m'efforçant de me réchauffer les mains.

« RouOUou-wou-wou-woooou »

« RouOUou-wou-wou-woooou »

J'observai un écureuil transporter un gland le long d'un arbre et me demandai où il les avait tous enterrés pour l'hiver.

À la nuit tombée, je déroulai mes couvertures et, allongé sur le dos, j'observai les étoiles au-dessus de la falaise, côté ruisseau, tout en écoutant Jack grignoter son foin.

Je regardai l'étoile polaire derrière la silhouette d'une feuille morte qui pendait au bout d'une branche, cernée par la pleine lune, la feuille se tordant dans le vent. Je me demandais ce que faisait mon père.

Je me demandais s'il toussait beaucoup.

Je me demandais s'il perdait toujours du poids.

Je me demandais si nous irions encore pêcher.

En regardant les étoiles cette nuit-là, je pris la décision de n'en parler à personne à l'école, mis à part Holbrook, Barber, Mary, Randy et Bases. Je faisais confiance à mes amis. Mary et moi ne nous embrassâmes plus jamais après ce Noël. Nous nous souriions toujours, mais elle avait un nouveau petit ami et nous nous voyions chaque fois que le club se réunissait – ça faisait un moment. Mes amis ne parlaient pas de mon père, à moins que je leur dise vouloir en parler. Nous nous connaissions par cœur. C'est pour ça que nous étions si bons amis. Nous étions comme des frères et sœurs. Holbrook aimait bien mon père, aussi.

Je m'endormis cette nuit-là en sachant que le reste de l'année scolaire ainsi que l'année suivante ne seraient plus comme avant. L'école ne serait plus jamais comme avant.

Le lundi, alors que je marchais dans le couloir de l'école en enlevant ma veste, je remarquai une fille que je n'avais jamais vue auparavant. Elle marchait dans ma direction, comme perdue. Elle était grande et mince, avec des boucles brunes. Elle portait une jupe plissée à carreaux et un pull vert par-dessus un chemisier blanc amidonné. Elle avait un joli sourire pétillant et on devinait un sourire dans ses yeux. Je lui dis mon nom et lui demandai le sien. Elle me dit qu'elle s'appelait Judy Sessions, qu'elle venait d'arriver de Baltimore, dans le Maryland, et qu'elle resterait jusqu'en novembre prochain pendant que ses parents faisaient quelque chose – un voyage ou autre, je ne me rappelle pas.

Elle logeait chez son oncle, Ted Dwyer, qui vivait au coin de la rue de Conway Minneapolis Moline.

Je lui demandai si elle avait un casier.

— Pas encore, dit-elle.

— Tu peux te servir du mien, lui proposai-je.

— Vraiment ? Merci, dit-elle.

— Je ne mets jamais de cadenas, je te préviens.

— Je n'ai pas besoin de cadenas, dit-elle.

Elle posa deux livres sur l'étagère du haut, accrocha son pull vert à l'un des crochets puis referma la porte.

— Merci de ta générosité, Jerry, et ravie d'avoir fait ta connaissance, dit-elle. Elle sourit, se retourna et partit.

Le même jour, en rentrant à la maison, une lettre de mon frère Mike m'attendait sur mon lit. Il y écrivait que chaque semaine, il m'enverrait un nouveau mot à chercher dans le dictionnaire pour l'apprendre et l'utiliser dans une phrase. Le premier mot qu'il m'envoya était « pédant ». Je ne savais pas ce que ça voulait dire, alors je pris le dictionnaire et cherchai. Son deuxième mot était « copieux ». Et son troisième « tergiverser ». C'était marrant. Chaque semaine, ses lettres et ses nouveaux mots me changeaient les idées et m'évitaient de trop m'en faire pour papa. Et puis, j'apprenais un nouveau mot.

Le samedi, je sellai Jack et allai jusqu'au bout de la route en passant devant la maison du docteur Webb, puis grimpai la colline jusqu'à l'angle. La maison de Ted Dwyer était de l'autre côté de la route. C'est là que Judy logerait jusqu'à ce qu'elle doive retourner à Baltimore.

Je traversai la route à Gooseville Corners puis, dans leur cour enneigée, descendis de ma monture et frappa à la porte. Judy sortit.

— Tu veux faire un tour ?
— Laisse-moi mettre une petite laine. Tu veux entrer ?
— Non, je préfère attendre ici.

Quand elle sortit, je chevauchai Jack, ôtai mon pied de l'étrier gauche et tendis la main à Judy pour l'aider à monter. Elle se tenait maintenant à l'arrière de la selle et se cramponnait, les bras autour de ma taille. Je savais que Judy était plus âgée que moi et qu'elle était en classe de première, mais qu'importe, elle me plaisait. Nous redescendions à présent la colline à cheval jusqu'à chez moi pour y prendre un chocolat chaud. Nous passâmes devant la maison des Reynolds, des Shaffers, de Don Chubb, des Butlers, puis du docteur Webb. Le docteur me fit signe et m'invita à venir voir sa nouvelle cabane à sucre à l'occasion. Je lui dis que je n'y manquerais pas, tandis que nous passions notre chemin.

Maman était à la maison quand nous arrivâmes. Elle dit bonjour à Judy, puis elles parlèrent de Baltimore pendant que je faisais chauffer le lait. Jack était dans la grange, toujours sellé, avec assez de foin pour être à l'aise un bon moment.

Nous bûmes nos chocolats chauds et Judy et maman discutèrent.

Plus tard, j'accompagnai Judy derrière la maison pour qu'elle voie les chutes d'eau, même si elles étaient gelées. Nous marchâmes jusqu'à la grange et je fis sortir Jack pour pouvoir ramener Judy chez elle. Avant que nous ne montions, Jack bougea la tête et caressa Judy comme s'il l'aimait bien et voulait lui dire bonjour. Judy mit une main sous son menton et, de l'autre, lui tapota le nez, puis l'encolure. Ils devinrent vite bons amis.

Sur le chemin du retour, Judy posa sa tête sur mon dos. Je pouvais l'entendre fredonner une chanson sans en comprendre les paroles, mais j'aimais le son de sa voix. Nous ne dîmes pas un mot de tout le trajet. Elle me serra fort tout en laissant sa tête posée sur mon épaule.

Arrivés chez elle, Judy se laissa glisser pour enfiler l'étrier dont je venais de retirer mon pied. Elle s'accrocha à l'arrière de la selle et se balança lentement. Je me retournai pour l'aider puis elle s'arrêta, me regarda dans les yeux et m'embrassa. Elle me donna un long, chaud et merveilleux baiser. Puis elle recula sa tête et me regarda dans les yeux.

— Je me suis bien amusée, Jerry. Merci d'avoir pensé à moi.

Elle descendit du cheval, caressa le nez duveteux de Jack pour lui dire au revoir puis courut chez elle, me faisant signe de la main avant de fermer la porte.

Si mon père n'était pas au sanatorium avec la tuberculose, grandir serait presque agréable, me dis-je.

Une fois rentré à la maison, et après avoir dessellé Jack, mon monde fut à nouveau ébranlé. Maman faisait ses valises. Elle me dit que le sanatorium avait appelé pendant ma promenade à cheval, et que papa pourrait avoir besoin d'une opération chirurgicale. Ils voulaient lui enlever une partie du poumon. Elle devait rester auprès de lui pendant quelques jours, le temps qu'il passe des examens et qu'ils en discutent avec les médecins.

Maman continua de préparer ses affaires et me demanda de dire à Dick d'être sage et responsable en son absence, et qu'elle serait de retour dans quelques jours.

Après qu'elle fut partie, je passai derrière la balançoire et ouvris la portière de l'Oldsmobile de Papa, qui n'avait plus été conduite depuis son départ. Je m'assis à la place du conducteur. Je pensai à lui assis là. Je saisis le volant comme si c'était lui qui conduisait, et pouvait sentir son odeur dans la voiture. Je me dis que j'aimerais qu'il rencontre Judy.

Je rentrai à la maison et réchauffai un plat de nouilles au thon pour Dick et moi, pour quand il serait de retour.

Je parlai à Dick de papa et de l'opération qu'il devrait peut-être subir : l'ablation d'une partie du poumon.

Dick dit qu'il ne pensait pas qu'on puisse vivre sans ses deux poumons.

Je me retournai, pris d'une rage aveugle, et me ruai vers lui. Je le poussai avec fracas, si fort que sa tête rebondit contre le mur.

— Retire ça tout de suite ! criai-je. Retire ça ! Dick regarda mes poings, ma mâchoire serrée, mes larmes aux yeux. Je le fixai d'un regard froid. Il me demanda pardon.

Nous allâmes dans nos chambres pour nous calmer. Je m'endormis, le ventre vide.

Judy et moi nous promenions à cheval aussi souvent que possible et nous nous plaisions. Je ne savais pas ce qu'était l'amour, alors nous n'en parlions pas – je savais juste que lorsque nous étions ensemble, nous étions heureux, et quand nous n'étions pas ensemble, nous avions hâte de l'être à nouveau.

Une fois, alors que maman rendait visite à papa, il lui dit comment me trouver un travail si j'en voulais un. J'acceptai – Dick aussi, s'il voulait un travail d'été loin de l'hôtel des Lincklaen . Elle nous l'annonça lors du dîner. Dick était très partant, alors maman lui dit qu'elle nous y emmènerait samedi pour nous présenter au propriétaire et voir si ça se passe bien. Elle dit que papa voulait nous faire la surprise et qu'elle nous parlerait de ce travail d'été une fois sur place. Ce serait pour tout l'été, du Memorial Day à la Fête du Travail.

Le vendredi soir, j'allai au bal de l'école avec Judy. Ensemble, nous dansâmes tous les slows. Nous dansions même les quadrilles lorsqu'ils en jouaient un qui paraissait plus facile que les autres. Nous fîmes équipe avec Mary et son copain.

Je dis à Judy que dans la matinée, j'irais voir un job d'été que mon père nous avait trouvé, mais que je n'en savais encore rien, car il voulait nous faire la surprise. Judy me dit qu'elle priait tous les jours pour que mon père aille mieux. Elle était gentille à ce point.

## L'étang de Snook, Manlius, État de New York

Le lendemain matin, maman nous conduisit, Dick et moi, à un endroit appelé l'étang de Snook, près de Manlius. Cet étang faisait partie d'un lac alimenté par une source et servait de lieu de baignade en été. Un bâtiment avec des casiers et des vestiaires pour hommes se tenait d'un côté de l'étang et un autre avec des casiers pour femmes de l'autre côté. Au bout de l'étang se trouvait une allée en béton avec des chaises de part et d'autre ainsi qu'un plongeoir. Juste à l'entrée de l'étang de Snook, après le parking, se tenaient deux petites cabanes carrées avec de grands volets en bois qui, une fois soulevés et maintenus par des poteaux, laissaient apparaître un grand comptoir en U. Les gens passaient par l'une des cabanes pour payer leur droit d'entrée et louer des casiers.

Jerome Mark Antil

L'autre était un snack-bar. On pouvait y acheter des hot-dogs, du pop-corn et des sodas – tout ce qu'on voulait.

Maman nous présenta à M. Snook, qui nous fit faire le tour du propriétaire et visiter les lieux. Il nous dit que si on voulait travailler ici, il faudrait tenir le snack-bar et faire le tour de l'étang trois fois par jour pour ramasser les bouteilles vides, les détritus et les mégots de cigarettes. Il nous dit qu'on pouvait travailler tous les deux, mais que c'était sept jours sur sept, du Memorial Day, quand ils ouvraient pour l'été, à la Fête du Travail, quand ils fermaient pour l'hiver.

— Vous voulez y réfléchir, les garçons ? demanda M. Snook.

— Quel est le salaire ? demanda Dick.

— Rien, mon grand, il n'y a pas de salaire, dit M. Snook. Mais ce sera votre affaire pour l'été : vous gérerez le snack-bar comme votre propre entreprise et garderez tous les bénéfices que vous réaliserez. Alors, qu'en dites-vous ?

— Marché conclu, dit Dick.

Sur le chemin du retour, Dick demanda à maman de demander à papa s'il pouvait faire une liste de ce qu'on devait acheter pour le stock, où l'acheter, comment le payer et combien faire payer les gens pour les hot-dogs, le pop-corn et le soda.

En travaillant à l'étang Snook, l'été fila à toute vitesse. Nous passâmes l'été entier en maillots de bain, à vendre des hot-dogs et des sodas à tour de rôle, en nous baignant quand bon nous semblait. Nous devions conduire un tracteur Allis Chalmers orange avec son chariot de notre stand à l'entrepôt, au bout de l'allée, pour y récupérer des caisses de sodas pour le snack-bar.

Le lendemain de la Fête du Travail, les vacances d'été prirent fin. Je fis le tour de l'étang en ramassant les détritus pour la dernière fois, sachant que je ne reverrais sans doute jamais cet endroit et qu'il me manquerait. Je remerciai l'endroit de nous avoir aidés à passer le temps et à ne pas nous morfondre en nous inquiétant pour notre père qui nous manquait tant.

Quand la voiture s'arrêta devant la maison, pour la dernière fois après la fermeture annuelle de l'étang, je courus jusqu'à la grange, sellai Jack puis trottai jusqu'à la colline des Reynolds et jusqu'à chez Judy. Dès qu'elle ouvrit la porte, je la pris par la main. Je ne dis pas un mot et la menai jusqu'à Jack. Je me mis à le monter.

— Une petite seconde, monsieur, dit-elle.

Elle prit mon visage dans ses mains et m'embrassa.

— Tu m'as manqué cet été.

— Tu m'as manqué aussi, dis-je.

— Tu t'es bien amusé à l'étang, à vendre tes hot-dogs ?

Nous nous promenâmes quelques heures autour des fermes des Conway et des Dwyer. Nous discutâmes sans interruption. Je lui parlai des zinzins qu'on avait croisés à l'étang de Snook et de la bonne méthode pour préparer vingt hot-dogs à la fois afin qu'ils soient toujours bien chauds. Elle me parla des livres qu'elle lisait et me dit qu'elle était triste car elle allait bientôt devoir s'en aller. Je préférais ne pas en parler, alors nous continuâmes à avancer. Elle me serra fort dans ses bras.

L'école reprit le lendemain.

Maman s'était arrangée pour que j'aille rendre visite à Gourmet Mike à Lemoyne. C'était sa dernière année. J'avais grandi de presque vingt-cinq centimètres depuis que papa était entré au sanatorium. Je faisais maintenant un mètre quatre-vingt-dix.

Mike m'avait invité à venir passer le week-end chez lui, dans la maison de sa fraternité. Je fis mon sac. Maman me conduisit à Syracuse et m'y déposa. Thanksgiving avait lieu la semaine suivante, alors Mike dit à maman qu'il me ramènerait à la maison.

Le week-end fut amusant et passa rapidement.

Aussitôt que nous arrivâmes à la maison et en franchîmes la porte, maman nous demanda de rejoindre Dick à table, car elle avait des nouvelles.

— Votre père et moi avons pensé qu'il valait mieux ne pas vous inquiéter, alors nous vous avons caché qu'il s'était fait opérer vendredi dernier.

— Est-ce qu'il va bien, maman ? dis-je.

— Je suis heureuse de vous annoncer que votre père se porte bien et que, si Dieu le veut, il pourrait être à la maison pour Noël, s'il se remet bien et n'a pas de complications.

Je me souviens avoir regardé maman pour voir si son regard était à l'aise avec ce qu'elle nous annonçait ou s'il semblait nerveux et cachait peut-être une mauvaise nouvelle. Elle souriait. Je la crus.

— Les médecins le font tousser plusieurs fois par jour pour que ses poumons restent propres. C'est très douloureux pour lui de tousser, mais il sait que c'est nécessaire, alors il fait de son mieux.

— Il a toujours ses deux poumons ? demanda Dick.

— Oui, ils n'ont dû enlever que la partie supérieure d'un d'entre eux, donc il a toujours ses deux poumons.

Nous en fûmes très heureux et avions hâte de revoir notre père, après un an d'absence. Un bal avait lieu ce soir-là à l'école, pour les vacances. Maman me conduisit et s'arrêta pour prendre Judy. Elle et moi dansâmes toute la nuit. C'était peut-être la dernière fois que nous dansions ensemble, nous sommes nous dit, car elle devait retourner à Baltimore d'un jour à l'autre.

Nous passâmes Thanksgiving en famille. Puis je commençai à recevoir des lettres de Judy. Elle était rentrée à Baltimore. Ses parents étaient venus la chercher pendant les vacances scolaires, sans la prévenir et sans lui laisser le temps de faire ses adieux. Elle m'écrivit une lettre que je tins dans ma main toute la nuit. Nous correspondîmes pendant des mois. Judy signait toujours ses lettres « Amour et Prières, Judy ». Elle me manquait. Mais mon père me manquait aussi.

C'était le matin du 24 décembre, mais la maison ne respirait pas l'atmosphère de Noël comme elle l'avait toujours fait les années précédentes. Il y avait beaucoup de neige sur le sol. Nous avions espéré qu'il neige à Noël, et il neigeait toujours abondamment. La maison paraissait froide, figée et silencieuse.

Je sortis du lit et allai à la cuisine avec mon bas de pyjama et mon t-shirt. Dick était là.

— Je prépare ton plat préféré, dit maman.

Des œufs pochés, j'en étais sûr. Maman savait que j'adorais les œufs pochés. J'en mettais un sur une tranche de pain grillé beurrée puis la mangeais comme un sandwich ouvert en deux.

Maman nous demanda si nous pouvions l'aider à plier le linge après le petit déjeuner pour que l'on puisse se préparer pour Noël. Elle nous dit que l'oncle Don et la tante Mary arrivaient aujourd'hui de Harrisburg avec nos quatre cousins, Tommy, Timmy, Teddy et Terry. Tante Dorothy et oncle Norman arrivaient de Washington avec leur fille Karen. Gourmet Mike serait là.

Maman ne parla pas de Papa. Nous avions peur d'en parler si tôt.

Nous ne voulions pas la faire pleurer. Si papa n'était pas là, nous disions nous, ce serait le premier Noël sans lui. Nous partagions le même sentiment : il ne saurait y avoir de Noël sans papa.

Nous étions dans la cuisine à nous morfondre, mangeant, parlant et pliant nos vêtements tandis que maman les empilait sur le plan de travail. Il était presque quatorze heures et j'étais encore pieds nus, en bas de pyjama et en t-shirt. Dick regardait la pile de cadeaux posée près du piano. Mike vint s'asseoir au piano pour y jouer « Les Bateliers de la Volga », dont il avait mémorisé la plus grande partie.

J'allai dans ma chambre et m'endormis.

La seconde d'après, maman me tira sur l'orteil.

— Jerry, lève-toi, lève-toi. Ton père rentre à la maison !

— Quoi ?

— Ton père rentre à la maison !

Je me redressai et me frottai les yeux. Il faisait nuit dehors. Maman avait un grand sourire sur le visage. Je n'étais pas sûr de rêver ou d'être bien réveillé.

— Mike Shea vient de m'appeler pour me dire que l'homme qui ramène ton père à la maison s'est arrêté au magasin pour y acheter le journal. Mike Shea est allé jusqu'à la voiture pour dire bonjour à ton père. Il a dit qu'il avait l'air en forme, et a pensé que ce serait gentil de sa part de nous appeler pour nous dire qu'ils étaient en route, cet homme et ton père !

Je me levai. J'entendais Dorothy et Norm rire et parler avec Dick et Mike dans le salon. Je frôlai maman et filai dans la salle de bain.

En sortant, je regardai depuis le couloir par la fenêtre de ma chambre. Mary et Don arrivaient en voiture avec leurs phares allumés et un grand sapin de Noël attaché au toit. Je ne pensais pas qu'on aurait un sapin cette année. Je commençai à marcher dans le couloir pour aller m'habiller quand le téléphone de la chambre de papa et maman sonna. Je me précipitai et décrochai.

— Allô ?

– Allô, Jerry est là ?

— C'est moi, Jerry.

— Jerry, ici le docteur Webb.

— Oh, bonjour, docteur Webb.

— Joyeux Noël, jeune homme. J'ai pensé que tu aimerais savoir que ton papa vient de passer devant chez moi, en chemin vers votre maison. J'ai pensé que tu aimerais le savoir, sachant que c'est Noël et tout ça.

— Comment avez-vous su qu'il venait ? demandai-je.

— Tu sais, nous autres, les vieux briscards, avons aussi notre propre système d'alertes, dit-il en riant. C'est nous qui l'avons inventé ! Je te souhaite un super bon Noël, mon grand ! Mike Shea m'a appelé pour m'annoncer la nouvelle.

Je laissai tomber le combiné au sol, courus à travers la salle à manger, en passant devant Dorothy et Norm, et poussai la porte d'entrée.

Maman me cria d'enfiler quelque chose mais j'avais déjà franchi la porte et le porche. Je sautai la marche pieds nus et commençai à marcher rapidement dans la neige vers le portail, sans quitter des yeux le sommet de la route, près de la colline du fermier Parker, attendant de voir les phares de la voiture dans laquelle se trouvait papa. Je savais que sa voiture franchirait la colline d'une minute à l'autre.

Mary ouvrit la fenêtre de sa voiture alors que je passais en trombe et hurla :

— Jerry, tu vas attraper la mort, file mettre quelque chose !

Je continuai à marcher aussi vite que possible, tout en gardant un œil sur le sommet de la colline. Finalement, presque arrivé au portail, je vis des phares et une voiture passer lentement la colline, en descendant dans le virage. La route n'était pas déneigée ; elle était glissante donc ils prenaient leur temps. Je sortis sur Cardner Road. La voiture tourna dans l'allée et s'arrêta un instant. La vitre arrière s'entrouvrit et un bras en sortit pour me serrer la main.

C'était papa.

C'était papa !

Tandis que la voiture avançait, j'attrapai sa main et la serrai, tout en marchant à côté.

— Jerry ? demanda-t-il.

— Oui.

Je me mis à pleurer. J'avais grandi de dix centimètres depuis la dernière fois qu'il m'avait vu et je n'étais pas sûr qu'il me reconnaisse. J'étais terrifié à l'idée que mon père puisse ne pas se souvenir de moi.

— Tu te souviens de notre partie de pêche au lac Little York, papa ? Tu te souviens quand j'ai ramé en bateau à l'étang de Sandy, papa ? Tu te souviens quand tu as battu mon avion pour Syracuse, papa ? Tu te souviens quand tu m'as appris à faire des desserts, papa ? Tu te souviens de moi, papa ?

Arrivés à la maison, toute la famille était dehors, sous le porche, en train d'applaudir et de faire de grands gestes. Alors, papa me serra la main et je l'entendis dire :

— Tu avais pêché des bars, mon Jerry. Et la fois où nous avons cuisiné à l'Hôtel Imperial, tu t'en souviens, fiston ?

— Chambre numéro six, papa.

— Chambre numéro six, répondit-il.

Il se souvenait de moi.

La voiture s'arrêta et papa en sortit lentement. Il était encore fébrile et se remettait toujours de son opération au poumon. Lorsqu'il se redressa, il me regarda et put voir à quel point j'étais grand. Il passa sa main d'avant en arrière sur ma coupe en brosse.

— Tu as bien grandi, mon Jerry. Pour sûr, tu as bien grandi.

Je le regardai dans les yeux.

— Je suis toujours le même, papa, tout comme tu es toujours le même.

Il me serra la main, passa son bras autour de mon épaule et nous entrâmes dans la maison, où tout le monde se mit à applaudir, à rire, à pleurer, heureux à nouveau.

Maman m'aboya dessus.

— File prendre une douche chaude pour ne pas avoir d'engelures.

— Non ! Je ne laisserai pas mon père ! aboyai-je.

— Bon, mets au moins un pantalon et des chaussures.

C'est ce que je fis. Je pris un pull, puis je sortis et m'assis sur le fauteuil à côté du sofa où papa se reposait, souriant, regardant tout le monde parler en même temps.

Don, Norm et Gourmet Mike étaient en train d'installer l'arbre de Noël tandis que Mary, Dorothy et Maman apportaient des cartons remplis de décorations et de guirlandes lumineuses.

Papa demanda à Dorothy du papier à lettres et un stylo ou un crayon. Il voulait écrire à un ami du sanatorium pour lui souhaiter un joyeux Noël.

Je repensai à la nuit que j'avais passé étendu sur ce même canapé, quand je m'étais empoisonné en buvant l'eau du ruisseau. Je me souvins de mon père assis là où je me trouvais maintenant – bien droit, veillant sur moi toute la nuit, sa silhouette cernée par le clair de lune. Je me redressai dans mon fauteuil.

Quand je me réveillai, il faisait toujours nuit dehors. La maison était silencieuse et toutes les lumières éteintes, à l'exception du sapin. Le sapin de Noël était un vrai spectacle éclatant de lumières, de couleurs et de décorations brillantes et étincelantes. Les cadeaux étaient empilés en dessous. Papa était toujours allongé sur le canapé, une couverture sur lui. Il tenait le stylo d'une main molle et le papier sur ses genoux – mais il dormait.

Je me levai et lui pris le stylo et le papier pour les poser sur le bras de mon fauteuil.

Ses yeux s'ouvrirent et il sourit.

— Pourrais-je avoir de l'eau, fiston ?

J'allai lui chercher un verre d'eau dans la cuisine.

— Tu as froid, papa ? Je sais comment faire un bon feu.

— Ce serait super, fiston.

Je posai sa lettre sur mon siège et fis un grand feu avec les plus grosses bûches. En préparant le feu, je me souvins de la fois où j'avais laissé le couvercle en fer blanc rempli d'épis de maïs près de la cheminée, pour le Père Noël.

J'empilai du bois, assez pour nous permettre de passer une bonne partie de la nuit. Je n'étais pas sûr de l'heure qu'il était, mais je savais que tout le monde se lèverait bientôt pour fêter Noël.

Je retournai à mon fauteuil. Papa s'était rendormi. J'ôtai le verre d'eau de sa main et le posai par terre à côté de lui. Je pris sa lettre et son stylo et me rassis dans mon fauteuil.

Je ne lus pas toute la lettre de papa, mais j'en lus un paragraphe.

*Je dors sur le canapé, ma première nuit à la maison, histoire d'être au taquet pour Noël demain matin. Mon fils Jerry dort à la dure sur un fauteuil moins confortable, juste à côté de moi, pendant que lui et moi rattrapons le temps perdu. Ça n'a pas l'air de le déranger. En le regardant, je me souviens des nombreuses fois où il avait dormi dans un sac de couchage au-dessus des chutes, ici à Delphi Falls. Les chevaux venaient brouter ou juste fouiner jusque tard dans la nuit.*

*Jerry ne craignait pas les chevaux, les marmottes, les écureuils, les lapins, les renards, les cerfs, les quelques ours et les nombreux oiseaux sauvages qui rôdaient parfois autour des hautes chutes.*

J'arrêtai de lire.

Je me souviens avoir admiré le sapin étincelant.

Je me souviens avoir surveillé la cheminée brûlante.

Je me souviens avoir regardé mon père dormir.

Je me souviens avoir senti une larme couler sur ma joue.

— Le Père Noël existe, dis-je. Il est venu ce soir.

Jerome Mark Antil

.